The Mammoth Book of New Sherlock Holmes Adventures

シャーロック・ホームズの大冒険

上

エドワード・D・ホック 他

日暮雅通 訳

原書房

シャーロック・ホームズの大冒険（上）

THE MAMMOTH BOOK OF NEW SHERLOCK HOLMES ADVENTURES

目次

第三部　一八九〇年代

序

リチャード・ランスリン・グリーン

シャーロック・ホームズ物語の中でも最も有名な書き出しは、一九二〇年代初めに発表された『ソア橋事件』のものだろう。ワトスン博士は、こう書いている。「チャリング・クロスにあるコックス銀行の貴重品保管庫のどこかに、度重なる旅行で傷んだブリキの文書箱があり、その蓋には元インド軍所属、医学博士ジョン・H・ワトスンと、わたしの名が書かれてある。それには書類がぎっしりと詰まっているのだが、ほとんどはシャーロック・ホームズが折々に手掛けた奇怪な事件を語る事件記録なのである」

それまでに発表された作品の中で、読者はすでにワトスンが思わせぶりに書いた語られざる事件に数多く接し、じらされてきたはずだ。だがそれは同時に、「年鑑がびっしりと並んで書棚ひとつ分を占領し、さらには書類の詰まった文書箱がいくつもある」という彼の記述を裏付けるものでもある。彼はそれを、「ヴィクトリア時代後期の犯罪研究だけでなく、その社会や政界のスキャンダルを研究する者にとっての完全なる資料の宝庫」と表現した（『覆面の下宿人』）。そしてそれこそ、この本の著者たちが利用した源泉なのである。

ホームズの影響は、『ストランド』誌に最初の短篇が発表されてから数カ月もたたぬころから、はっきりと現われはじめた。アイデアの盗用という面では、ベイカー街に部屋をもつセクストン・ブレイク（一八九三年創出の英国大衆小説の私立探偵）が最たるものであるし、ホームズとの違いを見せるだけで成功できると知っていた〝ホームズのライヴァルたち〟も数多くいた。探偵小説の〝黄金時代〟には、太りすぎの探偵や盲目探偵、ベルギー人探偵、女性探偵など、さまざまなタイプの私立探偵が目白押しとなった。だがどんなに違いを見せようとしても、シャーロック・ホームズの影から逃れることはできなかったのである。スコットランド・ヤードが認識していたように、見当違いに見えるような彼の推理はつねに大当たりだったし、たとえアイリーン・アドラーのような人物に出し抜かれようと、彼の名声はさらに高まっていったのだった。

　読者を気がかりな状態にさせておくのは、人気作家の手法のひとつであり、ワトスン博士はそうしたことのうまい書き手であった。彼は慎重さという面で時おり過ちを犯したし、詳細部分を完全につかんでいない場合もままあり、かえってそうした点が読者の興味をそそったりしたのだった。そして、知識が欠乏すると想像力に頼る一方、内容の一貫性のなさや矛盾という問題はあまり気にしなかった。彼の書くことは色とりどりである一方、関連性のないものもあり、それがホームズ神話に加わることで、読者に伝わるイメージは本質部分がはっきりしていても、へりのほうはぼんやりかすんでいるのである。

　ワトスンの書いた内容が最終的なものであると信じない読者も、数多くいた。その中には、彼の文体をパロディ化したり、シャーロック・ホームズの名前をもじって楽しむことに、たまらぬ魅力を感じる人たちもいた（シャイロック・ボーンズ、シャーラック・ノームズ、ピクロック・ホールズ、シーアルコック・オームズなど、枚挙にいとまがない）。そうしたパロディでは、ホームズとワトスンの対照的な特徴――かたや百四十四種の煙草の灰を見分け、イングランド各地の土を識別することができる（二十世紀末のコンピュータでも難しい）、誤りを生じない頭脳。かたやその相手を賞賛するばかりの鈍い頭脳――をからかいの対象にすることが多かった。

別の書き手たちは、記録されていない事件、あるいは未解明の、解決していない事件を描くことをねらいとした。ワトスンが、ホームズはライヘンバッハの滝における死闘から生き残ったと書いたとき、読者からは、彼がそれまでに言及した事件の詳細を公表すべきだという意見が出た。それにこたえてワトスンが発表したのが、『第二のしみ』の事件である（この事件について彼はそれまで二度言及していた）。それでも、ブレット・ハートやマーク・トウェイン（トウェインは『大はずれ探偵小説』でホームズを登場させた）といった大物を含む作家たちが、代わりの作品を発表したのであった。

初期の偽作では、いわゆる〝正典〟の一部であると装うことがされなかった。なぜなら、〝正典〟という概念そのものが、ロナルド・ノックスが一九一一年にその風刺的エッセイ『シャーロック・ホームズ文献の研究』でホームズ研究を高踏的なものに高めたことで、初めて確立されたからである。このエッセイに刺激されてホームズ物語の本格的な研究が始まり、ワトスン（作者）は二人いたとか（『オデュッセイア』の場合と同じである）、ワトスンは初期の事件については起きたとおりに記したが、後期のものは大衆を満足させるために脚色したとかいう説が、出てきたのであった。この新たな学問によって、ホームズ物語を書き継ごうとする者たちに道が開かれたわけだが、彼らはあくまでもオリジナルに忠実な内容にしようとした。アレクサンドロス大王について、歴史家がそれまで知り得なかった英雄行為をつくりだした昔の物語作家たちと、同じことなのである。

〝外典〟としてのホームズ物語は、必ずしも優れた探偵ものである必要はないが、いかにも名探偵ホームズらしい、納得できるものでなくてはならない。そこでは、事件よりもキャラクターのほうが重要になるのだ。読者にアピールするのは、ホームズの手法なのであり、「自然をありのままに映す鏡」（シェイクスピア『ハムレット』より）でありながら時としてその像をゆがめることで不思議な魅力を加えてしまうワトスンとの、特別な人間関係なのである。また、正典に加えられる物語は、ある種の定式に従わなければならないが、同時に、ヴァラエティに富んでいる必要もある。純粋主義者であれば、一見取るに足らない些細な出来事が実は重要になるというケースを好むだろうし、身分は低くてもエキセントリックな依頼人のほうが、ヨーロッパ某国の君主の代理人とかローマ教皇の使者とかよりも、ベイカー街の下宿には向いているだろう。また、オスカー・ワイルドや切り裂きジャックなど、歴史上の人物を登場させることは、必ずしも賢明な方法とは言えない。なぜなら、それらはシャーロック・ホームズの自己充足した世界、つまり独立した世界に、フィクションの要素を加えてしまう可能性があるし、ほかの人によってその功績が記録されている人物にベイカー街の敷居をまたがせるのは、時として難しいことがあるからだ。ホームズが怪盗ラフルズを出し抜いたという事件をワトスンが書く可能性も、なくはない。だがそのラフルズは、彼の友人であるバニー・マンダーズが書いた記録を通じてわれわれが知っているラフルズとは、違うものだと言えるのである。これに対し、ホームズの孫である青年がワトスンの孫娘を助手にして祖父をまねた探偵仕事をするという話は、あっても別に悪くはない。ただ、やはりつねに人気を得るのは、ワトスン博士その人による話なのである。そして、ブリキの文書箱にどんな事件が残されていようと、読者が最も知りたがるのは、ホームズが解決したのに事件名しか知らされていない出来事の、詳細だろう。

この本は、まさにそうした読者の要求にこたえるものだ。ワトスンが名のみ記していた事件が、ここにはずらりとそろっている。しかも、年代順に並べてそれぞれを伝記的な要素をそなえた解説でつないでいることから、研究書としての側面ももっている。読んで楽しく、かつ有益な情報を含み、多くの有名作家が寄稿者となっている点からも、貴重な本と言えるだろう。まさにお勧めの書であり、あらゆる点から傑作《マグナム・オウパス》と呼ぶにふさわしい作品なのである。

はじめに

マイク・アシュレイ

もう覚えていないほどの昔から、わたしは世界初にして最高の諮問探偵、シャーロック・ホームズの人生について調べてきた。その作業は、決して楽なものではない。ホームズの事件を熱心に調べている人ならご存知と思うが、彼の友人であり同僚であるワトスンは、一八八一年一月の出会い以来、多くの事件について根気よく記録してきたものの、すべての事件記録が残されているわけではないのである。

『最後の事件』の中で、モリアーティ教授との最後の対決にのぞむ直前、ワトスンとの会話で過去の事件について回想したホームズは、「これまでに千件を超す事件を手掛けてきた」と語っている。一八九一年四月のことだ。またワトスンは『一人ぼっちの自転車乗り』の中で、一八九四年から一九〇一年のあいだに「公表された事件のうちで、厄介なものには必ずホームズが協力してきた」し、「表沙汰にならなかった何百という私的な事件でも活躍してきた」と語り、「そのひとつひとつをわたしは詳しく記録してきた」と書いている。しかし出版されているシャーロック・ホームズの記録は、短篇五十六作と長篇四作、合計で六十しかない。ワトスンはそれ以外に「忌まわしい赤ヒルの事件」だの「ウファ島におけるグライス・パタースン一家の奇妙な事件」だの、さまざまなものがあったと思わせぶりに書いているが、それらについて最後まで語ることは一切なかったのだった。そういう〝語られざる事件〟の数はほぼ百件にのぼるが、それでも合計で百六十件。ホームズが手掛けた全事件の十分の一にも満たないと考えられる。残りの事件の内容がわかれば、すばらしいことではないだろうか。……それがわたしのライフワークとなったのだった。

出発点として当然考えられるのは、ワトスンの原稿である。『ソア橋事件』の中で彼は、チャリング・クロスにあるコックス銀行の貴重品保管庫に預けてあるブリキの文書箱に、それが保管されていると記している。何年も前、その文書箱を探していたわたしは、二つの事実に出会って愕然としたのだった。ひとつは、賢明なワトスンはこの保管庫にほんの一部の原稿しか預けず、残りは別の場所に隠していたという事実。もうひとつはもっと腹が立つことに、わたしが出し抜かれたという事実である。コックス銀行にあった原稿は、すでに誰かが引き取ったあとで、銀行の記録としてその男の名前と連絡先が残っていたのだが、その人物を突き止めることはついにできなかった。おそらく、記録は虚偽のものだったのだろう。

ワトスンは、事件記録が盗まれることを恐れていた。一九二七年一月に『覆面の下宿人』を発表したとき、彼の書類を盗んで破棄しようという試みがすでにあったことを世間に暴露し、名前は出さないものの、その当事者に向けて、今後そうしたことをやめないと事実を公表すると警告しているのである。時たま、そうした書類の中から見つかった原稿と称するものが、書籍や雑誌のかたちで公表されることがある。一部は本物か、少なくともそう見える。だがほとんどの場合は偽物であり、ホームズの名声にあやかろうという輩のしわざでしかないのだ。

長年わたしは、スコットランド・ヤードの文書や昔の新聞ファイル、個人所有の文書などの中に、未発表の事件を探してきた。ごくまれに、ワトスンの文書箱にあったものに違いないと思えるような文書に出会うこともあった。だが、そうした文書はたいていの場合、個人のコレクション、それも英国でない外国のコレクションに隠されているものであり、法外な価格で手に入れられたものなのだった。

そうした捜索のルートは、見せかけの小道や曲がりくねった道で複雑になっている。ワトスン自身でさえ、助けにならないほどだ。彼は公表された事件記録の中で、しばしば人物の名を仮名にしたり、日付や場所を偽ってきた。そうすることで、ホームズがどこかで非常に個人的な用事をすませているあいだ、彼はどこそこでこんな事件を捜査していたと偽装しているのである。このようにワトスンは足跡をごまかすのがうまく、おそらく本当の出来事が明かされることはないままになるだろう。

とはいえ、そうしたわたしの調査も、ある程度はまとめることができた。完成と言うにはまだだが、万が一わたしやわたし自身の原稿に何かあったらと考え、一部分でも公表しておいたほうがいいと思うのである。そしておそらく、この本が出版されることで、新たな未発表原稿の所有者につながりができるということもありうる。そうでないとは誰にも言い切れないのだ。

本書でわたしは、これまでの探索に協力してくれた研究者たちがまとめた二十六の事件を収録し、それぞれの事件をつなぎ合わせることにした。それぞれの事件がホームズの捜査歴のどこに入り、すでに知られている事件とどう関連するかを、示しているのである。また、巻末の付録として、ホームズの人生と公表されている事件、および真実を追究する努力のたまものと言えるその他の事件記録も含めた、詳細年表を収録した。

そんなわけで、まずはホームズのごく初期の事件から、探求を始めることにしよう。

第一部　初期（ホームズの学生時代）

THE MAMMOTH BOOK OF NEW SHERLOCK

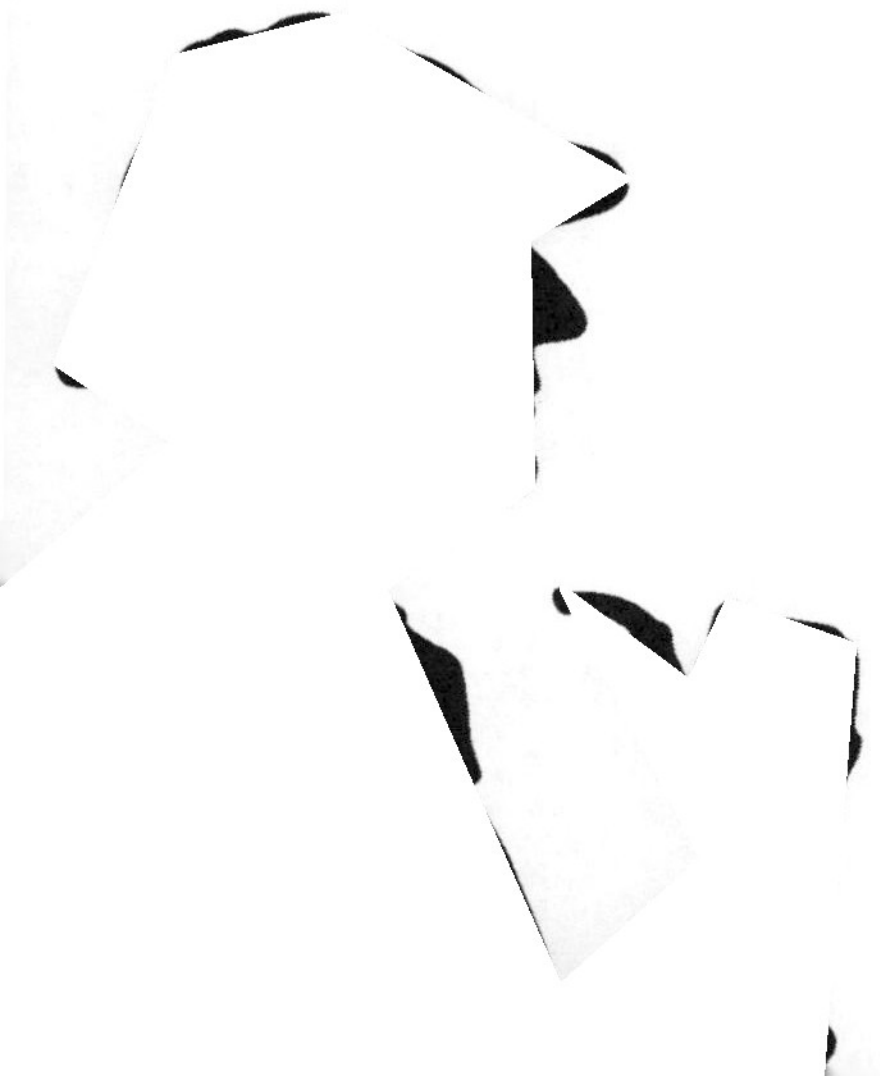

ホームズの人生の初期については、ごくわずかな記録しか残っていない。これだけの有名人がその人生の詳細を秘密にしておけることは珍しく、故意にそうしていたのだという可能性も出てくるだろう。だが、ホームズは自己の経歴にかかわる些末なことにはほとんど興味をもっていなかったのだから、彼がわざわざそれを隠していたというのは考えにくい。では、ほかの人物が彼を護るためにそうしたのだとしたら、どうだろう。すぐに考えつくのは、兄のマイクロフト・ホームズだ。政府に大きな影響力をもち、必要ならいつでも簡単に手を下せる立場にいた彼なら、そうした行為をしたかもしれない。

　そんなわけで、われわれとしてはワトスン自身の記述に頼るほかはないのである。一九一四年八月に起きた事件、『最後の挨拶』の中で、ワトスンはホームズのことを「歳は六十《マン・オブ・シクスティ》の、背の高いやせた男」と書いている。彼がホームズの歳のことに触れた唯一の場面だが、このときホームズは、アイルランド系アメリカ人スパイのアルタモントに変装していたということを、考慮しなくてはいけない。彼は自分の歳そのままの変装をしていたのだろうか？　それとも、若く見せるような変装だったのだろうか。その点は誰にもわからないのだ。また、ワトスンは六十歳ちょうどという意味でこう言ったのだろうか？　それとも、これから六十になる――つまり正確には五十九歳だと言っているのだろうか。

　もしこの記述を額面どおりにとるならば、ホームズの生まれ年に関する手掛かりはほかにないということもあり、彼は一八五三年または一八五四年、最も遅ければ一八五五年生まれということになる。わたしとしては、一番早い年を採用したい。というのも、『ボスコム谷の謎』の中でホームズは自分のことを「中年《ミドル・エイジ》」と言っている。これからすると、当時は四十歳代であり、この事件が起きたのが一八八九年ないし一八九〇年ということから考えると彼の生まれは一八五〇年以前ということになってしまうのだが、「中年」というのはもともとあいまいな言い方だから、生年は一八五〇年代の初めのころというのが最も近いのではないか……そう考えられるからだ。

また、ホームズが隠退した年からも、何か手掛かりがつかめるかもしれない。隠退したのは一九〇三年の終わりだが、五十歳の誕生日を区切りとしてそうしたのだろうか。だとすれば、ふさわしいタイミングだと言えるだろう。

ホームズは、自分の先祖は地方の大地主だったと言っているが、フランスの画家ヴェルネの血筋だとも言っており（『ギリシャ語通訳』）、確かにそれを思わせるような才能が彼にはある。生まれた場所についての手掛かりはないが、彼はだいたいにおいて田舎を嫌う傾向にあるので、どこかへんぴな土地で育ったということは考えられる。また、本書の作品でも示されているように、若いころアイルランドで過ごしたことがあった。このころを含め子供時代のことを話したがらないという事実から、あまり幸福な子供時代でなかったのではないかと考えられる。孤独好きなホームズ少年は、そのころからすでに論理的思考を学ぶことに熱心だったのだろう。教育に関しては、私立学校から大学に進んだことはほぼ確実である。

謎解きの才能を開花させたのは、その大学時代でだった。ワトスンによって記録されている二つの事件が、ホームズの大学時代のようすを浮かび上がらせてくれる。まず『グロリア・スコット号』は、ホームズによれば、彼が関係した最初の事件だった。彼は『マスグレイヴ家の儀式』の中でもこの事件について触れ、「その後一生の仕事となった職業に対し、関心をもつきっかけとなった」と言っている。したがって、この事件の起きた年を知ることには重要な意味があるが、われわれはここで、ワトスンの隠蔽《いんぺい》工作に出会うことになるのだ。ホームズが大学に進んだのは十八歳ないし十九歳のときだとすると、入学年は一八六八年から一八七二年までの時期。事件は大学に入って二年後に起きたと彼が言っているので、一八七〇年から一八七四年までのいつかということになる。一方、『覆面の下宿人』でワトスンは、ホームズが現役として探偵をしていた期間は二十三年間と書いている。一九〇三年に隠退したことから逆算すると、開業は一八八〇年。しかし、一八九一年四月の『最後の事件』から一八九四年春の『空き家の冒険』まで、三年間の「大空白時代」は差し引いて考えなければならない。つまり、彼が諮問探偵としての仕事をスタートさせたのは一八七七年ということになる。また『マスグレイヴ家の儀式』には、彼が開業したのは大学を終えてまもなくのことだったとあるので、一八七六年ころには大学を出ていたと考えられる。というわけで、大学にいた時期は一八七二年から一八七六年、『グロリア・スコット号』の事件が起きたのは一八七四年というのが、年表に記入する妥当な線と言えるだろう。

しかし、『グロリア・スコット号』の中でホームズは、船上の出来事があった一八五五年は三十年前のことだったと語っている。つまり、トレヴァー老人との一件は一八八五年のこととなってしまうのだ。だが、これは正しくないはずだ。なぜなら、ホームズとワトスンが出会ったのは一八八一年のことで、そのときのホームズは開業してからすでに四年たっていたのだから。この点に関しては、何らかの偶然または意図的な年代操作が行なわれたのだと考えていいだろう。ホームズ自身の年代記録における誤りか（重要でないとみなしたことについてはきちんと記録を残さない彼としては、ありがちなことだ）、ワトスンの筆写ミスか、ホームズの大学時代のことを隠しておこうとするワトスンの隠蔽工作によるものだという、可能性がある。

ホームズの大学時代に関して、わたしはこれまで発表されなかった二つの事件を探り出すことに成功した。この二つは、彼の大学生活が何事もなく過ぎたわけではないということを示しているし、ひとつの大学が彼を縛り付けておくことができなかったこともよくわかる。彼は結局、二つの大学に在学したのであった。

その二つのエピソードを、ワトスンの残した断片的記述から完全なかたちにしてくれたのが、ピーター・トレメインとデレク・ウィルスンの二人だ。彼らの作品は次のページから始まるが、実際の事件が起きた時期の順でなく、ワトスンがその話を聞いた時期の順に並べることにした。つまり、最初の作品（ウィルスンのもの）では、ホームズが死んだとされていた時期（一八九三年春）にワトスンが事件のことを知り、次の作品（トレメインのもの）ではホームズが帰還したあと（一八九四年春）に知ったのである。

というわけで、シャーロック・ホームズ最初期の事件記録を、初公開させていただこう。

The Bothersome Business of the Dutch Nativity

消えたキリスト降誕画

デリク・ウィルソン

Derek Wilson（1961 - ）

歴史、伝記、小説の分野で30冊以上の著書をもつ英国人作家。ノンフィクションの邦訳に『ロスチャイルド ―― 富と権力の物語』（新潮文庫）があるほか、世界一周をテーマにした本 "The World Encompassed -- Drake's Voyage 1577-1580" などもある。ミステリの分野では、国際的美術鑑定家のティム・レイシーを主人公にしたシリーズ（"The Triarchs"、"The Dresden Text"、"The Hellfire Papers"）を書いている。テレビやラジオの脚本も数多く書いてきた。別名ジョナサン・ケイン。

わが友シャーロック・ホームズの死によってわたしが受けた打撃は、想像以上のものだった。忙しくなった医院での仕事や愛する妻の心配りがなければ、その痛手はわたしという存在を根本から揺さぶっていただろう。ホームズの記念碑的な事件が繰り広げられた場所をはじめ、危険な敵やけちな悪党にともに立ち向かった場所に仕事で訪問せざるをえないことは、長いあいだ耐えがたかった。ベイカー街に至っては、完全に近づくことを避け、ロンドンであの付近を通るようなときは、迂回《うかい》するよう御者《ぎょしゃ》に頼むありさまだった。

だが、よく言われるように、時は偉大な癒し手である。わたしは大切な人に先立たれた人々に共通する経験をした。夢に見ることさえつらかった思い出を、今度は慰めに昇華させはじめたのだ。気がつくとわたしは、自分の日記や、幸運にもこの手でものすることができたホームズの事件記事を読み返すという行為に、のめり込んでいた。ホームズにまつわる資料の多くには、もどかしい断片的記録が――彼の若かりしころの生活やわたしが知らない事件に関する遠まわしな言及が――含まれていた。いつしかわたしの余暇は、これまで知らなかった彼の人生について何か新事実が発見できはしないかと、メモを整理することに費やされるようになった。わが友について、わたしが知らない何かを知る人に話を聞く機会があれば、すかさず飛びついた。『消えたキリスト降誕画』と名付けた事件に出会ったのも、そんなときである。

一八九三年の春、わたしと妻メアリはハンガーフォード夫妻から招待を受け、オックスフォードに数日間滞在することになった。エイドリアン・ハンガーフォードはグレンヴィル・カレッジの評議員《フェロー》で、彼とその妻のオーガスタはメアリの遠い親戚筋にあたった。きっと気が合うはずだと断言するメアリに引きずられるようにして、さほど気乗りのしないまま、パディントン駅からイングランド最古の学問の中心地に向かう、短い列車の旅を始めたのだった。しかし、いつものことながら、愛する妻は正しかった。ハンガーフォード夫妻は知的でありながらほのぼのとした雰囲気の中年夫婦で、われわれを心から歓待してくれたのだ。

エイドリアンがカレッジでの夕食にわたしを誘ってくれたのは、二日目の晩のことだった。グレンヴィルの由緒ある大食堂のハイ・テーブルですばらしい食事を楽しみながら、どうにか学寮長や学生監との学術的な会話についていった。食事を終え、十人以上いるフェローたちとともに談話室に移ったあとは、ほっとしたことに、クラレットやポートワイン、葉巻を片手に、さほど肩のこらない話題に移っていった。

「ワトスン先生、あなたがあのなんとかいう探偵と活動したことがあったというのは本当ですかな、名前は確か……ハッチングス?」そう言ったのは、学寮長用ガウンにくるまったしなびた老人で、ブレッシンガムと紹介されていた。

「ホームズです、シャーロック・ホームズ」わたしが答えるより早く、ハンガーフォードがそう正した。「ワトスンさんは、彼が事件を解決する手助けをしたのです。そうだったね、ジョン?」

彼は申しわけなさそうな笑みをわたしに向けた。「世間知らずなわれわれを許してくれるだろうね。ぼくらは跳ね橋の上がった、外界の刺激的な出来事から切り離された世界で、ほとんどの時間を過ごしているものだから」

「事件を解決する手助けをした、と言ったな?」耳の遠いらしいブレッシンガムは、耳に手をやって身を乗り出した。「だが、最初の事件のときはあんたはここにはいなかったな?」彼はクラレットのデキャンターに手を伸ばし、自分のグラスに空けてしまうと、これ見よがしに給仕に向けて振り回した。給仕はあわてて代わりを持ってきた。

「『グロリア・スコット号』のことでしょうか」とわたしは訊ねた。

「グロリアなんだって? そんな女のことは聞いたこともない」ご老体はぐっとワインをあおった。「いや、あの絵にまつわるばかげた騒ぎだ」

ほかの人々のあいだで会話がぴたりと止まり、すべての目がブレッシンガムに注がれているのがわかった。そのうちのいくつかは警告を発している。

やや唐突に、学生監が口を開いた。「われらの客人はあの嘆かわしい事件の話など聞きたくもないでしょう」

わたしの好奇心は、当然のことながらこれ以上ないほど高まっていた。「そんなことはありません。今は亡き友人のことなら、どんなことでも聞かせてもらいたいのです」

学寮長は手をひらひらさせた。「たいしたことではないし、忘れるのが一番だ。ホームズはほんの少しのあいだしかいなかったのだから」

「ホームズがここに?」わたしは驚きを隠せなかった。「グレンヴィル・カレッジに? まったく知りませんでした……」

「ああ、一八七二年だったな……いや、七三年か? スターンフォースがいたのと同じころだったはずだ。あの男も今では議会でずいぶん名をあげたものだ。最近便りはあるかね、グレンソン?」学寮長は巧みにほかの話題にすり替えた。

これまで謎に包まれていたホームズの青年時代について、明らかにされると思ったとたん、ふたたび鍵をかけられてしまったため、わたしの心の中で激しく興奮が渦巻いたことは容易に想像できるだろう。さまざまな質問が口から出かかったが、かろうじてそれを押しとどめた。ハンガーフォードに問いただす機会が訪れたのは、翌日の午後になってからである。われわれ夫婦とハンガーフォード夫妻で連れ立って、クライストチャーチ・メドウズという低湿地へ散策に出かけたとき、わたしはタイミングを見計らってハンガーフォードに合図をし、先を歩くよう促した。

「きのうの話――シャーロック・ホームズと絵の話だが、あれはいったいなんだったんだい?」とわたしは切り出した。「きみの同僚たちは狼狽していたようだったが」

「これだけ時間がたった今でも、年配のフェローたちはまだあの出来事に悩まされているんだな」ハンガーフォードは川をじっと見つめながら言った。「それにびっくりしたというのが、正直なところだよ」

「でもいったいなんのことで?」もどかしさのあまり、もう少しで叫び出しそうだった。「ブレッシンガムのじいさんはホームズの最初の事件だと言っていたが、ぼくはこれまで聞いたこともないんだ」

ハンガーフォードはわたしのいらだちに微笑んでみせた。「つまり、ホームズは名誉を重んじる男だったようだね。ニュー・カレッジの面々は、その件について口を閉ざしていることを求め、彼は忠実にそれを守ったというわけだ」

「でも、もう秘密を守る必要はないだろう?」

「そうだろうね。もともと象牙の塔の中の空騒ぎにすぎないんだが、ぼくらのような閉ざされた狭い世界に住んでいると、ああいう事件が実際より大きな意味をもつようになってしまうのさ」

「なあ、ハンガーフォード、話してくれよ。ぼくたち医者が秘密を守れることは知っているだろう」

こうして遠縁に当たる男は、話をしてくれることになった。若干の修正や名前の変更（わたしが約束を守ったという証明のためだ）、そしてホームズ自身によってのちにつけ加えられた詳細を付した上で、今世間に発表できるわけである。

ホームズにとって、すべての始まりはパディントン駅だった。一八七三年の秋、ダブリンのトリニティ・カレッジで一年か二年学んだあと、オックスフォード大学のグレンヴィル・カレッジに入学したばかりのころである。その日、大英博物館の図書閲覧室で一日過ごしたホームズは、夕方近くになってオックスフォードに戻ろうとしていた。ほかに乗客のいない、喫煙のできる一等コンパートメントを選び、アメリカ大陸原産の植物から抽出されるアルカリ性毒物についての最新論文を片手に、静かな旅を楽しむつもりでいた。ガタンという音とともに振動が伝わり、もうじき発車という段になって、プラットホームにあわてふためいた男が現われ、ドアの取っ手をつかんだ。ホームズはやれやれとため息をつきながら腰を上げ、コートを風にはためかせる若い男を助けてコンパートメントに引き入れた。

ホームズがドアを閉めたのと同時に列車はスピードを上げ、見知らぬ若い男は本と書類の束をばらまきながら反対側の席に倒れ込んだ。「すみません、助かりました」と息を切らしながら言った。

「なんでもありませんよ。ところで、きょうは特別にやっかいな午後だったようですね」その驚くほど白い顔をした二十代後半の青年を、ホームズは観察した。激しく動いたあとでも、頰《ほお》はパステル画のように淡い色合いで、髪は白っぽい砂色、分厚い眼鏡の向こうから見つめる瞳はごく薄いブルーだ。「列車の時刻を間違えるのだってやきもきするのに、そのうえ道が混んでいて馬車が立ち往生するなんて——実にやっかいとしか言いようがない」

相手の男は啞然《あぜん》として身を乗り出した。「まさかそんな……きみは霊媒と交信するとかいう霊魂かい?」

今度はホームズが一瞬言葉を失う番だった。「霊魂と交信する霊媒かという意味ですか?」

「そう、そう言いたかったんだ。もしそうなら、はっきり言うが、ぼくはそういう禁じられた領域に足を踏み入れることは反対だ……ああ、断じてね」

ホームズは笑い声を上げげた。「なら、お気持ちを静めてさしあげましょう。ぼくはまさに地上の科学を学んでいる学生です。ぼくの観察には、この世ならざるところはまったくありません。発車時刻の間違いについて言えば、単にお持ちの時刻表が古いからですよ」ホームズは散らばった書類の中に見える分厚い『ブラッドショー鉄道案内』を指さした。「この列車に関して言うと、九月の終わりから、前より十分早く出発するようになったんです」

「確かに、確かに」男はつぶやくように言った。「でも道の混雑については?」

「もっと単純なことですよ。この十分ほど小雨が降っていましたが、あなたが濡れているのはコートの上の部分だけです。あなたは駅に着くのを待たずに、馬車を降りて歩かなければならなかった。急いでいたという事実は、御者への支払いはすませたはずなのに、まだ手に財布を握っていることでも裏付けられます」

「驚いたな」男はそう言って、椅子の背にもたれかかった。「きみは実に観察力の優れた若者だ。名前を聞いてもいいだろうか?」

「シャーロック・ホームズと申します、グレンヴィル・カレッジの学部学生です」

「グレンヴィルだって？　ならご近所だ。ぼくは……」

「ウィリアム・スプーナーさん。ニュー・カレッジのフェローですね。お願いですから、そんなに驚かないでください。あなたはオックスフォードでは有名なお方なんですから」〝ザ・スプー〟――この古代史と哲学の若き講師は学部学生のあいだでそう呼ばれていて、のちに大学の外まで広まることになる奇行により、よく知られた存在だった。

　スプーナーは悲しそうにうなずいた。「ああ、そうか、ぼくの発言のせいだろう？　自分ではどうすることもできないんだ。ウナから飛び出したアサギみたいに口から飛び出してしまうのさ」

　続けて二、三、儀礼的に言葉を交わしたあと、二人はそれぞれの仕事を始めた。ホームズは論文に戻り、スプーナーは長い時間をかけてなんらかの系統に従って整理した荷物を網棚に乗せたあと、コートのポケットからオウィディウス（古代ローマの詩人）の薄い詩集を引っ張り出し、本を顔にくっつけるようにして反対側の座席の隅で背中を丸めて読みはじめた。とはいえ、二人ともさっぱり集中できなかった。ホームズは目の前の色素の薄い男に興味をひかれ、スプーナーが自分に関心をもっていることもわかっていた。何度か空間を挟んだ向こう側にいる相手をうかがってみたが、そのたびにニュー・カレッジきっての有名人に見返された。一度か二度は、スプーナーが何かしゃべろうとするように口を開きかけたものの、言葉が出てこないのか、あるいは思い直したように、口をつぐむのだった。だがついに、彼が沈黙を破った。

「ホームズ君、邪魔をして申しわけない。もしよければ、ある事柄について……微妙で混乱した問題について、意見を聞かせてもらえないだろうか？」

「もし、ぼくでお役に立てるのなら」

「普通なら、出会って間もない相手に話すようなことではないのだが、きみは特別観察力の鋭い青年のようだから、きっと天がぼくらを引き合わせてくれたんじゃないかと思うんだ」

ホームズは、この風変わりな教師がどんな複雑な問題を打ち明けるつもりなのか、努めて好奇心を見せないようにして話の続きを待った。

「すべては学部生たちの悪ふざけだと思っている。きみも犯人から聞いているかもしれないが」

「何をです?」

スプーナーはいらだたしげに眼鏡の向こうで目を細めた。「何って、もちろんあの絵のことだよ──オランダのキリスト降誕画。もう三週間も行方不明だ」

「もしよければ、最初からお話しいただけますか?」

「ああ、もちろん。そう、シニア・フェローのギディングズだ。ルネッサンス研究の権威だが、実に品位のある人で、選挙のことなどまったく根にもっていなかった」

普通の人であれば十分かそこらですむ話が、スプーナーにかかるとあっちへ飛び、こっちへ飛びで、結びつきの不確かなロープの上で綱渡りをするかのように進むので、最後までいきつくのに列車が目的地に着くまでかかってしまった。だがホームズは、話そのものと同じくらい、まとまりのない説明についていくのを楽しんでいた。手短かにいうと、こういうことだ。

十一年ほど前、ニュー・カレッジで学寮長を決める選挙が行なわれた。当時の学生監とシニア・フェローのギディングズ博士のあいだで争われたのだが、結果は学生監が選ばれた。ギディングズは周囲の深い尊敬を集めていたとはいえ、数年にわたり健康に問題を抱えていたからだ。ギディングズは学生監の当選を祝い、レンブラントの名画『キリスト降誕』をチャペルに寄贈することで、カレッジに対する忠誠心をみせた。それが一八七三年の十月に盗まれたという絵だ。

なぜ警察に届けなかったのかとホームズが訊ねると、フェローたちは学内だけの問題だと考えたがる傾向があるという答えが返ってきた。この数カ月に、似たような事件があちこちのカレッジで頻発していた。まず、オーリエル・カレッジの旗が旗竿から消えた。マートン・カレッジの大食堂からは壁掛けの枝つき燭台が姿を消し、モードリン・カレッジの中庭からは年代ものの日時計が持ち去られた。もっと最近ではラドクリフ・カレッジの図書館から貴重な初期刊本（一五〇一年より前に印刷された本）が持ち出されたが、かわりに偽物が置かれていたため、職員が気づくのに時間がかかった。ニュー・カレッジの上層部はこの絵画の紛失事件を学部生の反抗心の表われと見て、独自に調査を進めようとしているらしかった。だがホームズの目には、スプーナーと、おそらくは彼の同僚たちが、口には出さないがその消失にショックを受けているのは明らかだった。

　スプーナーの話が終わったとき、ホームズにできたのは、ニュー・カレッジの損失に対して遺憾の意を示し、残念ながら絵を取り戻す役には立てそうもないと伝えることだけだった。自分はオックスフォードに来たばかりであり、学生たちの情報網にはまだ入りこめていないこと、それにもともと、ひとりで学問に励むのが性にあっているタイプだと説明した。

　オックスフォードに着くと、二人は辻馬車《つじばしゃ》を相乗りして町の中心に向かい、そこで別れを告げた。ホームズは、ニュー・カレッジの盗まれた絵のことを忘れようとしたものの、スプーナーの支離滅裂な話しぶりに劣らず興味深かった話の中身は、容易に消え去らなかった。そうして気がつくと、翌朝カレッジ付近のチャペルで、石の壁にぽっかりとあいた空間を見つめていたのだった。その空間の下にある椅子に小さなカードが留められていて、「レンブラント・ファン・ライン作『キリスト降誕』（一六六一年）。現在この絵は修復のため取り外されている」と書かれてあった。

ホームズは木の椅子にのぼって、壁をもっとよく観察しようとした。額縁が壁に触れていた部分に薄く埃が積もっており、幅が九・二五インチとわかっている右手を伸ばして、消えた絵画の寸法を測ることにした。腕をいっぱいに伸ばして存在しない名画の縦の長さを測っていると、うしろからどなり声がした。

「こら！　そこで何をやってるんだ？」

ホームズは落ち着き払って椅子から降り、色あせた黒いガウンを着て寺男か聖堂番を気取っているらしい、年のいった用務員をなだめようと振り返った。「ここを管理されている方ですか？」と彼は尋ねた。

「いかにもそうだ。そしてきみたち青年紳士の悪ふざけに、ほとほとうんざりしているところだ。ここは神の家であって、きみらがいたずらをする場所ではない。さっさと出ていきなさい、学生監を呼ぶ前に」

「学生監をわずらわせる必要はありませんよ」ホームズは軽い口調で言った。「ぼくが知りたいことはあなたがすべてご存知でしょうから」そう言って、ポケットから半ソヴリン金貨を取り出した。「この絵にとても興味をもっていたのに、見られないとは非常に残念です。どこに修復に出されたかご存知ですか？」

光り輝くコインを見て、男の口調がころりと変わった。「ええ、知っています」思いがけない謝礼を受け取ろうと手を伸ばしてきた。「教会付属室に住所が書かれた名刺があります。こちらへ一緒に来ていただければ。美学生とお見受けしましたが」

「そうなんです」ホームズはうなずいた。

「でも、あの絵が参考になるかどうか、あたしにはわかりませんがね。真っ暗でどんよりしていて。人がどこにいるんだかさっぱりわからない。すごい値打ちもんだそうですが、あたしだったら大金をはたく気にはなりませんな。では、ここで待っててもらえますか」そう言うと小さなドアの鍵を開けて、掃除道具入れとさほど変わらない部屋に入っていった。数秒後、名刺を手にふたたび姿を現わした。

「ああ、なるほど、シムキンズ&ストリーター社ですね」ホームズは納得するようにうなずいた。「彼らのことはよく知っています。一流の仕事をしてくれるはずですよ。いつ持っていったんですか?」

「三週間前です」

「取り外しに立ち会ったのはミスター・シムキンズですか、それともミスター・ストリーターのほうですか?」

「それはわかりません。あたしはその場にいませんでしたので」

「つまり、ロンドンから来た人たちが、あなたの立ち会いなしに貴重なカレッジの宝を持っていったということですか?」ホームズは懸念と驚きをにじませて問い返した。「配慮に欠けたやり方ですね」

聖堂番はホームズを味方と思ったようだった。「ええ、あたしも同じことを思ったんです。ずいぶんあわただしいやり方だなあと。午後に来ることになっていたんですが、結局やって来ませんでした。木曜の朝ここに来てみると、絵が消えていました。ちょっと心配になりまして、正直に言いますが、あわてて学生監のところに行ったんです。でもすぐに心配はないと言われました。『大丈夫だ、タヴィストック』ってね。『修復業者はずいぶん遅くに絵をとりに来たんだ。馬が脚を痛めて途中で立ち往生したらしく、馬を交換するのにずいぶん手間取ったらしい』」

「じゃあ、あなたは絵を持っていった男たちを見ていないんですね?」

「見ておりません」

「あの絵を外すには数人の人手が必要だったはずです。大きくて重いですから」

「そのとおりですよ」老人は笑い声を上げた。「ギディングズ博士がカレッジに絵を寄付したときは、六人がかりでやっと取り付けたんです――そのあいだずっと学生監が――当時の学生監で、今の学寮長ですが――まわりを飛び跳ねて、あたしらに気をつけるようにと指示を飛ばしてましたよ」

長い身廊を並んで歩きながら、ホームズは訊ねた。「騒々しい学部生に手を焼いておられるとおっしゃっていましたが」

「自称〝紳士〟のね!」高齢の聖堂番は見下すように言った。「あたしは、罰あたりで野蛮なごろつきと呼んでおりますが。あれは今学期が始まってまだ一週目のことでした。その手合いが四人、ここで座席のあいだを走り回っておりました。そのうちのひとりは手にランプを持って、あのオランダの絵に近づけています。火をつけるんじゃないかと思いましたよ。わかってもらえるでしょうが、あなたが同じ場所にいるのを見たとき、そのときのことを思い出したんです。だから、ちょっときつい口調になったのもお許しくださるでしょうね」

「もちろんですよ」ホームズは同情するように言った。「責任の重いお仕事ですね。その乱暴者たちはどうなったんですか?」

「守衛頭のジャンキンと、その部下を二人呼びにいきました。連中なら、酔っ払った大学生たちの手に負える相手じゃありません。チャペルから追い出し、名前を聞いてから学寮長に直接報告しました。それからどうなったのか、あたしは知りません。二度とここに現われていないことは確かですが」

「名前は覚えていますか？」

「ええ。全員モードリン・カレッジの学生で、首謀者は貴族の子弟でした。ヒュー・マウントシー。ヘンリー卿《きょう》の息子です。貴族だったら分別がありそうなものでしょう？」

西側の出口に来ると、礼拝堂の番人は扉を開いて押さえてくれた。ホームズは話を聞かせてくれたことに礼を言い、細い小道を抜けて外に出た。

自室に戻ったホームズは、学問に専念するというふりをすっかりやめた。消えた絵画の謎が、彼の推理能力に火をつけたのだ。ソファに身を投げてパイプに火をつけ、聖堂番から得た新たな情報について考えを巡らせた。『キリスト降誕』は、もともと修復に出す予定が組まれていたらしく、それは今一時的にせよカレッジ側が消失をごまかす手立てになっている。そしてまた、泥棒たちにとっても格好の煙幕になったはずだ。迷惑千万なモードリンの学生たちについていえば、夏期から秋期にかけて起きた一連の不法行為とのつながりが推測される。

このオックスフォード大学で盗まれた多岐にわたる品々には、共通する特徴があった。いずれも、それを所有するカレッジにおいて大切に保管されていたという点だ。それを盗むのは大胆不敵な犯行である。目的は持ち主に恥をかかせることにあり、それゆえ、盗まれたほうは醜聞と世間の冷笑を恐れ、警察に届けるのに二の足を踏むのだ。

とはいえ、とホームズは考えた。そうとも言い切れないところがある。盗まれた品々は種類や重要性、大きさがまったく異なるのだ。この点においてはなんのパターンもないように見えた。オーリエルの旗を盗むには登山の技術が必要だし、モードリンの日時計は石工の仕事に精通している人間によって、まわりの石枠からきれいに外されている。稀覯本の専門家でもなければ、一時的にでもラドクリフの図書館員をだませるような偽物を作ることはできないだろう。いずれもなまやさしい仕事ではないし、見つかったらただではすまない。しかも、犯行はしだいに大胆になっている。夜中にオーリエル・カレッジに侵入して旗を盗むのと、ニュー・カレッジの絵を持ち去るのとではまったく話が違う。オーリエルのほうは昔ながらの学生のいたずらに思えるが、ニュー・カレッジのほうはれっきとした犯罪で、入念で緻密な計画が必要だ。

ここで動機の問題が出てくる。犯人はこの統一性に欠ける盗品で何をしようというのだろう？　これらのうち三つには、金銭的な価値はほとんどない。一方、初期刊本やレンブラントは途方もない値がつく芸術品で、犯罪界の特殊な経路を通さなければ処分は不可能だ。ホームズは、学生のいたずらという可能性を打ち消した。学生にこれほど緻密な計画が立てられるはずがない。学生はつまらない自己顕示と、もてあましたエネルギーをひけらかしたいだけなのだ。この二件の犯行は別口だと彼は考えた。当のカレッジにとっては災難にほかならず、不面目極まりない事態に陥ることになる。それが目的なのだろうか？

ホームズはパイプの中身を暖炉に空け、懐中時計を確かめた。二時まであと五分もない。もう一軒訪ねる時間だ。薄手のコートを羽織り、居間のドアのわきに置いたかごからステッキをつかんで外に出ると、石の階段を駆け下りた。

町の中心を抜けて二十分ほどバンベリー・ロードを足早に歩いていくと、町はずれにやってきた。頑丈そうな家が間隔をおいて建っており、チャーウェル川まで続く野原や低湿地が望めた。ホームズは家並みの端のほうに目的の家を見つけた。ダブル・フロンテッド（正面玄関の両側に主寝室の窓がある家）の豪邸で、砂利の敷かれた短い私道が延びている。呼び鈴の紐を引くと、執事が玄関に現われた。

ホームズは名刺を差し出した。「わたしは美術に興味があり、趣味で絵画を集めている者でして、現在グレンヴィル・カレッジに在籍しています。約束もなくお訪ねしたことをお詫びしなければなりませんが、ぜひギディングズ博士のコレクションを拝見できないかと思いまして」

執事はホームズを広々とした玄関広間に招き入れ、そこで待つように言った。いくらもたたぬうちに戻ってくると、今度は立派なしつらえの図書室に案内し、客が来たことを告げた。ホームズはあたりを見回した。誰もいないように見えたからだ。が、こちらに背を向けた幌付きの車椅子があるのに気づいた。庭に続くフランス窓に向かっている。

「こっちへ、お若い方」車椅子から声が聞こえてきた。

ペルシャ絨毯《じゅうたん》が敷かれた寄木張りの床を歩いていくと、格子縞のブランケットでほぼ全身を覆われた、しなびた老人と対面した。灰色を帯びた皮膚が上向きに引っ張られてヴェルヴェットの縁なし帽をかぶされ、そこから白髪がはみ出している。とはいえ、この年老いた学者に静かな腐敗の気配があったとしても、鋭い眼光やその奥に潜む頭脳には及んでいなかった。

「シャーロック・ホームズ君？　初めて聞く名前だねえ！」ギディングズは甲高い声で言った。

「でも、わたしのほうはかねてよりお噂《うわさ》を耳にしております、ギディングズ博士。美術史に多少の関心をもつ者ならば当然ですが。博士の北方ルネッサンスに関する研究は、アルプスのこちら側の巨匠たちについての理解を大いに深めてくださいました」

「ふん！」老人は鼻を鳴らした。「わしはとっくの昔に忘れ去られたと思っていたよ」

ホームズは驚いた声で言った。「とんでもないことです。まったく逆ですよ。二十年代から三十年代に博士が時代に先駆けて発表した革新的な学説は、今では自明の理と見なされています。博士のコレクションといえば……」

「目当てはそれのようだな、わしではなく。いいだろう。こっちへ来なさい。相応の働きはしてもらおうじゃないか。押してくれ。あそこのあのドアを通るんだ」

ホームズは、車椅子のハンドルをつかんで言われた方向に押していった。背の高い扉でつながった三つの続き部屋に入っていくと、目にした光景に、彼は思わず息をのんだ。壁という壁には床から天井まで隙間なく、キャンバス画やパネル画が飾られていた。一インチ四方の空白も見当たらない。

「これは圧巻ですね」ホームズはため息をついた。「これほどのものにお目にかかれるとは思ってもいませんでした」

「一生かかって集めたのだよ、お若いの。きみも今始めれば、八十になるまでに同等のものを集められるかもしれない」

ゆっくりとそのプライヴェート・ギャラリーを見まわるあいだ、ギディングズは何点かの絵の前に来ると、興奮を抑えられないかのように熱っぽく語り出した。ホームズはところどころお世辞を織り交ぜつつ、的確な言葉を返して老博士をなだめながら、ここに来た目的についての話題を出すころ合いを見計らっていた。

ようやくのことで、彼はこう切り出した。「博士がカレッジに寄贈されたレンブラントを見ることができなかったのは、返す返すも残念です。チャペルに行ってみると、修復中との断り書きがありましたが、噂では……」

「あれは芸術に対する冒瀆《ぼうとく》行為だよ！」老博士はにわかに色めきたった。

「では本当なのですね、あの絵が盗まれたというのは？」ホームズは驚きを装って問い返した。

「もっときちんと管理するべきだったんだ。途方もない価値のある絵だぞ――画家のもっとも脂の乗った時期を示す、またとない好例だったのだ。それなのに、ごろつきどもに持っていかれるとは。今ごろはどこかの沼沢地の小屋の中で、朽ち果てつつあるところだろう。永遠に失われてしまうのだ。大いなる損失だよ！」ギディングズは激しくせき込み、汚れの目立つ大判のハンカチを口元にあてた。

「ご心痛のほどお察しいたします。あのレンブラントは、博士のコレクションの中でも白眉の作品だったのではないでしょうか」

老人は力強くうなずいた。「そう、あれは二十五年前にハーグで個人的に手に入れたものだ。非の打ちどころのない来歴だった。手放すのは辛かったが、ニュー・カレッジに対するわしの生涯にわたる忠誠心を示す、いい餞別になると思ったんだ。感謝はされないかもしれないが、わしのことを忘れないでいてくれればと。それなのに……」ギディングズが肩をすくめると、毛布に包まれた体がいっそう縮んだように見えた。

「プロの泥棒の仕事だとは思われませんか？　美術界はよこしまな連中がはびこる余地がないわけではないと思いますが」

「まさか」老博士は苦しそうな声で言った。「あまりにも有名な絵だ。売りさばくことなど、できはしない」

ホームズは隣の部屋へ向かって車椅子を押しはじめたが、ギディングズがまた激しい咳の発作に見舞われて苦しみはじめたので、その手を止めた。

「誰か呼んできましょうか？」ホームズは心配そうに尋ねた。

老人が答えの代りにうなずいたので、ホームズは図書室に引き返し、呼び鈴の紐を手早く引っ張って執事を呼んだ。執事は主人を図書室に運んだ。博士は発作から回復したものの、疲れたからこれで失礼したいと言った。最後まで案内するから、また日をあらためて来るようにと。ホームズはさわやかに礼を述べ、その場を辞した。

次に彼は、ニュー・カレッジの研究室にスプーナーを訪ね、盗難事件に興味を覚えたので、許しがあれば、思いついた仮説を追ってみたいと申し出た。いくつかの点について詳細を教えてほしいと迫った彼は、シムキンズ＆ストリーター社への紹介状を書いてくれるように頼みこんだ。こうして準備を整えたホームズは、翌日ロンドンに向けて出発したのだった。

ジャーミン街から一本入った路地の入口で馬車を降り、路地を入っていくと、色つきの看板と三階の修復業者の店に続く階段が見つかった。店は広々とした一室で、大きな天窓から陽光が射し込んでいた。イーゼルと広い作業台が点々と散らばって、ワイシャツ姿の男たちがおのおの、あるいはペアを組んで、さまざまな古い絵画の修復にあたっていた。ホームズは経営者に話を聞こうと思い、職人のひとりの注意をとらえた。相手は一瞬だけ、部屋の奥のほうに見える間仕切りのない小部屋に向かってうなずいた。

開いたドアを入っていったホームズを迎えたのは、書類の散らばった机の向こうに立つ体格のがっちりした中年男性だった。少し着飾りすぎではないかと思うほどで、スーツはどちらかというと派手な仕立て、ダイヤモンドのタイピンで留めたネクタイは、ややけばけばしい色合いだった。「ヘンリー・シムキンズが承ります」男はそう告げた。「失礼ですが、どちらさまでしょうか?」

ホームズは名刺とスプーナーの紹介状を差し出し、シムキンズの反応を注意深く見守った。相手は一瞬はっとした顔を見せたものの、すぐにそれを打ち消した。「ではホームズさん、おかけください。わたしにできることはいたしますが、残念ながら無駄足を踏まれたのではないでしょうか。と言いますのも、スプーナー先生はこの悲しい事件について、すべて知り尽くしていらっしゃるのですから」

ホームズはすすめられた椅子のほこりを払ってから腰をおろした。「お時間をいただいて感謝しています、シムキンズさん。スプーナー先生からいくつか確認するように言われたものですから」

「ではなんなりとどうぞ」

「あの絵画の修復作業のためにニュー・カレッジから招かれたのは、いつでしたか？」

「ええと、そうですね、八月の終わりだったと思います。少々お時間をいただければ正確な日付をお教えできます」シムキンズは椅子をくるりと回転して、背後の壁にしつらえられた、蓋のないロールトップ式の机に向かった。引き出しから紐で綴じた書類の束を取り出すと、結び目をほどいてパラパラとめくりはじめた。頭脳明晰なホームズにとっては、「少々」とは思えないほど時間がかかったが、ややあってシムキンズは小さく勝利の雄叫びを上げ、型押しのされた便せんを誇らしげに抜き出した。「ありましたよ、ホームズさん」そう言って彼は、ホームズの前のテーブルに置いた。

それは、レンブラントの『キリスト降誕』の修復が可能かどうかを話し合うため、シムキンズ&ストリーター社に絵を見に来てもらいたいと正式に依頼する、八月二十五日付の手紙だった。ホームズは素早く目を通した。「すぐに返事をなさったんでしょうね」

「ええ、もちろんです」シムキンズは手帳をあらためた。「九月十日にわたしが絵を見にいくことになりました」

「それまでにニュー・カレッジの仕事をなさったことは？」

「いいえ、その名誉には恵まれたことはありませんでした」

「誰かの推薦があったのか、ご存知ですか？」

シムキンズはベストのポケットに親指をひっかけた格好で、椅子の背にもたれかかった。「ああ、そうですね、そう言われれば。これまでの仕事に満足してくださったお客さまの誰かかもしれません。光栄なことに、わたしたちは多くの鑑定家や美術館の学芸員、先祖代々伝わるコレクションの持ち主などに名を知られていますから。貴族や紳士階級の方々からもひいきにしていただいています」

「たとえばヘンリー卿とか?」

「そう言っていいでしょうね。卿から重要な仕事を任されたのは、去年が初めてでしたが」

「それからギディングズ博士?」

「そうです。すばらしい鑑定家ですよ、ギディングズ博士は。ご親切な方で、何度かわれわれにも鑑定法を教えてくださいました」

「先月ニュー・カレッジを訪ねる前から、レンブラントのことはご存知でしたか?」

「噂だけは耳にしていました」

「見たことはなかった?」ホームズはいささか驚いて訊き返した。

「ええ」

「でも、ギディングズ博士のコレクションのことはよく知っていた……どれくらいですか?」

「二十年以上、でしょうね」

ホームズはその事実について、しばし黙って考えをめぐらせた。「実際にごらんになったとき、あの絵にどんな印象をもちましたか?」

そのとき初めて、快活そのものだったシムキンズがいくらか狼狽するようなようすを見せた。「ええと、実を言いますと、わたしは少々がっかりしたんです」

「特別な名画だとは思わなかった？」

シムキンズのぼさぼさの眉がギュッとしかめられた。「いえ、ホームズさん、そういうわけではないのです。あれが傑作だということに、疑問を抱いたわけではありません。ただ、なんというか……そうですね、ずっと前、オランダであの絵を見たことがあるという顧客と話したことを思い出したんです。彼はあの絵のもつ温かみや、鮮やかな色彩について熱っぽく語っていました。ところがわたしがオックスフォードで見たものは、どこかでひどい扱いを受けた絵でした。古くなって変色してしまったワニスが、べっとりと塗られていたのです。おまけに飾られているのが薄暗いチャペルの中とあっては、微妙な筆づかいを見極めるのはひどく困難でした」

「それで、あの絵には徹底した洗浄が必要で、それが終わってからでないとさらなる修復が必要かどうか話し合うことはできないとお考えになったのですね」

「まさしくそのとおりです。われわれは、まず最初の仕事について見積りを出しました。当然のことながら、カレッジ側からその提案について考える時間がほしいと言われました。返事が来たのは」ここでシムキンズは、机から取り出した手紙の束を示した。「十月一日。われわれはその一週間後、八日に絵をとりに行くことになったのです」

「でも、行きませんでしたね？」

「ええ。八日の朝に電報が届いて、その日は都合が悪くなってしまったので、また日を改めてほしいと言ってきたのです」

「その電報が本物かどうか疑う理由はなかったのですね？」

「これっぽっちも」

「ねえ、シムキンズさん」ホームズは、意を決して話しはじめた。「絵画や画商、コレクターの世界を世間よりよく知っている人間として、ああいう名画を処分することはどれくらい難しいとお考えになりますか？」

「至難の業でしょうね」

「でも不可能ではない？」

シムキンズは首を傾げてその問いについて考えた。「中には、まっとうな手段ではかなわないような絵を手に入れることに取りつかれているコレクターもいます」

「そういうコレクターの欲望を満たすために活動している、国際的な窃盗団も存在しているのではないですか？」

「悲しいことに、それが実情です」

「そういう窃盗団と接触する方法をご存知ではありませんか？」ホームズはさりげなく何食わぬ口調でその問いを発し、どんな影響を与えたかを観察した。

シムキンズの大柄な体が、怒りでいっそう大きくなったように見えた。「ホームズさん、いったい何をおっしゃりたいんです？」

「ただ、あなたのような立場にいらっしゃる方なら、時として恥知らずな者たちが近づいてくることもあるのではないかと思ったのです――よくできた贋作を必要としているような者たちが。もちろんシムキンズ&ストリーター社がそのような輩と手を組むことがないのはわかっていますが、ひとりの名前もご存じないとしたら驚きです」

「誰を避ければいいかは承知していますよ、おっしゃっているのがそういうことでしたら」シムキンズはいくぶん態度を和らげた。

「まさにそのとおりです」ホームズは笑みを浮かべて答えた。「さしつかえなければ、その手の無頼漢の名をいくつか教えていただけないでしょうか」相手がきっぱりと首を振るのを見て、ホームズは言葉を継いだ。「たとえば、あなた方の名を使って、自分たちはシムキンズ＆ストリーター社の代理だというようなふりをする輩です。絵を取りに来た人間は、いかにもプロらしく見えました。したがって、その男は美術品を盗んだり処分したりといった仕事に精通していると推理できるのです」

「そうおっしゃるのなら申し上げますが、捜査を受けてもおかしくない連中が何人かいます。警察に質問させてみるのも悪くない――とは言っても、わたしは告発しているわけではありませんよ」シムキンズは目の前に散らばった紙切れの中から一枚拾い上げると、ホルダーからペンを借りて三つの名前を書きつけた。「ホームズさん、これがニュー・カレッジの『キリスト降誕』の発見に結びつくことを願っていますよ。残念ながら、とっくに消失してしまったとは思いますがね」

オックスフォードに戻る列車の中で、ホームズはこの事件について得られたあらゆる情報を細部に至るまで検討した。その結果、突飛ではあるものの、避けがたい結論が導き出された。だが、いったい証明できるものだろうか？　いや、人間がやったことなら証明できないはずがない。

そう心を決めたホームズは、テニスシューズに着古したズボンとシャツという格好で、小型のカンテラと『タイムズ』紙を手に、暗くなってからグレンヴィル・カレッジを出ていった。そして二時間後、意気揚々と帰ってきた。もう一軒出かけるところがあったが、それは翌日の夕方に持ち越すことにした。

グレンヴィルのチャペルの鐘が六時を告げたとき、ホームズはすぐ近くにあるモードリン・カレッジに向かって歩きはじめた。ヒュー・マウントシーのアパートに着くと、二重扉の外側の扉が開いていて、中から人の話し声が聞こえてきた。内側の扉を軽やかにノックすると、生姜色の髪をした、奔放そうな若者が現われた。夜会服に身を包み、シャンパンの入ったグラスを手にしている。「はい?」とけだるげな口調で言った。ホームズが名刺を差し出すと、相手は目の高さに持ち上げてまじまじと見つめた。「おい、ハフィー」と中にいる誰かに呼びかけた。「シャーロック・ホームズという名前の男を知ってるか?」その名を口にしたとき、わずかに面白がるようなようすが感じられた。「いや。追い返してくれ」と中から答えが返ってきた。「というわけで、お引き取り願うよ」と生姜色の髪の男は名刺を返しながら言った。

扉が完全に閉じられる前に、ホームズは封筒を差し出した。「マウントシーさんにこれを渡してくれないか」

ホームズは踊り場に立ったまま、数をかぞえはじめた。三十二まで数えたところで、同じ番犬役によってドアが開かれた。「マウントシーさんが、入れってさ」

「そのほうが彼のためだよ」ホームズはそう応じた。

ホームズが足を踏み入れた部屋は、豪華そのものだった。端にあるテーブルには磨き上げられた銀食器とクリスタル、パリパリのリネンが四人分並べられていた。暖炉のまわりにはひじ掛け椅子が置かれていて、そのひとつにこの部屋の主がだらしなく座っている。ヒュー・マウントシーはひょろりと背の高い黒髪の若者で、血色のよい顔をしていた。ホームズの手紙の端を親指と人差し指でつまんでいる。「このばかばかしい手紙はどういうことだ?」

ホームズはその貴族を見下ろしながら、堕落した上流階級の一員についてニュー・カレッジの聖堂番が発した軽蔑的な言葉を思い出していた。「ばかばかしければ、ぼくを招き入れたりはしないだろう」と彼は答えた。

「いったい何者だ、おまえは」マウントシーはあざ笑うように言った。

「重要なのは、ぼくがニュー・カレッジのレンブラントにまつわる真実を知っているということだ。そして何より、そこでのきみの役割をね」

マウントシーの仲間が部屋の向こうから近付いてきて、ホームズのそで口をつかんだ。「こいつに礼儀っていうものを教えてやろうか、ハフィー？」次の瞬間、その男は鼻から流れる血を押さえながら仰向けにひっくりかえっていた。

ホームズは右の拳をさすった。「言っておくが、ぼくはきみの人生をややこしくすることに興味はない。関心があるのは、さっさとこの消えた絵のうんざりする問題を解決して、自分の研究に戻ることだけだ。きみが二、三質問に答えてくれれば、ぼくはすぐに帰るよ」

「それで、おれが教えたことをどうするつもりなんだ？」

「しかるべき情報をニュー・カレッジの関係者に提供するだけさ」

「それはおれの流儀にそぐわないな。友人を売るつもりはまったくないんでね」

「友人というのは、オーリエルやマートン、そしてここモードリンでのいたずらにかかわった連中のことか？」

マウントシーはうなずいた。

「ぼくのほうから名前を明かす必要はないだろう」

黒髪の若者は数秒間ホームズをにらみつけた。それからゆっくりと笑みを浮かべ、手の中で握っていた手紙を丸めて火にくべた。「いや、ホームズとやら、おまえが何者かわからんが、くたばりやがれと言いたいところだね。ニュー・カレッジのお偉方には、なんとでも好きなように報告するがいいさ。証拠は何もない。おまえと、ここで一目置かれているおれたちのあいだの勝負になったら、どちらが勝つかは目に見えているだろ?」彼はホームズに手を振って出口を指し示し、その友人がドアを開いて押さえた。

ホームズは一歩も引かなかった。「だが、これにからんでいるのはきみと友人たちだけじゃないだろう? お父上とそのお仲間もだ」

マウントシーは不意をつかれた。「おまえにそんなこと……」椅子から飛び降りながら口走る。

ホームズはポケットから紙と鉛筆を取り出し、いくつか言葉を書きつけたあと、それを渡した。

「くそ!」マウントシーは椅子に座り込んだ。

「では、この質問に答えてもらおう」とホームズは言った。

翌朝十一時過ぎに、ホームズはちょうど講義から戻ってきたスプーナーを訪ねた。

スプーナーは顔を近づけると、分厚いレンズの向こうからじろりと見た。「おや、ホームズのグレンヴィル君じゃないか? よく来たね。さあ入りなさい。そこに座ってくれ。窓際の席のほうが快適だと思うよ」

ホームズは窓際の斜間におかれたクッションに腰を落ち着けると、「捜査結果をご報告に来たんですよ」と切り出した。「チャペルから盗まれた絵についてですが」と、スプーナーがぼんやりと空《くう》を見つめているのに気づいて言い添えた。

「ああ、そうか、すばらしい」スプーナーの青ざめた顔に笑みがこぼれた。「ということは犯人がわかったんだね。レンブラントかい?」

「いいえ、違います」このころまでにはホームズも、スプーナーの思考がしょっちゅう横道にそれるのを防ぐためには、とりあえずなんらかの問題に意識を集中させておかなければならないことに気づいていた。「初めから説明するのがいいでしょう。あの絵が消え失せるまでに起きたことを順番に」

「すばらしい考えだよ、青年。語り手を担当して、せりふをはっきりしゃべってくれ」

ホームズは謎解きを始めた。相手が質問を差し挟んだり、途中で遮ろうとするそぶりを見せると、あわてて先を急いだ。「まず、ギディングズ博士に関するあなたの人物評は、客観的な観察というより、隣人愛に基づいていると言わなければなりません。残念ながら、老博士は、学寮長選挙に敗れたことを根にもっていました。そのためにあの絵をニュー・カレッジに寄贈したのです」

「でも、確か……」

ホームズはほとんど息をつく間もなく話しつづけた。「これは彼の復讐だったのです。あの絵は贋作で、お粗末な腕の絵師の絵に、それよりは多少技量のある人間が手を加えたものでした。ミスター・シムキンズと話したときにそれがわかったのです。彼は困惑していました。ギディングズが買ったころあの絵を見た顧客のひとりが、『温かみのある鮮やかな色彩』の絵だったと評していたらしいのです。でもシムキンズが実際にチャペルで目にしたのは、劣化したワニスが塗りたくられた粗悪なものだった。あの絵にそんなことができたのは、ギディングズだけです。理由はただひとつ。彼は自分のコレクションに加えたあとで、あれが巨匠の手によるものではないことに気づいたのです。偽物をつかまされたことを認めて屈辱を受ける前に、あの絵にワニスを塗り、処分する時機が来るのを待ちました。学寮長選挙に敗れたことで、一挙両得のチャンスが訪れたと考えます。レンブラントの贋作を処分できるうえ、ニュー・カレッジのフェローたちを担ぐことができる。ギディングズはいずれ、あの絵が洗浄されることを知っていました。そして、復讐が成し遂げられるのを墓場から見守ることにしたのです。

そうしたことが頭の片隅に追いやられてずいぶんたったあと、彼はあのレンブラントが修復に出されることになったことを耳にします。シムキンズ＆ストリーター社ならすぐに真実を見破り、自分の愚行と復讐の両方とが明るみに出てしまうことを悟りました。人生が二重の恥辱にまみれて終わることを防ぐにはどうすればいいか？　絵が行方不明になってくれる以外に解決法はないものの、自分が出ていくことはできません。協力者が必要です。そこで考えた末、友人にして仲間のコレクター、ヘンリー卿の存在を思い出したのです」

「ヘンリー卿？　いったいなぜ、周囲の尊敬を集める貴族がそんないかがわしい企みに加担するんだ？」

「実はぼくも、その点がわかりませんでした。結局は、息子のミスター・マウントシーから真実を導き出しましたが」

「あの放蕩息子は手がつけられない」

「ごもっとも」ホームズは先を急いだ。「どうやらあの二人は、共通の趣味をもっているだけでなく、ヘンリー卿はギディングズ博士に少なからぬ恩義があるようでした。数年前のこと、卿は悪徳画商によって大がかりな美術詐欺に引っかかりそうになったのです。もし引っかかっていたら、命取りの醜聞に発展していたでしょう。ギディングズは、背後にいた組織の存在を暴くことに大きく貢献しました。それで、今度は自分が恩返しをしなければならないとヘンリー卿は考えたのです。かつての友情がよみがえり、老いらくの二人は窃盗計画を企てます。ギディングズはカレッジのつてを頼って、シムキンズ＆ストリーター社がやってくる日時を突き止めました。そして、ヘンリー卿が約束の日を延期するように偽の電報を手配し、裏社会の知人に接触して修復業者の代理のふりをさせます。絵が取り外されるのを見られて不審を招かないよう、日が落ちたあとの、チャペルから人がいなくなるような時間を設定しました」

「でも、ほかのカレッジ泥棒のことは？」

「偶然がいくつも重なったせいで、犯人たちに好都合なことに、事態が複雑になったのです。ヘンリー卿の息子は、彼らの言う無謀な〝おふざけ〟を計画し実行する、かなりばかばかしい組織に属していました。オーリエルとマートンの犯行はこのクラブのほかのメンバーによるものですが、モードリンの塀から日時計を盗んだのはマウントシーとその仲間たちです。ヘンリー卿はこれらの悪行について知っていたようですが、子供に甘い親らしく、それを真剣にとらえるつもりはなかったようです。それどころか、学期の初めに起きた騒ぎに息子を焚きつけたのは、卿のほうでした。マウントシーと仲間たちがチャペルの絵を調べているところを見つかったとき、カレッジの上層部は過去に起きた一連のいたずらとの関係を疑い、絵が消えるに至って、その疑惑はいっそう強くなりました。でももちろん、マウントシーがこの犯行に関わったという証拠はありませんから、まったく心配はありませんでしたがね」

スプーナーは眉根を寄せてじっと考え込んだ。「でも、じゃあ、誰の初期刊本がラドクリフを盗んだんだ？」

「ギディングズがみずから図書館から失敬したのだと思いますね。マウントシーは、誓って本のことは知らないと言っていました。ギディングズ博士のように高名で体の弱い学者なら、幌付き車椅子の毛布の下に隠して稀覯本を持ち出し、代わりに複製を置いてくるくらいなんの苦労もなかったことでしょう」

「じゃあ、本と絵はギディングズ博士の家に保管されているのか？」

「本のほうは――そうです。ギディングズ博士があれを破損させるとは思いませんし、長期にわたって図書館をだましおおせるとは考えていないでしょう。ですが、絵はまた別です」そう言って、ホームズは持参した鞄《かばん》を開けた。新聞紙で無造作に包んだものを取り出すと、紙を取り去った。

スプーナーは身を乗り出して、元は金箔が施された木枠と、石膏だったものの残骸を見つめた。黒こげになったキャンバス地の切れ端がまだこびりついている。

「おとといの夜、ギディングズ博士の屋敷の庭に忍び込んだんです。隅のほうでたき火が焚かれていて、そこでこれを発見しました。薪はまだ暖かかった。ぼくの勘違いでなければ、これこそレンブラントの贋作の燃えさしです――幸運なことに、と言っていいのでしょうね」

「どうしてそこを調べようと思ったんだい？」

「前の日にギディングズ博士を訪ねたとき、博士はぼくがレンブラントに興味をもっていることが不安なようでした。絵が盗まれたのは学生のいたずらだと思わせようとしたうえ、発作が起きて面会が打ち切られたのも、やや唐突に思えました。あの絵が保管されている部屋を見られまいとしてのことだと思います。肝を冷やしたあと、すぐに証拠を処分するだろうと思いました。あれより簡単な方法はないと考えたんです」

スプーナーは眼鏡を外し、考え込むようにレンズを磨いた。「ホームズ君」とやがて口を開いた。「きみは並はずれた若者だ。きみにはどんな未来が待ち受けているんだろう。今話してくれたことを文章にしてくれないだろうか？　きっと同僚たちがもっとよく吟味したいと思うはずだから」

「そうおっしゃるだろうと思っていました」ホームズは、封をした封筒を取り出した。

「なんと周到な、ソロモン君、きみはなんと洞察力が鋭いのだろう。カレッジはきみに感謝しなければならない。じきに便りがあるだろう。今のところぼくにできるのは、個人的にお礼を述べることだけだ」スプーナーは温かくホームズの手を握り、ドアまで案内した。

ホームズはそれから二、三日のあいだ、このちょっとした捜査によってもたらされた大きな喜びと満足に浸っていた。このときはまだ、自分の仕事を犯罪捜査の分野に結びつけてはいなかったものの、消えた降誕画をめぐるやっかいな問題が自分に新しい可能性を開いたことは間違いないと、のちにわたしに告白した。

あらゆる可能性が開かれていた。数日後、目に見える形でひとつの結果が現われた。思いがけず、グレンヴィルの学寮長から食事の招待を受けたのだ。大勢の人と一緒だろうと思いつつ、指定された時刻に公舎に出かけていくと、驚いたことにほかにはニュー・カレッジの学寮長しかいなかった。三人だけの食事が始まると、学寮長は先頃ホームズが行なった調査について話しはじめた。ニュー・カレッジのフェローたちは問題を解決してくれたことにいたく感謝しているものの、ホームズが知るに至った内部事情が外に洩れることがないかどうか、ひどく心配しているという。事情が事情だけに、ホームズにおいてもこの秘密を守ることが、オックスフォードに留まる条件になると理解してほしい、というのだった。

ホームズは、守秘義務を破ることは絶対にないと請け合った。だが、絵画泥棒に至る一連の不法行為に関わった人間たちはどうなるのかと訊ねたところ、ニュー・カレッジの学寮長はこう答えた。「われわれが行動をとれば、有力な人々の顔をつぶすことになってしまう。そういう事情だけに、起きてしまったことにはヴェールをかぶせるのが一番だと考えている」

ホームズは啞然とした。「失礼、お言葉を聞き間違えたのかもしれませんが、ぼくには真実より個人の名声のほうがはるかに重んじられるとおっしゃったように聞こえました」

「それはいささか口が過ぎるのではないかね」グレンヴィルの学寮長が口を挟んだ。

「しかし、それが正確なのではないですか。窃盗、偽造、ペテンの罪は、罰することはおろか、口にすることも許されない。なぜなら、社会的有力者に決まり悪い思いをさせてはならないからだと。これが学究の徒から聞かされる哲学だとは思いませんでした。残念ながらぼくには納得できかねます」

その後、すぐに話題はほかに移ったが、会食が終わるとホームズは自室に戻り、ただちに退学を告げる手紙を書き上げたのだった。

The Affray at the Kildare Street Club
キルデア街クラブ騒動

ピーター・トレメイン

Peter Tremayne（1943 - ）

英国生まれ。ピーター・ベレスフォード・エリスという本名では、著名なケルト学者として知られる。ドラキュラを題材にした小説や、Ｅ・Ｗ・ホーナングの創造した怪盗ラッフルズが登場する長篇を発表したあと、７世紀のアイルランドを舞台にした修道女フィデルマのシリーズ（邦訳は創元推理文庫『蜘蛛の巣』、『修道女フィデルマの叡智』など）で有名になる。ホームズ・パスティーシュとしては「セネン・コウブのセイレーン」（原書房『シャーロック・ホームズ　ベイカー街の殺人』所収）がある。

著名な諮問探偵であるシャーロック・ホームズの冒険を語るうえで、わたしは常に、ささやかながら慎重を期してきた。ホームズがわたしだけに明かしてくれた話を後世に伝えることができないのは、個人的かつ職業上の問題からであることが多いのだが、実はホームズ自身の要望によるものもあった。実際、彼の個人的な書類の中にいくつか備忘録《エイド・メモワール》があるのは知っていた。それを使えば、彼の活躍を記したわたしの事件簿も数倍の量に膨らんでいたことだろう。わたしが手すさびに物書きのまねごとをしているせいで見過ごされがちだとはいえ、ホームズに文才があることは、『養蜂実用ハンドブック』から『人生の書――観察と推理の科学』に至るまで一連の著作を見れば明らかなとおりだ。けれども彼は、わたしの知るかぎり、個々の事件について書くことはしなかったはずである。

そういうしだいであったから、一八九四年春のある日、『空き家の冒険』に記した事件のあと、ホームズから手書きの書類の束を受け取ったときは、驚きを禁じえなかった。これを順に読めば、メイヌース卿の息子を殺した男と自分との関わりがより深く理解できるだろうという但し書きがついていた。むろん、彼はそういう細かい経緯を公にすることを望まなかったので、わたしはあとになって、彼の死後でならば公開してもいいという約束をとりつけたのだった。そして、この短い序文をホームズの備忘録に添え、さらに許可を取り付けた日から百年たったのちに公表してもよいという注意書きをつけたうえで、取引銀行と遺言執行人の両方に託したのである。

それと同時に、わたしがわれわれの世代の偏見を考慮してずっと神経をとがらせてきた事情も、明らかになるだろう。シャーロック・ホームズは、アイルランドはゴールウェイ（西部の県）のホームズ家の一員であり、兄のマイクロフトと同様にダブリンのトリニティ・カレッジを卒業している。親しい学友に詩人のオスカー・フィンガル・オフレアティ・ウィルズ・ワイルドがいるが、彼はこれを書いている今でもレディング監獄で惨めな暮らしを余儀なくされている。ホームズの経歴についてこれまで赤裸々にしなかった主な理由は、ここにある。この新事実が、凝り固まった偏見や不寛容にさらされるだけだとすれば、公表しても何の意味もないと思ったからだ。立派な市民でありながら、そういう背景が知れたとたん、一夜にして仕事を干されたり、それまで築き上げたものが水泡に帰すことが少なくないのだ。

ホームズの冒険譚を読んできてくれた注意深い読者にとっては、この新事実もなんら驚きに値するものではないだろう。ホームズの出自については、すでに充分なヒントがちりばめられているからだ。そして、ホームズの最大の敵、ジェイムズ・モリアーティも同じような背景の持ち主である。モリアーティ家がケリー（アイルランド南西部の県）の出であること、モリアーティという名がアイルランド名の〈オ・ミュラハーティグ〉を英語化したもので、実に興味深いことに〝熟練の航海士〟という意味であることを多くの読者が知ることになるだろう。モリアーティは、かつてベルファストのクイーンズ大学で数学の教授職についていた。ホームズとモリアーティの反目が始まったのは、アイルランドにおいてなのである。だが、それはさしあたって関係のない話だ。

ヒントが充分でないというならば、ケルト語に対するホームズの専門家並みの情熱を考えてもらいたい。『悪魔の足』事件において、わたしは彼の論文『古代コーンウォール語におけるカルデア語根』について触れている。ただし、この論文が大英博物館のヘンリー・ジェンナーといった、この分野における当代最高の権威たちから高い評価を受けたことは明らかにしていない。ホームズは、コーンウォール語とアイルランド語の動詞のシステムに緊密な関係があることを立証してみせたのだ。

ホームズ家はゴールウェイの名門一族である。ホームズのおじ、ロバート・ホームズはゴールウェイの著名な法廷弁護士で、王室顧問弁護士を務めた人物であり、アイルランド人ならば感謝を捧げなければならない相手である。貧困層向けの国立学校制度の制定に尽力し、一八三〇年代から一八四〇年代にかけて多くの革新的なアイデアを提案したレンスター公爵の七人教育委員会のメンバーだったのだ。

この簡単な前書きにより、一八九四年の春にホームズから託された以下の備忘録の重要性が明らかになったことと思う。

わたしの人生で二番目に危険な敵と初めて遭遇したのは、一八七三年九月のある日、兄マイクロフトとともにダブリンのキルデア街クラブで昼食をとっていたときだった。二十歳になったばかりで、諮問探偵になるという考えはまだ頭の中に芽生えていないころだ。それよりも、オックスフォードのカレッジから年額九十五ポンドの支給を受ける給費生の資格を得て、間もなくイングランドに旅立つことで頭がいっぱいだった。

わたしはダブリンのトリニティ・カレッジでも奨学金をもらい、化学と植物学を学んでいた。化学の知識はトリニティの偉大な学者マクスウェル・シンプソンによるところが大きく、パーク・ストリート医学校の講義で、有機化学に関するさらなる知識を深めることができた。シンプソンは、コハク酸、すなわち琥珀を乾溜して得られた二塩基酸を合成することに初めて成功した人物である。この偉大な同国人のおかげで、わたしはオックスフォードの給費生に値するとみなされた学術論文をものすることができたのだった。

その年オックスフォードの奨学金を認められたトリニティの学生は、わたしひとりではなかった。古典学専攻の友人ワイルドもまた、オックスフォードで学問を続けることが決まっていた。わたしはまったくその方面には疎かったが、彼はいつもわたしの煽情《センセーショナル》文学に対する興味を非難し、いつの日かわたしでも怖がるような肖像画にまつわる恐怖小説を書くと公言していた。

ゴールウェイのホームズ家の一員の例にもれず、兄マイクロフトもトリニティの卒業生だが、彼からキルデア街クラブでの昼食に誘われたのは、そんなある日のことだった。七歳年上のマイクロフトは、すでに政府官庁でのキャリアをスタートさせていて、ダブリン城に置かれたアイルランド総督府の会計部門で働いていた。そのおかげで年十ポンドの会費を払い、キルデア街クラブという赤レンガのゴシックスタイルで作られた豪奢な空間に通うことができたのである。

このクラブは、アイルランドにおけるプロテスタント支配の中心となる者たちが集う場所だった。彼らは英国系アイルランド人のエリートで、かつてイングランドによって、手に負えない地元民を統治するために送りこまれた人々の、子孫にあたる人間たちだ。このクラブに入会できるのは、アイルランドでも屈指の名家の出身者に限られており、自治論者やカトリック教徒、非国教徒には門戸が閉ざされていた。ただカトリックに対する規則は、アイルランド最後の上王《ハイ・キング》直系子孫であるオコーナー・ドンや、イングランドに対する忠誠心は紛れもないものの、宗教的な信念を曲げることができない、ウェストミース、グラナード、ケンメアらの各伯爵が相手の場合には、〝緩められる〟こともあった。陸海軍とも、少佐より下の地位にある軍人は敷居をまたぐことが許されず、自由に施設を利用できるのは来訪中の王室メンバーと侍従たち、そして総督自身だけだった。

マイクロフトはこの植民地的壮麗さに浸って恩恵を浴していたが、正直なところ、わたしの趣味ではなかった。そもそもわたしがこの選ばれし者たちの聖地に足を踏み入れることができるのは、総督府の顧問として知られ、それゆえ総督その人の側近とみなされている、マイクロフトのゲストとしてにすぎない。このとき出かけて行く気になったのも、給費生に決まったことを祝い、オックスフォードに旅立つわたしを見送りたいという兄の気持ちを無にしたくなかったからだ。

クラブの食堂は絢爛豪華なしつらえで、ダブリンでも最上の食事を供するというもっぱらの評判だった。

いかめしい顔の、どちらかというと葬儀屋に似つかわしい給仕が、われわれをすばらしい内装の食堂にいざない、セント・スティーヴンス教会の緑地を見渡す張り出し窓のテーブルに案内してくれた。クラブはキルデア街と緑地が交わる角にあった。

「アペリティフはいかがですか?」給仕が陰気な声で尋ねた。

この言葉をきっかけに、マイクロフトはここのセラーがすばらしく充実しており、ことにシャンパンの品ぞろえが秀逸であることを教えてくれた。わたしはシェリーから始めようとパロ・コルタドを選んだが、マイクロフトは豪勢にもディアマン・ブルーをハーフボトルで注文すると言ってきかなかった。

しかも兄が注文した牡蠣は一ダース一シリングもする代物で、クラブの所有するゴールウェイ近くの養殖場から毎日届けられるということだった。わたしはフォアグラのパテにしたが、二人ともステーキとともにボルドーを楽しむことに決めた。シャトー・マカーシーの芳醇なサン・テステフだ。

実際のところ、マイクロフトは美食家《グルメ》というより大食漢《グルマン》だった。体を動かすことが嫌いで、大柄な体軀にはすでにたっぷりと肉がついていた。とはいえ、兄はホームズ家独特の眉と、鉄灰色の深く落ちくぼんだ隙のない目、意志の強さをうかがわせる口元をしている。そして明敏な頭脳の持ち主であり、チェスの名人でもあった。

注文を終えると、わたしたちはひと息ついてあたりを見回す余裕ができた。

すぐに目をひかれたのは、若いころはさぞ美男子であっただろうと思わせる黒っぽい髪の男性客だった。今は三十代半ばにさしかかり、顔に肉がついて自堕落と退廃を漂わせている。テーブルに前かがみになって少し飲みすぎなのではないかと心配になるほどワインをあおっていても、軍人のたたずまいが感じられた。鋭い眉は肉感的な顎によって緩和されてはいるものの、冷酷そうなブルーの瞳と世をすねたように垂れ下がったまぶた、ゆったりと座ってはいてもどこか挑戦的な態度は見過ごしようがなかった。上質の黒っぽい上着とダイヤモンドのピンを刺したクラヴァットを隙なく着こなした姿からは、高級志向の人物であることがうかがわれた。

その連れは友と比べてさほど葡萄に支配されていないらしく、午餐の相伴にコーヒーを選んでいた。こちらの男は長身瘦軀《そうく》で、白い額が半球状に突き出しており、両の眼が深く落ちくぼんでいた。年のころは同じくらいだろう。きれいにひげを当たっていて、青白く修行僧のような面持ちをしていた。これ以上対照的な二人は、めったにいない。

その学者風の男が熱心にしゃべっていて、それに対して軍人風のほうは、ワイングラスの中身を吟味するのを邪魔されているとでも言いたげに、ときどき相槌《あいづち》を打つだけだった。学者風の男は肩を丸め、顔を前に突き出している。その顔が爬虫類のように左右に振られるのを、わたしは興味深く観察していた。

「マイクロフト」しばらくして、わたしは口を開いた。「あの興味深い二人組は誰だい？」

マイクロフトはわたしが示した方向に視線を走らせた。

「ああ、あのうちのひとりはおまえも知っていると思ったがな——科学とかそういうものに興味があるんだろう？」

わたしは兄にいらだちを見せまいとした。

「いや、知らないな。だから訊いているんだけれど」

「年長のほうはモリアーティ教授だ」

俄然興味が出てきた。

「クイーンズ大学のモリアーティ？　ベルファストの？」

「そのモリアーティ教授だ」マイクロフトは気取った口調で請け合った。

モリアーティについては、クイーンズ大学で数学教授を務めていること、彼の著作『小惑星の力学』は、あまりに高度で純粋な数学理論が駆使され、科学誌の記者ですら誰も論評できなかったという逸話くらいは耳にしていた。

「それで、酒をこよなく愛する男性のほうは？」わたしはせっついた。「誰なんだい？」

マイクロフトはわたしの意見に不満をあらわにした。

「シャーロック、自分のクラブ以外のどこに、男が悪癖に浸れる場所があるっていうんだ？」

「うまく隠し切れていない悪癖がひとつある」わたしは意地悪くもそう答えた。「男としての度しがたい見栄だよ。あの黒髪は自然なものじゃない。あの男は髪を染めてるんだ。だけどマイクロフト、まだぼくの質問にまだ答えていないよ。彼の名前は？」

「セバスチャン・モラン大佐だ」

「初耳だな」

「コノートのモラン家の一員だ」

「カトリック？」正しいアイルランド姓で呼ぶなら、〝偉大な〟を意味する〈オ・モレイン〉だが、コノート（アイルランド北西部の地方）の著名なジャコバイト氏族《クラン》の名前だ。

「まさか」とマイクロフトは強い口調で言った。「彼の分家筋はウィリアマイト戦争（名誉革命後、ジェイムズ二世側とウィリアム三世側で争われた戦争）のあとで国教会に改宗した。父親のサー・オーガスタス・モランはかつて駐ペルシャ英国公使も務めたバース勲爵士で、息子のセバスチャン・モランは、イートンとオックスフォードを卒業している。デリーナクレーにあった一家の地所は、大佐が相続したのちカード賭博《とばく》ですってしまったと言われる。かなり困窮したはずだが、インド陸軍で士官の座を手に入れることはできたらしく、ベンガル第一工兵隊に所属していた。軍歴のほとんどをインドで過ごしていて、猛獣狩りの腕はかなりのものらしい。ホールに入ったところにあった、ベンガル虎のはく製は、彼が仕留めたものだ。話によると、手負いの虎のあとを追って排水溝に入り、仕留めたそうだ。大した度胸の持ち主さ」

わたしは眉をひそめた。

「度胸、虚栄心、酒とカードに目がないというのは、あまりうらやましくもない組み合わせだな。まったく興味深い二人組だ」

「よくわからないが？」

「数学教授と放蕩な陸軍将校が一緒に食事をしていることがだよ。どんな共通点があるんだろう？」

この問題について考えるのは、あと少しだけにしておいた。このころすでに、事実をつかむまでは、いたずらに当て推量を試みても時間の無駄だと知っていたからだ。

そこで、食堂のほかの面々に視線を向けることにした。顔を知っている人も多少はいたし、マイクロフトと一緒に来たときに紹介されていた人も、ひとり二人いた。その中には、居住するバール城に世界最大の反射望遠鏡を構えているというロス卿もいた。それに、酒豪で知られるマセリーネ・アンド・フェラード子爵と、やはり自堕落なクロンメル卿。四人の若者が囲んでいるテーブルからは、にぎやかな声が聞こえてくる。それがクラグモアのベレズフォード兄弟で、その長兄がウォーターフォード侯爵であることに気づくのに、ほとんど時間はかからなかった。

わたしの目は最終的に、まん丸い赤ら顔をした白髪の老紳士が座っている隅のテーブルに落ち着いた。身なりがよく、給仕たちが群がる蛾よろしくひじのあたりに立って細々と世話を焼いているところを見ると、どうやら名のある人物のようだ。

わたしはマイクロフトに、あれは誰なのかと訊ねた。

「クロンカリー・アンド・ストラファン公爵だ」マイクロフトはアイルランドでも一、二を争う有力な貴族の名をあげた。

かつてアイルランドを統治していた祖先をもつ公爵閣下を、わたしは振り返って観察した。イングランドに併合される前のことだが、かつてのアイルランド議会ではクロンカリーの祖父のひとことでいかなる議案の投票も左右されたと言われている。わたしがじろじろとあからさまに見つめているうちに、公爵は椅子から立ち上がった。七十代にさしかかり、背が低くずんぐりとした体軀ながら、身だしなみには気を使っているようだ。口ひげはきちんと整えられ、髪の毛も白髪一本乱れることなくなでつけられていた。

公爵はつやつやとした革の小型ケースを取り出した。せいぜい縦六インチ、横四インチの、書類ケースのようなものだ。銀の紋章は、おそらくクロンカリー家の家紋なのだろう。

公爵はそのケースを持ってドアのほうに向かっていった。それと同時にモリアーティ教授が椅子をうしろに引くのが目に入った。連れのモラン大佐とのあいだで鋭い調子の言葉が交わされたあと、教授は振り向いてドアのほうに足早に進み、高齢の公爵と鉢合わせしそうになった。あわやというぎりぎりのところで教授が立ち止まり、公爵を先に通した。

「教授とご友人のあいだで何かひと悶着あったようだね」わたしは声に出して言った。「どういうことだろう?」

マイクロフトはじろりとわたしをにらみつけた。

「まったく、シャーロック、おまえはいつも他人の問題に首を突っ込んでいるようだな。おまえだってオックスフォードでの研究に向けて、やるべきことがたくさんあるはずだろう」

このときすでに、わたしは人の行動を綿密に観察することが癖になっており、ともに午餐をとっている面々を観察するのになんのうしろめたさも感じなかった。

わたしは、ふてくされたようにワイングラスを眺めながら座っている大佐に注意を戻した。そばに給仕が来て、何やらいさめているようだったが、モラン大佐が空になったワインボトルを指しながら、振り返って腹だたしげに言い返すと、給仕はあとずさるしかなかった。大佐は立ち上がり、上着を手で払いながら食堂を出ていった。グラスにワインが残ったままだったので、すぐに戻ってくるだろう。案の定、給仕がハーフボトルのワインを手にテーブルに戻ってきて用意した。手洗いにでも行っていたらしい大佐は、十五分もするとまた姿を現わし、席についた。気分が良くなったらしく、顔に笑みを浮かべている。

ふと気がつくと、兄はまだ説教を続けていた。

「ごまかしても無駄だぞ、シャーロック。おまえは救いがたいほどなまけ者で、規律というものを知らない。もし示されたテーマに惹かれなければ、ただ無視するだけだ。おまえが給費生に選ばれたなんて驚きだよ。そもそも学位をとれるとも思っていなかったね」

わたしは忍び笑いをもらしながら兄のほうを見た。

「兄弟だからって、何も同じ心配を分かち合う必要はないんじゃないかな。兄さんの問題は、おいしい食事とワインに目がないことだ。マイクロフト、あなたは自分を甘やかしている。自堕落な生活を続けていると、いつの日か体が反乱を起こすよ」

トリニティ時代にフェンシングやボクシングで賞杯を手にし、いっぱしの剣術使いとして認められたことに対する自負が、口を開かせた。

「それはともかく、おまえは将来どんな職業につくか考えないといけないぞ、シャーロック。わが一族はみな、政府機関か法律や学問の分野に従事している。おまえにその資質があるか不安だよ。そうやって些細なことにばかり気を取られて……」

「でも人生において、些細なことというのは重要なんだけれど……」わたしは反論しかけた。

そのとき食堂のドアのあたりで物音がして、話が中断された。

青い顔をした給仕が室内に駆け込んでくると、クロンカリー・アンド・ストラファン公爵が座っていたテーブルに近づいていった。何事かと思って見ていると、給仕はまずテーブルを注意深く調べ、続いてテーブルを囲む椅子の座席部分を調べたあと、こんな光景には初めてお目にかかったのだが、両膝をついてテーブルの下をのぞき込んだ。死人のようだった顔に赤みが帯びてきたところで、彼は戸口に戻っていった。給仕頭が困ったような顔をしてそこに立っている。

二人はしきりに首を振ったり、肩をすくめたりしたあと、給仕頭が部屋を出ていった。

探しものをしていた給仕がわれわれのテーブルのわきを通ったので、わたしはマイクロフトの驚きと不興をよそに彼を呼びとめた。

「公爵が何か置き忘れになったのですか？」

入店したときにわれわれをテーブルに案内したのと同じ給仕が、悲しそうな目を向けてきた。その目が疑わしそうに光った。

「はい、いかにも。どうしておわかりになったのです？」

「さっきまで公爵が座っていたテーブルを探しまわっていたので。そこから、公爵がテーブルに持ってきたはずのものがなくなったと考えているようだと、普通そう推理するでしょう」

言わずもがなの答えを聞いて、給仕は残念そうに視線を落とした。

「何をなくされたんです？」わたしは重ねて訊いた。

「洗面道具の入ったケースです」

マイクロフトはぷっと噴き出した。

「洗面道具入れ？　なんだって食堂に洗面道具を持ちこむんだ？」

給仕はマイクロフトのほうを向いた。

「公爵閣下は実に風変わりで、身だしなみにうるさいお方なんです、ホームズ様」どうやら彼はマイクロフトを見知っているらしい。「肌身離さずあれを持ち歩かれています」

「貴重な品なのですね？」わたしは当てずっぽうに言ってみた。

「そういうわけではありません。少なくとも、ひどく値が張るようなものではないはずです」

「それでは、公爵にとって思い入れのある品ということかな？」わたしはそう言った。

「ボイン川の戦いで、閣下の祖先がウィリアム三世の命を救ったときに記念として贈られた品なのだそうです。では、ケースをごらんになっていないのでしたらこれで……」

給仕は歩き去った。

マイクロフトはナプキンで口元をぬぐっていた。

「さて、ホールでポートワインかブランデーでもどうだ？」

クラブのホールは天井が高く、猛獣のはく製や燃え盛る暖炉がしつらえられ、精巧な石彫のほどこされた階段が目を引いた。午餐を終えたメンバーは、そこで飲み物や葉巻を楽しむのが習慣だ。

われわれは席を立って食堂をあとにした。モラン大佐のテーブルのわきを通ったとき、大佐の黒いスーツにフケが浮かび上がっているのを見て、もっと気を使えないものかと眉をひそめた。こうしてつい細かいところに目がいくせいで、ときどき連れの人間をいら立たせてしまうのは認めるが、フケが出る体質ならば、せめて白い粉や白髪の目立たない薄い色の服を選ぶくらいの良識を備えているべきだ。

ホールに向かって歩いていると、クロンカリー・アンド・ストラファン公爵が、給仕頭と、マイクロフトがクラブの総支配人だと教えてくれた紳士と一緒に立っていた。閣下はご立腹のようすだ。

「貴重なものだ！　値段のつけようのないほど価値のあるものなのだ！」ほとんどむせび泣くような声だった。

「わたしにはなぜなのかわかりません、閣下。食堂にお持ちになったというのは確かなのでしょうか？」

「お若いの」と公爵はさえぎるように言った。「わたしがもうろくしていると言いたいのかね？」

五十には手が届きそうに見える「お若いの」は、老人の憤怒のまなざしの前に青ざめ、一歩あとずさった。

「めっそうもありません、閣下、まさか、そのようなことを申しているのではありません。もう一度、起きたことをお話ししていただけますでしょうか」

「食事を終えたあと、わしは手洗いに立ち、手を洗って髪をとかした。食後の習慣なのだ。いつも携帯している革のケースから銀のヘアブラシを取り出したが、それをちゃんと戻したのは、はっきりと覚えている。それから洗面台にケースを置いて個室に入った。出てきて手を洗っていたとき、ケースがないのに気づいたのだ」

給仕頭は泣きそうな顔をしていた。

「ケースは食堂にあるかもしれないと、給仕をやって調べさせたのです。しかし、ありませんでした」

老公爵は気色ばんだ。

「時間の無駄だということくらいわかっていたぞ。そう言ったではないか。どこにあるかはわかっておる。きみたち従業員を調べさせてもらうぞ。今すぐにだ！」

支配人は浮かぬ顔をした。

「閣下、そうことを急ぐ前に、その品を探す時間をいただけませんか。ひょっとするとどこかに置き忘れに……」

「置き忘れ！」その言葉が爆弾のように飛び出した。「何を申す！　置き忘れだと！　わしを間抜けだと思っているのか？　ただちに従業員の所持品を調べてもらうぞ！　ＤＭＰを呼べ！」

ＤＭＰ、つまりダブリン首都警察という言葉を聞いて、支配人の顔がわずかに青ざめた。

「閣下、手前どもの評判に傷が……」

「きみらの評判など知ったことか！　わしのへアブラシはどうなるんだ！」老公爵は声を震わせた。

割って入ろうと思ったのは、そのときだ。

「失礼ですが、閣下」とわたしは声をかけた。

涙のにじむ目がこちらに向けられ、若さを値踏みされているのがわかった。

「いったいどなたかな？」

「名前はホームズと申します。お役に立てるかもしれないと思いまして」

「きみのような若造が？　どういう意味だ？」

兄がわたしの厚かましさにやきもきするように、舌打ちするのがうしろから聞こえてきた。

「お許しがあれば、失せものを取り戻すことができるかと存じます」

公爵の目は危険なまでに細められた。

「なんだと、貴様のようなさしでがましい鼻たれ小僧に⁉」公爵は挑むように言った。「もし貴様が犯人なら……」

マイクロフトが助け舟を出してくれた。

「失礼ですが、閣下、これはわたしの弟で、シャーロック・ホームズといいます」

公爵は顔を上げ、マイクロフトを認めた。総督の側近であることを知っているのだろう、物腰がわずかに和らいだ。

「じゃあなぜ、きちんと自分の名を名乗らなかった？　よかろう、ホームズ君、さっきのはどういう意味だね？」

「お許しを得たうえでですが」とわたしは動じることなく先を続けた。「支配人にいくつか質問をしたいと存じます」

支配人の顔が困惑したように赤く染まりはじめた。

「では、やってみなさい、ホームズ君」公爵は言った。「支配人は、このクラブに警察が介入するのを防ぐためならなんだって応じるだろう」

気は進まなそうではありながら、支配人は応じてくれた。

「さて、ぼくの記憶が正しければ、手洗いはクロークの隣でしたね？」

「はい」

「手洗いには係の人がいますか？」

「いません」

「ではクロークは？　常に人がいますか？」

「もちろんです」

「閣下、よろしければ洗面ケースを置いた場所を教えていただけませんでしょうか」

われわれは公爵を先頭に、ぞろぞろと手洗い所まで歩いていった。公爵はその奥にある、豪華な装飾のされた大理石の洗面台のひとつを指さした。左手の壁にそうした洗面台がずらりと並んでいて、前面には鏡がついている。右側の壁には、真鍮の金具が光る落ち着いた色合いのマホガニーの個室が並んでいるが、入口のドアを開けたあたりには空間があった。そこの大理石のタイル張りの壁に小さな開口部が切ってあり、六十センチ四方のその穴はマホガニー材の枠で囲まれ、ハッチ扉がついていていた。

わたしはその扉を指さした。

「このハッチ扉で、手洗いとクロークがつながっているんでしょうね?」

「むろんです」支配人はどなるように答えた。「それで、これはいったいなんのまねです?」

わたしはきびすを返して手洗いを出ると、クロークルームにみんなを連れていった。制服姿の係員が椅子から飛び上がりざま、吸いかけの煙草を灰皿に押しつけ、申しわけなさそうにわれわれの顔を見渡した。

「何かご用でしょうか?」としどろもどろに言う。

「ああ、あるとも」とわたしは答えた。「セバスチャン・モラン大佐から預かっているコートを持ってきてもらいたい。どっしりした乗馬用のマントか、最近流行している長くてゆったりしたコートだ。確かアルスターと呼ばれている」

係員は困惑の体でわたしを見返した。

支配人が前に進み出た。

「それはどういう意味ですか? モラン大佐はこのクラブの立派なメンバーです。そんな彼のコートを要求するのは、いったいどういう理由で?」

クロンカリー公爵も難色を示すようにわたしを見ていた。

「きちんと説明すべきだろうね、ホームズ君」

「洗面ケースをお取り戻しになりたかったはずでは?」わたしは穏やかに尋ねた。

「何を今さら、当たり前ではないか」

わたしは係員のほうを向いた。

「この三十分、勤務についていたかね?」

「はい、ついていました」

「少し前、モラン大佐が手洗い所のほうからハッチ扉をノックして、自分のコートをとってくれと言わなかったかい？」

彼は驚いて口をぽかんと開けた。

「そのとおりです。大佐は、髪をとかしたいが道具をコートの中に入れっぱなしにしてしまったとおっしゃいました。それから大佐のコートは、おっしゃったとおりあの新しいスタイルの、アルスターでした」

「そのあと大佐は、手洗い所からクロークルームにやってきて、きみにコートを手渡したのでは？」

「まさしくそのとおりです」

わたしはあっけにとられている面々を振り返って、微笑んでみせた。優越感がにじみ出ていたかもしれない。

「いったいどうしてそんなことがわかったんです？」支配人が唸るように言った。

「さあ、きみ」わたしは彼を無視して、係員に話しかけた。「モラン大佐のアルスターを取ってもらえるかな？」

係員は背を向けて大佐のコートを手に取ると、黙ってわたしに手渡した。

わたしは片手でコートを受け取り、慎重に重さを測ったあと、中の裏地を探った。このコートの特徴らしく、大きなポケットがいくつもついている。そのうちのひとつに革のケースがきっちりと収められていた。

「どうしてわかったんだね？」公爵は息を吞むようにして大切なケースを奪いとった。

「わかった？　ぼくはただ事実から推理しただけです。ケースを開けてブラシを確認していただけますか？　黒い毛が数本付着していると思います。モラン大佐の髪の色です、染めてあるのですぐにわかると思いますよ」

わたしが正しかったことを確かめるには、ほんの一瞬でこと足りた。

「ぼくが思うに、大佐はみすみす機会を逃すことのできない人物です。チャンスを棒に振ることができないのです。彼は閣下が手洗いに入ったあとで、手洗い所に入っていきました。そこで革のケースが置いてあるのを見つけたのです。閣下にとってそれがたいへん思い入れ深い品であることを、彼は知っていました。金をむしりとれるかもしれないと思ったんでしょうね、もちろん第三者を使って。彼は行動に移すことにした。クラブを出るとき見とがめられないようポケットに隠すために、ハッチ扉から自分のコートをまわしてもらった。メンバーが調べられることはないと踏んで……」

「クラブのメンバーを調べることなど考えられない」支配人がぶつぶつとこぼした。「ここにいるのはみな紳士なのだから！」

わたしはコメントを避けた。

「ケースを持ったまま手洗いを出てクロークルームに行けば、気づかれてしまいます。でもハッチ扉を見て、彼は自分のコートをとってもらいさえすればよかったのだと、わかりました。ポケットにケースを隠したところで、盗みが完了したのです」

「アルスターか乗馬マントだとわかったのはなぜだね？」公爵が言った。

「ケースを隠すためには、大きなポケットのついているアルスターや乗馬マントのようなどっしりしたコートを着ているはずだと考えたのです」

「なぜ大佐はポケットにケースを入れたあと、ハッチ扉からコートを戻さなかったんだ？」マイクロフトが疑問を呈した。「なぜおまえは大佐が手洗いを出て、わざわざ廊下を歩いてクロークルームに入り、係員に手渡したと考えたんだ？」

「モランは慎重な男です。ハッチ扉を使ってコートを戻したら、係員がケースに気づいて不審に思うかもしれなかった。とりわけ公爵が被害を訴えた場合には。だから、わざわざそれを持っていき、襟のところをつかんでまっすぐにした状態で係員に手渡した。合ってるかな？」

係員はうなずいて肯定した。

「なぜブラシに毛がついていて、それが彼のものだと思ったのだ？」銀で裏打ちされたブラシにからみついている、黒く染められた髪の毛を不快そうに見やりながら、公爵が言った。

「モランは虚栄心が強い男ですから、あなたの鼻を明かす誘惑に耐えられなかったのです、閣下。あなたがほんの目と鼻の先にいるあいだに、あなたのブラシで自分の髪をとかすという行為で。それがモランという男の特徴に当てはまります。自分の度胸の良さを見せつけたいのです。あなたがいつなんどきドアを開けて、見つけるかもしれないんですから。危険は彼のアドレナリンなのです」

「ホームズ君、見事なお手並みだ！」公爵はすっかり感心したように言った。

「入念な観察の重要性を教えてくれたのは、やはりトリニティの卒業生でした」わたしは彼に告げた。「ジョナサン・スウィフトです。わきで見ている人間のほうが、ゲームをやっている本人よりもよくものが見えることがあると書いています」そしてマイクロフトのほうを向いて、小声でこうつけ加えずにはいられなかった。「それなのにトリニティは、スウィフトに学位を与えるのを渋ったんだよ。彼が怠惰で規律に欠けるという理由で」

支配人はお仕着せを着たドアマンとその助手に合図をした。彼らは元軍人のようだ。

「モラン大佐は食堂にいる」支配人は言った。「ただちにここに来てもらうように言いなさい。

従わなければ、多少の実力行使には目をつぶろう」

二人の男はきびきびと仕事を果たしに行った。

すぐに、ワインの残りを消費したことをうかがわせる大佐が、しっかりとした足取りでわれわれの前に現われた。

充血した目が、自分のアルスター・コートと大切な革のケースを握っている公爵に注がれた。アルコールで赤く染まった顔が蒼白になった。

「よもや、ただですむとは思ってないだろうな！」クロンカリー・アンド・ストラファン公爵は恫喝するように言った。

「これは濡れ衣だ」モランは弱々しく言い返した。「誰かがわたしのコートのポケットに入れたのに決まっている」

わたしは勝利の笑みを抑えることができなかった。

「なぜこのケースが盗まれたのだとわかったのです？　それに、なぜこれがあなたのコートのポケットから見つかったとわかったのです、大佐？」

モランはゲームが終わったことを悟った。

「モラン」支配人が重々しく話しかけた。「このクラブの名誉のため、きみに対する告発はしないよう閣下を説得するつもりだ。同意してもらえたとしても、十二時間以内にアイルランドを離れ、二度と戻らないことが条件になるだろう。どの家も扉を開けることのないよう、わたしは上流社会の隅々にまできみの名を行き渡らせるつもりだ。この国のあらゆるクラブに、きみを招き入れることのないよう手を回してやる」

クロンカリー・アンド・ストラファン公爵はしばし考えたあと、その条件を受け入れた。

「わしだったら、とことん懲らしめてやるがな。それはそうとだ。この件が解決したのも、すべてシャーロック・ホームズ君のおかげだ」

モランがわたしをにらみつけた。

「ということは、貴様が吹き込んだんだな、このおせっかいの若造め……」そう言いながら飛びかかってきた。

マイクロフトがその巨体をわたしとモランのあいだに割りこませた。彼の拳が鼻に命中すると、モランはあとずさってドアマンと助手に捕まえられた。

「きみたち、モラン大佐をここから連れ出してくれ」支配人が命じた。「ていねいにする必要はない」

モランは二人に体をつかまれたままわたしを振り返った。怒りを抑える手立てはないようだった。

「命を縮めたな、シャーロック・ホームズ！」用心棒たちにドアに向かって引きずられながら、モランは沸き立つ怒りに震えていた。「これで終わったと思うなよ！」

馬車でロワー・バゴット街の下宿に向かう途中、兄は顔をしかめて疑問を口にした。「だが、なぜそもそもモランが犯人だと疑ったのかがわからないな」

「初歩的なことだよ、兄さん」わたしはにやりとした。「食後にテーブルを立ってモランの椅子のうしろを通り過ぎたとき、肩にフケが積もっているのに気づいたんだ。彼は真っ黒な髪をしている。でもフケと一緒に何本か白髪もついていた。そのときはまだ犯行を知らなかったので、何とも思わなかった。消えたケースの中にヘアブラシとくしが入っていたと知ったとき、すべて納得がいったんだ。公爵は白髪だというだけでなく、フケもあったから。無造作に髪をとかしたため、公爵のフケと白髪が肩に移ってしまったんだね。モランが虚栄心の強い男だということは、たやすく見てとれたよ。それが自分のものだとしたら、フケと髪の毛を肩に残したまま大勢の人がいる食堂に入ってくることなどできなかっただろう。実際、あの男がテーブルから立ち上がって部屋を出ていくとき、肩を払っているのを目にした。潔癖な人間の証拠だよ。だから、席を外していたあいだに知らぬ間についてしまったことになる。あとは単純な推理の問題だった」

キルデア街クラブを放り出されたとき、モランは「これで終わったと思うなよ」とわたしに向かって大声で叫んだ。本当に、それが終わりではなかったわけだ。だが、われわれの道がどのように交差するか、そしてモランの友モリアーティ教授がわたしの人生においてどれほど不吉な役回りを演じることになるか、そのときは知る由もなかった。モリアーティは不倶戴天の敵となり、モランは二番目に危険な相手となったのだ。

第二部　一八八〇年代

THE MAMMOTH BOOK OF NEW SHERLOCK

大学を終えたホームズは、ロンドンのモンタギュー街に部屋を借り、そのほとんどの時間を、新たな職業に関連する科学の諸分野について研究することに費やした。そしてしだいに、世界初の諮問探偵としての事務所をかたちづくっていったのだった。この初期の事件は、すべてがうまく解決したわけではなさそうだし、すべてが特に興味を惹く事件だったわけでもないらしい。彼は『マスグレイヴ家の儀式』の中で、「ターールトン殺人事件」や「ワイン商ヴァンベリーの事件」、「ロシアの老婦人の事件」といった事件が過去にあったと言っており、中には「アルミニウム製松葉杖の奇妙な事件」や「ワニ足リコレッティとその憎むべき細君の事件」などという魅力的な事件もあるのだが、いずれも話を再構成できるまでの充分な資料が存在しない。わずかな記録をわたしが見たかぎりでは、いずれも本当の事件がどうか怪しいと言わざるを得なかった。

一方、その『マスグレイヴ家の儀式』は、実際にホームズがワトスンに語って聞かせるものだ。彼はこの事件がロンドンに来てから三つ目のものだと言っているのだが、ほかの二つの事件については いっさい語っていない。ホームズの記録者であるワトスンを失い、しかもその書類が盗まれてしまった今、こうした過去の出来事をつなぎ合わせることはきわめて難しい。ホームズが言及した二つの事件、「思い出すのも忌まわしいメリデューの事件」と「ファリントッシュ夫人のオパールの髪飾り事件」に関し、多少の手掛かりは得たが、その詳細を語れるのはまた別の機会となろう。

ホームズは、次の下宿を探していた一八八一年一月にワトスンと出会い、ベイカー街の部屋を分け合うことになる。『緋色の研究』にあるように、最初のころワトスンはホームズがいったいどうやって生計を立てているのかがわからず、途方に暮れた。スコットランド・ヤードの刑事まで含むさまざまな人たちが彼のもとを訪れるのを見て、呆然としたのだった。ワトスンと出会うまでの四年間で、ホームズはかなりの評判を得ていたわけであるが、まだ金銭的な面での成功は収めていなかった。経済面で余裕が出るのは、のちのことである。

『緋色の研究』で事件捜査を体験したワトスンは、その後ホームズの調査に関わるようになり、続く二年間に起きた事件のいくつかを記録した。『入院患者』、『緑柱石の宝冠』、そして有名な『まだらの紐』である。ただ、この時期はまだ、事件を秩序だって記録していくという習慣はなかった。その記録を出版しようということは考えていなかったからだ。『入院患者』の冒頭で彼は、自分の記録が「首尾一貫していない」と述べている。ところが、事件発生から五年後の一八八八年に『まだらの紐』を書いたころには、その冒頭で述べているように、きちんとしたかたちでノートをとるようになっていたのである。

このことから考えられるのは、出会ってからの最初の二、三年間、ワトスンはホームズの事件を行き当たりばったりに記録し、奇怪だったり異常だったりと、自分の記憶に特に残るものだけを書き残してきたらしいということだ。したがって、この初期の事件がほとんど記録に残されていず、一八八四年まではホームズの活動が記録されていない暗黒時代であるということも、そう不思議ではないだろう。要するにそのころのホームズが手掛けた事件が魅力に乏しかったのだという可能性もある。だがもちろん、その逆だった可能性もある。ワトスンが記録したり公表したりする内容に対して、ホームズはきわめて慎重な態度をとる。その点からすれば、この時期ホームズは極秘の事件ばかり手掛けていたのだと、考えることもできるのだ。そして、のちの事件記録の中で名のみ語られる事件のいくつかは、この時期にさかのぼる。これはホームズが上流階級からの依頼を受けるようになったころで、たとえばスカンジナビア国王や、バックウォーター卿といった人たちの事件を手掛けている。こうした仕事のおかげで、彼は名声を得ただけでなく、報酬の面でも恵まれるようになった。一八八五年までに、ホームズは探偵業の足場をさらにかため、ワトスンは彼の事件をきちんと記録できるようになったのだった。

クレア・グリフェンは、南オーストラリアの古書店でワトスンの手帳や文書の断片を見つけたことにより、ホームズが『六つのナポレオン』の中でほのめかしていた事件を再構成することに成功した。ホームズはワトスンに、暑い日にパセリがバターに沈んでいった深さを知ったおかげで、アバネッティ一家の恐ろしい事件に気づくことができた、と語る。取るに足らぬように思えることも見逃さないことが大切だという例のひとつだが、シャーロッキアンたちを何十年も悩ませてきたその事件の全貌が、今語られるのである。

The Case of the Incumbent Invalid

アバネッティ一家の恐るべき事件

クレア・グリフェン

Claire Griffen（? - ）

オーストラリア生まれ。女優および劇作家として数年間活躍したのち、ファンタジーおよびミステリの作家となった。本書の編者マイク・アシュレイが編集した“Classical Whocunnits: Murder and Mystery from Ancient Greece and Rome”に‘A Pomegranate for Pluto’、同“Royal whodunnits”には‘Borgia by blood’という作品を寄せている。また、1986年に書いたホームズ劇はアデレード劇場レパートリー劇団で何度か上演された。

わが友シャーロック・ホームズとともに経験した冒険の中で、『アバネッティ一家の恐るべき事件』ほど彼がその結果について思いわずらっている事件を、ほかに知らない。そしてまた、捜査を続行することをためらいつつも、悲劇的であと味の悪い結末まで駆り立てられた事件も、またほかにないのである。

みずからがその中で果たした役割に、ホームズがなぜかうしろめたさを感じているため、これまでわたしがこの事件を記録することはなかった。ところが、先日レストレード警部と『六つのナポレオン』の怪事件について話しているときに、たまたまそこに話が及び、主たる関係者たちも釈放され、南オーストラリアへ渡ってずいぶんたつと聞いたため、この件にまつわる覚え書きを書いても大目に見てもらえるだろうと思ったのである。

暑い日に、溶けたバターにパセリがどれほど深く沈み込むか。ホームズが最初に注目したのはそんな些細なことだったが、レディ・アバネッティが殺されたのかもしれないという問題にわたしたちが巻き込まれたのは、一八八五年一月の寒々しい日のことだった。

その日わたしは張り出し窓に立って、鬱々とした気分で外を眺めていた。朝の早いうちから街を覆っていた霧が、夕方になるとふたたび立ちこめてきそうな気配だったが、その時間は弱々しい陽光が街路に差し込んでいた。とはいえ、時おり行きかう辻馬車と、湿っぽい冷気に備えてオーバーとマフラーを着込んだ人以外は、ほとんど人通りもない。暖炉では炎が燃えているにもかかわらず、わたしは震えを抑えることができなかった。

「春になったらバーデン・バーデン（ドイツ南西部の市。温泉保養地）に行って湯治をしたくても、その余裕がないのは残念だね」暖炉のわきに置かれた安楽椅子から、ホームズがゆったりした口調で話しかけてきた。

　いささか驚いたと認めないわけにはいかないだろう。シュヴァルツヴァルト（ドイツ南西部の森林地帯）の有名な保養地で、良くも悪くもならない自分の体を甘やかしたいというやや大それた望みについては、何も口にしていないはずだからだ。

　ベイカー街でホームズと共同生活を始める少し前に、わたしはジザイル弾を受けてアフガニスタンから帰還したが、ときどき、とりわけロンドンの霧が骨にしみるようなときには、その古傷がずきずきと絶え間なく痛むことがあった。もっと手軽で安上がりに、バース（イングランド南西部の温泉都市）で治療することもできるのだが、わたしはバーデン・バーデンに行きたかった。カジノや競馬目当てでなく、ブラームスがリヒテンタール交響曲を作曲し、ドストエフスキーもそぞろ歩いたという、オース川のほとりにひろがる原生林を散歩してみたかったのだ。

「ねえ、ワトスン」ホームズはわたしの驚いた顔を見て言った。「きみは休みになると旅行代理店を渡り歩いて、机の上にパンフレットや時刻表を広げっぱなしにしている。おまけに気難しい顔をして銀行通帳をじっと眺めているし、ろくろく話もしないじゃないか」

「そう見えたのなら謝るよ。でも、それもこの憂鬱な天気のせいさ。霧は人を滅入らせると思わないかい？」

「いいや」ホームズは灰色の目を光らせて言った。「刺激的だと思うよ。ありとあらゆる悪魔的な行為がその陰でなされていることを思い浮かべるのさ。それはそうと」と彼はさりげなく言い添えた。「玄関に馬車がついたら知らせてくれないか」

「誰か来るのかい?」わたしは活気づいた。ホームズと暮らすようになってから、多くの興味深い人たちがベイカー街二二一Bの敷居をまたいでいるが、中にはわれわれを危険と隣り合わせのはらはらする冒険に導いてくれることもあるのだ。それをともに体験し、記録できることは、わたしにとって得がたい特権だった。

「依頼人になるかもしれない相手さ」ホームズはポケットから手紙を取り出して、ひざの上で開いた。「時間は三時と書かれてある。おや、時計が三時を告げたな」

「面白そうな話かい?」わたしは勢い込んで訊ねた。

「違うと思うよ」ホームズはため息まじりに答えた。「家庭内のいざこざだろう。ぼくの集中力をすべて傾けなければならない事件には、久しくお目にかかっていない」

わたしもため息をついた。手ごたえのある事件が起こらないと、ホームズは退屈と憂鬱に沈みこむ。わたしはいつしかそれを恐れるようになっていた。そういう状態になったとき彼はコカインに手を出すのだと、つい最近になって気づいたのだ。その嘆かわしい悪癖をやめさせるのは、わたしでは力不足のようだった。

「今、縁石のところで馬車が停まった」見ていると、毛皮をまとったやや大柄な女性と、灰色のオーバーとホンブルグ帽（フェルト製の中折れ帽）を身につけた、いくぶん小柄な男が降りてきた。「あれがお客たちかな?」

「ほう、複数形で言うところをみると、ご婦人に連れがいるのだね。ミセス・メイベル・バートラムは、書き送ってきたところによると未亡人だそうだから、紳士のほうは夫ではないね」ホームズは立ち上がると、両肩をぐいっとうしろへそらせ、火に背中を向けて立った。

ドアに聞こえたノックの調子は、慇懃といっていいほどだった。ホームズがうなずいたのを確認して、わたしがドアを開けた。

「あなたがかの有名な探偵、シャーロック・ホームズさんでしょうか?」男が快活な、しかしていねいな口調で話しかけてきた。

「わたしはドクター・ジョン・ワトスンです。こちらがミスター・シャーロック・ホームズ。お入りください」

先に立って入ってきたのは押し出しのいい女性で、毛皮で縁どりのされた、確かコバルト・ブルーと呼ばれている色のコートを粋に着こなしていた。どこかなまめかしい羽根つきの帽子が載ったティツィアーノ風の髪（ヴェネチア派の画家ティツィアーノの作品に多い金褐色の髪）は、自然のものというより美容師の努力の賜物だろう。年は五十がらみで、かつては美貌を誇ったことをうかがわせる顔だちをしていた。

付き添いは、生き生きとした黒い瞳とワックスで固めた口ひげのある、細身できびきびした感じの男だった。ホンブルグ帽をとると、つやのある黒髪が現われた。

「ホームズさん、お時間を作ってくださったことに感謝いたしますわ」婦人のほうが興奮気味に言った。「メイベル・バートラムと申します。こちらはミスター・アストン・プラッシュです」

会釈が交わされたあと、ホームズはうしろに下がって、客人に暖炉の前の椅子を勧めた。プラッシュ氏は座らず、窓を背にして立っていたため、その姿は影のように浮かびあがった。

「もっと火の近くまで椅子を引いてください、ミセス・バートラム」ホームズはうながした。「この無慈悲な天気のせいで震えていらっしゃるようだ」

「震えているのは寒さのせいではなく、心配でどうしようもないからですわ」彼女はすがるようにホームズの顔を見つめた。「あなたが最後の希望なのです、ホームズさん」

「それはそれは」相手の女性を上から下までさっと眺めたあと、ホームズは安楽椅子にもたれかかり、くたびれたスモーキング・ジャケットの前で指先を突き合わせると、眠そうな目をほんのわずかに開いて顔を見返した。

「お手紙によると、ご親類の身の安全を心配なさっているとか。詳しくお聞きしましょう」

「正確に言いますと、継母《はは》のことなのです。わたくしはサー・ウィリアム・アバネッティの長女です。最初の結婚で生まれた娘ですわ。わたくしの実の母が亡くなると、父はミス・アリス・ペンバートンと再婚しました。わたくしとは十歳くらいしか離れていません。この二度目の結婚で、妹のサバイナと、それから父の死後にチャールズという弟が生まれました。実の子供が二人もいるというのに、わたくしが継母の心配をしているというと妙だとお思いになるかもしれませんが、歳が近かったこともあり、最初からとても仲がよかったのです。つい先ごろまで」

「亀裂が生じたのは何か理由があるのですか？」

「理由などありませんわ！」彼女は突然感情をあらわにした。それからあわてて自制心を取り戻し、先を続けた。「わたくしに説明できることは何もありません。言い争いも、心ない言葉をぶつけあったこともないのです。ただ、チャールズとサバイナが、ひどく素っ気ない手紙で、継母はわたくしに会いたくないと言っていると伝えてきたのです。ここでレディ・アバネッティが病弱であることを申し上げるべきでしょうね。弟も妹も独身で、グローヴナー・スクウェアの実家で暮らしています」

ホームズはほんの少し眉をつり上げた。退屈そうなそぶりを見せはじめていたにもかかわらず、高級住宅地の名前を聞いて、少しやる気になったらしい。けれども不明瞭な声でこう言った。「ぼくがお力になれるかどうか、あやしいものですね。ご自分でおっしゃったように、あなたは彼女の娘さんではないのですから、愛情を求めることはできないのではないでしょうか。あなたに会うも会わないも、ご本人の気持ちひとつ。妹さんたちはその意向に従っているのでしょう」

「お願いですから、最後まで聞いてください」メイベル・バートラムは、マフを外して両手をしっかりと握り合わせた。「閉め出されているのはわたくしひとりではないのです。継母はもう何年も肺の病に苦しんでいて、ずっとお医者様にかかっていました。ロイス・マイルズ先生から、レディ・アバネッティの往診はもうしていないと聞かされたときのわたくしの恐怖を考えてみてください——弟のチャールズから、やめてほしいという要請があったのだそうです。長いあいだお医者様のお世話になっていたのにですよ」彼女は下唇を震わせた。「ホームズさん、継母《はは》の身が心配なのです」

ホームズは眉根を寄せた。「あなたの弟さんと妹さんが、お母様に対して愛情以外の感情を抱いていると信じる理由がおありですか?」

メイベルは奥ゆかしく口元にレースのハンカチを当てて咳をした。「継母には——アリスには多くの美点がありましたが、子供たちに対しては独裁者のようなところがあると言えます。チャールズとサバイナが結婚することは問題外でした。アリスが恐ろしい態度をとるので、求婚者や女性の友人たちは二人の前から去っていきました。彼女は意のままに子供たちを操っていたのです。二人は家を離れることを許されず、財布の紐はアリスがしっかりと握っていました。ところが最近になって、サバイナが新しいドレスをとっかえひっかえして外出したり、チャールズが〈フットライツ・アマチュア劇団〉に加入したことを耳にしました」

「それはそれは」ホームズは面白がるようににやりとした。

「ホームズさん、継母《はは》はもはや、子供たちに対する力を失ってしまったのではないでしょうか」

「それほど悪いことでしょうか?」ホームズは静かに訊ねた。「妹さんたちがその程度の自由を楽しむことに、ことさら問題があるとは思えません」そこで唐突に彼は、連れの男に鋭い視線を向けた。「あなたはどういう立場でミセス・バートラムに付き添われているんですか、アストン・プラッシュさん?」

相手はたじろいだような顔をした。「ミセス・バートラムの法律顧問かつ友人としてです」

「では事務弁護士でいらっしゃる?」

「プラッシュさんは亡き夫の不動産、もっと以前は夫の会社の問題を、扱ってくださっていました」バートラム夫人が口を挟んだ。「この件に関してもご親切に力を貸してくださっているのです」

「これまで数回にわたって妹さんたちにミセス・バートラムの懸念を伝える手紙を書き、お母様に会わせてくれるよう頼みました。それ以上のことはわたしにはできません。グローヴナー・スクウェアの屋敷に立ち入る合法的な手段はないのです。無断で侵入すれば、弟さんたちに警察を呼ぶ権利が生じてしまいます」

「初めて立ち入りを拒まれたとき、実は使用人用の入口から中に入ったのです」ミセス・バートラムはわずかに頬を赤らめて明かした。

「そんなことおっしゃらなかったでは……」弁護士はいらだった口調で言いかけた。

「屈辱的な経験でしたわ。執事に阻まれたのです。チャールズとサバイナは、これまでに見たことがないほど敵対的でした。きっと、母親の世話をしていないという証拠をわたくしに見られたからですわ」

「ほう、それはいったいなんだったのです?」ホームズは鋭く彼女に視線を向けた。

「レディ・アバネッティは、毎朝パセリ・バターのついたロールパンを食べていました。ところがあの日、お昼になっているというのに、料理人が用意したトレイがテーブルにのったままになっていたのです。溶けたバターにパセリが沈みこんでいましたわ。アリスはいつだって、隅々まで厨房に目を光らせていたのに……」

「訪問なさったのはいつのことです?」ホームズがさえぎるように質問した。

「八月一日です」

「それ以来、レディ・アバネッティにはお会いになっていないんですね」ホームズはアストン・プラッシュに注意を戻した。「あなたの送った手紙に対して、返事はありましたか?」

「姉弟のそれぞれから似たような手紙が届きました。いずれも、母親はもはやミセス・バートラムとの交流を望んでいないと、あらためて言明するものです。レディ・アバネッティの健康に関して疑うべき要素はありませんでした。ミセス・バートラムが静観できるのなら」

ホームズはメイベル・バートラムの顔に視線を戻した。「でもあなたは……」

彼女は身を乗り出した。「一番恐ろしい心配事をお話ししなければならないようです。突飛なことを言い出す、ヒステリーの女だとすらお思いになるかもしれませんが、アリスは犯罪に巻き込まれたのではないかと思うのです。そうではないとおっしゃってください、ホームズさん、そうすればもう二度と無理にあの家に押し入ったりしませんわ」

「もちろん代理委任状の問題もあります」プラッシュが口をはさんだ。

「息子のほうに与えられているのですか?」

「おそらく」

目を閉じてしばらく黙り込んだホームズを、バートラム夫人はすがるような目でずっと見つめていた。その椅子のうしろで、アストン・プラッシュは落ち着かなげに身じろぎしている。

事件を引き受けるという結論に達したときのホームズは、突然動き出すことがよくある。このときも同様で、飛び上がるようにして椅子から立ち上がった。「この件を調べてみましょう」

「まあ、ホームズさん。わたしがどれほど感謝しているか、じきにおわかりいただけると思いますわ」

「それに気前がいいことも」依頼人が立ち上がるのに手を貸そうと、プラッシュが前に進み出た。

バートラム夫人はちらりと彼の顔を見てから、ヴェールを下ろした。

「うまくいけば一週間以内にご連絡を差し上げられると思います。ワトスン、ドアまでご案内して」

「どうやって……?」夫人がおずおずと訊ねた。

「ぼくなりのやり方がありましてね。では、ごきげんよう」ホームズはぞんざいに言った。

二人を送り出して戻ってみると、ホームズはマントルピースの上のトルコ・スリッパから煙草の葉をパイプに詰めていた。

「さて、この件についてどう思うね、ワトスン?」彼はにやりとして言った。

「何やら下品なスキャンダルといったところだな。もちろん、あのご婦人の心配は本物だと思うが」

ホームズは小さく笑った。「きみのもっとも愛すべき資質はね、ワトスン、人間の善良性を疑わない、ばか正直なところだよ」

白状するが、このときの彼の皮肉っぽい言い方には、思わずむっとした。「きみはどう思ったんだ?」

「ここにいたのは、自分の魅力のふりまき方を知っている、やや芝居がかっているとはいえ威厳のあるご婦人だ。彼女が選んだ椅子を覚えているかい？　窓を背にした、日の光から遠く離れた場所だ。暖炉の炎がその姿をやわらかくいっそう美しく見せてくれるのさ」

「パイプの灰にまみれたきみの椅子に座って、ドレスを汚したくなかったのかもしれないがね」

「お見事！」ホームズはわたしの意見を面白がった。「では寡黙なパートナーについては？」

「プラッシュかい？　弁護士がこんな家庭内のいざこざに興味をもつなんて、意外だったね」

「まったくだ。いわゆる既得権益というものを持っているような感じだね。彼が立っていた場所を覚えているかい？」

「彼女の椅子のうしろだ。保護者然としていたな」

「いや、自分の顔は影になって、しかも彼女を観察しているぼくを眺められる場所さ。彼女の話を聞いたぼくの反応を確認したかったんだろう。見るべきところはそれ以上にあったよ、ワトスン。最先端のファッションに身を包んだご婦人と、それより十は若い男。自分の弟妹がおかれている苦境にはほとんど同情を見せないのに、継母のことは異常なほど心配している。彼女が本当に気にかけているのはなんだろう？　父親のことを調べてみたほうがよさそうだな」そう言うと、ホームズはマントルピースから赤いカバーの本をおろしてきた。「あったぞ。アバネッティ、サー・ウィリアム、王家に対する貢献でナイトに叙せられる。貧窮化した地方地主階級の息子。謎めいた、おそらくはいかがわしい手段でインドで財を成す。一八三〇年にイングランドへ戻ると、サー・アーサー・ハンフリーの娘クラリッサと結婚し、政界に進出。……金が多くのドアを開いたというわけだ、ワトスン。グローヴナー・スクウェアでさえもね。一八四八年に妻が死亡、メイベルという娘がひとり。ミス・アリス・ペンバートンと一八五〇年に再婚、一八五二年に死亡。

おや、ワトスン！　東インドで投資に失敗し、財産を大幅に減らして死んでいるぞ」

「そこから何を読みとればいいんだ、ホームズ？」

「さあね、でも何かは伝えているはずだ。バターに沈んだパセリの話はどう思った？」

「ばかばかしい」

ホームズは物憂げにわたしを見た。「本当にそうかい？　きみに些細なことの重要さを教えたいね。この冒険につきあう時間はあるかな……これを冒険と呼べればだが。ヒヒやチーターの登場は約束できないだろうがね」

「ホームズ、ぼくが役に立つと思うなら喜んでついていくよ」このころはまだ、ともに冒険に乗り出す機会がそれほどなかったため、こうして手助けを頼まれると自尊心がくすぐられて興奮したものだった。わたしの単調な生活から見れば、すべてが目新しく未知なる世界だったのだ。

ホームズは、ごくたまに見せる温かい笑顔を浮かべた。「ありがとう。いつものことだが、きみが一緒だと心強いよ。それに、もし病人と会えることになったら、きみの医師としての技能がものをいうかもしれない。でもさしあたっては、クラブに行っててくれるとありがたいんだが。夜のあいだ煙を浴びたくないなら、ひと晩泊まってくるといい。この問題にはずいぶん検討事項があって、いったいパイプを何服すれば解決に至るのか、見当もつかないんだ」

考えをまとめるため、ホームズはツンと目を刺す煙が部屋をすっかり覆うまで煙草を吸う。それをよく知っていたので、わたしは喜んでその言葉に従った。

翌日の昼に戻ってくると、わたしは驚くべき光景に出迎えられた。小ぢんまりした居間に立っていたのは、ふわりと髪を垂らし、ふさふさした口ひげをたくわえ、つばのカールした帽子にさっそうとケープをはおったうえ、首には黄色い水玉の絹のバンダナまで巻きつけたホームズの姿だ。

「さあ、ワトスン、そんなさえない格好で行かせるわけにはいかないな。さっさとしゃれた服に着替えたまえ」細面の顔の中で彼の目が楽しそうに踊っていた。

ホームズの変装には慣れていたので、何かの計画が始まったということがわかった。

「きみの服の半分も派手なものは持っていないから、このままで行かせてもらうよ。ところでどこに行くんだい？」

「きみには別行動でやってもらいたいことがあるんだ、ワトスン。もし引き受けてくれればだが」

「ぼくがいつだって喜んで従うことはわかっているだろう」

「ありがとう。じゃあ、きみと同業のドクター・ロイス・マイルズを訪ねてほしい。ナイツブリッジで開業しているはずだ。レディ・アバネッティの健康について、医師として質問してきてもらいたい。彼女のことで訊きたいことがあると言って、遠まわしにアドバイスを求めるんだ。話の内容を詳しく書き留めてきてくれ。ドクターの外見や、語った言葉、どんな些細なことも漏らさずにね。ぼくのやり方は知ってるだろう」

「それできみのほうは？」

「チャールズ・アバネッティと知り合いになれないか、フットライツ・アマチュア劇団に潜入してみようと思う。きみの前にいるのは、俳優の卵のセバスチャン・フラッドだ。余暇と演劇を同時に追求するこの紳士淑女たちは、次の公演のリハーサルのために集まる予定らしい。夕食の時間に落ち合って、成果を報告しあおう」

濡れた上着を脱ぎ、ドレッシング・ガウンに着替えて暖炉の前で『タイムズ』を読んでいると、ホームズが遠征から帰ってきた。変装しているとはいえ、その顔をひと目見ただけで意気消沈しているのがわかった。

「今はだめだ」わたしの無言の問いに彼はそう答えた。「この衣装から自由になって、腹に温かい食事をおさめてからでないと、きょうの出来事は話し合えそうにない。ハドスンさんに夕食をとる用意ができていると伝えてくれないか？」

ハドスン夫人のすばらしいローストビーフとヨークシャー・プディングを堪能したあと、ホームズはウィスキー・アンド・ソーダを二人分作って葉巻に火をつけた。およそ三十分のあいだ、彼は薄暗い部屋でじっと座り、瞑想するように炎を見つめていた。彼をよく知るわたしとしては、その黙考を破るようなばかなまねはできない。

時計の鐘の音で、ようやくホームズがわれに返った。「ランプを持ってきてくれないか、ワトスン。寝る前にホイストをやろう」

「なんだって？　びっくりさせないでくれよ、ホームズ」

「ぼくが？　明日グローヴナー・スクウェアに招待されたと言ったらどうする？　ルールをおさらいしておこうと思ってね」

「ということは、チャールズ・アバネッティと知り合いになれたんだね」

「そのとおり。彼はあの劇団の期待の新鋭だよ。小柄だけれど、容貌にもたたずまいにもとらえどころのない雰囲気があって、いろいろな役柄がこなせそうだ。演技にはかなり大げさなところがあるが、微妙なニュアンスもあって興味深かったよ」

「個性に、それとも演技に？」

ホームズは忍び笑いを洩らした。「あいかわらずいきなり核心をついてくるね。その率直さはいかにもきみらしいよ。さて、どこまで話したかな？　リハーサルを見たあと、前もって顔見知りになっておいた劇団の座長に頼んで、アバネッティに紹介してもらったんだ。うぬぼれと自信のなさとが同居していて、ぼくが演技を褒めちぎったら、えらく気に入られた。意気投合してしまうと、尊敬している俳優が今ドルリーレーン劇場に出ているから、今度一緒に見にいこうと誘われたよ。

そしていつの間にか、ホイストが会話にのぼったんだ。ぼくもやると言ったら、明日の午後にぜひと言ってきた。友だちはいないかと聞かれたんで、いると答えた。すると彼は、姉のミス・サバイナ・アバネッティを入れれば四人になると言ったんだ」

「つまり、ぼくら二人であの家の敷居をまたげるんだね。よくやったな、ホームズ」

彼は細い肩をすくめた。「よくやったと言えるのかどうかは、まだ疑問さ」それから急に話題を変えた。「ロイス・マイルズ医師との首尾は？」

「以前の患者のことは話したがらないんじゃないかと不安だったんだが、レディ・アバネッティについてはかなり口が軽かった。手を引くことができて喜んでいたよ、せいぜい幸運を祈ると言って。どうやら彼女は、どんな医者でも敬遠したがる、かんしゃくもちの患者のようだ」

「それで病気のほうは？」

「肺のうっ血が心臓へかなりの負担になっているそうだ。左心室が圧迫されている。もう長くはないそうだが、子供たちにとっては救いになるはずだと言われた。マイルズ医師によれば、彼女は息子と娘を、血を分けたわが子というより、ずっと使用人のように扱ってきた冷たい女らしい。二人の献身ぶりをいたく称賛していたよ」

「ほったらかしにして、死期を早めたとしても？」

「そいつは手厳しいな、ホームズ」

「ミセス・バートラムが恐れていると言っていたことだ」

「彼女が心配していると言ったら、マイルズは驚いていたよ。彼女が継母の容体について訊いてきたのは、彼が解任されたことを知ったときだけらしい。グローヴナー・ハウスに何度も通ったそうだが、そこで顔をあわせたことは一度もないと言うんだ」

「たまたま、かちあわなかっただけかもしれない。それで、ロイス・マイルズ医師の外見はどんな感じだった？」

「虚勢を張った、派手好きといった感じの男だな。同業の医師についてこんなことを言うべきじゃないかもしれないが、ポートワインに目がないらしい」

「それがクビになった理由かもしれないな」

「腕はいいと思うよ」わたしは思わず彼の弁護に回った。

ホームズはうなるような声を上げただけだった。

「正直言って、ぼくは困惑しているんだよ、ホームズ。ミセス・バートラムの心配が本物だと信じているのかい？」

「レディ・アバネッティの健康が、少なからぬ人たちにとって大きな懸案事項であるということは信じている。問題はそれがなぜかということだ」

「犯罪に巻き込まれたのではないかというミセス・バートラムの疑惑を、真に受けているわけじゃないだろう。チャールズ・アバネッティに会ったのなら……」

「はたしてあの男は、大罪中の大罪である母親殺しができるのか？　はたしてアリス・アバネッティは、クリュタイムネストラ（ギリシャ神話のエレクトラとオレステスの母）のように、自分が産んだのが息子ではなくヘビで、自分の乳房から母乳ではなく血を飲んでいたのだと考えているのか?……」ホームズは憂鬱な気持ちを紛らすように葉巻をもみ消した。

「さあ、ワトスン、カードをやろう」


ロンドンでももっとも洗練され、同時に奥ゆかしさもみせるメイフェア地区に建つその屋敷は、先のとがった鉄柵《てっさく》が張り巡らされたジョージ王朝風の建物だった。ドーリス式の柱に挟まれた両開きの扉と、大きな張り出し窓が目を引く。左手にある階段を下りていくと、使用人用の出入口に通じ、細い小道に沿って馬小屋と馬車置場が並んでいた。

「いくらで売れるだろうかね」ホームズが小声で言った。ふわりとした髪と口ひげという、前日と同じ変装をしている。「セバスチャン・フラッドとジョン・ワトスンだ」扉を開けた高齢の執事に名乗った。「ミスター・チャールズ・アバネッティと約束がある」

われわれが通された小ぢんまりした客間は、以前流行したスタイルでしつらえられていた。アダム様式の大理石の暖炉や中国風の壁紙にカーペット、チッペンデール風の家具が置かれていた。チャールズ・アバネッティは温かくわれわれを迎え、暗い色合いのカシミアのドレスを着たその姉も、部屋の向こうの安楽椅子から立ち上がって挨拶しにきてくれた。物腰は落ち着いていたが、われわれを歓迎していることは間違いなかった。あの押しの強い腹違いの姉のことを思えば、奇妙なほど生彩の感じられない妹と弟だった。二人とも華奢な体つきで、年齢もひとつしか離れていない。驚くほどよく似ていて、違いといえば性別と、どこか異なる雰囲気くらいのものだ。二人が互いに深い愛情を抱いていることはすぐに見てとれた。

「古めかしい調度のことは見逃していただけるでしょうね」挨拶がすむと申しわけなさそうにチ

ャールズが言った。「この屋敷がわが家のものになったときから、まったく変わっていないんです。母が手を加えたくないと言って」

「おや、お母様も一緒にお住まいでしたか」ホームズが言った。「ミセス・アバネッティにご挨拶することはできるかな？」

「母は病気で、お客様にお目にかかることはできないのです」サバイナが口をはさんだ。「寒い天気がこたえるのですわ」

「よろしければ、ぼくの友人にお母さまを診させていただけませんか」二人の驚いた顔を見て、ホームズはあわてて続けた。「このワトスン君はれっきとした医者なのです。いつでも喜んで専門家としての意見を述べさせていただきますよ」

わたしが承諾の言葉をつぶやくと、チャールズが姉に視線を向けたのがわかったが、彼女は一分の隙もない表情を崩さなかった。

「ご親切にありがとうございます。でも、母の健康を気づかってくださる主治医がおりますので」

「きみの知っている人かもしれないね、ワトスン。で、お名前はなんとおっしゃるのです？」

「ハリウェル先生です」一瞬ためらったのち、サバイナが答えた。無理もないことだが、ホームズの執拗さに、わずかにいらだちを見せはじめている。

「とてもいい医者だと思いますよ」わたしはとりなすように言った。「それに調度品のことで謝る必要など皆目ありません。とても居心地のいいお部屋ではありませんか」

「実に恵まれていますな」ホームズは抑制のきかない人物を演じているらしい。「こんな高級住宅地に、これほどすばらしいお宅を所有しているなんて。たいへんな資産価値でしょうね」

チャールズは顔を紅潮させた。「母は売ることなど考えないでしょう。そんなことありえない」

「余計なことを言いましたね」とホームズ。「ときどきつい思ったことを口走って、失敗をやらかすんです。ああ、テーブルにカードが用意してありますね。友人とホイストをやるときほど楽しい時間はない」

「始めましょうか?」チャールズは待ちかねたように椅子を引き寄せた。

和気あいあいとゲームが進むにつれ、セバスチャン・フラッドという架空の人物を演じ切っているホームズの力量にわたしは舌を巻いていた。チャールズ・アバネッティが彼に心酔していて、そのひとことひとことに注目しているのが手にとるようにわかった。同時にサバイナ・アバネッティが、新しい知人に対しての判断を留保していることも見てとれた。感じよくふるまってはいるものの、気を許していないのは明らかだった。

四時になると、サバイナが立ち上がって、暖炉のわきに垂れている呼び鈴の紐を引いた。

「お茶を頼んだのかい、サビー?」チャールズが尋ねた。「それはありがたいね」

ミス・アバネッティが向きを変えたので、火が弱くなっていることがわかった。「ミンターに頼んでもっと石炭を入れてもらわないと」

「ミンターを呼ぶ必要はないよ。彼にはほかにも仕事がたくさんある。ぼくが火の面倒を見よう」チャールズが答えた。

屋敷のどこかで別の呼び鈴が鳴った。いらだちがチャールズ・アバネッティの顔をよぎる。「母様だ」彼は素っ気なく言った。

「わたしが行くわ」サバイナが静かに言った。「お薬の時間だもの」

「きっと――」ホームズが炉辺で働くチャールズを見ながら物憂げに口を開いた。「これほどの規模の屋敷を維持するには、かなりの使用人が必要なはずだ」チャールズの耳には届いていないようだったが、ホームズはなおも続けた。「自分で看護婦の役をなさるとは、ミス・アバネッティは立派な女性ですね」

「姉が望んだことです」チャールズが答えた。「姉がいないあいだに、このすばらしいポートワインをやりましょう」彼はサイドボードに置かれたデキャンターに歩み寄った。

「こいつはすばらしいどころじゃないぞ」鑑定するように口に含んだホームズが言った。「逸品ですね」

チャールズはうれしそうに顔を上気させた。「うちの地下室にあるものです。今お二人に一本ずつとってきますよ」

「ぼくが行きましょう」

「いや、そんなことはさせられません。すぐ戻りますから」

「まあ、お客様を放っておくなんて」しばらくして戻ってきたミス・アバネッティが言った。「チャールズはどこへ？　ミンターがお茶を運んできますのに」

「弟さんは地下室へ行かれましたよ」

暖炉から炭が爆ぜて絨毯の上に落ちた。サバイナは手荒くトングをつかんでそれを暖炉の中に戻し、絨毯が焦げていないかどうかを調べた。その姿をホームズがじっと観察していた。

まもなくチャールズが、両腕にボトルを一本ずつ抱えて戻ってきた。目に見えて顔色が変わっている。青ざめてじっとりと汗をかき、テーブルにワインを置いた手が震えていた。

「アバネッティ、具合でも悪いのかな？」ホームズが訊ねた。

「チャールズ、ここに座りなさい」弟を安楽椅子に座らせると、サバイナは心配そうな顔でわたしたちを振り返った。「弟は閉所恐怖症なのです。ミンターを行かせればよかったのよ、チャールズ」

「わかってるさ」チャールズはハンカチで額をぬぐった。「でも、ミンターはあそこへ行くのをとてもいやがるから」

「地下室は息が詰まりますからね」ホームズはうなずいた。「ぼくらのためにしてくれたことで具合が悪くなったなんて、心苦しいですよ」

「そんなこと気にしないでください。ぼくが不注意だったんだし、すぐに治りますから」

お茶を飲んだあと、われわれは次の日曜の午後に仕切り直しをすることにして、暇を告げた。外に出たとたん、ホームズの顔からはアバネッティ姉弟の前で見せていた気楽さが消え、考え込むような表情になった。

「なあ、ホームズ。もう謎は解決したも同然じゃないか。そんなものがあったとしての話だがね。ぼくにはこれほどわかりやすい話はないよ。確かに気の毒ではあるけれど、献身的な子供たちじゃないか。少なくとも母親が存在しているのはわかったし」

「どうしてそう言えるんだい、ワトスン?」

「なぜって、きみも聞いただろ。ベルを鳴らしていたじゃないか」

「屋敷のどこかでベルが鳴らされた。それ以上の意味はない。とはいえ、きみのいうとおりあの二人は気の毒な姉弟だ。だが、奥深いところに何かがあるよ、ワトスン。悲劇に結びつきかねない何かがね。それを示していることがらがいくつかあったが、きみは完全に見過ごしているようだ」

「説明してくれるとありがたいんだがね」

「来週の今ごろまでには、彼らの秘密を暴いているはずだ。きみの想像力が及ばないほど邪悪な秘密を」

「きみがそう言うんなら、そうなんだろうな。それにしても、きみが自分の推理をそれほど出し惜しみしなければいいのにと思うよ」

ホームズが秘密主義なのは、見栄っ張りなあまりに自分が間違っていたときに恥をかくのを免れるためか、あるいは正しかったときに帽子からウサギを取り出す手品師のように華々しく答えを提示したいからなのだと、思っていた。

「きみに話す前に、はっきりさせなければならないことがたくさんあるんだ。でもきみの協力には感謝している」

「それほど貢献したとは思えないがね」わたしはいくぶんすねた口調で答えた。

「きみが思っている以上に助けてもらったさ。ところでハリウェル医師とは知り合いかい?」

「いや、でも医師名簿で調べられるよ」

「ありがたいね。あ、辻馬車が来た。つかまえてくれ。きょうは早めに休もう。明日はやることが山とあるんだから」

翌朝わたしがベッドから出てみると、ホームズはすでに出かけたあとだった。昼に戻ってきた彼は、粗末な服に底に鉄くぎのついた靴を履いた、まさに英国の労働者といういで立ちで、わたしの前に現われた。帽子をうしろにずらして派手なスカーフを巻きつけており、朝からひげをそっていないようだ。

「仕事を探していたんだよ、ワトスン」彼はくすくす笑った。

「見つかったのかい?」

「グローヴナー・スクウェアではだめだった」

「アバネッティ家をあたったのか?」

「御者か厩番が必要じゃないかと思ったんだがね。馬小屋と馬車置場の前を歩いてみた。もぬけの空だったよ。馬車もなければ馬もいない、御者の家は空き家だった。使用人住居から見とがめたらしいミンターが外に出てきて、あてこすりを言われて追い払われたよ。気になるじゃないか、ぼくたちが見た使用人はあの年老いた執事ひとりだけだなんて。メイドも従僕もいないし、おそらく下働きの少年すらいないはずだ」

「ミセス・バートラムが、使用人は暇を出されたと言ってたじゃないか」

「そう、重要な証言だ」

「アバネッティ家に彼らを雇う余裕がなくなったというだけじゃないかな」

ホームズは忍び笑いをもらした。「きみは注意力散漫だな、ワトスン」

「いや、ぼくだって気付いたことはあるよ」わたしはそう言いながら窓辺に立った。「通りの向こうから、ぼくらの家を浮浪児が見張っている。ぼくのことを訊きにきた少年がいたらしいが、そいつの人相と一致するようだ。診療に来たわけじゃなかったからハドスンさんが追い返したが、まだその辺をぶらぶらしている。きみが入ってくるのも見ていたはずだよ、ホームズ」

ホームズはわたしの隣に立った。ガス灯の柱によりかかった少年は、二サイズは大きいオーバーを着て、布製の帽子を耳まですっぽりとかぶっている。マフラーと帽子のせいで顔立ちはうかがいしれなかったが、ときどき顔を上げてこちらの窓を見ていた。

「状況はどんどん変わっているようだな。ぼくたちも素早く動かなければならない」ホームズはつぶやくように言った。「医師名簿は調べたかい?」

「昼食のあとすぐにやるよ」

「ぼくは登記所へ調べものをしに行く。そのあと涙をのんで、サイドボードにあるコニャックを手土産に、チャールズ・アバネッティを訪ねてきのうのお返しをしよう」

次に顔をあわせたとき、ホームズの血色の悪い頬は興奮で赤みが差していた。

「ハリウェル医師については何かわかったかい？　連絡はとれそうか？」

「降霊会でもやればね。一年前に死亡しているよ」

ホームズは妙な笑いをもらした。「ぼくも実のある一時間を過ごしたよ。服を変えさせてくれ、ワトスン。それから出かけよう」

サバイナ・アバネッティはグローヴナー・スクウェアの自宅にいなかったが、チャールズ・アバネッティが温かく、しかしいくぶんの驚きをもって迎えてくれた。

「たまたまこのあたりに用事があったもので、きのうのささやかなお礼を渡しに立ち寄らせてもらおうと思いましてね」ホームズはもったいぶってボトルを差し出した。

チャールズは如才なく笑顔を浮かべ、われわれを小ぢんまりした応接室に通すと、お茶を頼んだ。

「ミセス・アバネッティの具合をうかがってもいいですかな？」ホームズは気がかりでしかたないといわんばかりに訊ねた。

チャールズは、しばらくのあいだホームズをじっと見つめてから口を開いた。「母は間違いなく、ぼくら姉弟と同様にあなたたちのことが気に入ると思います。母に会っていただけますか？」

「ええ、ぜひ」ホームズが答えた。

「ちょっと部屋に行って、ちゃんとしているか確かめてきます。母はあの年になっても、ひどく体面を気にする人だから」

チャールズはしっかりと扉を閉めて部屋を出ていった。わたしはどういうことだい、というようにホームズの顔を見たが、彼はじっと炎をにらみつけている。

「母に三十分、猶予を与えてもいいですか?」戻ってきたチャールズが言った。「あらかじめお断りしておきますが、母は暗い部屋にいます。灯りが嫌いなんです、こんなに寒々しくて薄暗い日であってもね。病人には自分なりのこだわりがあるんですよ。こちらにいるお医者様ならよくご存知でしょうが」

チャールズ・アバネッティの態度には、興奮と緊張が入り混じっているようなところがあった。手をこすりあわせながら笑みを浮かべていたが、それは新しい友人に向けられているのではなく、内向きに、まるでひとり喜びをかみしめているように見えた。

「ミンターはお茶の準備に何を手間取っているんだろう」彼はぶつぶつと言った。「代わりにコニャックを飲みましょうか?」

「おかまいなく」ホームズはそう言ってから、すぐに付け足した。「それより、きのうは具合が悪かったようだけれど、もう大丈夫なんですか?」

アバネッティの笑みが消えた。というより、思い出して不愉快になったという顔をした。「もうすっかり。なんでもなかったんです。そろそろ母のところに行きましょうか? ベルを鳴らして、ぼくらが行くことを知らせておきましょう」

手すり付きの階段をのぼって二階に上がり、絨毯の敷かれた灯りのない廊下を歩いていった。居心地のよい客間から来ると、空気は冷たく、廊下は薄暗く、足もとの絨毯は薄っぺらですり切れているように感じられた。

「ここが母の部屋です」チャールズはドアノブに手をかけて言った。「小さな声で話してください。

大きな音が嫌いなんです」

彼はドアを開けた。「お母さん、お客様が二人お見えですよ」

部屋は真っ暗で、暖炉の火もランプの灯りもなく、カーテンも閉め切ってあった。昔風の大きな四柱式ベッドに、高齢の女性が横たわっているのがぼんやりとわかったが、フリルのついた大きなナイトキャップのせいで顔はよく見えなかった。目を閉じて軽いいびきをかいている。

「おやおや」チャールズがいまいましそうに言った。「眠ってしまったらしい」

「チャールズ、何をしているの？」背後の廊下から突き刺すようなささやき声がした。サバイナ・アバネッティが帰宅したのだ。荒れた天気のせいで頬がピンクに染まり、髪が乱れている。今戻ったばかりらしく、コートと帽子は下に置いてきたようだった。

「ああ、ミス・アバネッティ、またお目にかかれて光栄です」ホームズがゆったりした口調で言った。

それにはかまわず、彼女は弟に詰め寄った。「お母さまがどんなに気難しいかわかっているでしょう。また長ったらしいお説教を始めるかもしれないじゃない」

「それがこのとおり、お休み中さ」チャールズはむっとしたように答えた。

「それはよかったこと。弟のことはお許しくださいね」彼女は笑みを作ってわれわれのほうを向いた。「よかれと思ってしたことなんです」

「謝ることはありません。ただお母様とご挨拶できなくて残念でした」ホームズは明るく答えた。

「そろそろ失礼しなければなりませんが、日曜の午後にカードでご一緒するのを楽しみにしていますよ。行こう、ワトスン」

外に出ると、手で帽子を押さえなければならないほど風が激しく吹き荒れていた。しばらくのあいだ、われわれは黙って歩きつづけた。

「あの茶番をどう思った?」しばらくしてホームズが口を開いた。

「確かに妙だったね。でも、少なくともレディ・アバネッティが生きていたことがわかって、ミセス・バートラムをなだめることができそうだ」

ホームズはフンと鼻を鳴らした。「あの病室が妙だとは思わなかったのか?」

「いやに寒いとは思ったが」

「死体安置所並みに寒かった。火もなければ蒸気の出るヤカンもない、両方とも肺病の患者には推奨されているはずだ」

「確かに。放置されていると言いたいのか?」

「ほかに何があるんだい? しっかりしてくれよ。きみはこれまで数え切れないほど病室を見てきたはずだろう。どんな部屋でもするあの臭いが……」

「……しなかった。きみの言うとおりだ。消毒液の臭いさえまったくしなかった。どういうことだろう?」

「アバネッティ家から日曜の午後のことを詫びる手紙が届くだろうね」ホームズはそれだけ言った。

めったに顔色を変えることのないホームズだが、次に起きたことにはさすがに困惑したようだった。

その晩の夕食後、わたしたちが暖炉のそばに座っていると、足早に階段を登ってくる軽やかな足音に続き、ドアを鋭く叩く音がした。

「いったい誰だろう?」わたしは驚いて言った。

「ドアを開けてくれ、ワトスン」ホームズは時として使う、わずかに辛辣な声で言った。

戸口には、フード付きのウールのマントをすっぽりとかぶった女性が立っていた。わたしを押しのけるようにして部屋の中に入り、フードを外した。現われたのはサバイナ・アバネッティの顔だった。

ホームズは椅子から立ち上がり、彼女と向き合った。しばらくのあいだ、二人はにらみ合っていた。

「これで正体を暴いたわね、探偵のシャーロック・ホームズさん。あなただったわけだ」彼女は苦々しげに言った。

「おめでとうございます」ホームズの声は少しかすれていた。

「なぜ変装までして弟と知り合いになったのですか？　なぜあの子をおだてたりだましたりして、うちに来る必要があったのです？　答えを言いましょうか？　あなたはあの忌まわしい女、メイベル・バートラムにわが家の内情を探るために雇われていたからだわ。あの女はあなたに何を話したのです？」

「あなたのお母さんの健康を心配していました。ただそれだけです」

「まさか、それだけではないでしょう、ホームズさん」

彼女は思わず感情をあらわにしたことに気づき、黙り込んだ。わたしはそのすきに気がかりだったことを訊ねた。

「この夜更けにひとりでいらっしゃったのではないでしょうね、ミス・アバネッティ」

「ミンターが下に停めた馬車の中で待っています」

「弟さんは？」

「劇団の会合です」そう答えると、きっとしてホームズのほうを向いた。「どうすれば満足なさるのです？　どうすればこの嫌がらせが終わるのですか？」

わたしは彼女の言葉の激しさにショックを受けたが、ホームズはその問いに即座に答えた。

「レディ・アバネッティが生きていて、それなりの健康状態でいることを確認できれば」

「いいでしょう。日曜の午後、母とお会いになればいいわ」そう言ってドアのところまで進んだが、敷居をまたぐ前に唇をゆがめて振り返った。「軽蔑しますわ」

サバイナ・アバネッティはフードをかぶり直すと、階段を駆け下りていった。

「怒りを軽く表わすことができない女性もいるんだな」ホームズは笑い飛ばそうとしたが、その声は震えていた。

「手ごわいライヴァルだね」

「ライヴァルじゃないよ」ホームズは静かに答えた。「敵さ。というよりぼくが彼女の敵なのかな」そして窓に歩み寄った。「おや、あそこにいるな。頼みがある、ワトスン、ぼくが帽子とアルスター・コートを用意するあいだに、辻馬車を呼んでおいてくれないか。ちょっと出かける用事ができた」

「ぼくも一緒に行こうか？」

「いや、ひとりで行ったほうがいい」ホームズはさっきの出来事に動揺しているようだったが、同時に何かはっきりと心を決めたらしかったので、それ以上は何も言わないことにした。

翌日ホームズは、いらいらと落ち着かないようすで、延々とヴァイオリンを弾き続けていた。いいかげんにやめてくれと言いたくなったとき、彼が急に口を開いた。

「今晩観劇に出かけるというのはどうだい？」なぜか晴れやかな声だ。「ダン・リーノウがドルリーレーン劇場に出演しているんだ。外で食事をしてから行こう」

ふだんはアルバートホールでのヴァイオリンの演奏会を好むので、彼がドルリーレーンに行こうと言ったことにわたしは驚いた。

いつものとおり、ホームズにはお見通しだった。「いいじゃないか、ワトスン。彼は木靴ダンスの名手で、当代随一のデイム（パントマイムで男性が扮する中年女性）じゃないか。芸術家であり、あの分野では天才と言っていい才能の持ち主だ」

その晩のダン・リーノウの演技は確かにすばらしかった。信じられない体の動きを披露しつつ、かつらやドレスを次々と変えながら、ロンドン子《コクニィ》のユーモアと感傷をたくみに織り込んだ変幻自在のひとり芝居をやってみせた。

周囲の観客たちが椅子を揺らして笑うあいだ、ホームズはじっと座ったまま、夜会服の前で指先を突き合わせ、なかば閉じかかったまぶたの下から舞台を眺めていた。だが、彼が小男のこっけいな動作を熱心に観察しているわけではないような気がした。

翌日の日曜日、驚いたことにホームズは、これまでの変装をせずにアバネッティ家を訪問しようとした。

「ゲームは終わりだ、ワトスン」彼はわたしの顔を見てそう言った。「二人ともぼくの正体と目的を知っただろうからね」

「母親に会わせてくれると思うかい？」

「それは間違いない」

一面の霧がロンドンを覆っていた。教会の鐘のくぐもった音が悲しげに聞こえてくる。昼を過ぎないと霧が晴れる気配はなかったので、ホームズがグローヴナー・スクウェアまで歩くと言ったときにはびっくりした。

「この黄色い濃霧の中を？　頭は大丈夫かい、ホームズ！　いったい何だって……？」

「グローヴナー・スクウェアには、ある種の心境で到着したいのさ、それができるのはこの霧だけなんだ。もしぼくと一緒に来たくないのなら、ぬくぬくとした暖炉のそばにずっといればいい。でもこれまでしたためたことのない奇妙極まりない冒険を経験したいのなら――きみがこのちょっとした事件を記録したくてしょうがないのは知ってるけれど――さっさと帽子とオーバーに暖かなマフラーと丈夫なステッキを用意するんだ。そうそう、軍医時代のピストルも忘れるなよ」

「ピストルだって、ホームズ？　まさかあの二人から危害を加えられると考えているわけじゃないだろう？」

「備えあれば憂いなしだ」

続く三十分かそこらは、まったく不愉快な時間だった。怖がりな男でも想像力のたくましすぎる男でもないじゃないかと自分に言い聞かせたが、亡霊が霧に姿を変えてその指を伸ばしてくるような気がしてならなかった。ガス灯の柱は、切望されたすえ取り付けられたものの心ならずも打ち捨てられた、灯台のように立っている。歩道に舞う落ち葉のカサカサいう音は、うしろから追いかけてくる足音のように聞こえた。背後を振り返りたくなるのを何度もこらえなければならなかった。オックスフォード街を渡っていたとき、不意に馬車が現われたため、幽霊でも乗っているのかと思ってぎょっとした。

「もうすぐそこだよ、ワトスン」ホームズが笑いを嚙《か》み殺しながら言った。

「メイフェアからは人が消えてしまったようだ。まともな人間なら外に出たりはしないよ」

チャールズ・アバネッティは、ホームズの刈り込んだ髪や口ひげのない顔を見ても、驚きや不思議そうなそぶりをまったく見せなかった。これまでと同じように心からの歓迎を表わし、小ぢんまりした客間の暖炉へと招き入れた。

「服がすっかり濡れていますよ」彼はびっくりして言った。

「歩いてきたものですから」

チャールズは目をぱちくりさせた。「この霧の中を？ ずいぶん変わったことをするんですね」

「レディ・アバネッティにお目にかかりたいのですが」ホームズはやや素っ気ない口調で言った。

「ああ、姉が来た。サビー、お二人が母様に会いたいそうだ」

「あいにく昼寝中ですわ。でも心配なさらないで、ホームズさん、ワトスン先生。午後には母にお会いになっていただけますわ」

ミス・アバネッティの顔はえび茶色のメリノのドレスを着ているせいか、いやに青白く見えた。ヴェルヴェットとレースで縁取られ、ひだがゆったりと腰当に寄せられている。ホームズに向けた態度はよそよそしかったものの、敵意をむき出しにしているわけではなかった。

「待っているあいだ、手合わせをしましょうか？」チャールズが言った。

ホームズの顔にいらだちがよぎったが、肩をすくめてテーブルについた。緊張した空気の漂う気詰まりなゲームだった。和気あいあいとやろうとしているのはチャールズだけで、ホームズはそんな彼をじっと観察していた。張りつめた空気の中、チャールズだけが不自然なほど上機嫌だった。

ノックの音に続いて、長身で痩せこけた執事が現われた。

「どうしたんだ、ミンター？」チャールズが不機嫌そうに言った。「呼んでないぞ」

「今しがたこちらが届きましたもので」執事が銀の盆にのった手紙を差し出した。

チャールズは失礼と断ってから封を開けた。「ランデル・バークからだ」

「弟の役者仲間ですわ」サバイナが説明を加えた。

「脚本をどこかに置き忘れたんで、ぼくのを貸してほしいそうだ。ちょっと失礼させてもらいます」

「まあ、チャールズ、この天気の中を？」サバイナが異を唱えた。

「すぐそこのブルック街だから。ちょっと歩いたほうがいいのさ。われらが友人たちがベイカー街から歩いてこられたのなら、ぼくだってちょっとそこまで行ってこられるよ。ゲームを台無しにしてしまって申しわけないけれど、そういうことだから」

ホームズは張り出し窓に寄って、カーテンを押さえて立った。見ていると、オーバーとマフラーを着込んだチャールズが、足早に鉄柵のわきを過ぎていった。

「今お母様に会えますか？」ホームズがミス・アバネッティのほうに向き直った。

「起きているか見てきますわ」そう言うと、彼女は呼び鈴の紐を引いた。「そのあいだ、お茶でもいかがです？」

「ミス・アバネッティ、これが社交的な訪問ではなく、厳然とした仕事上のものであることはお互い承知しているはずです。今すぐお母様のところへ案内してください」

「ホームズさん」彼女はホームズのそばに寄って、じっと顔をのぞきこんだ。「金曜の晩、わたしが申し上げたことはどうかお許しください。姉とはもう長いあいだうまくいっていませんでしたが、それでもわたしたちを探るために探偵まで雇ったことはショックでした。姉の動機はご存知ですか？」

「ぼくはミセス・バートラムの動機をとやかくいう立場にはありません」ホームズは冷ややかな

声で答えた。

ミンターがお茶のワゴンを押しながら現われた。ホームズは相伴するのを断って、また窓辺に立った。気まずい思いをしつつも、わたしはミス・アバネッティからお茶を受け取ったが、シードケーキは遠慮した。

「チャールズが帰ってくるのを見ているのですか?」サバイナは穏やかといっていい声で訊ねた。

「遅くはなりませんわ」

彼女はゆっくりとお茶を飲みながら、わたしととりとめのない会話を続けた。ホームズの表情は、いらだっているというより、しだいに厳しくなっていた。屋敷のどこかでベルが鳴ったとき、その目に皮肉を感じさせる光が踊った。

「お母様はわれわれに会う用意が整ったようです。行ってみましょうか?」

霧の中をさまよったせいで神経が過敏になったのか、薄暗い廊下の壁に霧がしみこんだのではないかと思うほど空気が冷たくじっとりと感じられた。サバイナはそっと、ほとんど足音を忍ばせるようにして前を歩き、病室のドアまでわれわれを導いた。

「お母様、お客様をお二人お連れしました」そう言ってドアを押し開けた。

四柱式ベッドの上にぼんやりと見える人影は、背を丸めて枕にもたれかかっていた。フリルのついたナイトキャップからはみ出た白髪が額にかかり、加齢と病が刻みこまれた顔がこちらを向いて、じろりとにらみつけてきた。ベッドの脇から持ち上がった手は、しっかりと杖を握っている。

「これはなんのまねだい。言いつけはわかっているだろう。わたしは誰にも会わないからね」彼女はわたしたちに向かって金切り声を上げた。「出ておいき、あんたたちみんなだ。とっとと出ってくれ」

「お母様、興奮しないで」サバイナは母親のほうに走り寄ろうとしたが、杖を振りまわされてあとずさった。

次に起こったことは決して忘れないだろう。正確な言葉は覚えていないが、老人の恫喝するような口調、サバイナの魂を丸裸にする侮辱や冷酷な物言いの数々を、忘れることはできない。わたしは間接的にとはいえ、ミス・アバネッティの当惑の原因となってしまったことを深く恥じた。その間、彼女はずっと冷静を保っていたが、やがてわたしたちを振り返り、低く震える声で言った。「これで終わりにしてよろしいかしら？　満足なさいまして？」

ホームズはくるりと背を向けると部屋を出ていったので、わたしもあわててあとに続いた。甲高い声が、階段を下りるわたしたちを追いかけてきた。玄関にたどり着くと、わたしたちは厳しい顔をしたミス・アバネッティと向き合った。血の気の引いた顔の中で、彼女の瞳が大きく黒々として見える。

「ミス・アバネッティ、心よりお詫びを申し上げなければならない。きょうはこれで失礼します」とホームズが言った。「ミンター、コートを」

高齢の執事が玄関扉のわきでうろうろしていた。

「お帰りになるんですの？」ミス・アバネッティが口早に言った。「弟が戻ってくるまでお待ちになれませんの？　あの子にも謝らなければならないとはお思いになりません？」

「遺憾の意をお伝えください。行くぞ、ワトスン、帰らなければ」

「せめてそこまでミンターをやって、辻馬車をつかまえさせてください」

「お気づかいは恐れ入りますが、われわれは来たとおりに帰ります――歩いてね」

わたしはうめき声を押し殺しながら湿ったコートに腕を通し、ステッキを手に取った。

「あんなことを言われて、ミス・アバネッティはさぞかしきまりが悪かったろうね」グローヴナー・スクウェアに出ると、わたしは口を開いた。「きみが満足したならいいんだが」非難がにじむのを抑えることはできなかった。

ホームズはわたしの腕をつかんだ。「静かに」

曲がり角に来たところで、彼は急にきびすを返した。「戻るぞ、ワトスン。レディ・アバネッティに話がある！」

「おい！　気でも違ったのか、ホームズ？」

「ぼくじゃない。今別れを告げてきたばかりの、錯乱した病人ほど気がふれてはいない。急げ、ワトスン。獲物が逃げるぞ。こっちの路地から馬車置場に回るんだ。やっぱり、思ったとおりだ！」

小屋の中でろうそくが灯っているのが、すすけた窓越しにわかった。ホームズが勢いよくドアを開けると、ネグリジェとフリルの帽子を身につけた人間が驚きの声を上げた。

「ゲームは終わりだ」ホームズが厳しい声で言った。「ミスター・チャールズ・アバネッティ」

アバネッティはあとずさりして壁に背中をつけた。グロテスクな化粧の下の顔は怒りにゆがんでいる。「ちくしょう！　うまくやったはずなのに。なぜぼくだとわかった？」

「確かに、きみの演技は偉大なダン・リーノウに匹敵するくらいすばらしかった。化けの皮がはがれたのは、ほかの要素があったからだと言っておこう」

アバネッティの目がホームズを越えて、戸口のほうに向けられた。「だめだ、サビー、やめろ！」

ホームズと同じくらい厳しい顔をしたサバイナが、霧の中から姿を現わした。手にしたピストルでホームズの頭に狙いをつけている。

「今でもご自分が頭の切れる人物だとお思いかしら、シャーロック・ホームズさん？　動かないで、ワトスン先生。手をポケットに近づけたら、お友だちの頭に穴が開くわよ」

「ばかなことはやめなさい、ミス・アバネッティ」ホームズが静かに言った。「まだ殺人を犯したわけじゃないんだから」

彼女は冷酷で、抜け目ない女の顔をしていた。「あなたたちがグローヴナー・スクウェアにいたという証拠は何もないわ。辻馬車さえ頼んでいない」

そのときホームズがすばやく手を唇に持っていった。三度鋭く口笛を吹いて警察を呼んだのだ。「ラナー警部が部下を連れてすぐここにやってくる。ピストルをしまいなさい、ミス・アバネッティ。自分で状況を悪くするだけだ」

ところが彼女は、怒りにまかせてホームズに向けて発砲した。ピストルが不発に終わると、その表情はたちまち悔しそうなものに変わった。そのすきをついて、わたしはすかさずステッキを振り上げ、手からピストルを払い落とした。それをホームズが見えないところまで蹴飛ばしたところで、ラナー警部と二人の巡査が飛び込んできた。

「こんにちは、ホームズさん」警部は朗らかに彼にうなずいてみせた。「何をお手伝いすればよろしいですか？」

「あなたの部下に地下室の床の敷石をはがして、少しばかり掘ってもらいましょう。さっきお話ししたように、アリス・アバネッティの死体が見つかると思いますよ」

「殺されたのですか？」

「いや、レディ・アバネッティは自然死のはずです。ここで行なわれた犯罪は、死亡事実の隠匿と死体遺棄だけだから」

「きみが書こうとしているこの事件で、ぼくはヒーローと言えない役回りだと思うよ」ホームズはスリッパをはいた足を暖炉のほうに伸ばし、物憂げに頰づえをついた。「すでに充分裕福で強欲な女性のために、二人の姉弟から相続権を奪ってしまったんだからね。あの、誰もがうらやむ高級住宅地をちらつかせて若い男をたらし込もうとしている、メイベルのために。公にされているサー・ウィリアム・アバネッティの遺言が、答えを与えてくれたんだ。グローヴナー・スクウェアの屋敷は、存命中はレディ・アバネッティひとりのものとされていた。だが彼女が死亡した場合は、最初の結婚でもうけた長子、つまりメイベルのところにいく。チャールズとサバイナの姉弟は、あの屋敷を取り上げられてしまうんだ。屋敷以外の財産は、ほんの少ししかない。あの二人はなんというか、誰もがうらやましく思わないような立場にいたわけだ。ワトスン、ぼくは何度もこの事件を投げ出したくなったが、この気味が悪くも興味深い結末を見ることにひきつけられたんだ」

「法は守られなければならないよ、ホームズ」

「ああ、法ね」ホームズは苦々しい口調で言った。「ほかにも法はある。人間が人間であるがゆえに守らなければならない自然法が、ここでは破られている」

自宅に戻ってからというもの、ホームズは陰鬱な状態に沈み込み、わたしは彼が自室にこもってコカインという悪癖に慰めを求めるのではないかと気が気でなかった。そこで、この事件についてすっかり理解できていなかった点を訊ねて、彼の気を紛らわせることにした。

「ぼくらが二度目に訪ねたとき、病室のベッドに寝ていた女性は誰だったんだい？」

「料理人のミンター夫人だと思うよ。心ならずだったかもしれないが、ミンター夫妻は最初から最後までこれに加担していたはずだ。きっとあの歳ではほかに行くところがないから、しかたなく協力していたんだろう。

チャールズはうまいこと芝居を打ったと思っていたかもしれないが、ぼくにとってはレディ・アバネッティが死んでいることを確信させるだけだった。もちろん彼は、そのときはぼくの正体に気づいてはいなかった。ミス・アバネッティはすでに疑いをもっていたがね。ぼくらの部屋を見張っていた少年も彼女だよ。あの日、病室に飛び込んできたとき着ていたドレスが、厩番の仕事を探しに馬車置場に行ったときに壁にかかっていたのを見たんだ。親の愛も友だちも知らないまま大きくなった姉弟は、演技とごっこ遊びの世界に生きていたんだな。さっきのチャールズの芝居は、母親の特徴を完璧にとらえていたはずだ。想像できるかい、ワトスン。彼らのような貧しくよるべない存在が、普通なら愛情を注いでもらえる相手から、あれほどの罵倒を受けていたなんて。それを考えると胸が詰まるよ」ホームズは身を乗り出してひざの上にひじをついた。

「二人はどうなるんだろう？」

「ぼくよりも法のほうがやさしいことを願うだけさ」

「いや、ホームズ、きみは自分に厳しすぎるよ。ミス・アバネッティがきみの命を奪おうとしたことを警部に話していたら、彼女はもっとたいへんな罪に問われていたはずだ。ピストルが不発だったのも、運がよかっただけじゃないか」

「きっと父親の古いピストルで、長いあいだ引き出しの中で眠っていたんだろう。彼女がぼくを憎むのには、もっともな理由がある。ぼくが関与したせいで、彼らの短くも痛ましい生活が終わりを告げたんだ。でもあの二人も、永遠にああやって暮らしていられたわけじゃないがね。あの恐るべき洞察力を備えたメイベル・バートラムが待ちかまえていたんだから」

「バターに沈んだパセリというのは、どういう意味があったんだ?」

「ああ、あれか! ミセス・バートラムが、自分の継母はかならず朝食にパセリ・バターのついたロールパンを食べていたと言っていたね。料理人が冷蔵庫からバターを出し、トレイに用意しておいたんだろう。一方、ミス・アバネッティが母親のようすを見にいってみると、夜のうちに死んでいるのが見つかったんだ。

彼女は即座に行動したのさ、ワトスン。驚くべき冷静さでね。ただちに使用人に暇を出し、死体を地下室の敷石の下に埋めるよう指図した。

あれほど厳しい規律がいきわたり、病室に閉じ込められているとはいえ絶大な力を持つ女主人がいる家では、普通ならバターは冷蔵庫に戻されているはずだ。ところがパセリがバターに深く沈みこんでいたということは、何時間も外に出しっぱなしにされていた、つまり普通でない事態が進行していたことを意味するのさ」

ホームズはポケットに手を伸ばし、紙片を取り出した。「これがミセス・バートラムからもらった報酬だ」

「すごいじゃないか!」

「彼女は自分で言ったように感謝を申し出て、アストン・プラッシュがそれに例の〝気前がいい〟という条項を加えた。ぼくは彼女に、誰もがうらやむ高級住宅地と、おそらくは新しい夫を与えてやったのさ。きみをバーデン・バーデンへ連れていってあげられそうだよ、ワトスン」

「そんな気前のいい申し出を受けるわけにはいかないよ」わたしは口ごもりながら言った。

厳しい表情だった彼の顔に、笑顔が浮かんだ。「きみはそれだけの働きをしてくれたんだよ、ワトスン。きょうあれほど振りまわしたことを思えばね。ぼくみたいな孤独な人間嫌いでも、友情の価値はわかっているつもりさ」

The Adventure of Vittoria the Circus Belle

サーカス美女ヴィットーリアの事件

エドワード・D・ホック

Edward D. Hoch（1930 - 2008）

短篇を中心とする非常に多作のアメリカ人作家。主にミステリとサスペンスの分野で1000 篇近い短篇を生み出したが、惜しくも77 歳で亡くなった。MWA 賞の巨匠賞受賞。2000 年前の探偵サイモン・アークや、役に立たないものばかり専門に盗む怪盗ニック、MWA 最優秀短篇賞の「長方形の部屋」に登場するレオポルド警部など、多くのシリーズ・キャラクターを生み出してきた。邦訳は『サイモン・アークの事件簿』、『サム・ホーソーンの事件簿』（いずれも創元推理文庫）ほか。「クリスマスの依頼人」（原書房『シャーロック・ホームズ　クリスマスの依頼人』所収）など、ホームズ・パスティーシュも 17 篇書いている。

「アバネッティ一家の恐るべき事件」のあと、仕事の依頼のない時期がしばらく続いたホームズは、自分は「紛失した鉛筆探しや、寄宿学校の女学生たちに助言を与えるだけの存在になり下がった」とぼやき始めた。この心持ちは、のちに『ぶな屋敷』事件へと発展した一件に取りかかったころの彼の気分にもよく表われている。ホームズはこの事件をみごとに解決したが、そのあともまた依頼のない時期が続いた。刺激を得るために彼がおおっぴらにコカインを使い始めたのも、おそらくこのころだろう。コカイン使用についてはワトスンも『黄色い顔』の中で触れているが、一八八六年の春に起きたこの事件は、ホームズの推理がはずれた数少ない事件のひとつでもある。この時期、ホームズは明らかにスランプ状態にあったようだ。

しかしまもなく事態は改善の兆しを見せはじめ、一八八六年の夏には依頼が続々と舞い込み、ワトスンはまたもすべての事件を記録しきれないほど多忙となった。ミステリ小説の名手として知られるアメリカ人作家で、犯罪研究家でもあるエドワード・D・ホックは、これまでにもいくつかホームズ作品を書いてきた。その大半は彼のオリジナルだが、サーカスに対する興味をきっかけにいくつかの記録を発見した彼は、ワトスンがのちに「サーカス美女ヴィットーリアの事件」と呼んだものを、ここに再構成した。

ある日、過去の事件を記した例の備忘録に目を通していたわが友シャーロック・ホームズは、わたしがあの《サーカス美女ヴィットーリア》の事件について記録していないことを指摘した。わたしがこの事件の記録を怠った理由は、八六年の夏には興味深い事件が次々と起こり、あの事件の覚書がそのほかの事件の資料に紛れてしまったからにほかならない。また、あの事件にはいささかばつの悪い側面があったという事情も無視できない。

その頃、ヴィットーリアの名はサーカスに一度も足を運んだことのない者にさえ広く知れ渡っていた。一八八〇年、アメリカではバーナムやリングリング・ブラザーズのライヴァルであったアダム・フォーポーが、自分たちのサーカスを宣伝するユニークなアイデアを考案した。当時フォーポーは、新しいアイデアを次々と打ち出す、サーカス界でも最も独創的な人物として知られていた。デラウェアの海岸で実施されたアメリカ初の美人コンテストに目をつけた彼は、コンテストの後援者としてアメリカ一の美女に一万ドルの賞金を出し、ルイーズ・モンタギューがその栄誉に輝いたのだった。そしてフォーポーは彼女をすぐさま騎手として雇い入れ、「一万ドルの美女」と銘打ってサーカスのパレードに出演させた。

まもなく同様の宣伝キャンペーンはイギリスでも定着し、一八八二年にはイギリス版リングリング・サーカスを名乗るローヴァー・ブラザーズが、イギリス一美しい娘を選ぶコンテストを開催した。このコンテストでは若い女店員のヴィットーリア・コステロが優勝し、彼女はたちまちのうちに《サーカス美女ヴィットーリア》としてその名を知られるようになった。ヴィットーリアの似顔絵がサーカスのチラシやポスターに載りはじめると、彼女の名が女王陛下の名前と似ているとの非難もあがったが、これは本名だったため、ヴィットーリアとしてもこの名を使わないわけにはいかなかった。

八月の初めのある晴れた朝、ハドスン夫人が面会の約束がない客人の――ヴェールで顔を覆った若い女性の来訪を知らせてきたとき、ホームズもわたしも彼女についてはこれくらいのことしか知らなかった。「お通ししてください!」ホームズはパイプを置くと、挨拶のために立ち上がりながら言った。「身元を隠そうとする依頼人ほど興味をかきたてるものはないね」

まもなく、わたしたちの前にその女性が現われた。ほっそりとした長身の体を黒い乗馬服に包み、乗馬用の帽子とヴェールをつけている。二重のネットの下にあるその表情はほとんどうかがえなかった。

「お会いくださってありがとうございます、ホームズさん」と彼女は言った。「急を要する用件でこちらにうかがいました」

「どうぞ、おかけください、お嬢さん。こちらはぼくの友人で仕事仲間の、ドクター・ワトスンです。どのような件でお困りですか?」

彼女は尾行者を恐れるかのように、ドアの向かい側にある椅子に腰を下ろした。「ホームズさん、わたし、命の危険にさらされているんです」

「ほう、どうしてそう思われるんですか、ミス・コステロ?」

そのホームズの言葉に彼女の体がピクリと震えた。実はわたしもホームズのこの言葉に驚いていた。

「わたしをご存知なんですか？　一度もお目にかかったことがないのに」

「ヴェールをつけているということは、顔を見られたらあなたが誰だかわかってしまうということを示しています。それにあなたからは、サーカスのリングを思い出させるタン皮の匂いがする。いや、もちろん不快な匂いではありませんよ。子供時代を思い起こさせてくれる懐かしい匂いだ。それに、あなたの乗馬靴にもタン皮が少しこびりついている」

それを聞いたわたしは思わず、わたしの靴と同じくらい大きい彼女の長靴と、スカートの下からのぞく革飾りに目をやった。

「今、ロンドン周辺で興行中のサーカスはローヴァー・ブラザーズ・サーカスだけです。また、彼らのパレードにはサーカス美女ヴィットーリアが騎手として出演している。だとすれば、あなたがヴィットーリア・コステロだということは明らかだ。どうぞ話を続けてください」

彼女はヴェールを上げ、はっとするほど美しい顔をわたしたちに見せた。その目は憂いを含んではいるが若々しさに輝き、つややかな髪はカラスの濡れ羽色だ。サーカスのポスターに描かれた似顔絵など足元にも及ばぬ美しさだった。

「あなたの並外れたお力についてはうかがっておりましたが、それでもその鋭い観察力には驚かされましたわ、ホームズさん。新聞の記事でご存知かもしれませんが、ローヴァー・ブラザーズのコンテストに出場しないかと友人に勧められたとき、わたしはピカデリーにあるハッチャーズという本屋で働いておりました。でも優勝するなど夢にも思ってもいませんでしたから、優勝したときには、それまでの生活を捨てて《サーカス美女ヴィットーリア》になることにいささか抵抗がありました」

ホームズはパイプを手に取ると、射るような鋭い目で彼女を観察した。「実は、サーカスについてはほとんど知らないんですよ。あなたはサーカスでどんなことをしているんです？」

「コンテストの直後にローヴァー・ブラザーズに雇われたときは、サーカスのパレードで馬に乗るだけでいい、あとはショーの始まりと終わりに一度、リングを馬で回るだけだと言われました。つい最近まで、サーカスはただ乗馬の技を見せるだけのもので、あとは乗馬の実演の合間に道化が軽業を交えた喜劇をしたり、団長と冗談を言い合ったりしていたんです。でも、今はサーカスも変わってきました。アメリカのＰ・Ｔ・バーナムはあの国の習慣にならって、二万人を収容するテントと三つのサーカス・リングを持っています。ここロンドンでもアストリー・サーカスは、馬やそのほかの動物たちが演技をする背景付きの大舞台を備えた、常設小屋を構えています。フランス人の体操教師、レオタードが紹介した空中ブランコも多くのサーカスで大人気ですし、ハーゲンベックはそのうち野生動物に曲芸をさせる大型の檻を導入すると言われています」

「ご自分の職業についてずいぶんと詳しいようですな」ホームズが小さな声で言った。

「でも、この仕事をするのもあと少しかもしれませんわ、ホームズさん。昨年、ローヴァー兄弟に言われたんです。わたしの印象をもっと強くするために、馬術以外の芸を身につけたらどうかって。綱渡りかヘビ使いの技を試してみないかとまで、言われました。どちらも考えただけで身が凍りました。そのうえ今年の春には、ディアスというスペイン人のナイフ投げを手伝わされたんです」そう言うと、彼女は左腕にかすかに残った傷痕を見せた。「これがそのときの傷です。それもリハーサルだけで！」

「それでここにいらしたんですか？」

「まさか！　わたしたちのサーカスには、もうひとり若い女性がいます。軽業師なんですが、彼女は自分こそが《サーカス美女》の肩書きにふさわしいと思っているんです。エディス・エヴァレッジという娘です。それまでにも何度か彼女に《サーカス美女》の肩書きを返上しろと言われたことがありますが、今では彼女、わたしの命を狙っているようなのです」

「実際に殺されかけたことがあるんですか？」

「ええ、二回ほど。一週間前のきのうは、ストラトフォードでの公演で馬に振り落とされそうになりました」

ああ、そんなこと、と言うようにホームズは手を振った。「まあよくある話ですね」

「誰かが鞍の下に座金を仕込んだんです。わたしの重みで座金が背中に食い込んだせいで、馬はわたしを振り落とそうとしました。さいわい、まわりの人たちが助けてくれましたけれど」

「もう一回は？」

「そちらはもっと危険でした。オックスフォードで月曜の午後の公演を終えた直後、ナイフ投げのディアスが毒を盛られたんです。これは、ホームズさんも新聞でごらんになったかもしれません。その毒は、わたしが乗馬の演技の合間に飲む水筒の水に仕込まれていました。あれは絶対にわたしの命を狙ったのだと思います」

「ナイフ投げの男は死んだんですか？」

「ええ。わたし、もう恐ろしくて！」

「今、サーカスはどこにいるんです？」

「あしたの午後の公演のためにレディングでテントの設営をしています。今晩、新しいトラと調教師が到着することになっているんですが、今度はトラと一緒に演技しろと言われるかもしれません。ホームズさん、わたし、殺されるかもしれません！」

「これまでの二つの出来事は、それぞれなんの関係もない単なる事故かもしれませんね。ですが、サーカスは子供のころに観たきりでもう長いこと行っていない。どうだね、ワトスン？　あしたレディングにサーカスを観に行かないか？」

翌日の午前中、われわれはパディントン駅で汽車に乗った。常日ごろ愛用している旅行用の外套を着るには暖かすぎたため、ホームズは簡素なツイード服姿だ。車中、彼はいつものようにいくつかの新聞に目を通していたが、オックスフォードでのディアスの死を報じる記事を見つけると、うれしそうな声を上げた。ディアスは毒殺されたと書かれていたが、オックスフォード警察はそれ以上の情報を発表していないらしい。

「たぶん、事故だったんだよ」とわたしはあえて言ってみた。「彼女が気にしすぎてるだけだ」

「まあ、そのうちわかるさ、ワトスン」列車がレディングの駅に滑り込み、ホームズは最後の新聞を脇に置いた。右手の車窓からはキングズ・メドウが見え、そこにはサーカスのテントが設営されている。すでに馬車や乳母車が続々とテントに向かいはじめており、動物用の囲いには子供たちが群がっていた。

列車から降り立ったわたしたちの目に真っ先に飛び込んできたのは、サーカス美女ヴィットーリアが描かれたローヴァー・ブラザーズ・サーカスの大きなポスターだった。ポスターの下隅には、人食いトラの曲芸がきょうの午後に初お目見え、と書かれた紙が貼られてある。ヴィットーリアを実際にこの目で見ていたわたしは、このときもまた、ポスターでは彼女の本当の魅力や美しさはほとんど伝わらないと痛感した。しばらくそのポスターを眺めたあと、ふたたび通りを歩き出したホームズは、馬車を拾うと、少し離れたところにあるサーカスのテントに向かった。

ヴィットーリアはわたしたち二人のためにチケットを二枚、切符売り場に用意してくれていた。正門を抜けたとたん、タン皮の匂いが鼻をくすぐった。ヴィットーリアからかすかに香っていたその匂いは、今や子供時代の思い出をも一緒に運んできた。

「ホームズ、きみの言ったとおりだね」とわたしは言った。「サーカスには郷愁を誘う懐かしい匂いがある」

入口の近くには、ローヴァー・ブラザーズ・サーカス事務所と記された看板のある小さなテントがあり、ホームズはその中にずかずかと入っていった。テントの中には、黒髪で豊かな口ひげをたくわえた細身の青年が、帳簿に目を走らせていた。「ミスター・ローヴァーですね？」ホームズが話しかける。

男性は顔をしかめてこちらを見た。「チャールズ・ローヴァーだよ。おれに用事かい？　それともフィリップに会いに来たのか？」

「いや、どちらでも結構です。ぼくはシャーロック・ホームズ、こちらはドクター・ワトスン。このサーカスの花形のひとり、ディアスという名のスペイン人ナイフ投げが不審な死を遂げたから調べてもらいたいと依頼されましてね」

チャールズ・ローヴァーは不愉快そうに何やらつぶやいた。「あれには不審な点なんてひとつもない！　ただの事故なんだから！」

「だがヴィットーリアは、彼が死んだのは毒を盛られたからで、本当は自分が殺されるはずだったと思っています」

「誰があんなにかわいいお嬢さんの命を狙うってんだ？　あの子はこのサーカスの花形だぜ！」

「ということは、われわれがここに来たのは無駄足だったということかな？」

「そうみたいだな」

「まあ、わざわざロンドンから来たんだから、ほかの人たちとも話してみましょう。もし時間があれば、あなたの兄さんのフィリップと、軽業師のエディス・エヴァレッジとも話したいんですがね」

チャールズ・ローヴァーは懐中時計に目をやった。「もう十二時じゃないか。一時には午後のショーの準備にかからなきゃならない。一時までに会いたいやつに会って、さっさと帰ってくれ」

「ミス・エヴァレッジにはどこで会えますか？」

「大テントで演し物の稽古《けいこ》をしてるよ。きょうはベンガルトラの初お目見えだから、それに合わせてタイミングを調整してる」

ローヴァーと別れると、わたしはホームズのあとについて大テントに向かった。途中、出店の用意を始めた食べ物屋や、二人の道化師がメーキャップの仕上がりを互いに点検しているのが見えた。ゲートが開くと、ちらほらと姿を見せはじめていた観客は徐々に増え、絶え間ない人の流れが生まれていた。まだ大テントへの入場が許されないため、観客はサーカスの余興を冷やかしている。ホームズとわたしは入場禁止の看板を無視し、テントの入口の垂れ幕をめくって中に入っていった。

大きなサーカス・リングには、レオタードが考案したというぴったりした衣装を着た五、六人の軽業師たちが、前転や側転や宙返りをしていた。空中ブランコで大きく前後に揺れているものもいる。彼らが休憩に入ると、ホームズは近くにいた女性に声をかけた。「きみがミス・エディス・エヴァレッジかね？」

「エディス！」その女性は大声で、まだ学齢期に見える茶色の髪の娘を呼んだ。見事なスタイルをぴったりとした衣装で包んだエディスが歩いてくる姿に、わたしの顔は赤らんだが、彼女の顔にはその幼さに不似合いな険しい表情が浮かんでいた。

「何か用?」その口調にはかすかにロンドン訛りがあった。

ホームズは自己紹介をするとすぐに本題に入った。「ぼくたちはヴィットーリア・コステロ、すなわちサーカス美女ヴィットーリアが最近、命を狙われた件について調べているんだ。彼女の落馬事故について何か知っているかね?」

「馬が彼女を振り落としたのよ。でも別に命が狙われたわけじゃないわ」

「だが彼女はそう思っているんだ。じゃあディアスが毒を盛られた件はどうだね?」

エディス・エヴァレッジはかぶりを振った。「あれは事故だって話よ」

「彼は以前、ナイフ投げでヴィットーリアに怪我をさせたんだろう?」

「まさか。あの二人、すごく仲がよかったわ」

「でもきみは、彼女の代わりにサーカス美女になりたいんだね」

「あたりまえじゃない! あたしは十五のときからここで働いてるのよ。それに今じゃ空中ブランコの練習までしてる。でも彼女は、あのくだらないコンテストに優勝したっていうだけで、なんの経験もないのに雇われたのよ。そのうえフィリップさんは、彼女を特別扱いしてる。この意味わかるでしょ?」

そのとき、リングに檻が運ばれてきた。檻はキャンバスで覆われていたが、洩れてくる唸り声を聞けば、そこにいるのが例のトラなのは間違いなかった。鞭を構えた調教師とフロックコートを着た男がひとり、檻に付き添っている。かなり遠くにいたわたしでさえ、男がチャールズ・ローヴァーの兄だとわかったくらいだから、ホームズもそれがわかったのだろう。彼は男を見ながらエディスに訊ねた。「あれはフィリップ・ローヴァーかい?」

「そうよ」エディスが言った。「彼がひとりでいるなんてびっくりだわ。いつだってヴィットーリアか、巡業に連れてきた金髪女と一緒なのに」

「それは誰だい?」

「ミリー・ホーガンよ。以前、ライシーアム劇場の舞台に出たことがあるもんだから、自分は一介のサーカス芸人より上等だと思ってるのよ。公演のあいだはいつも彼のテントにいるんだけど、けさは二人で新しく来たトラと遊んでたわ」

「さあ、みんな」フィリップ・ローヴァーは軽業師たちに声をかけた。「そろそろリングから出てくれ。もうすぐお客がテントに入ってくるぞ。客が席に着くときは、リングには檻だけを置いておきたいんだ」

エディスがほかの軽業師たちと一緒にあわただしくリングを出て行くと、ローヴァーがわたしたちのほうを見た。「あんたがシャーロック・ホームズだな。あんたが来てるって弟から聞いたんだが、おれにはその理由がさっぱりわからなくてね。あのスペイン人が死んだのは事故だよ。毒が入っていた瓶は、年をとって弱ったニシキヘビを始末するために用意しておいたもんだ。そいつをディアスが間違えて飲んじまったのさ」

「このサーカスの花形であるヴィットーリアは、そうは言っていませんでしたね。彼女は命の危険に怯えている。彼女を恨んでる人間はいますか?」

「そんなやつはいないね」

「エディス・エヴァレッジは?」

「エヴァレッジ?　あの軽業師のか?」

「ああ、そう聞いています。彼女をサーカス美女にしようと考えたことは？」

「あのエディス・エヴァレッジを？　まさか！　サーカス美女を選ぶために、おれたちは全国規模の美人コンテストをやったんだぜ。そしてヴィットーリアが優勝した。エディスをサーカス美女にしようなんて考えたこともないね」

「だがヴィットーリアは二度、命を狙われている。狙ったのはエディスかもしれない」

「そう弟から吹き込まれたのか？」フィリップの表情には怒りがにじみはじめていた。「言っておくがな、このサーカスにいる若い男たちのあいだじゃ、ヴィットーリアは人気者だ」

「チャールズもそのひとりですかな？」ホームズは鋭い灰色の目で彼を観察していたが、相手がそれ以上言うより先に、トラの檻のほうから悲鳴が上がった。

フィリップ・ローヴァーは声のするほうを振り返ると、悲鳴を上げた道化のほうへ走り出した。

「何があったんだ⁉」

駆け寄ってきた道化は、声を落として言った。「ローヴァーさん、たいへんだ！　キャンバスの下をのぞいたら、檻の中にヴィットーリアとトラがいた。彼女、死んじまってるみたいだ！」

そのあとの数分はまるで悪夢だった。調教師はその大きなトラを長い棒で檻の奥に押さえ込むと、ようやく檻の鍵を開け、ヴィットーリアを救い出した。ヴィットーリアの体が檻から引っ張り出されると、医者であるわたしに彼女の容体を調べる役が回ってきた。死亡を宣告するのは難しくなかったが、ズタズタに引きちぎられたドレスや、爪あとの付いた血まみれの顔を見るのはなんとも痛ましかった。その小さな足からぱっくりと開いた首筋の傷まで、体全体にトラの爪あとがついている。

ホームズは変わり果てた彼女の姿を無言で見つめ、わたしが検分を終えるまで何も言わなかった。「ワトスン、どう思う？　あのトラが彼女を殺したと思うか？」

今回もまた、ホームズの推理はわたしより一歩先を行っているらしい。わたしは大きく開いた首筋の傷口に注目した。「トラの爪ではあんな傷はできないな。そもそもあのトラの口にも歯にも血がついてない」

「そう、そのとおりだよ！　檻に入れられたとき、彼女はすでに死んでいたんだ。檻にはキャンバスの覆いがかけられていた。だから犯人は、公演が始まるまで死体は発見されないと思っていたんだ」彼は青ざめたフィリップ・ローヴァーを振り返った。「この檻の鍵を持っているのは？」

「調教師だけだ。もうひとつの合鍵はおれのテントの中にある」

「合鍵はきみの弟も持っているのかね？」

「いや、持っていないと思う」

そこに団長に呼ばれたチャールズ・ローヴァーがやってきた。「いったい何ごとだ？」

「誰かがヴィットーリアを殺して、死体をトラの檻に押し込んだんだ」フィリップが答えた。

「なんだって？　じゃあ、午後の公演は中止しなきゃいけないのか？」

フィリップ・ローヴァーはその言葉を一蹴した。「外にはもう五百人の観客が待ってるんだぞ。そのうえ客はまだ続々と集まってきてる。今、公演を中止するわけにはいかない。だが、このトラの檻はどかさなきゃならん。警察が調べたがるだろうからな」

何かが——この犯罪の衝撃を超えた何かがホームズを悩ませているのは、わたしにもわかった。

「きみたちはヴィットーリア・コステロに保険をかけていたのか？」とホームズ。

だが、フィリップはその質問の意味に取り合いもしない。「そんな余裕なんかあるもんか。団員に保険をかけてるサーカスなんて聞いたこともないね。どうしてそんなこと聞くんだ？」

「死者の顔が傷つけられている場合、その遺体の身元はきちんと確かめなければならない。なんらかの詐欺行為が関与している可能性は常にあるからね」

「おまえ、死体を見てこい」フィリップが弟に命じた。「あれがヴィットーリアだとミスター・ホームズに証明してやれ」

チャールズはすぐに戻ってきたが、その顔からはすっかり血の気が引いていた。「あれはヴィットーリアだ。間違いない。団長もヴィットーリアだと言ってる」

ホームズはうなずいた。「じゃあ、彼女を殺害した犯人を捜さなければならないな」

「うちはあんたを雇っちゃいないぜ」フィリップがぴしりと言い放った。「それはここの警察の仕事だ」

「確かにそうだ。だが警察はオックスフォードでもちゃんとやれなかったんじゃないかね？あのスペイン人の死もまだ解決されてない」

「その話はしたはずだ」とフィリップ。「あれは事故だった。うちにはあんたに払う金はないぜ、ミスター・ホームズ」

「ぼくはヴィットーリア・コステロから、命を守ってほしいという依頼を受けたんだ。だがこうなったら、彼女を殺した人物を突き止めなければならない」

「雇われただと？」弟のほうが言った。「いったいどういうことだ？」

「きのう、ベイカー街の下宿を訪ねてきた彼女は、ぼくに落馬の一件とオックスフォードでのディアスの毒殺の件を打ち明けた。また命を狙われるかもしれないと怯えていたんだ」

「そんなのは嘘《うそ》っぱちだ！」フィリップは声を張り上げた。「ヴィットーリアは自分で馬から落ちたんだ。落馬は初めてじゃない。それにさっきも言ったように、あのスペイン人が死んだのも単なる事故だ。あの毒は、病気のニシキヘビを始末するためのものだった」

「どうして彼女がそんな嘘をつくんだね？」とホームズ。「ヴィットーリアが死んだということは、彼女が真実を語っていた証拠だ」

しかしすでにローヴァー兄弟はその場から歩き出していた。やってきた警察を迎えに出ていったのだ。

そのあとすぐ、遺体は大テントの裏口から運び出され、観客たちはようやくテントへの入場が許された。ざわめく観客たちがあれこれと憶測をささやきあっている。警察の馬車がやってきたのを見て、何かがおかしいと感じているのだ。ホームズとわたしは特別観覧席の正面近くの座席に座ると、サーカス側からの説明を待ったが、それは拍子抜けするほどあいまいで簡潔なものだった。団長はアメリカ製の拡声器を手にしてこう言ったのだ。「みなさま、ローヴァー・ブラザーズ・サーカスにようこそおいでくださいました！　不幸な事故により、サーカス美女ヴィットーリアは本日出演できませんが、どうぞごゆっくりショーをお楽しみください」観客の何人かから不満げな声が上がった。

公演が始まると、まずは道化が登場し、次に軽業師の一団が宙返りや空中ブランコの曲芸を披露した。ショーの中盤では伝統的な馬術の曲芸が行なわれた。一方エディス・エヴァレッジは、たとえヴィットーリアを殺したのだとしてもそんな動揺などみじんも見せず、秒刻みの軽業を淡々とこなしていた。そしてついにトラの檻がふたたびリングに運び入れられ、調教師は堂々たるトラを観客たちに披露した。わずか一時間ほど前、そのトラがかぎ爪で女性の体を引き裂いていたなどとは、とても思えない。

公演は、英国とその植民地の旗を手にした旗手たちが繰り広げる見事な馬術の技で幕を閉じた。観客たちが出口へ向かう中、わたしはホームズに、これからどうするのかと訊ねた。

「ここにいても、もうこれ以上のことがわかりそうにはないね」

「確かに、知っておくべき情報はもうすべて集まったよ、ワトスン。ではここで、トラに関するけさの奇妙な出来事についてきみに考えてもらいたい」

「奇妙な出来事ってなんだい？　けさ、トラは何もしていないぜ」

「そこが奇妙なところなのさ」

ヴィットーリアの死はもみ消すことも、事故として片付けることも不可能だった。彼女は殺害され、あのトラの檻に入れられたのだ。自殺でも事故でもあるはずがない。翌朝、新聞は彼女の殺害をディアスの殺害事件と関連付けて報道し、あの有名な私立探偵、シャーロック・ホームズが事件を捜査しているという噂も流れはじめた。ローヴァー・ブラザーズ・サーカスは、今後の捜査のためにレディングに留め置かれた。

その晩、わたしとホームズは駅のそばの鉄道ホテルに宿泊した。翌朝になると、わたしたちが朝食を終えもしないうちに、ローヴァー・ブラザーズの弟、チャールズがわたしたちに会いにやってきた。

「この恐ろしい事件についてあんたと話に来たんですよ」彼は椅子をテーブルに引き寄せながら言った。「フィリップもおれも、あんたを雇いたいと思ってる。この件に関して、兄貴はすっかり気が変わったらしくてね」

ホームズはにっこりと笑った。「ぼくはすでにこの件を依頼されている。ヴィットーリア・コステロにね」

「だがね、ミスター・ホームズ、あいにく死人はそう簡単に報酬を払っちゃくれねえよ。おれたちはできるだけさっさとこの件を片付けちまいたいんだ」

「結構」とホームズは答えた。「じゃあ、きょうの午後までに片付ければご満足いただけるかな？」

チャールズ・ローヴァーは、このホームズの言葉にぎょっとしたらしかった。「もうこの事件の謎を解いちまったっていうのか？」

「まあ、そうだな。きょうの午後も公演はあるのかね？」

「警察から足止めを食ってるから、二時にもう一度公演をすることにしたよ」

「それは結構。じゃあ、ぼくとワトスンのチケットを用意しておいてくれたまえ」

チャールズが帰ると、わたしは驚いた顔でホームズを見た。「犯人をきょう明らかにするって言うのかい？」

「あとひとつ証拠が見つかれば、この事件は完全に解決するさ」彼はお茶を飲み終えるとテーブルから立ち上がった。「さあ行こう、ワトスン。獲物が飛び出したぞ！」

一時を少し回ったころ、わたしたちはキングズ・メドウに到着した。事件のせいで多くの観客が押し寄せていたが、その大半は大人たちだった。さらなる凶行を恐れ、観客も子供たちを連れては来ないのだ。なるほど、ローヴァー・ブラザーズが助けを求めてきたのも無理はない。驚いたことに、ゲートを入ったホームズは大テントではなくローヴァー・ブラザーズが使っている小さなテントへと向かった。ちょうど、フィリップ・ローヴァーが見覚えのある金髪の若い女性と一緒にそのテントから出てきたところだった。女性はグリーンのロングドレスをまとい、手袋をはめている。サーカスでの午後というよりは、劇場での一夜を過ごすにふさわしい装いだ。

「ホームズ！」フィリップが声を上げた。わたしたちを見ていささか驚いたらしい。「こちらは、友人のミリー・ホーガンだ」

そのときわたしは、エヴァレッジがこの女性のことを、フィリップと一緒に巡業しているがほとんど公演を見に来ない金髪女、と言っていたのを思い出した。ホームズは握手をするように彼女に手を伸ばした。だが手を握る直前、彼は相手の左手首をつかんだ。

「な、なんですか？」女性が小さく息を詰めて言った。しかしすでにホームズは彼女の袖をまくり上げ、うっすらと残っている小さな傷をあらわにした。

「またお会いしたようですね、ミス・ホーガン。あなたは火曜日、ベイカー街のぼくのもとへヴィットーリア・コステロになりすましてやってきた。あの女性を殺害するたくらみの一環としてね」

レディング警察とローヴァー・ブラザーズに説明を求められたホームズは、このうえない上機嫌でその求めに応えることにした。ミリー・ホーガンが別の場所で尋問されているあいだ、わたしたちはフィリップのテントに移り、ホームズは彼女がわたしたちを訪ねてきたときのことから話しはじめた。

「黒髪のカツラをかぶるのも、ヴィットーリアになりすますのも、女優にとってはごく簡単なことだ。だから、もしことが彼女の計画どおりに運んでいれば、われわれが本物のヴィットーリアに会うことはなく、彼女がヴィットーリアでないこともわからなかっただろう。ぼくが彼女の正体について誤った推理をしなかったら、彼女は顔をヴェールで隠し続けるつもりだったに違いない。実はぼくもワトスンも、彼女がポスターの絵とまったく似ていないのに気づいていたが、それをほとんど気に留めていなかったのだ。おそらくディアスの死は本当に事故だったのだろうが、あの一件で彼女はこの計画を思いついたんだろう。その二日後、彼女はヴィットーリアの命が狙われた二つの事件のことを話すため、ぼくの下宿を訪れた。翌日、本物のヴィットーリアがトラに殺されたように見せかけ、その現場にぼくが居合わせるようにするためにね」

そのときわたしは、ホームズがきのうの晩言っていたことを思い出した。「ホームズ、確か、あのトラは朝、何もしていないと言っていたね」

「そのとおりだ。ヴィットーリアが殺されてからあの檻に入れられたことはすぐにわかった。だがそうだとしても、やはり犯人は檻を開けなければならない。調教師と一緒に到着したばかりのトラの檻を開けるのは、かなり危険な行為だ。なのにそのトラが周囲の注目を集めるようなことを何もしなかったということは、檻を開けた人物がトラにとっては見知らぬ相手ではなかったからだ。とはいっても、それが調教師だとは考えられない。前日の晩着いたばかりの彼に、ヴィットーリアを殺害する動機があるとは思えないからね。だがね、フィリップ。エディス・エヴァレッジは、きのうの朝、きみとミリーが到着したばかりのトラと遊んでいるところを見ていたんだ。たぶん、ヴィットーリアが殺害される一、二時間前のことだろう。だから、トラはミリーを覚えていた」

「そんなことあり得ない！」フィリップは憤慨して声を上げた。「あのトラの檻はおれたちのテントの外に、丸見えの状態で置かれていたんだ。ミリーであれ、ほかの人間であれ、誰にも見られることなくヴィットーリアを殺してあの檻に入れるなんて、できるはずがない」

「たとえ丸見えの場所にあったとしても、檻はキャンバスで覆ってあった。おそらくミリーは、新しいトラを見ないかといって、ヴィットーリアを誘い出したんだろう。そして、トラがよく見えるようにとキャンバスの覆いの中にヴィットーリアを誘い、彼女が悲鳴を上げられないようにのどを刺してから、檻を開けて彼女を押し込んだんだ。フィリップ、確かきみは、テントの中に合鍵があると言っていたね」

「どうして彼女がそんなことをするんだ？　動機はなんだ？」

「エヴァレッジは言っていたよ。きみは彼女たち両方を気に入ってるとね。嫉妬に燃えたミリーは、ヴィットーリアひとりを殺すだけでは飽き足らず、罪をエヴァレッジになすりつけようとしたんだ。だからヴィットーリアになりすましてぼくのところにきたのさ」

そこでわたしが口をはさんだ。「ホームズ、どうしてそれがわかったんだい？　そもそもあの依頼人をヴィットーリアだと推理したのはきみだ。そのきみが今度は、みずからの推理を否定するのかい？」

「ぼくはだまされたんだよ、ワトスン。トラの檻から引きずり出されたヴィットーリアの遺体の小さな足に気づくまで、ぼくにはそれがわからなかった。きみも気づいたと思うが、ロンドンのぼくたちを訪ねてきたあの女性の足は、きみと同じくらい大きかった。足のサイズはひと晩では変わらない。そこであれは別の女性だったとわかったんだ。だが、フィリップもチャールズも、あれがヴィットーリアの遺体だと確認した。ということは、ぼくたちを訪ねてきたのはヴィットーリアではなかったということになる。そこでぼくは、じゃあ、あれは誰だったのかと考えたが、その答えは明らかだった。ぼくたちを訪ねてきた女性こそがヴィットーリアを殺した犯人、もしくはその共犯者だ。そのうえ、トラの檻の合鍵は、ミリー・ホーガンが滞在しているフィリップのテントにあるという。さらには、きのうの夜、フィリップとミリーがサーカスに到着したばかりのトラと遊んでいたという情報も得た。ミリーはかつてロンドンのライシーアム劇場に出演していた女優だし、ヴィットーリアに嫉妬する理由もある。もしそれが動機なら、フィリップ、きみがこの犯行に関わっていたとは考えにくい。きみたち二人がともに殺人を企てるほど親密なら、そもそも彼女が嫉妬する理由などないからね。それに、もしきみがヴィットーリアを殺したがっていたのなら、商売の妨げにならないようにサーカス場から離れた場所で殺しただろうし、ディアスとヴィットーリアの死を結び付けて二重殺人に仕立てるこの企みの共犯者なら、ディアスの死が事故だとも言い張らなかったはずだ」

ミリー・ホーガンが犯行を自白したのち、わたしはロンドンに戻る車中でホームズに言った。「結局、われわれは《サーカス美女ヴィットーリア》には会えなかったというわけだね」

「ああ。でも、ぼくたちはミリー・ホーガンに二度会ったじゃないか。それにぼくのような職業にとっては、サーカス美女より女性の殺人者のほうがずっと魅力的さ」

The Darlington Substitution Scandal

ダーリントンの替え玉事件

デイヴィッド・スチュアート・デイヴィーズ

David Stuart Davies（1946 - ）

英国のホームジアンにして小説家、劇作家。ホームズ・パスティーシュやホームズ研究書のほか、片眼のジョニーを主人公とするハードボイルド・シリーズも書いている。CWA（英国推理作家協会）の会誌編集者であり、BSI（ベイカー・ストリート・イレギュラーズ）および SHSL（ロンドン・シャーロック・ホームズ協会）の会員。邦訳パスティーシュとして、「バグ・ヘア屋敷の幽霊壁貼り屋事件（スケリントン・ボーンズ・シリーズ）」（『ミステリマガジン』2004 年 4 月号）などがある。

一八八六年の後期、依頼件数が大幅に増えたホームズは仕事のえり好みができるようになり、時間の無駄と思える依頼人に対してはときに尊大な態度をとるようになっていった。当時扱った事件の中には、取るに足りないものや、ホームズが依頼人の個人情報を伏せておきたがったものなど、ワトスンがあえて記録を残さなかった事件もいくつかある。また、『ボヘミアの醜聞』事件の中でホームズが口にした「ダーリントンの替え玉事件」のように、あとになって思い出された事件もある。この「ダーリントンの替え玉事件」を再構成する作業は難航し、現在もまだ完成とは言えないかもしれない。ホームズがこの事件を思い出したのは、『ボヘミアの醜聞』で、「火事だ!」と相手を驚かせて貴重品のありかを突き止めたときだったが、今回の事件での彼は、火事と同じくらい相手をあわてふためかせる方法を使って事件を解決している。

ある夜、ワグナーの世界でしばし遊んだシャーロック・ホームズとわたしは、夜もふけてからベイカー街の下宿に戻ってきた。二二一Bのドアを入ったときもまだ彼はジークフリートの角笛を歌っていたが、その彼の独唱会は階段の上り口に現われたハドスン夫人の姿で中断された。丈の長いグレーのドレッシング・ガウンを着た彼女は、ひどく狼狽していた。

「ホームズさん、お客様がいらしてますよ」彼女は待ちかねたように小さくささやいた。「お目にかかるまで絶対に帰らないと言い張っているんです。ものすごく強引で」

「ほう」とホームズ。「じゃあ、その方の話を聞くとしましょう。どうぞ、やすんでください。あとはぼくとワトスンで相手をしますから」

ハドスン夫人はわかったというようにうなずくと、わたしにちらりと微笑みかけ、自室のドアに消えていった。

訪問者は背が低く、がっちりとした六十がらみの男性だった。突き出た額は禿げ上がり、顔はつやつやかで、目は青い。居間に入ったわたしたちを、駆け寄らんばかりの勢いで出迎えた。「ああ、やっとお戻りですな!」

ホームズはあわただしくコートを脱ぎ、スカーフをはずすと小さく頭を下げた。「前もってご連絡くだされば、閣下を二時間もお待たせせずにすんだのですが。灰皿にある葉巻の吸い殻を見れば、どれだけお待ちいただいたかすぐわかります」

「きみはわたしのことを知っているのかね?」

「人を知ることがぼくの職業ですからね。たとえこんな薄暗い場所でも、外務大臣ヘクター・ダーリントン卿のお顔はすぐにわかります。とにかく腰を下ろして、あなたを悩ませている盗難事件についてお話しください」

ダーリントン卿は驚きにぽかんと口をあけたまま、柳細工の椅子にどさりと腰を落とした。「誰に聞いたんだね?」

ホームズは短く忍び笑いをもらした。「ワトスン、みんなでブランデーのナイトキャップといこうじゃないか」と言ってから、ダーリントン卿の質問に答えた。「ご用件が公務に関するものであれば、こんな時間におひとりではいらっしゃらないでしょう。したがって、あなたがいらしたのは個人的な用件ということになる。そのうえ警察が関わっていないというのなら、ごく個人的な用件です。また、あなたが高価な絵画の熱心なコレクターであることも、すばらしいコレクションをお持ちだということもよく知られている。だとすれば、あなたがこのシャーロック・ホームズに相談したい用件は、あなたのコレクションについて、とりわけ特定の絵画についてだと推理するのも、そう難しいことではありません。そのうえ緊急の用件というのなら、絵画の損傷というよりは紛失に関するものの可能性が高い。……ああ、ありがとう、ワトスン」ホームズはわたしが運んできたトレイからブランデーグラスを取り、ひと口飲んだ。

ダーリントン卿は、信じられないというようにその大きな頭を振った。「まさにご明察だ。たった今この用件の性質を見事に推測《ゲス》したように、この謎も解き明かしてくれたら、わたしは一生恩に着る」

ホームズは警告するように指を立てた。「ぼくは推測などしませんよ。推測などというものは非実用的な時間つぶしにすぎませんからね。それより、あなたのご用件について説明してくださ い。そうすればお悩みになんらかの光をあてることができるかもしれません」ホームズはそう言って椅子の背に体を預けると、ブランデーグラスを両手で包んで目を閉じた。

ダーリントン卿は咳払いをしてから話しはじめた。「きみの言うとおり、わたしはこれまで芸術に多大な情熱を注いできた。長い年月をかけて人もうらやむコレクション、個人の所蔵ではヨーロッパ屈指と言われるコレクションを作り上げてきたのだ。だが、わたしが自分の集めた絵画を愛するのは、その資産的価値のためではない。絵画が持つ美しさ、力、あの鮮やかな命の表現を愛しているのだよ」

「なるほど」ホームズは素っ気なく相槌を打った。

「最近、わたしは十七世紀にルイ・ドゥ・グランヴィルが描いた『東方三博士の礼拝』を手に入れた」

「ルイ・ドゥ・グランヴィル……たしか若くして亡くなった画家じゃありませんでしたか?」とわたしが口をはさんだ。

ダーリントン卿はかすかな笑顔を見せた。「そのとおり。彼は肺病のために二十七歳でこの世を去っている。作品は三十枚の油絵が残っているだけだが、中でもあの『三博士礼拝の図』は彼の最高傑作と言われている。あんなにすばらしい絵を手に入れることができたのは、まさに幸運だった」

「どこで手に入れたんです?」とホームズ。

「あの作品は何年ものあいだ失われた名画と言われていたが、この春、パリのオークションに出てきたのだ。入札は激戦だったが、わたしは何がなんでもあれを競り落とすつもりだった。アメリカ人の入札者がひとり、最後までわたしと競り合ったが、結局、わたしが競り勝った」

「その作品が消えてしまったというわけですね」

ホームズにそう言われたとたん、失った絵画のことを思い出したのか、ダーリントン卿の表情は悲しみにゆがんだ。「コレクションを飾っているわが家のギャラリーは、わたしにとってはほかの人たちにとっての煙草や酒と同じ存在なのだ。ただひとりコレクションの絵に囲まれて座っていると、心が癒され、一日のストレスや緊張が解けていく。実はきょう、フランスの外務大臣に会いに行く予定だったのだが、ぎりぎりになって訪仏が取りやめとなったので、わたしはパリに向かう夜行列車に乗らず、まっすぐに帰宅した。妻も息子もそれぞれ予定があって外出していたから、しばらくひとりでギャラリーにこもってくつろごうと楽しみにしていたのだ。わが最愛のドゥ・グランヴィルの作品に掛けたカーテンを開き、それが消えているのに気づいたときのわたしのショックを、どうか想像してみてほしい」

「額縁もなくなっていたんですか？」

「ああ。曲者が押し入った形跡はなく、荒らされたようすもなかった。それに、ほかの絵はすべてそこにあった」

「絵の大きさはどのくらいですか？」

「縦が約十六インチ、横が約二フィートだ」

「あなたのほかにギャラリーの鍵を持っているのは？」

「誰もいない」

「誰も、ですか？」わたしは驚いて、つい彼の言葉を繰り返した。

「妻も息子も、絵画にはまったく興味がないのだ。わたしもそれでいいと思っておる。ギャラリーはわたしだけの場所だからな」

「部屋の掃除や整理はどなたが？」ホームズがけだるそうに訊ねた。ダーリントン卿のこの災難にさして興味を引かれていないのは、明らかだ。

「わたしだ。たいしてめんどうな仕事ではない。一週間に一回自分でやっている」

「その絵を最後に見たのはいつです？」

「前の晩だ。あの絵の魅力はいまだに鮮烈でね、あれを見ずに一日を終えることはほとんどないのだよ。きみたちには妙に聞こえるかもしれないが、実際のところ今回、フランスには行きたくなかったのだ。何日間か、自分のコレクションを見ることができないと思うだけで、我慢できなかった」

　ホームズはブランデーを飲み干して立ち上がった。「ぼくの経験から言えば、これといった手掛かりのない謎めいた事件の場合、その答はごく単純なものであることが多いんですよ。くよくよなさる必要はありません。きっとあなたの絵を取り戻せると思います」

　ダーリントン卿の顔がぱっと輝いた。「ぜひそう願いたいね」

「明日の朝、ワトスンと一緒にお宅へうかがって、何か手掛かりがないか調べてみましょう」

「今、一緒に来てはもらえないのかね？」

　ホームズはあくびをしてから、大きく体を伸ばした。「もう遅い時間ですよ、ダーリントン卿。明日まで待ってから捜査を始めたとしても、たいした違いはありません。明朝十時でいかがです？ワトスン君があなたを玄関までお見送りしますよ」

　わたしが居間に戻ってくると、暖炉の隣にたたずんだホームズが石炭バサミでつまみ上げた石炭の燃え殻でパイプに火をつけていた。「ホームズ、新しい依頼人に対してずいぶん横柄な態度じゃないか」

ホームズの頭は一瞬、灰色の煙に包まれたが、その煙が晴れたとき、顔には笑みが浮かんでいた。「飼い主の気まぐれにあわせて走りまわる犬みたいに扱われるのは、ごめんだからね。ああいう特権階級の人間は、ものの頼み方や、感謝の念を表わすことをすぐに忘れる。今回は行動のタイミングを決定するという特権を行使できてよかったよ」そう言うと、彼はどさりと椅子に腰を落とした。「それにこれは単純な事件だ。これなら二十四時間以内に解決できる」

だが、今回のホームズの読みは大はずれだった。ダーリントン卿の消えた絵画事件は、単純な事件どころの話ではなかったのだ。

あくる朝、約束どおりわれわれは十時を少し回ったころ、メイフェアにあるダーリントン卿のタウンハウスを訪れた。客間に通されると、そこではダーリントン卿がこれ以上ないほどの陽気さでわたしたちを出迎えた。表情も前の夜とは打って変わって、すこぶる明るい。彼はわたしたちを奥さんのサラに紹介した。卿と同年輩の、小柄でブロンドの女性だ。ひどく緊張したようすの彼女は、わたしたちが〝用件〟に専念できるようにと言い残すと、そそくさと出て行ってしまった。

「ミスター・ホームズ、ゆうべはお騒がせをして申しわけなかった」とダーリントン卿が言った。「けさ電報を打つのを忘れたばかりに、きみには無駄足を運ばせてしまったな。もちろん、きみが適当と考える報酬は喜んで支払わせてもらうつもりだ」

「ほう。ということは絵が見つかったんですね？」

「ああ、本当にほっとしたよ。けさギャラリーに入ったわたしは、ついいつもの癖でカーテンを開けたのだが、なんとドゥ・グランヴィルの絵が戻ってきていたのだ。なくなっていたのが嘘のようだよ」

「しかしきのうはなくなっていた」ホームズはダーリントン卿の浮かれたようすなどおかまいなしに、厳しい口調で言った。

「そう、そうなのだ。だが、もう今となればそんなことはどうでもいい」

「ぼくはそう思いませんね」ホームズはピシリと言い返した。

「その絵は本当に本物ですか？」とわたしは訊ねた。

ダーリントン卿は一瞬、怪訝な顔になった。「もちろんだとも」たじろいだようすでゆっくりと答える。

「ワトスンが言っているのは」とホームズが説明を始めた。「その絵画を盗んだ泥棒は、絵がなくなっていることにあなたが気づいたとは知らないまま、その絵をよくできた贋作とすり替えたのではないかということです。絵がなくなっていると気づいたとき、本当ならあなたはフランスにいるはずだったのでは？」

「ああ、そうだ。だがしかし……」

「いいですか、ダーリントン卿。絵は実際に盗まれたんですよ。だとしたら、戻ってきたことにはちゃんとした理由があるはずだ。絵が戻ったからといって、犯罪を見過ごしていいわけがない」

ダーリントン卿の目の輝きがいくらか失せ、力なく椅子に腰を下ろした。「確かにきみの言うとおりだ。今わたしのギャラリーにある絵は、本物に間違いないと思う。だが念のため、友人のヒラリー・ストーリブラスに確認してもらおう。彼はあの作品を最初に本物だと鑑定した王立美術院の専門家だからな」

「そうしていただければ……」

ホームズが最後まで言うより先に、突然、背の高い青年が部屋に入ってきた。ウェーヴのかかったブロンドの髪に、若々しく激しい目つきをした青年だ。「お父さん、言っておきますが……」そう大声で言ったところでわたしたちに気づき、口ごもった。

「あとにしろ、ルーパート。どんな話か知らないが、別に今じゃなくてもいいはずだ」

青年はためらった。父の命令に従うべきか、さらに言い募るべきかを迷っているようだ。結局、彼は不満げに口を閉じると、きびすを返し、入ってきたとき同様のすばやさで部屋を出て行った。

「若い者はまったくこらえ性がない」ダーリントン卿が不愉快そうに言う。

「ぜひギャラリーを見せていただきたいですね」今の無礼な闖入などなかったかのようにホームズが言った。

ダーリントン卿はあまり気が進まないようすで、わたしたちを彼の神聖な場所へと案内した。それは天井に天窓が点在する細長い部屋で、どの窓も開閉はできないという。二つの長い壁には、絵画を覆う赤いビロードのカーテンがずらりと掛かっていた。部屋の中央には座り心地のよさそうな回転椅子と、酒瓶台《タンタロス》と凝ったシガーボックスをのせたテーブルが置かれてある。

「例のドゥ・グランヴィルを見せていただけますか？」ホームズが言った。

ダーリントン卿は黙ったまま、カーテンのひとつの紐を引き、その名作をわたしたちに披露した。芸術にはまったくの素人のわたしでも、その作品の美しさと巧みさはよくわかった。

「まさに傑作だ」ダーリントン卿は額縁をなでるのではないかという口調で言った。

「確かに」ホームズは拡大鏡でその油絵をじっくりと観察していた。「ところでダーリントン卿、おたくでは犬を飼っていますか？」

「犬？」ダーリントン卿はぽかんと口を開けた。「いいや、飼っていない。どうしてそんなことを訊くのかね？」

ホームズは肩をすくめた。「それはどうでもいいでしょう」

ホームズのぞんざいな返事にむっとしたらしく、卿は腕時計に目をやった。「さて、十一時半に議会で抜けられない用事があるのだが……」

「では、あとは奥様とお話しさせてください。家の中の事情について、いくつか確認しておきたいことがありますので」

「結構。もし、きみがその必要があると思うならな」

ダーリントン卿が出かける準備をし、奥方にホームズの要望を伝えているあいだ、わたしたちは廊下で待たされた。ホームズは何気ないようすでトレイの上に置かれた名刺に目を通していたが、ある名刺に目を留めると、その顔が興奮できりっと引き締まった。にやりと笑い、明るい声で言う。「やあワトスン、濁っていた泥水がだんだん澄んできたぞ」

わたしたちがふたたび居間に戻ると、レディ・ダーリントンがコーヒーを用意してくれていた。さっきまでの緊張も解けたらしく、すっかり落ち着き、くつろいだようすだ。ソファのふちにかけ、コーヒーにはまったく手をつけようとしない。

「レディ・ダーリントン、あなたはご主人ほど絵画をお好きではないんですか？」

「ええ、あれは夫の趣味ですから。わたくしは夫ほどの情熱を絵に傾けることはできません。彼は公人として難しい仕事をしておりますから、集めた絵がいい癒しになるのだと思います」

「奥さまはギャラリーに入ったことはないんですか？」

「ええ、一度も」

「ご子息はどうです?」

「ルーパートですか?」息子の話が出たとたん彼女の表情は和み、いとおしそうな笑みが唇に浮かんだ。「息子は息子で、若い子ならではの興味の対象がございますから、古い絵画などには見向きもいたしません。その点では、ルーパートとわたくしは似ているんですの」

「ご子息はパンドラ・クラブの会員ですね」

レディ・ダーリントンは横目でじろりとホームズを見た。「あの子は……ええ、そうかもしれませんわね。わたくしも息子が遊んでいる場所をすべて把握しているわけではありませんから」

「じゃあ、ご子息のお知り合い、たとえばアーサー・ビーチャム卿のこともご存知ないわけですね?」

「アーサー卿? 彼がどうしたというんです?」

「決して評判のいい人物というわけじゃありませんね」

「あなたがお付きあいされている方たちのあいだでは、そうかもしれませんわね、ホームズさん。ですが、メイドや庭師たちの噂話になど耳を傾けてはいけません。アーサー卿は気持ちのいい紳士ですが、ルーパートの友人のひとりにすぎません。もう、これ以上のご質問がないようでしたら……」

「もうひとつだけ、お聞かせください。ギャラリーの鍵は誰が持っているんですか?」

「鍵はひとつしかありませんし、それは夫が肌身離さず持っております。懐中時計の鎖につけて持ち歩いていますわ」

「なるほど、よくわかりました。ありがとうございました」

気難しげなよぼよぼの執事に玄関へ送られたわたしたちは、そこで非常に血色のいい、丸々と太った男性と行き会った。相手はホームズの顔に気づいたらしく、優雅な笑顔で彼と握手を交わした。ホームズは相手に顔を近づけ、その耳に何やら短くささやくと、そのまま通りに出て行った。

「ベイカー街まで歩くことにしようじゃないか」ホームズは元気な声を出した。「少し新鮮な空気と運動が必要だ」

「ああ、構わないよ」そう言ってわたしは、ホームズと一緒に歩き出した。「あのちょっと赤ら顔の紳士は、ドゥ・グランヴィルを鑑定しに来たヒラリー・ストーリブラスだね」

「ああ、そうだ。彼にも、そしてぼくたちにも役に立つ、ちょっとした忠告をしておいたよ。まあ、それについてはいずれわかるさ」

「あの、アーサー・ビーチャム卿とパンドラ・クラブの話はどういうことだい？　きみの関心はむしろそっちの方に向いていたね」

ホームズの顔がぱっと明るくなった。「確かにそうだな。うかつな誰かが、あの廊下に彼の名刺をほったらかしておいたんだよ。レディ・ダーリントンの意見とは裏腹に、アーサー卿はなかなか怪しい評判の持ち主でね。ときに犯罪の領域にまで足を踏み入れる放蕩者だ。ここのところスコットランド・ヤードはビーチャムが根城にしているパンドラ・クラブに目をつけていてね。あそこは多くの不正取引の中心になってる」

「そんな彼を息子の友人としてふさわしいと思ってるなんて、レディ・ダーリントンの目も節穴だな」

「そんなふうに考えるきみの目も、かなりの節穴だよ、ワトスン」

わたしはホームズの謎めいた言い方を無視して言った。「ビーチャムはこの消えた絵の件に関わっていると思うかい？」

「ああ、思うね。彼の目的も、ほかに誰が関わっているかもまだはっきりとはわからないが、ぼくなりの推理はある。そいつが当たっているかどうかは、きょう試してみるつもりだ」

ハドスン夫人が用意してくれた簡単な昼食をすますと、ホームズは悪臭はなはだしい化学実験に、わたしは手紙の返信や出版用の事件記録の準備で、午後を過ごした。夕闇が忍び寄るとホームズは自室に引っ込んだが、その四十五分後、変装した姿で部屋から現われた。夜会服を着込んでいるが、体中に詰め物をしているせいで、本来ほっそりとしなやかな体にひどく貫禄がついて見えた。頬は赤く、唇の上には堂々たる口ひげを蓄え、左目には片眼鏡をかけている。簡単な変装だったが、わが友ホームズの見慣れた姿はまったく別人になっていた。

「パンドラ・クラブで夜を過ごす準備だよ」彼自身の声も、わたしたちの部屋に立っているこの見知らぬ人物の口から聞こえると、ひどく不自然に聞こえた。「競馬場での当て推量に傷病年金をつぎ込むきみの無責任さに、あれだけ忠告したぼくのことだ、賭け事でそう大金をすりはしないと思う」

「じゃあ、ぼくの手伝いはいらないのかい？」

「そいつはあとで頼むよ。今夜は、ひとりで行動、というよりは観察する必要がある」

そのとき、ビリーが電報を手に現われ、ホームズは嬉々としてその封を切った。「ほら、思ったとおりだ」彼は声を上げて電報に目を通すと、それをわたしに放ってよこした。ヒラリー・ストーリブラスからの電報だ。『ドゥ・グランヴィルは本物でしたが、ほかの作品のいくつかは贋作でした』と書かれてあった。

わたしが次にホームズと会ったのは、翌日の朝食のときだった。変装をとり、紫色のドレッシング・ガウンを着たホームズは、明るい顔で食卓に現われた。

「その顔からすると」わたしはゆで卵をコツコツ叩きながら言った。「パンドラ・クラブでは収穫があったようだね」

「推理はだんだん固まってきたよ」ホームズは笑いながらテーブルにつき、自分のカップにコーヒーを注いだ。「そのうち、国際犯罪と犯罪者を知ることが推理技術にとっていかに重要かを論じる、研究論文を書かないといけないな」

「朝の食卓で謎かけかい？　いいからホームズ、さっさと話してくれよ」

「アルフレード・フェリーニという名前を聞いたことはあるかい？」

わたしは首を振った。

「そうだと思ったよ」ホームズは悦にいった口調で言った。「ニューヨークの暗黒街屈指のギャングのボス、アントニオ・カレーラスの右腕でね。十八番《おはこ》の脅迫と強請《ゆす》りでたっぷり儲《もう》け、超一流の美術コレクションを持っている。……これはピンカートン探偵事務所にいるぼくの友人バーンズが、定期報告書に書いてきたことだ」

「美術コレクション？」わたしはあごをナプキンで拭くと、食べかけの卵料理の皿を押しやってホームズを見た。

「ああ。そして、ゆうべ例のパンドラ・クラブには、そのフェリーニがいた。ダーリントン家の一員と長い時間夢中で話し込んでいたよ」

「息子のルーパートかい？」

「そのとおり。激しい議論とは言わないまでも、なかなか活発なやりとりだった。そのあいだずっと、彼らのうしろにはあの狡猾なアーサー・ビーチャム卿が、心配性の雌鳥よろしくつきまとっていた」

「それはどういうことだい、ホームズ？」

「この件を説明するには、絵画の比喩を使うのが一番だな。構図の輪郭は描き終わったが、細部を描き込み、光と影の効果を考えるにはもう少し時間が必要だ、というところだ。だが、破廉恥なあのビーチャムとアメリカでも最も危険な犯罪者のひとりが絡んだ陰謀、すなわちドゥ・グランヴィルの絵画コレクションを盗むという陰謀に、ルーパート・ダーリントンが一枚かんでいるのは確かだ」

「でも、あの絵は無事に戻ってきたじゃないか」

「戻さざるをえなかったのさ。そいつはルーパート・ダーリントンの問題だ」

ホームズは、不可解な言葉を投げかけてわたしの反応を見るのが好きなのだ。だが、わたしが何を言おうと、ホームズ本人が適切と判断するときまで、いかなる情報も明かしてくれない。ルーパート・ダーリントンの問題がなんなのかはまったくわからなかったが、その意味深な言葉を説明してくれと言っても、ホームズはわたしを煙に巻き、答えを拒むに決まっている。そこでわたしは、この会話を別の方向に、より建設的な方向に向けようとした。だがそれもまた、さらなる謎めいた言葉で煙に巻かれてしまった。

「それで次はどうするんだい？」とわたしは訊ねた。

「〝犬男《ドッグ・マン》〟に会いにいくのさ」ホームズはにやりと笑ってそう答えただけだった。

それから一時間としないうちに、わたしたちは辻馬車で街の東に向かっていた。馬車に乗り込んだとき、ホームズは御者にハウンズディッチ・ロードに近いコマーシャル街の住所を告げていた。ロンドンでもことさらすさんだ、いかがわしい地域だ。彼は馬車の座席にじっと座っていた。やせた青白い顔が物思いに沈んでいる。

「その〝犬男〟というのは何者で、なんのためにぼくたちは彼に会いに行くんだ？　ぼくに同行してくれと言うのなら、目的ぐらい教えてくれるのが筋だと思うがね」わたしは強い口調で訊ねた。

「ああ、その通りだな」ホームズはにやりと笑うと、なだめるようにわたしの腕を軽くたたいた。「きみに何も教えなかったのは申しわけなかった。じつはその〝犬男〟というのは、ぼくがジョシュア・ジョーンズという男に勝手につけたあだ名でね。彼の家は犬であふれかえってるんだ。その度を越した犬好きのせいで、妻も子供も出て行ったぐらいだ。家族や友人に注ぐ愛情をはるかにしのぐ愛情を、拾ってきた犬たちに注いでいるんだよ。だが、すばらしい芸術的才能の持ち主でもある」そこまで言うと、ホームズはわたしに身を寄せ、声を殺してささやいた。「史上まれに見る一流の贋作画家のひとりなんだ。超一流の専門家でもないかぎり、本物の『モナリザ』と彼の贋作を見分けることはできない。事件の解決に贋作が必要だったときに、何回かぼくも彼を使ったことがある。これで、この謎の事件に彼が果たした役割がわかっただろう？」

「いや、よくわからないな」

「ぼくは、きのうの朝の事件にはジョーンズが関わっていたとにらんでいる。ぼくがあのドゥ・グランヴィルを調べたとき、ダーリントン家では犬を飼っているかと訊いたのを覚えているかい？」

「ああ、覚えている」

「拡大鏡で調べたとき、額縁に犬の毛が何本か付いているのに気がついた。少なくとも三種類の犬の毛だった。つまり、その絵はごく最近、それも何種類もの犬がキャンバスのまわりをうろつく家の中に、あったということになる。ジョシュア・ジョーンズの家以外、どこでそんなことがありうると思う?」

「つまり、彼がその絵を模写していたと……」

ホームズはうなずいた。

「なるほど、じゃあなぜ贋作ではなく、本物の絵が戻されたんだい?」

「それが事件の核心さ。だからぼくは自分の仮説を、わが友ミスター・ジョシュア・ジョーンズと会って確かめてみたいんだ」


コマーシャル街はいかにも不快な場所だった。立ち並ぶむさくるしい家々の窓の多くは板でふさがれ、みすぼらしいことこの上ない。ホームズは通りのはずれで辻馬車を停めると、ここで待っていてくれと御者に命じ、御者はしぶしぶ了解した。そのみすぼらしい大通りを歩いていくと、ぼろをまとった栄養不良の子供たちが通りでボール遊びをしていた。わたしたちのことなど気にも留めず、やせこけた体をぶつけあい、甲高い声を上げて走り回っている。

「そのジョーンズっていう男がそれほど腕のいい画家なら」とわたしはホームズに言った。「どうしてもっとまともな場所に住まないんだい?」

「確か、街なかにもう一軒、妻と二人の子供が住む家をもっているはずだが、妻からは一匹たりとも犬を家に入れるなと言われているらしい。でも彼としては、ほとんどの時間をここで犬たちと過ごせるわけだから大満足なのさ。ああ、ここだ」

わたしたちは二十三番の住所にたどり着いた。ほかの家同様に老朽化した家で、紺色のドアには錆《さ》びたノッカーが付いている。窓にはカーテンが閉ざされ、日差しと外の世界を遮断していた。

ホームズが力を込めてドアをノックすると、その音が家中に響き渡る。すると犬の群れが放たれたかのように、クンクン言う鳴き声やけたたましい吠え声がいっせいに聞こえてきた。

「危険な犬じゃないと信じたいね」わたしは落ち着かない気分で言った。

「ぼくもそう思いたいよ」そう言ってホームズがもう一度盛大にノックすると、それに応えるように犬たちはさらにけたたましく吠え出した。その吠え声に混ざって、人間の声も聞こえる。まもなく鍵が開けられ、ドアがきしみながら数インチ細く開いた。隙間からビーズのような目と鷲鼻がのぞく。

「なんの用だね?」男は無愛想に訊ねた。

「ジョシュア、悪いがちょっと聞きたいことがある」

「おや、ミスター・ホームズじゃありませんか」もう一度聞こえた声は、さっきより柔らかく温かかった。「このチビたちをおとなしくさせますから、ちょっと待っててくださいよ。一匹も外に出したくないんです。このあたりじゃ犬の肉は高く売れるから」そう言いながらドアを閉めた。彼が犬たちを家の奥に連れて行く声が聞こえてくる。

しばらくすると、今回は相手の姿が見えるぐらい広くドアが開かれた。やせこけた男で、年の頃は七十ぐらい。いや、そのぼさぼさの白髪としょぼしょぼした目、そしてきめの細かいカサカサの肌からすると、そのぐらいに見えた。ぶかぶかのズボンに青い衿なしのシャツ、そしてかたちが崩れ、絵の具のしみがあちこちに飛んだカーディガンを着ている。

「さあさあ、どうぞ入ってください」

彼のうしろに二匹の犬が現われると、わたしたちの先に立って薄暗い廊下を進み、同じくらい薄暗い居間へと入っていくご主人様についてきた。室内は犬の臭いで息が詰まりそうだ。近くの部屋からはキャンキャンと鳴く声がし、時おり、いらだった犬が外に出ようと闇雲にドアを引っかく音が聞こえてきた。

ジョーンズは小さく聞こえてくるその騒ぎに、しわがれた小さな笑い声を洩らした。「チビどもはパパから離れるのが嫌いでね」と言うと、歯並びの悪い茶色の歯を見せてうれしそうに笑う。さりげなく手を振って、ぼろぼろのソファをわたしたちに勧めた。「さて、ミスター・ホームズ、どんなご用ですかね？」

「情報が欲しいんだ」

かすかな不安の色がジョーンズの顔に広がり、「ああ、なるほど」とゆっくりと言った。「あんたもご存知のように、そういうことはしゃべらないようにしてるんですよ。お客の秘密を洩らすことはできませんからね。洩らしたが最後、あっという間に客を失う」

「きみの立場を危うくすることはしないよ、ジョーンズ」ホームズは淡々と言った。「それに、きみから情報を聞き出したいわけじゃない。ぼくの推理が当たっているか確認したいだけだ。確認できれば、事件の調査を進めることができるからね」

ジョーンズは眉をひそめた。「そいつは無理な話ですな。相手が人間であれ犬であれ、わたしはこの家に入ってくるもの全員に秘密厳守を約束してる」

ホームズはジョーンズの頑なな態度にもまったく動じなかった。「そいつはよかった。人からの信頼を裏切れなどときみに頼むつもりは、さらさらないよ。たとえ相手があの下衆なアーサー・ビーチャム卿だろうとね」

その名前が出たとたん、ジョーンズの顔から血の気が引き、目が落ち着きなく泳いだ。「わたしにどうしろと？」その声からはさっきまでの自信がすっかり消えていた。

「現在調べている事件についての、ぼくの推理を聞いてもらいたい。ダーリントン卿の屋敷から消えたドゥ・グランヴィルの『東方三博士の礼拝』の事件だが、たぶんきみもよく知っている作品のはずだ。もし、この事件についてのぼくの解釈が正しいなら、小さくうなずいてもらいたい。間違っていたら首を振ってくれ。わざわざ口に出して言ってもらう必要はない。そうしてもらえば非常に助かるんだ。昔ぼくがきみを助けたときのようにね」

ジョーンズは犬の一匹をひざに乗せ、わたしたちの向かいの籐椅子に座っていたが、かがみこんで犬の鼻先にキスすると、その毛をくしゃくしゃとなでた。「あんたもご存知のように、わたしはお客にはいっさい質問しないことにしてます。だがね、ミスター・ホームズ、あんたがわたしの前で自分の考えを話すのをやめろと言うわけにはいかない」まるで犬に話しかけるように彼は言った。

「それはそうだ」とホームズ。

「わたしはそれを聞いてうなずくかもしれないし、首を振るかもしれない。だがそれは、あんたの話が正しいとか間違っているとかいう、わたしの意見の表明じゃない」

「そいつはよくわかってる。じゃあ本題に入ろう。ぼくは、きみが最近ある客から、ルイ・ドゥ・グランヴィルの『東方三博士の礼拝』の贋作を描くよう依頼された、という話を小耳にはさんだ」

ジョーンズは頭を犬に近づけたままだったが、その頭がほとんど目に見えないぐらいかすかに下がった。

「ぼくはそのお客がアーサー・ビーチャム卿だと考えている……」ホームズはそこで言葉を切った。だがジョーンズは動かない。

「そしてこの六カ月ほど、きみは彼のためにたくさんの贋作を描いているとぼくは考えている」

またもや彼はかすかにうなずいた。

「作業は一昼夜で行なわれ、本物と贋作の両方が客の元に戻された。その客は贋作を絵の所有者の屋敷に戻し、本物は恥知らずなコレクターのひとりに売却した」

「わたしが描いた絵がここから出て行ったあとどうなったかは、全然知らないんですよ。それがどうなろうとまったく興味がないし、質問をするのも無粋だからね」

「そうだろう。それに、そいつを訊けば、きみは聞きたくもない話を聞くことになる」

一瞬、ジョーンズの薄い唇に笑みが浮かんだ。座ったまま背筋を伸ばし、ホームズの目を見てうなずく。

ホームズは言葉を続けた。「確かきみは、絵のリトグラフさえあれば複製を制作する準備作業ができるんだったね」

「そのとおりですよ。前もっていわゆる下絵を描いておくんです。そうすれば制作時間が短縮できるから、原画をわたしのアトリエに置いておく時間も短くなる」

「だがドゥ・グランヴィルの絵の場合、そいつは不可能じゃないか？　〝失われた絵〟の場合、リトグラフはないから、原画を見て描く時間が長くなる」

もう一度、彼はかすかにうなずいた。

「きみはすばらしくいい聞き手だよ」ホームズは勢いよく叫ぶと、わたしをうながして椅子から立ち上がった。

「きみの沈黙はほかのなによりも雄弁だった。ぼくの用件はこれで終わりだ。ありがとう」

「お礼を言っていただけるのはありがたいですがね、わたしはあんたに何も教えなかったし、あんたの言ったことも何ひとつ認めなかったってことを、忘れないでくださいよ」

「もちろんだとも。これで、この卑しむべき芝居の登場人物たちも部外者の証言なしにみずからの罪を認めるはずだ。行くぞ、ワトスン。辻馬車の御者がまだ待っていてくれているか見に行こう」

こうして、われわれはあわただしく〝犬男〟の家を出たのだった。


この一件が急転直下解決に向かったその展開の早さと、その結末のあまりの悲惨さは、わたしをひどく驚かせた。名画の紛失にまつわる取るに足りない事件と思われたものが、よもや殺人と一家の不名誉で幕を閉じるとは思いもよらなかったからだ。

辻馬車の御者は約束どおり、まだ通りの角でわたしたちを待ってくれていた。戻ってきたわたしたちを見て、御者の赤ら顔に安堵《あんど》の色が浮かんだ。「ベイカー街に戻りますかい？」と彼は馬車に乗り込むわたしたちに訊ねた。

「いや」とホームズ。「メイフェアに行ってくれ」


「こいつは悲しい事件だよ、ワトスン」ホームズは辻馬車の奥でぐったりと座席に背を預けながら言った。「この芝居を演じた役者の中でただひとり無実だった人間が、この結末で一番傷つくことになる」

「レディ・ダーリントンかい？」

「いや、彼女の夫さ。もし事実が表ざたになれば、彼の社会的立場はたちまちのうちに崩壊するだろう。レディ・ダーリントンは無実からはほど遠いよ」

「まさか、この盗難事件に彼女が一枚かんでるって言うのかい？」

「よく考えてみたまえ、ワトスン。ギャラリーの鍵はひとつしかないんだよ。それはダーリントン卿の懐中時計の鎖につけられている。彼が懐中時計を身につけていないのは、夜、眠っているときだけだ。となると、その鍵を簡単に手に入れられるのは、彼と同じ部屋で寝ている妻だけだ。つまり、ギャラリーに誰かを入れることができるのは彼女だけということになる。状況がいかに不可能に思えても、論理はつねに必然を教えてくれるのさ」

わたしたちの訪問に、レディ・ダーリントンはひどくうろたえていた。居間に案内したわたしたちに椅子を勧めるそのようすも、優雅とはほど遠い。「できれば手短にお願いいたします。わたくし、きょうは急ぎの用事がいくつもありますの」

だが、椅子にかけてすぐ、ホームズは突然いらだたしげなため息をついて、はじかれたように立ち上がった。「申しわけありません、レディ・ダーリントン。きょうのぼくはどうかしているようだ。急ぎの用事を思い出しました。実は解決間際の別件について電報を送らなければなりません。少しのあいだお時間をいただけるようなら、辻馬車の御者にことづけを頼みたいんですが」

ホームズはそう言うと、レディ・ダーリントンの返事も待たずに部屋を飛び出してしまった。

「なんて無礼なんでしょう」彼女は体を固くして座ったまま、手提げ袋を握り締めた。

「すぐに戻ってくると思いますよ」そう言ったわたしもまた、彼女同様、ホームズの突然の退出に驚いていた。

「ホームズさんがここにいらした理由をうかがっても、教えてくださらないんでしょうね」

「ええ、残念ながら」わたしは申しわけない思いで答えた。「でも、彼はすぐ戻ってくると思いますよ」

レディ・ダーリントンは大きなため息をつき、わたしは居心地の悪い沈黙に耐えながら、ホームズが戻ってくるのを待った。さいわい、彼は言葉どおり五分足らずで戻ってくると、ふたたび彼女の向かいに腰を下ろした。

「ホームズさん、すでにもう何分か無駄になっていますから、どうかできるだけ短く切り上げてくださいますか」

「ぼくの用件にさして時間はかかりませんよ。しかし、いったん消えてからまた現われたあの絵の事件の真相に、あなたとご子息がどう関わったのかをご主人に説明するのなら、その前にまずあなたとお話ししたほうがいいと思いましてね」

夫人は驚きに息を呑んだ。「なんの話をされているのかさっぱりわかりませんわ」

「いや、ちゃんとおわかりのはずだ」とホームズ。「お芝居はもう終わりにしましょう。これ以上ご子息をかばうことはできませんよ」

「ミスター・ホームズ、もうこれ以上あなたのばかげたお話におつきあいはできません。どうぞお帰りください」

「では、あの鍵を持って帰らせていただきますよ」

「鍵ですって？」

「じつは今、ぼくはちょっと芝居をしたんです。さっきは御者に指示を出しに行ったのではありません。二階のご子息の部屋を見せていただいたんですが、彼が鍵を隠していた場所はすぐに見つかりましたよ」ホームズは小さな何かを取り出すように、チョッキのポケットに手を伸ばした。

「ご主人のギャラリーの入口の合鍵です」

夫人の顔から血の気が引いた。「そんなはずありません」動揺したようすであわてて手提げ袋を開く。

「ええ、そのとおりです」ホームズはそう言って一歩進み出ると、彼女の手提げから小さな金色の鍵をつまみ出した。「合鍵の本当の隠し場所を教えていただくために、いくつか嘘をつきました。真実を教えていただくための単純な嘘です」

この言葉にレディ・ダーリントンは泣き崩れ、激しくすすり泣き始めた。この身も世もない悲嘆に驚いたわたしは、身を震わせて泣く姿をなすすべもなく見つめていたが、ホームズは険しい表情を崩すことなく、彼女の動揺が収まり、なんとか話ができるようになるのを待っていた。

「あなたは何をどの程度ご存知なんです?」涙に濡れた目をハンカチでぬぐいながら、夫人はようやく口を開いた。

「すべて知っていますよ。ご子息がパンドラ・クラブでの賭け事で膨大な借金を次々に作ったことも知っています。それがご主人の耳に入らないようにと、最初のうちはあなたが借金の尻拭いをしていた。しかし、金額が膨らんで手に負えなくなり、あなたはご子息の陰謀に加担し、手を貸した。ダーリントン卿のギャラリーにある絵画を贋作とすり替え、本物はご子息の友人であるアーサー・ビーチャム卿が売り払うという陰謀です」

「本当の事情は、あなたがおっしゃるほどひどいものじゃありませんわ」いくらか気力を取り戻した口調でレディ・ダーリントンが反論した。「ルーパートはわたくしの最初の結婚のときの息子なんです。ですから、ヘクターはあの子をわが子としてかわいがってはくれません。親切な言葉ひとつ、かけてやったことがないんです。ルーパートは義理の父親から愛情の片鱗すら見せてもらったことがありませんでした。わたくしがあの子を溺愛《できあい》したのは、たぶんその反動でしょう。あの子のようなわがままな青年にはふさわしくない自由を、わたくしは与えてしまったんです。

息子には父親による厳しい導きがありませんでしたから、あの子がアーサー卿と友だちになったとき、わたくしは喜びました。年上の男性は息子にいい影響を及ぼすだろうと思ったんです。彼があんな悪党だとは思いもしませんでした。けれど、彼の正体がわかったときはもう手遅れで、息子はすっかり彼の邪悪な魔力のとりこになっていました。アーサー卿は息子を悪い遊びに引きずり込んだんです。わたくしはルーパートに賭け事をやめるようにと必死で頼みましたが、賭博の借金はどんどん膨らんでいきました。ヘクターがこのことを知ったら、きっと息子を勘当し、家から追い出すでしょう。でも、もしそうなったら、あの子はどうなります？　そんな事態にわたくしが耐えられると思いますか？」

答えを待つように、レディ・ダーリントンはしばし言葉を切ったが、わたしたちを見ようとはしなかった。ホームズは何も言わない。

「借金の額がわたくしの捻出できる額を上回ったとき、ルーパートはあの絵画を使った計画をわたしに打ち明けました。もちろん、ビーチャムの入れ知恵です。腕のいい贋作画家を知っているから、それが贋物だとは専門家にしかわからない、とビーチャムは言ったんです。それに彼は、あの絵を欲しがっている顧客にもコネがありました。もちろん、その〝斡旋〟に高額な手間賃も要求してきました。お恥ずかしい話ですが、そのときのわたくしは、すり替えるのは一枚だけと思ってその提案を了承したのです。そしてある夜、夫が眠っているあいだに懐中時計の鎖から鍵をはずし、合鍵を作るための型を蠟《ろう》で取りました。

最初の絵のすり替えは、これ以上ないほど滑らかに運びました。絵の交換は、夫が政府の仕事で出張していた二日間で行ないました。ルーパートは夕方早くに絵を運び出し、翌朝には贋作を戻してきましたから、夫はみじんも怪しみませんでした。ですが、あまりにもうまくいったことに味をしめたビーチャムは、もっと大胆に、もっと強欲になっていったのです。息子はさらに高額の借金を負わせられ、もう一枚の絵もすり替えなければなりませんでした。そうしているうちに、すり替えは二カ月に一度、定期的に行なわれるようになったのです」

「それが、フランス行きが延期になったご主人が予定より早く帰宅した、あのドゥ・グランヴィルの一件のときまで続いた」

「ドゥ・グランヴィルをすり替えるのは、ビーチャムのアイデアでした。あの絵はこれまでで一番高く売れる作品だけれど、一般に知られていない絵なので贋作を作るにはいつもより時間がかかる、と彼は言っていました。そしてご存知のように、夫はあの名画がなくなっていることに気づいたのです……」レディ・ダーリントンの目がまたもや潤み、彼女はハンカチでそれをぬぐった。

「あなたのご子息もビーチャムも、絵がなくなったのが見つかったあとでそこに贋作を掛けるのはまずいと考えた。いずれご主人が専門家を呼び、その絵が本物かどうか鑑定させるのがわかっていたからだ」

レディ・ダーリントンは無言でうなずいた。

「レディ・ダーリントン、あなたはたいへん愚かなことをなさった。ご子息によかれと思ってされたことでしょうが、おかげで、あなたの大切な男性二人に苦痛と不名誉をもたらす事態に発展してしまったのです」

「どうか夫には黙っていてください」

「ぼくの依頼人はあなたのご主人ですから、真相を伝えないわけにはいきません。それに、ここで問題になっているのは、家庭内でのもめごとではない。これは名画の連続窃盗事件です。それも犯人のうち二人は、その絵の持ち主の息子と妻、そして絵の持ち主は大臣なんですよ。これが醜聞になることは免れません」

「わたくし、真相が露見してよかったと思っています。でも、自分の口から夫に伝えたいんです。自分の罪を償うためにできることといえば、それぐらいしかありませんから。そのためにも、そして息子を説得して当局に出頭させるためにも、どうぞ一日の——二十四時間の——猶予をいただけないでしょうか」

ホームズはためらった。だが、彼女の必死なようすに、さすがの彼も心を動かされたようだった。

「どうか、気の毒と思し召しになって」夫人は懇願する。

ホームズは懐中時計に目をやった。「そろそろ四時ですね。では、明日の午後四時にお訪ねしてこの事件の真相をお伝えする、という電報を明朝ダーリントン卿に届けましょう」

「ありがとうございます、ホームズさん」


しかし結局、ホームズがダーリントン卿を訪問することはなかった。あくる朝、わたしが遅い朝食のために階下へ下りてくると、ひじ掛け椅子にかけたホームズが身を乗り出し、食い入るような目で新聞を読んでいた。ひどく暗い顔をしている。

「暴力的な遊びには暴力的な結末がつき物だな」わたしに、というより自分自身に言い聞かせるように、彼はつぶやいた。

「悪いニュースかい？」

ホームズは肩をすくめた。「運命はわれわれを速やかに打ち負かしたよ」彼はわたしに向かって新聞を振って見せた。「ここにある記事の話だ。きのうの夜遅く、タワーブリッジの下の川原に遺体が二体打ち上げられたそうだ。二人とも縛られ、猿ぐつわをはめられ、頭を銃で撃ち抜かれていた。二人は、アーサー・ビーチャム卿とルーパート・ダーリントン、すなわち外務大臣へクター・ダーリントン卿の息子だと判明した」

「なんだって？　気の毒に。いったい何があったんだい？」

「アルフレード・フェリーニとその仲間たちの仕業だということは間違いない。ドゥ・グランヴィルの絵を手に入れそこなったビーチャムは、愚かにもあの贋作を本物として例のアメリカ人に売ろうとしたんだろう。そしてその裏切り行為は、暗黒街の荒っぽい掟によって裁かれたのさ。きっとルーパート・ダーリントンも、この陰謀の一端を担ったと思われたのだろう。まあ、そのとおりだろうがね。ああ、ワトスン、まさにスコットの言ったとおりだよ。『ひとたび人を欺くことを学ぶと、わたしたちはなんともつれたクモの巣を織りあげることか』とね」（ウォルター・スコットの叙事詩『マーミオン』から）

The Adventure of the Suspect Servant

怪しい使用人

バーバラ・ローデン

Barbara Roden（1963 - ）

カナダのゴースト小説およびミステリ研究家。夫はオックスフォード大学出版局版ホームズ全集の注釈・解説者のひとりである、クリストファー・ローデン。二人で 1987 年にアーサー・コナン・ドイル協会を創立した。ともに BSI 会員。ホームズとドイル関係の本を出版するキャラバッシュ・プレスと、ゴースト小説を出版するアシュツリー・プレスを経営している。二人で編纂した "Acquainted With the Night" は、2005 年の世界幻想文学大賞をアンソロジー部門で受賞した。邦訳はエッセイ「『幽霊まで相手にしちゃいられない』か？」（原書房『シャーロック・ホームズ　ベイカー街の幽霊』所収）など。

なお、本作はトロントのホームズファン団体 "The Bootmakers of Toronto" の主催するパスティーシュ・コンテストで 1989 年に入賞したが、本書収録に際して一部改訂した。

次の事件が見つかったのは、まさに偶然の賜物である。シャーロック・ホームズのファンならば、ドクター・ワトスンが未来の妻、メアリ・モースタンに出会ったのが、『四つの署名』事件で彼女がホームズに助けを求めたときだったことを覚えているだろう。彼女はホームズに初めて会ったとき、自分のかつての雇い主、セシル・フォレスター夫人が「ちょっとした家庭内の問題」をホームズに解決してもらったことがある、と語っている。これを聞いたホームズは少し考えたのち、あれは「ごく簡単な事件だった」と思い出した。おそらく、あまりにも簡単な事件だったため、ワトスンもわざわざ記録には残さなかったのだろう。

何年か前、幽霊小説とミステリ小説の優れた研究家であるバーバラ・ローデンは、保険会社でまったく別の件を調査していたとき、偶然このミスター・フォレスターの情報を発見した。彼女はその情報をひとつひとつ積み上げ、この「怪しい使用人の冒険」を再構成したのである。

わが友シャーロック・ホームズが自分のもとに持ち込まれた調査依頼を断ることは、めったにない。それでも長年のあいだには、彼の恐るべき頭脳が極めて重要な事件の解決にかかりきりとなり、それほど急を要さない依頼を断る場合も何度かあった。だがたいていの場合、彼はみずからの観察と推理の力を駆使する機会を決して逃そうとはしなかったし、わたしもそれを目にし、記録する光栄に浴してきた。彼はどんなに小さな事件でも関心を持ったし、そんな些細な事件の依頼人をわたしが歓迎したことも一度ではない。なぜなら、依頼人たちの災難がいかに小さなものであっても、それは仕事をしていないときにホームズが陥る憂鬱から彼を救い出してくれたからだ。背筋も凍る奇怪な事件をわたしが書くときは、たとえその結末が納得のいかないものでも、その事件を読者に読んでもらう価値があると考えるからだ。

そこでわたしは、次の事件を読者に紹介しようと思う。これは、ホームズが扱ったほかの事件ほど複雑でないものでも、現在、同様の問題に頭を悩ませている人々にとっては大事件と同じくらい意味があるということを示す一例だ。

それは一八八六年の十月の末、聖ルカ日和と呼ばれる好天が続いたロンドンの、ある朝のことだった。とても暖かい日で、わたしは居間の窓を開け放ち、窓の下のベイカー街とその雑踏を眺めていた。ホームズは読み散らした『クロニクル』、『スタンダード』、『テレグラフ』、『ポスト』

の各紙に囲まれ、『タイムズ』を読みふけっていた。

しばし窓辺にたたずみ通りを行きかう人々を眺めていたわたしは、何気ない調子で彼に声をかけた。「ホームズ、どうやら依頼人が来たようだよ。その新聞を片付けたほうがいい」

ホームズは驚いた顔でわたしを見上げると、キツネが飛び出したときに猟師が叫ぶ「出たぞー！」という声に耳をすます猟犬のように、ドアのほうに頭を傾けてから言った。「階下《した》にいるハドスンさんの気配以外、ぼくには何も聞こえないよ。それでも依頼人が来たと言うのかい？」

ホームズの不思議そうな表情を見るのはこの上なく楽しく、わたしは思わず忍び笑いをもらした。一方ホームズは、立ち上がって窓辺までくると、わたしが何を見ているのかと通りに目を走らせた。それでもまだ階段を上がってくる足音はしない。彼は不思議そうにわたしを見た。

「あそこだよ」わたしは向かいの店の窓をのぞきこんでいる女性を指差した。「彼女が依頼人さ」

「どうしてその結論に至ったんだね？　わかるように説明してくれたまえ」

「あの女性が」わたしはいつものホームズの口調をまねて説明しはじめた。「辻馬車を降りて、そのまま馬車を帰らせたところを見たとき、彼女はきっと短時間では終わらない用事があるのだとぼくは考えた。そうじゃなかったら、馬車を待たせておくはずだからね。辻馬車がわれわれの下宿の玄関先に止まったということは、彼女の用事はこのあたりにあるということだ。そのあと、彼女が向かいの舗道を行ったり来たりしているのを見て――それも一度ならず四度もだ――ぼくはこう推理した。彼女は何かにひどく悩んでいて、難しい決断を下そうとしているのだとね。もう何分ものあいだ向かいの製本業者の仕事場をのぞき込んでいるが、あれほど熱心に眺めるべきものがあそこにあるとは思えない。だとしたら、彼女はミスター・シャーロック・ホームズの依頼人以外にはありえないよ」

「なかなか立派な推理だね、ワトスン――ああ、ぼくの疑いを打ち消すように、彼女がこっちにやってきた」

そのとき彼女は、迷いを吹っ切るようにくるりときびすを返すと、こちらへ向かって道路を渡りはじめた。玄関の呼び鈴が鳴り、ホームズさんはご在宅かと訊ねる声が聞こえる。ホームズは大急ぎで散らかった新聞をかき集めると、それを寝室に持っていった。ちょうど彼がドレッシング・ガウンをジャケットに着替え終わったころで、ハドスン夫人がドアをノックした。「セシル・フォレスター夫人がお見えです」

入ってきた女性は、中年ではあったが、ほっそりとした体型と優雅な雰囲気のせいで、多くの若い女性たちがうらやむ若々しさを備えていた。優雅さと慎みを併せ持つ上等な紺色の服を、当世風に着こなしている。美人だが、不安と疲労によるやつれがにじみ、その表情にはまだ決心がつきかねている気配がうかがわれる。われわれの顔を見比べて迷っている彼女の視線に気づいたホームズが、一歩前に進み出た。

「フォレスターさん、ぼくがシャーロック・ホームズです。そしてこちらは、友人であり仕事仲間のドクター・ジョン・ワトスン。どうぞ椅子に掛けて、あなたがここにいらした理由をお話しください」

彼女はひじ掛け椅子に座り、ホームズはその向かいに腰を下ろした。しばらくのあいだ、彼女は黙ったままだった。視線を敷物に落とし、ひざに置いた手を落ち着きなくねじり合わせている。だがついに覚悟を決めたらしく、大きく深呼吸をして顔を上げた。

「ホームズさん、わたくしがこちらにうかがったのは、もうどうしていいかわからなくなってしまったからなのです。それに、ほかに頼れる人もおりません。この数週間、わが家では高価な品がいくつかなくなったのですが、その犯人をどうしても見つけなければなりません」

「それなら警察が……」そう言いかけたホームズの言葉を彼女はさえぎった。

「警察はあてになりません」と腹立たしげに言う。「夫に頼んで警察を呼んでもらったのですが、彼らがしてくれたことといえば、使用人たちを動揺させ、わたくし付きのメイドのサラを責め立てただけでした。でも、この件についてあの子が無関係であることはわたくしが断言いたします」

「でしたら」なだめるようにホームズが言葉をはさんだ。「われわれがなんらかの見解を申し上げられるように、何があったのかをお話し願えますか？」

「もちろんですわ、ホームズさん」彼女は考えをまとめるように、しばし口をつぐんでから話しはじめた。

「わたくしの夫は、シティにある保険会社、ウィリアムズ商会の副支配人をしております。夫は高額の報酬を得ていますし、わたくし自身にも収入がありますから、わたくしたちはキャンバーウェルの屋敷で快適に暮らしております。十二年前に結婚し、つい先日まで平穏に暮らしてまいりました。

　夫の仕事はこの数カ月たいへん忙しくなっております。そのため現在は人手が足りず、セシルはこれまでより多くの時間をシティで過ごしておりますので、以前ほどうちにおりません。何かがおかしいと気づいたのは二カ月ほど前のことです。自宅にある夫のデスクで領収書を探していたわたくしは、引き出しのひとつがつかえてうまく開かないことに気づきました。それでもなんとか開けてみると、引き出しのうしろに箱がはさまっておりました。それは前回のセシルの誕生日にわたくしがプレゼントした、カフスボタンの箱でした。ところが、中は空っぽで、わたくしは不審に思いました。セシルがそのカフスボタンを着けるのは改まった場所だけで、職場にしていくことなどまず考えられなかったからです。あとで夫に訊ねてみようと思っておりましたが、その日も夫の帰宅は遅く、わたくしも友人と劇場に行って帰宅が遅かったものですから、そのままずっかり忘れてしまいました。

そして三週間前、今度は夫が祖父からもらった二度打ち時計（バネを押すと最新の時刻をくり返し打つ）がケースからなくなっているのに気づきました。ですが、その時計は正確に動かなくなったから分解掃除に出さなければならないと夫が言っていたのを思い出し、きっと修理に出しているのだろうと考え、それもそのまま忘れてしまいました。

事態が深刻になったのは、先週の水曜日のことです。その日は使用人たちの半日休暇でしたから、わたくしは午後に買い物に出かけ、そのあと友人とお茶を飲む予定にしておりました。家を出る前に、宝石箱からブローチを取り出し、宝石箱は鏡台の引き出しに戻しておきました。けれど帰宅してブローチを宝石箱に戻そうとしましたら、その中身がすこし乱れ、入っていたはずの高価なエメラルドの指輪が消えていたのです。どこかに落ちているのではないかと思い、宝石箱と引き出しを徹底的に捜しましたが、どこにもありません。かつて母のものだったその指輪は、かけがえのない思い出の品でしたから、セシルが帰宅したときのわたくしはすっかり取り乱しておりました。

わたくしをひと目見たとたん、何かがおかしいと気づいた夫は、指輪の話に顔面蒼白になりました。きっときみがどこかに置き忘れたんだろう、すぐに出てくるさ、と懸命に慰めてくれましたが、そのとき、ある恐ろしい考えがわたくしの頭をよぎりました。カフスボタンの空箱と、なくなっていた時計のことを思い出し、今回なくなった指輪と関係があるのではないかと思ったのです。

そこで、セシルに時計を修理に出したのかと訊ねましたが、彼はそんなことを訊かれたこと自体にひどく驚いているようでした。夫の驚いた顔はその質問への答えを雄弁に物語っていましたから、わたくしはそれまでに気づいたことをすべて夫に話しました。泥棒に入られたことは明らかだと思い、夫に頼んで警察を呼んでもらいました。翌日、警官がひとり来てくれて、ネクタイピンや金の嗅ぎ煙草入れといったものもなくなっていることがわかりました」

そこで彼女は言葉を切り、息継ぎをした。それまで熱心に耳を傾けていたホームズが口を開いた。「ご主人はこのところ帰宅が遅いとおっしゃっていましたね。正確にはいつごろからです?」

フォレスター夫人は、この質問にいささか驚いたようだった。「ホームズさん、それがこの件にどう関係しているのか、わたくしにはまったくわからないのですけれど」

「それでもやはり、お聞かせください。ごく些細なことが大きな意味を持つ場合もありますから」

「わかりました。確か、夫の帰りが遅くなったのは六月からですわ」

「そして現在までそれは続いているんですか?」

「ええ」

「帰宅の時間はずっと変わらないままですか?」

「いいえ、八月の終わりごろには、仕事から帰ってくる時間がさらに遅くなりました」フォレスター夫人はこの一連の質問にとまどっているようだったが、ようやくその表情に納得の色が浮かんだ。「ご質問の理由がわかったように思いますわ、ホームズさん。夫が仕事で家を空けている時間が長いことと、家が留守になる時間を知っている誰かが、外から屋敷のようすをうかがっているとお考えなんですね」

「その可能性もあります」ホームズはあいまいに答えた。「すべてのデータが出そろうまで理論づけることはできません。これまでになくなったもの――カフスボタン、時計、ネクタイピン、嗅ぎ煙草入れ――これはすべてご主人のものですか？」

「わたくしの指輪以外はすべてそうですわ」

「なるほど。ほかになくなっているものは？」

「ございません」

「けれど、おたくにはもっとたくさんの貴重品があるはずです。ほかの宝石類がなくなってはいませんか？」

「いいえ、ホームズさん。もしなくなっていたら絶対に気づくはずです」

ホームズは椅子に座ったまま背筋を伸ばした。「こう言っては失礼ですが、これは複雑とはほど遠い事件のようだ。その警官は簡単に問題を解決できたはずですが」

「これが複雑にせよそうでないにせよ、その警察官がしたことといえば、家中を混乱させたあげくにわたくしのメイドのサラが犯人の可能性が高い、もし彼女の持ち物を捜索させてもらえば、なくなったものは必ず出てくるだろうと言っただけですわ」

「何を根拠にその結論に達したんです？」

「水曜日が使用人たちの半日休暇だったと知ったその警官は、使用人たちの午後の行動を調べ上げました。わが家には四人の使用人――料理人、家政婦、家庭教師、サラ――がおります。料理人はその日、実家に帰っており、その家族全員が彼女は午後のあいだずっと実家にいたことを証言しました。家政婦のミセス・ロッジは午後いっぱいを友人と過ごしており、その確認も取れています。家庭教師のメアリはうちの双子と一緒に子供のお友だちの誕生会に出ていましたから、彼女の所在にも疑いの余地はありません。けれど、かわいそうにサラは、その日具合が悪かったので午後のあいだずっと自分の部屋で休んでおりました。それを証明する手だてがないため、警察官はそこに目をつけたんです。外部から人が侵入した形跡はまったく見当たらないからと言って」

「いささかありきたりではありますが、まあ妥当な推理でしょうね」とホームズ。「では、なぜあなたはそのメイドが無実だと断言されるんですか？」

「ホームズさん、サラはここ数年わたくしに仕えてくれていますから、あの子がそんなことをするはずないのはよくわかっています。その警察官はそんなわたくしの言葉をばかげていると言って相手にしませんが、わたしは彼女が無実であると確信しておりますし、あの子が侮辱されることも許せません。かわいそうにサラはひどく取り乱してしまい、仕事を失うのではないか、もっとひどい目にあうのではないかと怯えています」

「それであなたのご主人はなんとおっしゃっているんです？」

「セシルはサラが泥棒として訴えられるのを見たくはないと言っていますが、彼女が無実だと完全に証明することも難しいと思っているようです。それどころか、どうやら彼はサラの仕業に違いないと考えているようで、あの子を解雇しろとわたくしに迫っております。ですが、なんらかの証拠が見つからないかぎり、わたくしにはそんなことはできません。ですから、あなたのお力をお借りしたいと思ってこちらに参ったのです」

わたしは彼女の思いやりの深さと、メイドを守ろうとするその強い思いに胸を打たれたが、ホームズはただ肩をすくめただけでこう言った。「警察の言い分はしごく妥当に思えますね。あなたはいったい、ぼくに何をさせたいとお考えですか？」

「わが家に来て、何かわかることがあるか見ていただきたいのです。あなたは、ほかの人たちには見えないものを見ることができるとうかがっています。警察が見過ごした証拠を見つけていただけるのではないでしょうか。どうか、お力をお貸しください」

ホームズはしばらく考えてから、静かに言った。「わかりました、お力添えをいたしましょう」

フォレスター夫人はほっと安堵のため息をつくと、いくらか緊張が解けたらしく、笑顔を見せた。「ありがとうございます、ホームズさん。これから一緒にキャンバーウェルに来ていただけますか？」

「いいえ」とホームズは答えたが、彼女の驚きと失望の表情に気づいてこう言い添えた。「一時間以内に片付けなければいけない用事があるのですが、そのあとでしたら時間はあいています。おたくの住所を教えていただければ、三時までにはうかがいますよ」

フォレスター夫人が帰ると、ホームズはしばらく考え込み、わたしは座ったまま黙って彼を待っていた。彼が何を考えているか知りたくはあったが、邪魔されるのを嫌う彼の物思いをさえぎることは、やめておいた。しばらくすると、ホームズは勢いよく椅子から立ち上がり、帽子とステッキを手に取った。

「出かけるのかい？」

「ああ、ワトスン、きみも一緒に来たまえ。きっと面白いと思うよ。ぼくはこれから、ウィリアムズ商会のセシル・フォレスターに会いに行く」

「彼と会う約束があるとは知らなかったな」

「ぼくだってそうさ。さっき、フォレスターさんとの同行を断るまではね。彼女の家を調べる前に、まずは夫のほうに会いたいんだ」

われわれは辻馬車を止め、王立取引所に隣接するスレッドニードル街のはずれにある小さな広場で馬車を降りた。ウィリアムズ商会はなかなか繁盛しているらしく、事務所では人々が忙しく立ち働いていた。ホームズは事務員に、緊急の用事でミスター・フォレスターに会いたいと告げたが、彼が「緊急の」という言葉を強調したせいで、事務員はあわてて部屋を出て行った。事務員が戻ってきて、ミスター・フォレスターはすぐにお目にかかるそうですとわたしたちに告げた。ホームズはいつもの鋭い観察眼で事務所に目を走らせ、忙しそうですねと事務員に声をかけた。

「ええ、いつもこんな調子です。臨時の仕事を手伝う社員がしばらくいたんですが、三カ月前に解雇したんですよ。さあ、ミスター・フォレスターのオフィスへどうぞ」

わたしたちは彼のオフィスに案内され、事務員はドアを閉めて出て行った。フォレスター夫人の夫は四十五歳ぐらいのはずだが、青白く、いくぶんやつれた顔のせいでもう少し年配に見えた。彼はとまどった表情でわたしたちを見た。

「事務員の話では緊急のご用件とのことでしたが、申しわけありません、お二人にお目にかかった覚えがないのですが」

「たぶん、ぼくたちの名前はご存知だと思いますよ」ホームズがさらりと答えた。「ぼくはシャーロック・ホームズ、こちらは仕事仲間のドクター・ワトスンです。奥さまから、なくなった宝石のことを調べてもらいたいと依頼を受けました」

この言葉にフォレスターはいっそう青ざめ、力が抜けたように腰を下ろした。「妻があなたのところにうかがったんですか？」としゃがれた声で訊ねる。

「ええ」ホームズがいった。「奥さまには、きょうの三時にお宅にうかがうと申し上げました。とはいっても、それはあなたがご自分の持ち物を密かに持ち出したわけを教えてくださらなければの話ですが」

はじかれたようにふたたび椅子から立ち上がったフォレスターは、小刻みに体を震わせてデスクのうしろに立ちすくんだ。何か言おうとするが、その口から言葉は出てこない。彼はまた椅子に腰を落とすと、両手で顔を覆った。

「もうおしまいだ」ついに彼は口を開いた。「どのくらいご存知なんです?」

「あなたがなさったことの大半はわかっています。あなたはご自分の貴重品を持ち出しては、売り払うか質に入れるかしていた。しかし自分の貴重品をすべて持ち出してしまったため、ついには奥さんの宝石箱にあった指輪にも手を出した。だから警察沙汰にはしたくなかったに違いない。しかし、ほかにどうしようもなかった。そこで窃盗の疑いが社会的地位のある家長のあなたではなく、使用人の誰かにかかることを期待した。結局、その期待どおりとなり、あなたは自分の罪を認めるかわりに、無実のメイドを責め、解雇しようとしたんです」

フォレスターは顔を上げたが、その表情には驚きと恐怖がない交ぜになっていた。「どうしてそれがわかったんです?」

「なくなったものは指輪以外すべてあなたのものだ、という奥さんの話でぴんときました。普通、泥棒は盗むものを選びませんからね。また、盗みが数週間かけて行なわれているというのも妙でした。使用人が犯人だとしたら、いつ見つかるかわからないのに、わざわざひとつずつ盗んでいくなんてことをするでしょうか? いや、そんなことはありえない。どんな泥棒でも一回で盗れるだけのものを盗り、姿をくらまします。奥さんはまた、あなたが近ごろ遅くまで働いていると言っていましたが、その変化は窃盗の開始時期と一致している。ということは、あなたの帰りが遅いのは仕事のせいではなく、何かお金が必要なことに関係しているという可能性が高い。違いますか?」

フォレスターはうなずいた。最初の衝撃が去り、その表情には安堵に近いものが浮かんでいた。まるで、秘密がばれたことを喜んでいるかのようだ。ようやく彼が口を開いたとき、その口調はさっきより力強くなっていた。

「そう、そのとおりですよ、ホームズさん。確かにわたしは貴重品を持ち出し、すぐに質に入れました。最初は、自分のものだけでした。わたしのものなら、たとえなくなっても妻は気づかないでしょうし、もし訊かれてもそれらしい口実をでっちあげられると思いました。あの指輪を持ち出したのは、もうほかにどうしようもなかったからです。しかし、サラについてのあなたの話は違います。確かにわたしは、あの子が盗んだかもしれないと言いましたが、本当は彼女に泥棒の汚名など着せたくはなかった。きっと警察は証拠を見つけ出すことができず、訴えを取り下げるだろうと思ったのです」

「なぜそこまで追いつめられたんです?」彼が話し終えたのを見て、わたしは訊いた。訊ねられたフォレスターは立ち上がると、しばらく背後の窓を眺めてから答えた。「賭博です」

振り返ってわたしたちに向き直ったその顔に、わたしは被告席で告白をする囚人の顔を思い出した。「わたしはしばらく前から、競馬に手を染めていました。最初のうちは軽い気持ちでしたが、すぐに熱中し、気がつくとすっかり深みにはまっていたのです。いくらがんばってもそこから逃げ出すことはできず、競馬場で過ごす時間はどんどん長くなっていきました。そうしているうち、すぐに莫大な借金ができ、給料ではまかないきれなくなりました。それでもわたしは、金目のものを質に入れてはその金で馬券を買いつづけたのです。ギャンブラーの悲しさで、一回大穴を当てれば、これまでの損は取り返せると思っていたのです。しかしすぐにその金も使い果たし、もっと金が必要になりました。そのとき思ったんです。妻の指輪を質に入れてその金をつぎ込めば、これまでの借金をすべて支払い、質に入れた品も取り戻せるだけの勝ちが見込めると。切羽つまっていたわたしは、指輪がないことに妻が気づいたらどうなるかを、考える余裕すらありませんでした。もはや借金のこと以外、何も考えられなくなっていたのです。水曜の午後、家が留守になるのを知っていたわたしは、家に戻りあの指輪を持ち出しました。あの日、サラの具合が悪かったことも、外出しなかったことも知りませんでした。警察がサラを疑っていると聞いた当初、わたしはほっとしました。しかしすぐに、自分が何をしたのか、自分がどんな人間になり下がってしまったのかに気づいて、愕然としたんです。今では――今ではもう、どうしていいかわからない」

彼は打ちひしがれたようすで腰を下ろした。彼のように競馬に夢中になった経験のあるわたしは、強い同情を覚えずにはいられなかった。賭け事が人をどう変えるか、わたしにはよくわかっていたし、その渦にからめとられ、引きずり落とされていった者も数多く目にしていたからだ。わたしはなんとかそこから抜け出したが、抜け出せないものも数多くいた。それでもそこから抜け出ることは不可能ではない、とわたしはフォレスターに言った。

「抜け出す？」疲れきった声で彼は言った。「でもどうやって？　いったいどうすればいいんですか？」

「奥さんに打ち明けるんですよ」それまで黙ったまま座っていたホームズが言った。

「妻に？　無理です。そんな恥ずかしいこと……」

「しかし、この先に待ち受けている破滅よりはましなはずだ」ホームズはやさしい声で続けた。「奥さんは思いやりの深い女性です。メイドのことを心配するあまり、わたしたちを訪ねてきたんですからね。あなたが彼女に本当のことを話せば、決して後悔する結果にはならないはずです。奥さんのところに戻ってすべてを告白し、サラには何も恐れることはないと言ってやりなさい」

ホームズは立ち上がって部屋を出て行きかけたが、ふとドアのところで足を止めた。「ぼくもあとで電報を打っておきますが、きょうお目にかかる約束を果たせなかったことを、どうか奥さんに謝っておいてください。きっと奥さんはわかってくれるはずですよ。さあ、行こう、ワトスン」

The Adventure of the Amateur Mendicant Society

アマチュア物乞い団事件

ジョン・グレゴリー・ベタンコート

John Gregory Betancourt（1963 - ）

アメリカ生まれのSF、ファンタジー、ミステリ作家。1989年に創立したSFとファンタジー、ミステリ、パラノーマル・ロマンスを出す書籍と雑誌の出版社、Wildside Pressの代表でもある。オリジナル長編小説のほか、スター・トレック・シリーズのノベライゼーションなども手掛ける。別名ジェレミー・キングストン、トマス・シャドウェル。邦訳としては、『カットスロート・アイランド』（扶桑社）などがある。

なお、この作品の初出はアンソロジー"Resurrected Holmes"（edited by Marvin Kaye, 1996）だが、本書収録にあたって大幅改訂してある。詳細は訳者あとがき参照。

一八八七年は、ホームズが多忙を極めた年のひとつだった。その年に取り組んだ事件は少なくとも十三件、ほかにも何件かの事件を手掛けたことがわかっている。このうちのいくつかについては、『オレンジの種五つ』の冒頭でワトスンが、いつもの遠まわしな言い方で触れている。しかし『オレンジの種五つ』の事件が起きたのは、この年ではなく一八八九年のことだ。

この一八八七年、ホームズはまず、彼の強敵のひとりである恐喝王チャールズ・オーガスタス・ミルヴァートンと対決した。その後「パラドールの部屋」事件が続いたが、これはまだわたしが全容を調べているところで、いずれみなさんに紹介したいと考えている。その後ホームズは、オランダ領スマトラ会社にからんだ大事件に身を投じた。この事件は、「スマトラの大ネズミ」という魅力的な名をつけられた、世間に発表するにはまだ早い事件と、「モーペルテュイ男爵の大陰謀」事件に発展した。これらの事件に関する記録はことごとく失われ、わたしや仲間たちの研究でもその実態は明らかになっていないが、そのこと自体に意味があるとわたしは考えている。この一連の事件が表ざたになるのをワトスンが防ごうとしたのは確かだが、同時にこれらの事件がホームズの取り組んだ最大かつ重要な事件に数えられることも、わたしは確信している。ホームズはこの一連の事件による過労ですっかり衰弱し、ワトスンは静養のためにサリー州で何日か休暇をとろうと誘った。しかしホームズはすぐにまたそこで起こった『ライゲイトの大地主』事件の調査にあたることとなる。ただ、この事件はホームズにとってはいい治療になったらしく、数日のうちに彼は元気を取り戻し、ロンドンに戻っていった。

ホームズがこのあとに取り組んだ事件のひとつが「アマチュア物乞い団事件」であるが、ワトスンは数年たってからこれを記録に残している。この遅れにより、この事件に関するワトスンの当時のメモの一部は例の文書箱に収められることなく、結果として、のちに書籍商のロバート・ワインバーグによって別の書類の中から発見されることとなった。ワインバーグ自身の研究についてはあとでまた触れるが、彼はこのメモをジョン・ベタンコートに売却し、ベタンコートが事件の再構成を行なったのだった。

前にも書いたように、シャーロック・ホームズと下宿を共にした最初の何年かは、わたしの人生の中でも最も楽しかった時代のひとつだろう。この時期に彼が手掛けた事件——公的、私的を含むすべての事件——の中でも、わたしが今現在に至るまで記録することをためらってきた事件がひとつある。わが友ホームズはそれを見事に解決したが——その結末自体はまったく満足のいくものだった——その事件のあまりの異様さに、わたしはこれまで一般読者の目にさらす気持ちになれずにいたのだ。しかし今、わたしはオリヴァー・ペンドルトン＝スマイズと彼が所属していた極めて風変わりな組織について、世間の人々に語るときがようやく訪れたと感じている。

わたしの手帳には、わたしとホームズがペンドルトン＝スマイズに出会ったのは——もしあれが出会いと呼べるものであればだが——一八八七年四月二十四日火曜日と記されている。当時、わたしたちは国家機密に関わる調査を終えたばかりで（立場上、この件に関してはまだ書くことができない）、ホームズの卓抜した頭脳はみずからの内側へと向き始めていた。わたしは彼が知的刺激への絶え間ない欲望を満たすために、またもや麻薬を使いだすのではないかと気が気でなかった。

だからその日、彼にどうしても会いたいという男性、それも頑なにみずからの名を明かそうとしない男性が来ているとハドスン夫人から告げられたとき、わたしは大いにほっとしたのだった。

「黒っぽい外套を着て、帽子を目深にかぶり、黒いステッキを持った人物ですか?」ホームズが顔も上げずに訊ねた。

「まあ、そのとおりですよ!」ハドスン夫人が驚きの声を上げた。「どうしておわかりになったんです?」

ホームズは、たいしたことじゃありませんよ、という身振りをしてみせた。「彼はもう一時間以上、通りの向かいに立ってここの窓を見上げていたんです。パイプに火をつけたときに気がついたんですが、今さっき、本を取りに立ったときもまだそこにいた」

「その男性について、ほかに何かわかることはあるかい?」わたしは読んでいた『モーニング・ポスト』紙を下ろしながら訊いた。

「アフリカでの軍務を終えて退役したばかりの大佐だってことぐらいだね。正式な肩書きも不動産も持っていないが、かなりの財力がある人物だ」

「立っている姿勢を見れば」わたしは考えながら言った。「その人物が軍人だということはわかる。それに、ステッキに使われている木や服装から、アフリカで軍務に就いていたこともわかる。だが軍服も着ていないのに、どうやって彼の階級を推理したんだい?」

「オリヴァー・ペンドルトン゠スマイズという名を導き出したのと同じ方法さ」

わたしは『モーニング・ポスト』を放り投げると、ばかばかしくなってフンと鼻を鳴らした。「なんだ、その男のことを知ってたのか!」

「いや、そうじゃない」ホームズは新聞をあごで指した。「きみは目の前にあるものにもう少し注意を払うべきだよ」

足元に落ちた新聞に目をやると、開いたページには軍服姿の男性の線画がのぞいていた。見出しには『オリヴァー・ペンドルトン＝スマイズ大佐、失踪』とある。わたしはその絵をまじまじと眺めてから、ホームズを見た。

「お客さまにお会いになりますか？」ハドスン夫人が訊いた。

「いえ、今晩は会えません」とホームズ。「明日の朝九時にお目にかかりますと、ペンドルトン＝スマイズ大佐に伝えてください。彼はそんな名前は知らないとどなるかもしれませんが、くれぐれもこの名前で呼んでください。それから、九時の一秒前でも一秒後でもいけないとも言っておいてください。それについても彼が文句を言ったら、ぼくは今抱えている仕事が佳境に入っているので手が放せないと言えばいいでしょう」そう言うと、ホームズは視線をまた本に戻してしまった。

「わかりましたわ」ハドスン夫人はやれやれと言うように頭を振り、ドアを閉めた。

だが、ドアがカチリと音を立てたとたん、ホームズは飛び上がるようにして立ち上がった。上着と帽子を取り、わたしにも同じようにするよう合図する。「急げ、ワトスン」ホームズは言った。「隠れ家に戻る大佐を追うんだ！」

「隠れ家だって？」わたしは聞き返しながら大急ぎで上着を着込み、ホームズと一緒に裏階段を駆け下りた。「隠れ家ってどういう意味だい？」

「シッ！」ホームズは黙っていろというふうに片方の手を上げて、ドアを開けた。ペンドルトン＝スマイズが、マシェティ（中南米の山刀、なた）を振り回すかのように腹立たしげな仕草でステッキを振り回し、ベイカー街を闊歩しているのが見えた。そっと外に出ると、ホームズがドアを閉め、わたしたちは通りを渡ってこっそりと大佐のあとをつけていった。どうやらテムズ川へ向かっているらしい。

「いったいこれはどういうことなんだ？」ホームズのあとを急ぎ足で追いかけながら、わたしは訊ねた。

「きみが『モーニング・ポスト』の記事を読んでいたらわかったはずだが、ペンドルトン＝スマイズは二日前に失踪したんだよ。犯罪がらみじゃないかと疑われている。ロンドンにある彼の自宅の暖炉からは紙切れが何枚か見つかったが、そこに書かれている文字でまともに読めたのは、〝アマチュア物乞い団〟という単語だけだったそうだ。こいつをどう思う？」

「物乞い《メンディカント》、つまり乞食《ベガー》のことだね」

「そのとおり」

「アマチュアの物乞いの団体なんて、本当にあるのかい？　そのうえ、退役した陸軍の大佐がそれに属してるなんて！　まさに唖然とする話だな」

「おそらく、きみがそんなふうに思うのは、物乞いに対する現代人の考え方が影響しているんだろうな。物乞い、つまり乞食《こつじき》は、時代や場所によって、尊敬されたり蔑まれたりしてきたんだよ。おそらくこのアマチュア物乞い団というのは、秘密物乞い組織、すなわち密偵のネットワークの別名だ。これはきみが考えるよりずっと由緒のある実在の、または実在した組織でね。その起源はローマ帝国時代にまでさかのぼり、ロシア、インド、エジプトにも広がっていた」

「それがまだ存在しているというのかい？」

「ヨーロッパではもう何世代も前に消滅したと思っていたんだが、どうやらまた姿を現わしてきたらしい。この数年、その兆候はぼくの耳にも入ってきていたんだよ、ワトスン。ぼくは、この組織が悪をなす道具になっているんじゃないかと感じている」

「じゃあ、ペンドルトン＝スマイズは……」

「私利私欲のために社会を操る、もうひとりのモリアーティ教授かということかい？　さいわいその答えはノーだな。おそらく彼は、壮大な陰謀の一端を担っているだけだろう。あいにくぼくには、まだその陰謀のごく一部しか見えていないがね。それ以上のことは、ペンドルトン＝スマイズに訊ねてみなければわからない」

「その〝アマチュア物乞い団〟というのは、何をする連中なんだい？　本当に乞食なのか、それともそうじゃないのか」

「いけない！」ホームズはいきなりそう言うと、止まっていた辻馬車のうしろにわたしを引っぱり込んだ。「彼が振り返るぞ！」

ペンドルトン＝スマイズは小さな下宿屋の前で足を止めた。玄関前の上がり階段で立ち止まり、左へ、そして右へと目を走らせる。だが、わたしたちのことには気づかず、そのままその建物に入っていくと、ドアを閉めた。

「面白いな」とホームズ。「だがこれで、ぼくの仮説は証明されたよ」

「彼が物乞いだという仮説かい？」これまでのわけのわからないあわただしさに、わたしはいささかむっとしていた。「もしそうなら、とりあえずちゃんと家のある物乞いってことになるな」

「ペンドルトン＝スマイズは身の危険を感じて姿を隠しているんだ。そうでなきゃ、どうして自宅のある人間がこんなむさくるしい場所に部屋を借りる？」

「じゃあ、ここで彼を問いただすのかい？」

ホームズは口をきっと結び、しばらく考え込でいた。わたしはしばらく待ってから、答えをうながすように咳払いをした。

「いや、ワトスン」ホームズはきびすを返し、ベイカー街に戻りはじめた。「そいつは明日まで待つことにしよう。その前にやるべきことが山ほどある」

翌朝、わたしが寝ぼけまなこで返事をするまで、ホームズは騒々しくわたしの部屋のドアを叩きつづけた。「いったいどうしたんだ、ホームズ?」

「もう六時半だぞ。ハドスンさんがヤカンを火にかけてるから、朝食は七時きっかりには出来上がる」

「まったく!」わたしは起き上がった。「どうしてこんなに朝早くから起こすんだ?」

「面会の約束があるからさ」

「面会?」わたしは朦朧とした頭で聞き返すと、ベッドから出てドアを開けた。「ああ、ペンドルトン＝スマイズとアマチュア乞食仲間の話か。でも、あの約束は九時ちょうどだろう? きみ自身がそう言ってたじゃないか」

「そのとおり!」興奮のにじんだその目を見れば、彼があの謎めいた大佐の調査に夜の大半を費やしていたのがわかる。この事件が実際にどういう性質のものなのか、わたしにはまったくわかっていなかったが、ホームズはひどく重要だと思っているらしい。

ひげを剃り、着替えをすませて部屋を出ると、ハドスン夫人がすばらしい食事を用意してくれていた。だが、ホームズはほとんど手をつけていない。彼は古新聞を床一面に、そして室内の平らな面すべてに広げて、何かを探していた。

「ほら、あったぞ!」ホームズは声を上げた。

「何がだい?」オレンジマーマレード付きのトーストを食べていたわたしは、お茶をひと口飲んでから訊ねた。

「パターンが浮き上がってきたぞ」ホームズは静かに言った。「これでパズルのすべてのピースはそろった。あとは、それがどうつながるかだ」

「説明してくれないか」

ホームズは片手を上げた。「そうしようと思っていたところだよ。今のぼくに必要なのは、まさにきみのその明敏な頭脳だ」彼は咳払いをひとつした。「一八五二年、オリヴァー・ペンドルトン＝スマイズと六人の級友たちは、イートン校を放校になった。なんらかの醜聞に関わったらしいが、その内容はまだわからない。公式記録にはそういった問題をあいまいにしか書かないことが多いからね」

「まあ、そうだろうな」とわたしは小さく相槌を打った。

「ペンドルトン＝スマイズ青年は六カ月間ロンドンをふらついたあと、南アフリカに渡った。軍隊での経歴には特に見るべきものはない。その後、彼は退役してロンドンに戻り、実家の屋敷を管理していたんだが、ものごとはうまく運んでいたらしく、デイム・エディス・スチュアートとの婚約を発表した。きみもこのニュースは新聞の社交欄で読んだかもしれないね」

「陸軍大佐から階段を一段上がったというわけか」

「彼女も例のイートン校での醜聞に関わっていたんじゃないかと思うが、これは現段階での推測にすぎない」とホームズは続けた。「確かにこの婚約は彼にとっては出世だ。しかし二週間後、彼は婚約を解消し、その翌日――つまり今から三日前――忽然と姿を消した」

「ここの玄関に現われるまでは、だね」

「そういうことだ」

「それで、そのアマチュアの乞食たちは、この話のどこに出てくるんだい？」

「正式には秘密物乞い団と呼ばれるその組織は、ローマ帝国の皇帝、コンスタンチヌスが作ったスパイのネットワークだった。当時、ローマ帝国にはおびただしい数の物乞いがいたんだが、それを見てコンスタンチヌスはあることを思いついた。きっと物乞いたちは人が思っている以上に多くのことを耳にし、目にしているはずだとね。それで、この団体に属する貴族たちが物乞いの格好をして各地を巡り、情報を集めてはそれをこのネットワークを通じてコンスタンチヌスへと送ったんだ。

その後、何代かの皇帝はコンスタンチヌスの物乞いをほとんど利用しなかった。だが意外なことに、彼らの組織は崩壊するどころかいっそうその地歩を固め、独自の儀礼や儀式を作り上げていった。インドの一派は分派してサグという強盗殺人団と手を結ぶようになったが、彼らのことはきみも知っているはずだ」

「ああ、もちろんだとも。あの悪党たちのことは聞いたことがある」

ホームズはうなずいた。「中世のいずれの時期かに彼らは姿を消したらしいが、一八二一年、ある死刑囚が死に際の声明で彼らのことを口にしている。その後、秘密物乞い団の名前が出てきたのは、ぼくが調べただけで二回ある。ひとつ目は一八三二年の『パンチ』誌の風刺漫画だ。その漫画は、誰もが秘密物乞い団のことを知っているみたいに、彼らをフリーメイスンのライヴァルとして描いている。二つ目は、ペンドルトン＝スマイズ大佐の家で見つかった紙切れだ」

「それで、大佐はどう関係しているんだい？」

「今、その話をしようと思ったところさ。イートンを放校となった六人のうち、これまでに三人の行方を突き止めることができた。三人とも、この数週間のうちに謎めいた死を遂げていた。ここから何がわかる？」

「次に殺されるのは大佐だと?」

「そのとおりだよ、ワトスン。というよりも、確かに一見そういうふうに見える」

「そうじゃないと考える根拠があるのかい?」

「ほう! きみはぼくの心が読めるようだね。ぼくにはこの連続殺人とアフリカからのペンドルトン=スマイズの帰国の時期が一致しているのが、ひどく妙に思えるんだ」

「確かに妙だな」わたしはうなずいた。「でも、ひょっとすると別の事情があるのかもしれない。まあそれは、大佐自身と話をするまではわからないがね」そう言ってわたしは懐中時計に目をやった。「約束の時間まであと三十分だ」

「出かける時間だな」とホームズ。

わたしは仰天して彼の顔を見た。「今出かけたら、ペンドルトン=スマイズはきみが彼に会うのをいやがってると思うぞ!」

「いや、そうじゃない。むしろ、彼と会うためにこうするのさ。上着を取ってきたまえ! いずれにせよぼくたちは、ここにやってくる途中の彼に通りで会うか、あるいは彼のあの下宿屋で会うことになる。きのうぼくらに正体がばれたことに怖気づいた彼が、きょうここへ来るのをやめた場合はね」

わたしは大急ぎで上着と帽子を取ると、ホームズを追って通りに出ていった。

ホームズの予想どおり、ペンドルトン=スマイズと通りで出会うことはなかった。いつもながら、彼は相手の行動の先を読むのがまったくうまい。例の下宿屋に着くと、女主人らしい白髪頭のでっぷりとした女性が玄関階段をほうきで掃いていた。

「失礼」ホームズがきびきびとした口調で声をかけた。「こちらに下宿されている、黒っぽい上着に黒っぽい帽子をかぶった少し足をひきずる軍人の方は、どこにおいでですか？　夜、彼が落とした手紙を拾ったので、お返ししたいんです」

「ああ、スミスさんのことですね」とその女性は言った。「わたしが預っておきますよ、彼が起きてきたら渡してあげましょう」と言って手を差し出した。

「じゃあ、彼は部屋にいるんですね？」

「ええ、今はね。それよりあなたはどなたです？」彼女はわれわれの行く手を阻むようにほうきを持ち上げ、うさん臭そうな表情でこちらを見た。

わたしはあわてて口を開いた。「彼はシャーロック・ホームズですよ。お宅に下宿しているミスター・スミスにお話があるんです。とても緊急な用件で」

「ホームズさんですって？　まあ、どうしてそれを早く言ってくださらないんです？　もちろんお名前は存じ上げてますよ、ホームズさん。このあたりであなたを知らない人なんていませんからね。さあ、どうぞどうぞ。とんだ失礼をしてしまいました」

彼女は持っていたほうきを下ろすと、玄関へ向かって歩いていった。「わたしはこの下宿屋の主人のネリー・コーラムです。スミスさんの部屋は二階ですよ。ちょっと上がっていって、降りてくるか聞いてきましょう」

「もしよろしければ」とホームズが口をはさんだ。「あなたと一緒に二階に上がりたいんですが」

「あら、ということは、あの人は追われてるってわけですね。そういう人じゃないかと思ったんですよ。でも前払いで二週間分の家賃を払ってくれたもんですから、そううるさいことも言えません。最近のこの景気じゃねえ」

「彼は犯罪者ではありません」ホームズが言った。「ぼくの依頼人です。ただ、緊急の用事なので、すぐに彼と話がしたいんです」

コーラム夫人は鼻の横に指を当てるとホームズに下品なウインクをして見せ、それ以上は何も言わなかった。われわれの先に立ち、磨き込まれた踊り場へと、広い階段を上がっていく。階段を上がりきったところで右に曲がり、細い廊下を進むと、ひとつのドアの前で立ち止まり、二回ノックした。すぐにしわがれた声が応えた。「誰だ?」

「ネリー・コーラムです」と大家が応えた。「お客さまを二人お連れしましたよ、スミスさん」

ドアが細く開き、そこからのぞいた鋭い青い目が、ホームズとわたしを見つめた。「どうぞ」さっきよりも力のある声とともに、声の主はうしろに下がってドアを開けた。

小さいが、こぎれいな部屋だった。ベッド、洗面台、大型の衣装ダンスがあり、窓辺には質素な椅子が一脚置かれている。ベッドの上には『タイムズ』紙が開いて置かれてあった。

ペンドルトン＝スマイズは、一緒に入ってこようとするコーラム夫人の鼻先でドアを閉めてしまった。ドアの向こう側から「まあ!」という憤慨した声がして、彼女が階下の仕事に戻っていく足音が聞こえた。大佐は髪が鉄灰色で目は青く、ちょび髭を生やしたたくましい体つきの中背の男性だった。紺色のズボンと白いピンストライプのシャツ、それに青いジャケットを着ている。だがわたしの目を一番引いたのは、手にしている軍用拳銃だった。ペンドルトン＝スマイズはそれをホームズとわたしにまっすぐに向けていた。

「なんの用だ?」大声で言った。「おまえたちは誰だ?」

一瞥《いちべつ》で部屋の観察を終えたホームズは、窓辺に歩み寄ってカーテンを少し開いた。「むしろ」と話を始める。「ぼくのほうがあなたの用事を訊くべきでしょうな、大佐。あなたとの面会の約束を守るためにこちらへうかがったんですよ。ぼくはシャーロック・ホームズ、こちらは仕事仲間のドクター・ジョン・ワトスンです」

ホームズが振り返ってペンドルトン＝スマイズを見つめると、大佐は構えていた銃を下ろした。その手が震えているのに気づいたわたしは、しばらく彼の腕を押さえてやった。

「来てくださってありがたいですよ、ホームズさん」ペンドルトン＝スマイズは落ち着きのない動きでベッドへ歩いていき、拳銃を傍らに放り出して腰を下ろした。そのまま両手で頭を抱え、髪に指を走らせながら、大きく息を吸い込んだ。「もう万策尽きてしまったんです。あなたに助けてもらえるかはわからないが、もしこのイングランドでわたしを助けられる人間がいるとしたら、それはあなただけだ。今、この部屋にいるということ自体、あなたの驚くべき能力を証明している」

ホームズは簡素な椅子に腰を下ろすと、両手の指を突き合わせ、足を組みながら言った。「アマチュア物乞い団との関わりはイートン校から始まったんですね」

大佐はぎょっとしてホームズを見た。「それを知っているんですか？　どうしてそんなことを？」

「つまり、ホームズの言うとおりだということですね？」わたしが口をはさんだ。「そしてアマチュア物乞い団が関係しているということが」

「ええ──ええ、あいつらめ！」

「どうしてわかったのかは、言わずにおきましょう」ホームズが言った。「それよりも、最初からすべてを話してください。どんなに些細なことでも細大もらさず教えていただきたい。この事件についても、そしてすべての件についても、最大限に慎重な調査をお約束しますよ」

わたしがベッドに座った大佐のかたわらに腰を下ろすと、彼は急に疲れきった老人になったように見えた。「話せば楽になりますよ」とわたしは声をかけた。「告白は魂を癒すと言いますからね」

彼は大きく息を吸い、話しはじめた。

「すべてのきっかけは、教授のジェイスン・アッテンボロー博士でした。彼は二年生のラテン語とギリシャ・ローマ史を教えていましたが、ある日の放課後、わたしたち六人はその日の午後の講義で教授が触れた秘密物乞い団の話を聞こうと、学校に残っていました。古代ローマ人の中にスパイがいたという話も、それはそれでスリル満点でしたが、それよりわたしたちは、貴族の家に生まれた人間が物乞いとして通用するなんてどうしても思えなかったのです。しかしアッテンボロー教授は、それは可能なだけでなく、何世紀にもわたって続けられてきたのだと言いました。

何日かあと、ロンドン市内のパブに行ったわたしたち六人は、愚かにも、じゃあ自分たちもそれを試してみたらどうだろうかと考えました。あまりにも面白そうに思えたため、その〈酔っぱらい子羊〉亭で何杯か飲んだあと、実際にやってみることにしたんです。

まずは古着屋に出かけ――店は閉まっていましたが、さんざんドアを叩いて開けてもらいました――物乞いが着そうなみすぼらしい衣服を買い求めました。その服を着込み、顔に煤を塗ると、どんな情報や金が集まるのかを試しに、街に繰り出したんです。それは愚かというより、むしろはめをはずした座興に過ぎませんでしたが、ピカデリー・サーカスで通行人が自分たちにどんな態度をとるか見てみようと考えたのは、まさに愚の骨頂でした。でも、このころにはかなり酔っ払っていましたから、どんなことも面白そうに思えたんです。

結局、わたしたちは何人かの老婦人を脅して小銭をせしめ、あっという間に逮捕されました。

翌日、愕然とする両親たちにもらい下げられたわたしたちは、学生監に呼び出され、学校の名に泥を塗ったと言われました。もはや学校にはいてもらいたくないというわけです。これにはわたしたちも家族も打ちのめされました。

本当なら、ことはそこで終わるはずでした。その気になれば、そっとほかの学校に裏口からもぐり込むことも、軍隊生活に入ることも、実家に戻って家業についてしまうこともできましたから、選択肢はたくさんあったんです。けれどわたしたちが〈酔っぱらい子羊〉亭に集まった最後の夜、アッテンボロー教授もやってきたのです。彼はわたしたちを励ますわけでもなく、責任を感じているようにも見えませんでした。むしろ元気いっぱいでしたよ。

彼はわたしたちに、物乞いになって何を学んだかと訊ねました。実際のところ、学んだことなんて何ひとつありませんでしたが、彼に諭されているうち（まさにそれは彼の講義でした）わたしたちは気づいたのです。自分たちは行った場所も、話しかけた相手も、やったこともすべてを間違っていたのだと。ご存知のように、この社会には物乞いにふさわしい場所というものがあります。なのにわたしたちは、その領域を踏み越えてしまったんです。それがわたしたちの過ちでした。

講堂での講義のときと同様、この夜もまた、わたしたちは教授の熱弁にいたく刺激されました。さらに彼は、物乞いに扮してもう一度街に繰り出すようわたしたちを説得したのです――このときは彼もわたしたちに同行しました。

わたしたちはまたも物乞いの格好をし、テムズの船着場にほど近い、薄汚くてむさくるしい場所、いつもなら夜間には絶対に行かないような場所に出かけていきました。ローマ帝国の手法を手本に、教授はわたしたちが何を間違えたのか、どうすればそれをうまくできるのかを、説いていきました。

わたしたちは、耳をそばだてるべき場所で聞き耳をたて、船乗りたちが集まる酒場の外に潜み、酔っ払った彼らの粗野な噂話に耳をすませました。そうするうちに、わかりはじめたのです。秘密物乞い団がどうしてあれほどうまく機能したのかが。そうすれば、そこからは多くの収穫が得られるのです。酒を飲めば人の口は軽くなる。だから、注意深く耳をすませば、そこからは多くの収穫が得られるのです。みすぼらしい物乞いになど、誰も注意を払わない。物乞いどうしでさえそうなのです。

そうやっているうちに、わたしたちはさまざまな情報を耳にしました。スコットランド・ヤードのしかるべき人間にひとこと言うだけで、密輸の罪で突き出せそうな船長が十人はいましたし、解決できそうな殺人事件も数件ありました。盗まれた船荷を取り戻せる情報もありました。

でも、わたしたちはそのどれについても、何もしなかったんです。まったくばかでしたよ。わたしたちは若く愚かだったし、アッテンボロー教授もわたしたちのこの愚行をあおるだけでした。まったく彼はしゃべりの達人でしたよ。その気になれば、夜を昼だと、白を黒だと言いくるめることだってできたんです。そして突然、教授はわたしたちに自分の下で働かないかと言い出しました。新たな秘密物乞い団――わたしたちはこれをアマチュア物乞い団と呼んでいました――それをつくらないか、かつての紳士たちの習慣をまねてみないかと、誘ってきたのです。わたしたちにとって、それはゲームみたいなものでした。校庭でのお遊びの延長のふりをしているかぎり、それは汚い仕事ではありませんでした。

言いたくもありませんが、わたしはそのあとの半年間、アマチュア物乞い団のスパイ仕事に没頭しました。たちの悪い男たちのやりとりから情報を得ると、それをアッテンボロー教授に伝え、そのあとは彼がその情報を利用したのです。教授がその情報を使って実際に何をしていたのかは推測の域を出ません——ゆすり、恐喝、たぶんもっとあくどいこともしていたでしょう。けれど、急に金回りが良くなり、わたしたちの仕事にも気前よく報酬を払ってくれました。彼は打ち捨てられた倉庫を買い取り、その地下に豪華な紳士用クラブを作りました——もちろんそこに使用人はおらず、この秘密集団を抜けようとするものもいませんでした。その後、教授はこの倉庫を家具の倉庫として貸し出しました。

最初にこの集団から抜け出したのはわたしでなく、ディッキー・クラークでした。ある夜、彼は軍隊に入ったとわたしに打ち明けました。父親のコネで将校になり、インドに赴任したのです。『こんなばかげたことで手を汚すのはもうたくさんだ』と彼は言いました。『もうぼくはうんざりだ。オリヴァー、ぼくと一緒に行こう。まだ引き返せる』とね。わたしは憤慨し、その誘いを断りましたが、今となってはそうしたことを悔やんでも悔やみきれません。

これを知ったアッテンボローは、烈火のごとく怒りました。手近にあるものを手当たりしだいに投げ、罵詈雑言のかぎりを尽くし、皿をひとそろいすべて壁に投げつけ叩き割りました。そのとき、わたしは自分が過ちを犯したことに気づいたのです。わたしは狂人と契約を結んでしまったのだ、と。とにかくこの窮地から逃げ出さなければならないと思いました。

翌日、わたしも軍隊に入隊しました。以来十九年間、わたしは国に戻りませんでした——アッテンボローに見つかったらと思うと、恐ろしくて休暇のときでさえ一度も帰国できませんでした。そのぐらい彼は凶暴な人物だったのです。

ディッキー・クラークとは軍隊生活を通じて互いに連絡を取り合っていましたが、その彼からアッテンボローが死んだという手紙をもらい、もう帰国しても安全だろうと考えました。国に戻り、回顧録を書こうと考えたのです。

ところがつい二週間前、ディッキーは死んでしまいました。殺されたんです――間違いありません！　その後わたしは、自宅のまわりを物乞いの格好をした見知らぬ人間たちがうろつき、わたしを見張り、かつてわたしがやっていたように、わたしの行動をメモしていることに気づきました。連中から逃げ出すため、ある日自宅を出ると、もう誰も追ってきていないと確信できるまで何度も辻馬車を乗り継ぎました。それ以来、家には一度も帰っていません」

ペンドルトン＝スマイズが話し終えると、ホームズはゆっくりとうなずいた。「たいへん興味深い話ですね。しかしなぜ、アマチュア物乞い団はあなたを殺したがるんです？　何かほかに事情があるんじゃないですか？」

ペンドルトン＝スマイズは顔を上げ、背筋をぴんと伸ばした。「ホームズさん、わたしはすべてをお話ししました。連中がなぜわたしを殺したがっているかについては、あえて考えるまでもない。わたしが知りすぎているからですよ。連中はディッキーを殺し、今度はわたしを殺す気なんです！」

「イートン校のほかの四人の友人は今どうしているんですか？　彼らはどうなったんです？」

「ほかの四人？」彼は驚いたようにまばたきした。「さあ――よく知りません。もう何年も音信不通で、話もしていませんから。今では、この国を出て二度と帰らないだけの分別が彼らにあることを祈るばかりですよ。わたしだって、戻ってこなければよかったとずっと思っているんですから！」

「それはそうでしょうね」ホームズは立ち上がった。「大佐、あなたはここにいてください。とりあえずコーラム夫人の元にいれば安全だと思います。ぼくはいくつか調べ物をしなければなりませんから、そのあとでまたお話をしましょう」

「では、わたしの依頼を受けてくれるんですか？」彼は飛びつくように訊いた。

「全面的にお引き受けしますよ」ホームズは軽く頭を下げた。「きっとあなたのお力になれると思います。最後にひとつだけ、アッテンボローが所有していた倉庫の住所を教えてください」

「ケリン街四十二番です」と彼は答えた。


ベイカー街への帰り道、ホームズはとびきり上機嫌だった。笑みを浮かべ、今週の始めに彼が弾いていたバイオリン協奏曲を口笛で吹いている。

「結局、どういうことなんだい？」わたしはしびれを切らして問いただした。

「ワトスン、きみにはわからないのか？　考えられる答えはただひとつ。これはまったく同一の二つの組織の衝突という、古典的な事件だ。敵対する二つの物乞いスパイ・グループの覇権争いだよ」

「つまり、本物の秘密物乞い団がまだ野放しになっているというわけか？」

「ご名答！」

「そんなこと本当にあるだろうか？　その連中はどうやってこの長い年月、誰にも知られずに存続できたんだ？」

「世の中には秘密を守れる人間もいるということさ」

「そいつはすごい！」

「ぼくはこんなふうに考えてる。本物の秘密物乞い団がそのライヴァルであるアマチュア物乞い団の存在に気がついたとしたら、どうなるか？　彼らは何世紀にもわたって人目をしのびつつ繁栄し、情報網を張り巡らせてきた。そんな彼らが作り上げた縄張りに、アマチュア物乞い団が入り込んでいけば、いずれ二つのグループが衝突するのは火を見るよりも明らかだ。もちろん、ライヴァル組織が自分たちの縄張りに侵入してくるのを、秘密物乞い団が許すはずはない。だとしたら、攻撃に出てくるのは当然じゃないか？」

「じゃあ、アッテンボローやクラークやほかの者たちは……」

「そうさ！　彼らはアマチュアたちを組織的に消している。おそらく今ごろは、古い家具倉庫の地下にある例の秘密クラブを乗っ取っていることだろう。そこにアッテンボローの記録がしまわれていたはずだからね。その記録を手掛かりに、彼らはアマチュア物乞い団から抜けた二人のメンバーを探し当てた。彼らがすぐに殺したディッキーと、まだ殺せていないぼくらの依頼人の二人だ」

「すごい手際だな」わたしは思わず感嘆の声を上げた。

「ペンドルトン＝スマイズは今、本人が思っている以上の危険にさらされている。なんといっても彼は、かつてのアマチュア物乞い団の最後の生き残りだからね。そうなればあとは――」

ホームズはそこで立ち止まった。ベイカー街二二一Bと通りをはさんで向かいの家の玄関先に、ボロをまとい、三日は剃っていないような顎ひげを伸ばした老人が、歩き疲れたように座っていたのだ。

「あれもそのひとりだね」わたしは声を忍ばせて言った。

ホームズはこの言葉にショックを受けたようにわたしを見た。「ワトスン、どうしてそう疑り深いんだい？　あの気の毒な老人は、ただ休んでいるだけだよ。彼がここにいるのは単なる偶然さ」だが、彼の目が愉快そうに輝いているのをわたしは見逃さなかった。

「きみは偶然など信じないと思っていたがね」

「まあ、そのとおりさ」ホームズはそう言うと、道を曲がり、のんびりした足取りで下宿の玄関へ歩いていった。「じゃあ、仮に」と話を続けた。「きみが言ったとおりだとしよう。ぼくたちはいったいあの男をどうすればいい？　追い払うかい？　それともレストレードを呼んで捕まえてもらうか？」

「そんなことをしたら、こちらの手の内を見せることになる。むしろ、あいつには誤った情報を与えたほうがいい」

「きみは成長しているね、ワトスン、確かに成長している」ホームズは玄関のドアを開けた。「何かいい計画があるのかい？」

「むしろ、きみが何か思いついているのを期待してたんだが」

「実は計画はあるんだ」ホームズが言った。「だが、それにはきみの助けが必要だ……」


二時間後、わたしは頭を振りながら客間に立っていた。わたしの前にいる男は――唇が厚く、顎には無精ひげが伸び、栗色の髪はくしゃくしゃだ――わが友ホームズとはまるで別人だった。これほどの芝居の才能と見事な変装の腕前を持っていれば、きっと舞台の世界でも彼は成功しただろう。それぐらい、彼の変身は見事だった。

「これが本当に賢明なやり方だと思うのかい？」わたしは訊ねた。

「賢明かって？」とホームズ。「明らかに違うね。じゃあ、これが功を奏するか？　ぼくは大いにそう願ってる。すまないが窓の外を見てくれないか？」

わたしはカーテンを開け、外をのぞいた。「さっきの物乞いはもういないよ」

「そうか。だがもちろん別の監視役がいるはずだ。連中はペンドルトン＝スマイズ大佐が助けを求めそうな相手として、ぼくに目をつけたのさ」彼はそう言うと、自分の新たな容貌を鏡で点検し、どうだい、というようにわたしを見た。

「きみの兄さんでも、きみだとは気づかないだろう」

「すばらしい」ホームズが化粧道具をしまい、わたしは裏口まで彼についていった。彼がそっと外に抜け出してから、わたしは数を数えはじめた。

百まで数え終わると、正面玄関から外に出た。迷うことなく道を曲がり、銀行へと向かう。別に用事はなかったが、銀行ならわたしたちの目的――わたしが囮となり、そのあいだにホームズがわたしの観察者を観察するという目的を果たすには、格好の場所だ。

わたしが自分の口座を照会しているときも、怪しい人間は見当たらなかった。そのあとは、さっきと同様に迷いのない足取りで下宿へ戻った。ホームズの姿は一度も見かけなかったが、それは彼の計画が成功した証拠だった。今ごろ、ホームズは秘密物乞い団のメンバーのあとをつけているはずだ。

わたしはゆっくりとお茶を飲んでから、レストレード警部に会いに出かけた。いつものようにデスクで仕事をしている彼に、ホームズからの手紙を渡した。そこには次のように書かれてあった。

レストレードへ
部下を十人ほど連れて、すぐにケリン街四十二番に来てくれたまえ。そこには殺人者がいる。恐喝やそのほかの不正行為の証拠も見つかるはずだ。

このメモを読んだレストレードは驚きに目を丸くしたが、すぐに応援を求める声を上げながら部屋を出て行った。

わたしも彼に同行し、ケリン街四十二番に着いたころには、十五人の警官がついてきていた。今にも崩れそうな古いレンガ造りの倉庫だった。警官たちはドアを蹴破って突入しようとしたが、ぼろをまとった眉の濃い男性が手を伸ばしてドアを開けてくれた。ドアには鍵すらかかっていなかった。レストレードと部下たちは変装したホームズには目もくれず、倉庫内になだれこんだ。

一方、ホームズとわたしはくつろいだ足取りで、家に戻る辻馬車が拾えそうなにぎやかな通りに向かった。化粧を落としはじめると、彼は徐々にわたしの知るホームズに戻っていった。

「首尾はどうだった？」

「緊迫の瞬間が少しあったがね」とホームズは話しはじめた。「なかなかいい具合にことを処理できたと思う」

「顚末《てんまつ》を話してくれよ」

「きみの事件簿のためにかい？」

「そのとおり」

「よし、わかった。さっき、きみがさも用事があるようすで通りを歩き出したとき、昼の散歩をしているように見えた年配の紳士が、突然きびきびした足取りできみを追いかけはじめたんだ。身なりのいい、見た目も物腰も物乞いとはほど遠い人物だったが、その彼の足取りの変化を見た瞬間、彼こそがぼくらの見張りだと確信した。そこでぼくは、彼に追いついてその腕をつかみ、自分がホームズだと名乗ったんだ。

相手はすぐさま大声で助けを呼んだ。二人の年配の男性が――連中も物乞いというよりは実業家ふうだったが――ぼくのところに駆け寄ってきた。彼らのことはその前にも見ていたが、かなりの年配だったから、よもや彼らが一味だとは思わなかったんだ。しばらくもみ合ったあと、ぼくは最初の男を殴り倒し、もうひとりを投げ飛ばし、残りのひとりの襟首をつかまえた。もし彼が『逮捕する』と叫ばなかったら、怪我を負わせるところだったよ」

ホームズはわたしの驚いた顔を見てかすかに笑った。

「逮捕だって?」つい抑えきれずにわたしは大声を上げた。「どうしてそんなことになるんだ?」

「ぼくも一瞬、手が止まったよ」ホームズは話を続けた。「こけおどしかとも思ったが、謎のいくつかがまだ解けていなかったから、これこそがパズルの欠けたピースじゃないかと思ったんだ。そこで彼に『わかりました、あなたが部下たちを止めて、納得のいく説明をしてくれたら、喜んで警察署に同行しますよ』と言ったんだ。

男がうなずき、ぼくが手を離すと、彼は乱れた上着を直し、二人の部下たちも身じまいをした。彼はぼくをにらみつけながらも、これからどうするかを考えているらしかった。年のころは六十五から七十歳ぐらいに見えたな。

『お目にかかれてうれしいですよ、ミスター・ホームズ』と彼は言った。『どうやらわれわれは話し合う必要があるようだ。だが、警察署でというわけにはいかない』

『なるほど』とぼくはこたえた。「あなたは組織を代表して話をする立場にいるんですか? それともあなたの上司に報告しなければならないのかな?』とぼくは言った。

『とにかく一緒に来てください』と言って、彼は身振りであとの二人を去らせると、ハーリー街の静かな建物へとぼくを案内した。そこは以前、外務省の仕事で行ったことのある場所だ。だが、ぼくは少しも驚いた顔は見せなかった。謎のパズルにこのピースがすばらしくうまくはまったからだ。

二階に連れて行かれたぼくは、その名前を他言しないと約束した、ある海軍少将に引き会わされた。それでようやく秘密物乞い団の正体がぼくにもわかったというわけさ」

「つまり、彼らはもうローマのために働いているわけじゃなく、われわれのために働いているということか」

「そう、そのとおりだよ、ワトスン。その海軍少将は、ぼくに秘密を明かしてくれた。彼らはぼくに関するファイルも持っていたから、信頼できる相手だとわかっていたんだ。かつて秘密物乞い団の組織はすばらしいものだったが、今やそれも終焉に近づいていた。人数も少なく、メンバーのほとんどは七十代またはそれ以上の年配なんだ。また、時代もすっかり変わってしまった。物乞いは廃れ、現代のスパイたちはもっと効率的な手段で政治的スパイ活動を行なっている。それこそが秘密物乞い団の現在の目的なんだ」

「でも人が殺されているじゃないか！」わたしは声を荒らげた。「いくら外務省だって、そんなことは――」

「するんだよ。そして実際に連中はやってのけた。ワトスン、政治というものはもはや、紳士的なものなどではなくなってきているんだ。この偉大な国の安全を守るためには法律こそが――きみやぼく、あるいはあの気の毒なペンドルトン＝スマイズのような一般市民を管理する法律こそが、何よりも重要だと連中は考えているのさ」

「じゃあ、大佐を助けるためにできることは、何もないのか」わたしは苦々しい思いでつぶやいた。

「ぼくとその海軍少将は、すぐにある取り決めを交わすことができた」とホームズ。「きみとレストレードに頼んだことの内容を、説明したからだ。スコットランド・ヤードがアマチュア物乞い団の本拠を包囲しているとなれば、さすがの彼も、アマチュアのほうの存在を白日の下にさらさなければならないというぼくの意見に、同意せざるをえなかった。それに、アマチュア物乞い団に関する報道が出れば、本物の秘密物乞い団の活動はその陰に隠れることができ、ペンドルトン＝スマイズもこれからの一生を平穏に過ごすことができる。そもそも彼は、本物の秘密物乞い団が実際に存在するなんて、夢にも思っていないからね。彼にとってそれは救いだよ」

「でも、新しいアマチュア物乞い団はどうなるんだい？　彼らだってそう簡単にやめはしないだろう」

「いや、彼らが反対を唱えることはありえない。いずれにせよ、ぼくらの依頼人以外、全員が死んでしまったんだからね」ホームズはそこでふと言葉を切った。「ハーリー街をあとにしたぼくは、すぐに例の倉庫に向かった。それはごく普通の建物で、ぼくがドアを二度、短くノックすると、物乞いの格好をした男が細くドアを開けた。その瞬間、ぼくは無理やり中に押し入ったんだ。『おい、待て――』と男はいうと、ナイフを抜いてぼくに向けた。昔だったら彼だってぼくを傷つけることができただろうし、ことによれば殺すことだってできたかもしれない。だが、年齢のせいで彼の反射神経は鈍くなっていた。ぼくはとっさに相手の手首を握ると、うしろにねじり上げた。相手は痛みにうめき声を上げ、ナイフを床に取り落とした。

『こんなことをしている暇はありませんよ』とぼくは彼に言った。『警察にはすでに通報してあります。だから十分以内にあなたたちの組織の書類を集めて、この建物を出るんです。さもないと、逮捕されて殺人犯にされてしまいますよ』

『あんたは誰だ？』男はねじり上げられた腕をさすりながら言った。

『友人です、さあ急いで！』

彼はしばしためらうと、部屋にいた別の二人の男たちに目をやった。どちらも年配だが、二人とも紳士の身なりをしていた。彼らは部屋の中ほどにあるテーブルに広げた書類に目を通しているところだった。

『彼はきっとシャーロック・ホームズだ』とひとりが言った。

『そうです』とぼくは答えた。『さあ、もう九分しかありませんよ』

彼はそれ以上何も言わず、書類をかき集めてケースに詰めはじめた。助手たちもそれにならった。

『アッテンボローのファイルはどこです？』とぼくは訊ねた。

『裏の部屋だよ。われわれには無用の情報だ。ほとんどは殺人と恐喝がらみのものだからな』

『それが警察の手に渡っては困りますか？』

『いや、困りはしない。きみがいいと思うようにしてくれたまえ。警告をありがとう。ここで見つかったら、厄介なことになっていた』

彼らが出て行ったあと、ぼくは裏の部屋を調べ、アッテンボローのファイルを発見した。そこには彼の恐喝計画の全貌が記されていた。さらに、ファイル用キャビネットのうしろには、アッテンボローの死体も隠されていた。死後数カ月はたっていたよ。

遺体を動かし、あたかも彼が事故死したように——本棚が倒れてきてその下敷きになったように細工をしてから外に出ると、ちょうどきみとレストレードが到着したところだった。レストレードと部下たちの節穴同然の目には、アッテンボローは不幸な事故で命を落としたように見えるはずだ」

「アッテンボローのファイルはどうなるんだい？　それが出てきたら、ペンドルトン＝スマイズ大佐のわずかに残った世間体もすべて台無しだ」

「それは外務省が対処するはずだ。レストレードはアマチュア物乞い団の記録を見つけるだろうが、そこには彼らの悪事がこと細かに記されている。ぼくらの推測どおり、彼らの専門は恐喝とゆすりだったんだ。だがあの記録には手が入れられ、アッテンボローが崩壊しかけたその犯罪帝国の支配権をなんとか維持しようとして犯した、殺人に関する記録もすべて書き加えられるはずだ。新聞はそこに記された数多くの恥ずべき行為を大騒ぎで報じるだろう。一方大佐は、アマチュア物乞い団への関与を否定し、もしまだ書く気があるとしても、彼の回顧録のその部分は削らざるをえないだろう。現在、外務省が求めているのは、秘密物乞い団の存在が世間に知られないこと、そしてたとえささやかではあっても、彼らにこの国の安全に対する貢献を続けてもらうことだけだ」

「ということは、すべては見事に解決したというわけだね。連中がきみを殺そうとしなかったのは幸いだったよ」

「あの海軍少将は、それも考えたはずだ。だが、きみも知っているように、ぼくだってささやかながら外務省にはそれなりの貢献をしているからね。つまり、ぼくらには共通の友人がいるということだ」

「きみの兄さんもそのひとりということか」

「そのとおり」

「ともかく、曲がりなりにも、ぼくたちはこの事件を成功裏に解決したというわけだ」

「曲がりなりにも」ホームズはあいまいな笑みを浮かべて同意した。「そう、曲がりなりにもね」

The Adventure of the Silver Buckle

銀のバックル事件

デニス・O・スミス

Denis O. Smith（1948 - ）

英国ヨークシャー生まれのホームズ研究家。ホームズ・パスティーシュの短篇をいくつも私家版で出してきたが、その後バーバラ・ローデンのキャラバッシュ・プレスで短編集 "The Chronicles of Sherlock Holmes" として刊行された。古地図やヴィクトリア時代の鉄道という、ホームズに関係の深い分野の研究家でもある。

一八八七年はその後もホームズにとって忙しい年となったが、扱いやすい事件が増えるようなことはなかった。まず、「三檣帆船《バーク》ソフィ・アンダースン号の失踪」事件があった。この事件についてはわたしも詳細を知っているものの、まだここで明かせる段階にはきていない。ただ、またしてもホームズが深く関わることになったということだけは確かである。その後すぐに、彼はショアズウッド館のダヴノート家にかかわる事件に関わった。この一件は長らく知られずにいたが、名高いホームズ研究家であるデニス・スミスによって確認された。デニスはまた、以下に記す事件も発掘している。ショアズウッド館の事件のあと、ホームズはローダー在住のスチュアート夫人が殺された事件を捜査した。一応の満足に足る程度の解決はできたものの、事件の裏にいたはずのセバスチャン・モランを有罪にするために必要な証拠は、得ることはできなかった。このときの落胆により気力と体力が萎えたことで、ワトスンはふたたびホームズの健康を心配することになる。『オレンジの種五つ』で言及されている、「ウファ島におけるグライス・パタースン一家の事件」があったのも、このころだ。以下に紹介するのが、デニス・スミスによって明らかにされたこの事件の顚末である。なおスミスは、みずからの調査にもとづき、前述のショアズウッド館の事件ほかの内容も、彼の著書に収録している。

八七年の夏の終わりのこと、友人シャーロック・ホームズは体に変調をきたしはじめ、はたから見てもかなり心配な状態になってきた。次々に入ってくる依頼を常に手を抜くことなくこなす彼には、毎日たまっていく疲れを癒す時間がほとんどない。昼夜も忘れて仕事に打ち込んでいれば、いくら鉄のように強靱な体をもつホームズでさえ、多くの人々と同じように、蓄積した疲労に打ち勝つことができなくなるのである。体調がよければ何も問題はないのだが、今年の初め、ついに疲労は極限にまで達し、その疲れを引きずりながら今まで来てしまったのだった。このまますっとベイカー街にいれば、日々入ってくる仕事に忙殺されつづけるのは間違いない。ここを離れないかぎり、気力と体力を元どおりの状態に戻すことはできないかもしれない——ホームズを知る誰もが、はっきりとそう感じるようになっていた。

そのころ、たまたまわたしは、ボズウェルの書いた旅行記を読んでいた。スコットランドのハイランドからヘブリディーズ諸島までジョンソン博士と旅したときのことが書かれた本だが、読んでいるうちに、人里離れたこの地方の魅力にすっかり取りつかれてしまった。影響を受けて、わたしたちもこの十八世紀の文人にならってみてはどうだろうかと、思い切ってわが友に提案してみると、旅行は陸地にかぎるべきだとの素っ気ないひとことだけが返ってきた。わたしはその言葉がホームズから引き出せる中で関心と同意に一番近いものだと受け止め、すぐに準備を始めると、その四日後の早朝にはユーストン駅発の寝台特急でインヴァネス駅に到着し、風に吹きさらされたプラットホームに二人で降り立っていた。そこからローカル線に乗り換えてさらに北と西へと向かい、小さな駅で下車した。木一本生えていないひっそりした峡谷にある駅で、駅舎のほかに建物は見当たらない。わたしたちは待っていた馬車で、ホテルへと向かった。

その午後、馬車で通り過ぎた土地の風景は、なんとも奇妙なものだった。葦原に囲まれた湖、握りしめたこぶしのように薄い表土の下から突き出した、硬そうな岩。そんな景色の中を右へ左へと縫うように走る道を何時間も揺られながら進むと、急に険しい崖にはさまれた谷を下りはじめた。そして水しぶきを上げる滝の脇を通りすぎて、西海岸のキルビュー村に入った。エチル湖《ロッホ》の北岸に横たわる高い丘の麓にある村だ。船着き場のまわりにしっくい塗りの小さなコテージが点在し、花崗岩でつくられた〈ロッホ・エチル・ホテル〉が立っている景色からは、わたしたちを歓迎するかのような温かい雰囲気が感じられた。だが、馬車から降りるときのホームズの顔は青白くやつれていた。旅のせいで体が弱ってしまったのは明らかだ。あれほど生き生きとしていた男がここまで元気をなくしてしまうものかと、わたしは不安になり、さわやかな自然の空気が良薬となって、疲れた彼の心と体を一刻も早く癒してくれるよう、心から願った。

ロッホ・エチル・ホテルは、設備の整った感じのよいホテルで、ハイランドの厳しい冬にも耐えられそうなしっかりしたつくりになっている。部屋も居心地がよくて快適だった。わたしはすぐに荷を解き、部屋で休むホームズを残して、新しい土地の空気に慣れようと、ひとりで散歩に出かけた。天気は上々で、丘と丘のあいだに横たわるエチル湖の湖面は、まるで姿見のようにまわりの景色を映し出していた。わたしの立っていたところから対岸までは一マイル近くあったが、東に行くにつれて湖の幅はぐっと狭まっている。おそらく湖は、内陸側には半マイルほどしか続かないだろう。一方でその西側は、村の最後の建物から先にずっと延び、幅が徐々に広がって、小さな島々や岩場がいくつも浮かんでいる。湖といっても、西側は海につながっているから、細長い入り江と呼んでもいいかもしれない。湖畔のベンチに座りながら、わたしは持参してきた古い双眼鏡をのぞき、湖に出ていた小型漁船を眺めていた。岩場には鵜の群れが集まり、空ではカモメが弧を描いていた。

湖の島々は低くて草木も見当たらず、まるでじっとしているザトウクジラの群れを見ているようで、これといった特徴がない。だが、ひとつだけほかよりも大きな島が目に入った。その島の波と岩のあいだに暗くて不気味な塔がそびえ立っているのを見たわたしは、ホテルに戻ると、玄関ホールにいた支配人のマードック・マクラウドに、そのことを話してみた。

「ウファ島のことですね」とマクラウドは言った。「ミスター・マグレヴィンの家です。ただし彼は、〝ミスター〟と呼ばれるのを好みませんが」

「まさかとは思いますが、あそこに人が住んでいるということですか?」わたしは驚きを隠せなかった。

マクラウドはうなずいて、話を続けた。「あの人は、廃墟になっていた古い城を改修したんです。その一角を骨董品の展示室にして、一般に公開しています。行ってみる価値はありますよ。ほかのお客様のほとんどが、きのう見に行きました。なかなか見応えがあって貴重な品がいくつかありますが、特に有名なのが《マグレヴィンのバックル》というもので、ケルトの職人が腕によりをかけてつくった純銀製の精緻な品です。一家がこの先ずっと住める家を探していたみたいですが、しかしずいぶん人里離れた場所を選んだものですよね。エディンバラに立派な家をもっているというのに。そちらは一年の大半、人に貸しているそうですよ。あの城にこもるのがお好きなんでしょう。身のまわりの世話をする親戚の年寄り夫婦はいますが、それ以外はまったく孤立した生活を送っています。見渡すかぎりはわが領土、といったところでしょうか。まあ、それは大げさかもしれませんが」

「なんだか、ずいぶん変わった人のようですね」

「ええ、そうとも言えますね」マクラウドは冷静な口調に戻った。「ここにいらしたら見かけるかもしれませんよ。ときどき、アルバ号という小さな蒸気船に乗って、食料や日用品を仕入れに来ますから。赤毛の顎ひげをした大男です。会ったらすぐにわかりますよ」

そのときはまだ、マグレヴィンとあんな劇的なかたちで会うことになろうとは、思ってもいなかった。

ホテルの二階、玄関のすぐ上には、広々とした客間がある。ずらりと並んだいくつもの大きな窓からは、船着き場や湖はもちろんのこと、はるか西の荒々しい海までもが見渡せて、見事な景色を望むことができる。天候がすぐれないときや、ホームズが外に出たがらないときは、窓のそばに座り、その景色を楽しんだ。厚い雲が高い丘の斜面を降りて湖の上空を覆い、その下を行き交うヨットが、帆に西風を受けて船着き場に向かって進むのを眺めるのだ。滞在客がホテルの小さな手こぎボートで湖に出て、釣りをする光景もよく見た。そんな釣り人たちを見るたびに、自分もしたら楽しいだろうなと思い、一、二度ホームズにそれとなく伝えてみたが、彼はまったくと言っていいほど興味を示さなかった。

ホテルには、ちょっと驚くほどいろいろな人が滞在していた。たとえば、オリファント博士。髪の毛が薄く、白い頬ひげを生やした年配の男性で、猫背で学者風の外見をしている。声がか細くて話の内容がわかりにくいのだが、ファイフ州のセントアンドルーズから来た古物商か考古学者だと、わたしは推察している。ほかには、薄茶色の髪をした若い男性二人がいる。あまりにも似ているので兄弟ではないかと思っていたが、名前がアンガス・ジョンストンとファーガス・ジョンストンだと聞いて、わたしの予想が正しかったことがはっきりした。ペイズリーから釣りをしにきたそうだ。ハミッシュ・モートン夫妻は、グラスゴーから来た中年夫婦。落ち着いた服装で、とても口数が少ない。また、かなり高齢の女性、ベアード・ダシーは同じく無口で、寡婦のいでたちをしていて、杖をつきながら歩き、ほとんど耳が聞こえない。こんな面々に共通の話題があるとは思えなかったが、話し好きのジョンストン兄弟が魚釣りの話題をしはじめると、おとなしく黙っていたミスター・モートンが興味を示し、さまざまな釣り道具の良さについて語り合っていた。一方のミセス・モートンのほうはというと、予想どおりというか、釣りに関心のある夫の話にはあまり乗ってこなかった。その状況を受け入れるというよりも、我慢しているように見えた。彼女自身はここでの滞在中にスケッチや絵をやりたいのだが、天気が悪くてなかなかその機会がないのだという。その言葉を聞いたオリファント博士が、人間というのは昔から芸術作品をつくりたいという欲求があるものだと発言すると、そこから博士と彼女、そしてわたしの三人で、その話題について語り合った。ホームズはどの話題にもほとんど参加することなく、椅子に深く腰掛け、けだるそうにまぶたを半分閉じていた。ミセス・モートンが自分の興味のある話を始めたとき、わたしは釣り好きの三人が部屋の反対側で繰り広げていた会話を追うのはやめてしまったが、大の男たちが釣り道具を楽しそうに持ち寄ってカーペットの上に広げ、それぞれの道具の良さを真剣に語り合っているのは見ていた。

わたしは釣りについてあまり詳しくないのだが、彼らは全員まるで専門家であるかのような口ぶりで話しているように見えた。そしてなんとも奇妙なことに、翌日釣りをしに行った全員が、なんらかの災難に見舞われてしまったのだった。まずお茶の時間になって、ジョンストン兄弟がきまり悪そうにホテルに戻ってきた。アンガスの釣り竿は折れ、二人の釣り糸は絡まっていて、さらにその混乱の中でファーガスのほうが船から落ちてしまい、アンガスは水の中にリールを落としてしまった。だが、ミスター・モートンの災難のほうはもっとひどく、へたをしたら大事故につながりかねないものだった。ただ、彼もまた肩を落としてホテルに帰ってきただけで、特に怪我はなかった。陸に残って船着き場のそばで絵を描いていた妻を残して、ひとりでボートを出し、入り江に浮かぶ島々のあいだで釣りをしていたのだが、急にボートに水が入ってきた。次々に入ってくる水を止められず、くみ出す道具も何もなかったので、岸に向かって全力で漕いだものの、着岸する前にあえなくボートは沈没し、残りの距離を泳いで帰ってこなければならなかった。この話を聞いた支配人のマクラウドは、かなり動揺し、両手を組んで心配そうな顔をした。

「さぞかし恐い思いをされたことでしょう。申しわけございません」とマクラウドは相手を目一杯気遣ったが、当のミスター・モートンは首を振った。

「いや、恐くはなかったよ。二十五フィートほど泳いだところで岸に着いたから。それよりも、どうやって歩いて帰るかということのほうが気がかりだった。泳ぎ着いたのが入り江の南側だったからな。そこから入り江をぐるっと回って歩いてくるしかなかったんだ。足がどうにかなってしまって、元に戻りそうにないよ」

「それで、道具は全部なくしてしまったのですか」

「ああ、水に沈んで、跡形もなく消えてしまった」

「もちろん弁償はいたしますので――」

「そんなことは、あとでいい」とモートンは言うと、きびすを返した。「とにかくまずは、熱い風呂に入りたいんだ」

「今年はどうもついていませんね」モートンが去っていくと、マクラウドは言った。「こんなに何度も災難が起こったら、そのうちお客様が誰も来なくなるかもしれません。二週間前にも、ピーブルズからいらした若いご婦人が、どういうわけか足を滑らせて、大階段から落ちてしまったんです。それに、あなた方が到着する少し前に、アーブロースからいらしたミセス・フォーマーティンが高価な真珠のブローチをなくしてしまいました。そしてこの沈没事故です！　どのボートにも異常はないはずだったのですが。まあ、大惨事にならなかったのは幸いでしたけれど」

「これほど災難が続くのも、なんだか妙ですね」とわたしは言った。

「まったくそうだ」とホームズも同意した。わたしは彼の表情をうかがってみたが、釣りに行こうともう一度誘ってみるわけには、とてもいかないように思えた。

その夜は激しい雨が降ったが、夜が明けると空はすっかり晴れて、朝食のときにはその日の予定についてみんな熱心に語り合っていた。滞在客の何組かは翌日の金曜に帰る予定だったので、キルビュー村での最後の日を思いきり楽しもうとしていた。ジョンストン兄弟は、前日の出来事にもひるむことなく、新しい道具をそろえて、もう一度釣りに行くつもりのようだった。

「きょうは島のほうに行ってこようかと思っています」と、アンガス・ジョンストンが出がけに言った。「たとえ事故が起きたとしても、きのうよりひどいことにはならないでしょう」

驚いたことに、おとなしくてひ弱そうなオリファント博士も、ボートを借りると宣言した。ヴァイキングの埋葬室があると言われるスタルヴァ島に行ってみるというのだ。モートン夫妻はポニー一頭の引く二輪馬車を借り、ピクニック用のバスケットとミセス・モートンのスケッチ道具を積んで出かけていった。十数マイル内陸にドルイマーの滝という有名な景勝地があり、そこを訪れるとのことだった。天気はよく、風は弱かった。ホームズとわたしは、村と船着き場や岸辺をぶらぶら歩きながら、気分よく一日を過ごした。

マクラウドは滞在客の身に何か起こるのではないかと気が気でないようだったが、さいわい事故は起こらず、少し遅くなった人はいたものの、全員元気な体で戻ってきた。その夜、ホームズとわたしが夕食をとりにいくと、新しいテーブルが用意してあった。そのテーブルに座るはずの客は到着していないようで、マクラウドはマントルピースの上に掛けてある時計をちらちら見ては首をひねっている。誰かを待っているのは確かだが、こんな時間にいったいどうやって到着するのか、わたしはそれが気になった。列車と接続する馬車は何時間も前に出てしまったから、インヴァネス駅から個人の馬車でやって来る以外の方法はないはずだ。

だが、まもなくその謎は解けた。食事のあと客間でコーヒーを飲んでいると、玄関のドアが開いて二人の男性が入ってきた。紹介されたところによると、二人は親子で、父親はアレグザンダー・グライス・パタースン、息子の名はドナルド。船着き場に停泊している自分たちのヨットでやってきたのだという。アレグザンダーは五十歳くらいで、小柄だが体つきはがっしりしていて、髪は黒く、ひげはきれいに剃ってあった。頭の回転が速くて抜け目がなさそうで、外見はキツネのようにも見える。息子のドナルドは二十二、三歳で、父親よりもやや背が高くて黒い口ひげを生やしているが、やはり父親と同じように、その外見はずる賢いキツネを思い起こさせた。サンドイッチとチーズの載った皿が運ばれてくると、空腹だったのか、がつがつと食べ、腹が満たされると興奮した口調でしゃべりはじめた。ここに来る前に何か奇妙な体験をしたことは明らかで、ほかの滞在客にも聞いてもらいたいようだった。

父親のほうはエディンバラで法律事務所を経営していて、息子のほうは最近そこの共同経営者になったのだという。専門は商法だそうだ。弁護士というかたい職業を選んだ二人にとっても、ときどき退屈に思えることがある分野だと、父親は教えてくれた。

「今回は、その退屈さを解消する旅なんです」あらかじめ用意していたせりふであるかのように、彼は巧みに目を輝かせながら言った。「毎年、時間が許すかぎり海に出ていましてね。パフィン号という、二十五フィートの小さな船をもっているんですが、年に一、二週間は、それに乗ってあちこち旅しています。

これまでに、クライド湾まで行って、エアシャーの沿岸からキンタイアまで渡りました。今年はさらに足を延ばして、アーガイルの西岸とその先まで行ってみようと決めたんです。あまりいい風はつかまえられなかったんですが、順調に予定どおり進みまして、二日前にサウンド・オヴ・スリートを抜け、アルシュ湖に停泊して夜を過ごしました。それから、特に急ぐこともなく、湾や入り江を出たり入ったりして、面白そうな海岸線をくまなく探索しました。キルビューにはきょうの午後に着くはずだったのですが、風に恵まれませんでね。最後の数マイルは、行ったり来たりの連続でした。それで夕方近くになって、ようやくエチル湾に入ったのですが、そのときに、いまだかつてないほど奇妙な体験をしたんです。出発したときは、未知の水域に、神話と魔法の土地に入っていくのだとわかってはいたのですが、まさかわたしたち自身がハイランドの魔法にかかってしまうとは、思ってもいませんでしたよ」

そこでいったん話をやめると、ウィスキーと水をひと口ずつごくりと飲みながら、まるで満員の法廷で演説する弁護士が自分の言葉の効果を見定めるように、あたりを見回した。〝冒頭陳述〟は終わり、話は核心に入っていく。

「島々を縫うように船を走らせていましたが、風がだんだん弱くなり、ほとんど吹かなくなってしまって、進みが遅くなりました。すると、わたしたちのうしろで太陽が沈みかけたころ、前方の比較的大きな島に、何か塔の遺跡のような建物の影が見えてきたんです。ドナルドが海図を調べて、それがウファ島だということがわかりました。地図によると、その島には古代の宗教施設の遺跡があるとのことでした。これはただ通り過ぎるのはあまりにも惜しいと思い、上陸して探検してみることにしたんです。

パフィン号を岸から三十ヤードほどのところに停め、小さなボートを漕いで、島の西端の大きな岩のあいだにできた天然の港に入りました。上陸するころには、急速に日が落ちてきていましたが、しっかり踏み固められた小道がヒースのあいだに通っていたので、遺跡はすぐそこだろうと高をくくっていたんです。ところが、小道は上がったり下がったりが激しくて、数分後には、遺跡の場所を見失ってしまいました。実際には遺跡は島の東にありますから、西側から行こうとすると、思っていたよりもかなり時間がかかるんですね。ですが、すでに結構な距離を歩いていましたから、マクベスのようにこう考えたんです。進むも戻るも同じかもしれん、と。行ったのは間違いだったのかもしれません。でも、そんなことは前もってわかりませんからね」彼はそこまで言うと、息子の方を向いた。「ドナルド、続きを話してくれるか」

「そのころには、すっかり暗くなっていました」と、一瞬間をおいて息子のほうが続けた。「まわりがよく見えないんですね。そこらじゅうに道があるようにも見えました。それで、もしかして道を間違えたんじゃないかと思っていたそのとき、小高い丘のてっぺんに着いて、目の前に遺跡が見えたんです。空はすでに暗かったのですが、遺跡はさらに暗く見えて、真っ黒な影のようでした。左側には、荒涼とした高い廃墟の塔がそびえ立ち、そのまわりに低い建物がいくつか見えました。右側には、さらに乱雑な遺跡があって、それで——」彼はいったん話をやめ、つばをごくりと飲み込んでから続けた。

「岩がむきだしの道を慎重に進んで、遺跡に近づいていったのですが、そのとき少し先で突然何かが動く音がしました。小道の二十フィート先くらいを何かが這《は》って横切るのが見えたんです」

「黒い豚《ブラック・ピッグ》だ!」支配人のマクラウドが大きな声で言った。

「なんですって?」父親のアレグザンダーが尋ねた。

「ここは迷信の国ですよ」とオリファント博士が答えた。「このあたりでは、黒い豚が現われると不吉なことが起きると言われているんです」

「それだけでなく」とマクラウドが低い声で言った。「黒い豚こそが邪悪なものだと言う人もいます」

アレグザンダーが割って入った。「それなら、わたしたちにとっては幸運のしるしだったのでしょう。遠目には豚に見えませんでしたから。人間が這っているような姿と言ったほうが近いですね」

「そう」と息子が言った。「ローブを引きずりながら、人がこそこそ這っているような感じです」

「言うまでもないことかもしれませんが、わたしたちはこの亡霊騒ぎに、ある意味で動揺しました」と父親が続けた。「その場から動けなくなってしまって、じっと立っていると、塔の上のほうにある窓に突然明かりがついて、ゆらゆら揺れはじめました。確か、ドナルドは叫び声を上げたはずです」

「ちょっと待って、父さん」と息子が割り込んだ。「叫んだのは父さんのほうじゃなかったっけ」

「まあまあ、それはいいじゃないか。それで次の瞬間、長方形の明るい光が突然、わたしたちの目の前に現われました。塔の一階の扉が開いて、赤毛の顎ひげを生やした大男が、ランタンをもって出てきたんです」

「マグレヴィンだ」マクラウドがぼそっと言った。アレグザンダーは続けた。

「『そこにいるのは誰だ?』と大男の声が響き渡りました」

「なんとまあ」アンガス・ジョンストンが笑いながら大声で言った。「グリム童話みたいな話の展開ですね」

「まさにそうです」とアレグザンダーは返事をしたが、話の腰を折られたのが不服そうだった。「ですが、あのときはそんなふうには感じませんでした。わたしたちは近づいて名乗りました。『こんな時間になんの用だ』と大男が言ったので、わたしは事情を説明し、島に人が住んでいるとは思わなかったのだと伝えました。

『地図には、この建物は遺跡だと書いてあったもので』とわたしは言いました。

そうしたら、大男はこう返事しました。『そうなのか? そうだとしたら、残念ながらあんたの地図は間違っているな。新しいのを買ったほうがいいんじゃないか。まあいい。マグレヴィン家は、どんな悪党であろうと、家の前で返すことはしない。さっきの言葉は気にしないでくれ。別に悪気があるわけじゃなかったんだ。さあ、中に入って』

わたしたちは、あとに続いて城の中に入りました。彼はとてもよくしてくれて、一族の展示室も案内してくれました。『ここのランプはつけないでおく。あんたらはすぐ出て行くだろうからな。このランタンを渡すから、おれが温かいものを用意しているあいだに、見ていればいい』彼がしばらくして戻ってくると、わたしたちはたき火を囲んで乾杯しました。その五分後には、借りたランタンをもって、ボートのほうに戻りました」

「その前に見た生き物のことは、彼に話しましたか」とホームズが聞いた。

グライス・パタースンは首を振った。「言わないほうがいいと思ったものですから」

「飼い犬はいましたか？」

「いえ、羊もほかの動物も島にはいませんでした」

「黒い豚ですよ！」恐怖におののいたマクラウドがふたたび言った。

「ちょっと待ってください」とグライス・パタースン。「話はこれで終わりではないんです」

「なんと！」とオリファント博士が叫んだ。「まだ続きがあるんですか」

「ええ、本当に奇妙なのは、ここからなんです。真っ暗闇の中で道を探しながら歩くのはたいへんで、ランタンもほとんど役には立ちませんでしたが、なんとかウファ島の西端に着きました。でも、そこにつないでおいたはずのボートは――」彼はそこで言葉を切って、部屋中を見渡した。

「どうなったんです？」とオリファント博士がせかすように言った。

「ありませんでした」

「なかった？」

「何もありませんでした。跡形もなく消えていたんです。暗黒の海が黒い岩で波しぶきを上げているだけでした。少し先に停めてあるパフィン号は見えました。船を離れる前にランプをつけておきましたから。でも、たどり着く方法がない。ボートをつなぐときには、これ以上ないくらい慎重につないだことは確かなんですが」

「それで、どうしました？」とファーガス・ジョンストンが訊ねた。

「できることは、ひとつだけです。わたしたちはマグレヴィンの城までとぼとぼ歩いて戻り、頼み込みました。ふたたびわたしたちの姿を見て、ちょっと迷惑そうでしたが、城の下の入り江につないである自分の小型ボートを漕いで、パフィン号まで送ってやると言ってくれました。ドナルド、続きはまかせた」

「ボートで島をぐるっと回って西端まで行き、パフィン号に近づいたそのとき、父が叫びました。指さすほうを見てみると、わたしたちの小さなボートが、停めたときのように入り江にきちんとつないであるではありませんか。当然ながら、ミスター・マグレヴィンは少し気分を悪くしたようでしたが、きっと道を間違って全然違う場所でボートを探していたのだろうと、やさしい言葉をかけてくれました。わたしたちが自分のボートをパフィン号に積み込んだのを見届けると、彼は別れ際にこう言いました。この程度の腕前だったら、今後航海するのはエディンバラの路上だけにすべきだとね」

「まあ、ちょっと恥ずかしい失敗談と言われれば、それまでですが」と父親のほうが続けた。「でも、あの入り江を探したときにボートがなかったのは確かなんです。それで、ボートから船に乗り込むとき、ドナルドが足下に何かを見つけました。おい、見せてやれ」

ドナルドはポケットに手を入れて、木の柄がついた大きな折りたたみナイフを取り出した。刃を広げてみると、それは大きくて丈夫そうに見えたが、刃先がなぜかとがっていなかった。

「わたしたちのものじゃないんです」と父親が言った。「なぜ自分たちのボートの底にあったのか、よくわかりません」

「ちょっと見せてもらえますか？」とホームズは言うと、ナイフを手にとって、じっくり調べた。「シェフィールド製ですね」と彼は言った。「特に珍しいものではありません。刃先は折れています。何か強い力がかかったに違いありませんね」

部屋にいた人たちが、それぞれナイフを手にとって見た。だが、ぼそぼそと何か言う声があがったものの、有用な情報は特に得られなかった。

「誰かのいたずらじゃないですかね」とオリファント博士が言った。

「誰か――あるいは、何か」とマクラウドが言った。

「いたずら好きの妖精とか」とミセス・モートンが自説を披露した。

ホームズは自分の考えを口に出さなかったが、どうして何も言わなかったのかと、あとで尋ねてみると、彼は首を振り、にっこり笑って言った。

「ワトスン、前にきみが言っていたはずだが、未解決の謎というのは、その答えにはとてもかなわないような魅力やロマンをもっているものだよ。だから人は、自分に損失が降りかかってこないかぎりにおいては、納得することよりも謎のほうを好むことが多い。今回の謎に対して、少なくとも七つの説明は提示できたんだが、残念ながらどれも平凡なものばかりだった。それに、みんながどんな答えを求めているのかも、よくわからなかったしね」

ホームズはそう言ってベッドに入った。グライス・パタースン親子の奇妙な体験は、その日で終わりではなかったのかもしれない。その後、意外な展開が待ち受けていたからだ。

翌朝、朝食のテーブルについていると、玄関のほうから大きな声が聞こえてきた。間もなく食堂の扉が乱暴に開けられ、支配人の静止を無視して、赤毛のぼさぼさの髪と顎ひげの大男がどかどかと入ってきた。その風貌から、一見してマグレヴィンだとわかった。すぐうしろに警察の巡査を引きつれている。ウファ島の主は、食堂に集まった滞在客をすばやく見渡すと、不運なグライス・パタースン親子のところで目を止めた。

「あそこだ！」と彼はどなり声を上げた。「あいつらが悪党どもだ。マクファースン、すぐに逮捕しろ！」

ほかの客と同様、グライス・パタースンも突然の侵入者に驚いて、卵を載せたスプーンを口に入れようとしたところで動きを止めていたが、その言葉を浴びせられて、さっと立ち上がった。

「悪党とはなんだ！」と彼は怒りをあらわにした。「いったいなんのつもりだ」

「しらばっくれるな」マグレヴィンも負けじと声を荒げた。「おれの親切につけ込みやがって。ゆうべは船まで連れていってやったのに、おまえはその好意を踏みにじるようなことをやりやがった。わが一族にとって一番大事な品、マグレヴィンのバックルを盗んだだろ！」

「ばかなことを言うな」とグライス・パタースンも大声を出した。「わたしは何も盗んでいない。これまでの人生で、人様の物を盗ったことなど一度もないんだ。そもそも、あんたのきたないバックルなんか見たこともないんだから！」

「わが家の家宝に対してそんな言葉を使うとは、なんと失礼なやつだ。この卑劣な悪党めが！」

この言い争いがいつまで続くのか、予想もできなかった。マグレヴィンは明らかにその巨体で小柄なエディンバラの弁護士を威圧しようとしている。だが、大柄なマクファースン巡査が二人のあいだに割って入り、何とか少しだけ場を静めることができた。「お二人とも、もっと礼儀正しく話し合うことにしませんか」

まもなく事情が明らかになった。マグレヴィンが家宝のバックルを最後に見たのは、きのうの午後、展示室の品のいくつかを並べ替えたときだった。グライス・パタースン親子と一緒には展示室に入っておらず、ランタンを渡して、自由に見学していいと告げただけだった。親子が展示室にいたのは二、三分で、その後は三人で温かいトディを飲んだ。その後、本を取りに展示室に入ったときに、バックルが消えているのを発見した。展示ケースに入れるなどの盗難対策は何もしておらず、バックルは小さなスタンドの上にヴェルヴェットのクッションを敷いて、その上に置いてあったという。きのう、彼の家に入ったのはグライス・パタースン親子だけで、誰かが押し入ったような形跡もなかった。少なくとも状況証拠だけから見れば、親子の有罪は決定的だったが、前夜に長時間話したときに受けた印象からすると、二人ともそんなたちの悪い犯罪をおかすようには、わたしには思えなかった。現にグライス・パタースンのほうは、昨日バックルは見ておらず、展示室をぐるりと一周しただけだと言っているのだ。

それ以上話が進まなそうに思えたとき、ホームズが突然、椅子をうしろに引いて立ち上がり、手短に自己紹介した。当時、彼の名はまだそれほど知られてはいなかったが、その場にいた何人かはすぐにわかったようだった。

「モーペルテュイ男爵の事件は新聞で読ませていただきました」と巡査がうやうやしく声をかけたが、ホームズは素っ気なく手を振った。

「逮捕を考える前に、まずこの事件の現場を調べたほうがいい」彼の口調には威厳があった。「現場の状態を見れば有罪か無罪かははっきりするでしょうし、ほかの線も浮かび上がってくるかもしれません」

「くだらん提案だ！」とマグレヴィンは軽蔑するように叫んだが、マクファースン巡査はホームズの案にうなずいた。

「あなたの言い分だけで誰かを逮捕することはできませんよ、マグレヴィンさん。この方の提案はもっともです。まず現場検証をしないと。ホームズさん、お力を貸していただけますよね？」

彼が同意すると、マクファースンは手早く捜査の手はずを整えた。ホームズと手短に話し、いくつかの提案を聞いた結果、現場検証で不在のあいだは地元の漁師の二人が臨時の巡査代理として、キルビュー村で生じたほかの案件に対応し、パフィン号は一時的に押収されることになった。そして、マグレヴィン、マクファースン巡査、グライス・パタースンの父親、ホームズ、そしてわたしが、蒸気船アルバ号で島に向けて出発した。

ウファ島に近づくにつれ、マグレヴィンの住まいである黒い塔が、わたしたちの目前に見えてきた。湖にぽつんとひとつだけ不気味にそびえ立つその陰うつな塔の先には、茶色とも灰色ともつかない色をした、これといって特徴のない荒涼とした島が横たわっている。こんな荒れ果てた島を自分のすみかにするというのは、何とも奇妙だ。おそらくホームズがこれまでに捜査をしたどの場所よりも変わっている。さらに百ヤードほど北には小さな島々があり、荒々しい岩に波がぶつかって白いしぶきを上げているのが見えた。二百ヤードくらい南の一番近い本土には、崩れた岩や枝が絡まった低木の茂みがある。

マグレヴィンは自分の小さなボートを、小さな木の桟橋に横づけした。ぐらぐら揺れる桟橋の上には、色あせた赤毛の初老の使用人が待っていた。小柄だが、てきぱきとした身のこなしで、ボートをつなぐロープを受け取った。わたしたちは上陸し、細くて急な坂道を通って、家の玄関に向かった。目の前にそびえる塔は、幅と奥行きがそれぞれ二十フィートほどで、狭間《はざま》の奥に小さな窓がついている。塔の裏には横に長い平屋の建物があり、屋根の傾斜は緩い。塔の左側は、広くて平らな草地になっていて、流木や材木があちこちに積んである。この草地の向こう側には、こけの生えた石材が乱雑に置かれていた。初期のキリスト教徒入植者が残したものだろう。

わたしたちはマグレヴィンに続いて中に入り、展示室に向かった。展示室は平屋の建物の半分を占めていて、まるで難攻不落の要塞のような様相を呈していた。壁は石でできていて分厚く、一面に剣や盾、地図、絵画、タータンの毛織物が飾られている。左手の壁の上のほうには、いくつかの窓が並んでいた。屋根にも小さな天窓が並んでいるが、こちらはすべて黒い鉄格子がはめられている。マグレヴィンによれば、すべての窓はこの二日間、内側から鍵がかけられていて、天窓は開いておらず、ドアはわたしたちが住居棟から入るのに使ったものしかない。室内にはいくつかのテーブルや展示物を入れたケースがあり、中央には白く塗られた木製の一脚テーブルがあった。台座の大きさは一フィート四方で、高さは四フィートほどだ。台座には赤いヴェルヴェットのクッションが置いてあり、まん中が少しへこんでいる。ここにいつも置かれていたマグレヴィンのバックルが、忽然と姿を消したのだった。

ホームズはわたしたちに下がっているように言うと、クッションと一脚テーブル、そしてそのまわりを、時おり何かつぶやきながら入念に調べた。こうしているときの彼は、目をきらきら輝かせ、身のこなしはエネルギーに満ちあふれていて、わたしは見ていてぞくぞくするほどの感動をおぼえる。仕事を前にして、持ち前の鋭い感覚を取り戻したホームズには、それまでずっと見せていた気だるそうな姿はもはや見当たらない。まるで疲れ果てた猟犬が、獲物の匂いをかぎ取ったときのように生気を取り戻したのだ。わたしのほうを向いたグライス・パタースンが、いぶかるように片眉を上げ、何かしゃべろうとしたが、わたしは首を振って唇に指を当てた。

「バックルは、クッションにまったく止められていなかったのですか？」とホームズはマグレヴィンに訊ねた。「なるほど。でも、止められていたように見えますね。何かが無理矢理もぎ取られたかのように、クッションの表面が小さく裂けています」マグレヴィンは近寄って確かめると、こんな傷にはこれまで気づかなかったと告げた。

両手両足をついて床を調べていたホームズが、満足そうな声を上げた。一脚テーブルから数フィート離れた床から、何かを拾い上げたのだ。それからしばらく捜査を続けたが、ほかにこれといった発見はなく、やがて立ち上がって手を差し出した。その手のひらには、灰色の小さな弾丸が載っていた。直径は八分の一インチ強といったところだ。

マグレヴィンは興味なさそうに首を振り、肩をすくめた。「誰かのポケットから落ちたんじゃないか。重要なものには全然見えないね。どのお客さんが落としたっておかしくない」

ホームズはにやりとした。「そうですか。でも、バックルを本当に取り戻したければ、そんなに簡単に証拠を捨てないほうがいいですよ。面白いのは、この小さな弾が――」

「散弾銃の弾だということです」とマクファースン巡査がぽつりと言った。「このあたりでウサギ狩りなど、まずできそうにありませんね」

ホームズは声を出して笑った。「ここはもういいでしょう。建物の外を調べよう」

わたしたちは彼に続いて外に出て、裏に回った。平屋の建物が塔のうしろの壁と直角につながっているあたりに、地面がぬかるんでいる一画があった。ホームズは、そこを注意深く調べた。

「ぼくは、めったに人が立ち入らない場所から捜査に役立つ情報を得るんです」と、彼は生き生きとした口調で言った。「見事なまでにはっきりついた足跡が、ここにあります。グライス・パタースンさん、靴のサイズは?」

「七です」

「それくらいだと思いました。息子さんもだいたい同じくらいでしょう。あなた方の足跡にしては大きすぎますし、マグレヴィンさんのものにしては小さすぎます。マグレヴィンさん、あなたの使用人の足の大きさは?」

「ワッティかい?　さっき見たように小柄なやつだから、足も小さいよ」

「だとすると彼でもない。水曜の夜に大雨が降ったから、この足跡はきのうついたものです。お客さんはいましたか?」

「木曜は休みだから、客は入れない」

「じゃあ、これは盗人の足跡だということです」

わたしたちは近寄って足跡を見た。右足の跡ははっきりついていて、つま先が建物のほうに向いている。それを踏むように、やや深くめり込んだ同じ靴の足跡がついていて、つま先は建物とは逆のほうを向いている。

「犯人はここから建物に登ったんです」とホームズが言った。「深いほうの足跡は、帰りに飛び降りたときについたものです。グライス・パタースンさん、ゆうべ幽霊のような人影を見たのは、このあたりではないでしょうか?」

「その可能性は充分あります」と父親は言った。「このあたりの小道を通って、あそこの遺跡に向かいました」

「その人影ってのは?」とマグレヴィンが聞いた。

「何かを見たと思ったのですが」とグライス・パタースンが返事した。「どうせ信じてもらえないと思って、言わなかったんです」

マグレヴィンはフンと鼻を鳴らしたが、何も言わなかった。

彼らが話しているあいだ、ホームズは壁を入念に調べていた。やがて、頭の高さくらいに突き出た石を見つけると、壁をよじ登り、すばやく雨どいを越えて、展示室を覆う傾斜の緩い屋根に上がった。スレートの瓦に沿って慎重に移動しながら、天窓をひとつひとつ調べていく。

「そんなの意味ないぜ!」と、ふたたびしびれを切らしたようにマグレヴィンが言った。「あそこまで登れたとしても、天窓は開かないし、窓枠は小さすぎて誰も通れやしない。そもそも、内側には鉄格子があるんだ」

「確かにそうですが」とホームズは認めつつも、返事をした。「どうやら最近、何者かが手を加えたようです。まわりの鉛版が曲げられ、窓枠のパテが削り取られています。それに釘が……あれは何だ！」うしろを向いて、屋根から雨どいのほうに視線を移したホームズが言った。慎重に降りていくと、金属の小さなかけらのようなものを雨どいから拾い上げ、親指と人差し指でつまんで念入りに調べた。「もしよければ」と、彼はマクファースン巡査に呼びかけた。「ここに上がってきてもらえると、ありがたいんだが」

空がどんよりしてきて、突然雨が降り出したので、マグレヴィンとグライス・パタースンとわたしは、屋根で話すホームズと巡査を残して雨宿りした。雨はまもなくやみ、二十分後、お茶を飲み終わったわたしたちは外に出た。雲のあいだから太陽が顔をのぞかせている。ホームズとマクファースンの姿はなく、いったいどこに行ったのかと思っていると、下の方から叫ぶ声が聞こえてきた。湖のほうを見ると、城の下にある桟橋の向こうから、ホームズとマクファースンが小さな手こぎ舟に乗って近づいてくるのが見えた。巡査が力強く舟を漕ぎ、ホームズは船尾に座って、静かにパイプを吸っている。

「舟でちょっとひと回りしてきました」ホームズは陸に上がると言った。

「それで？」とマグレヴィン。

「事件は解決しましたよ」

わたしたちがキルビュー村に戻ると、ホテルは大騒ぎになっていた。荷物という荷物が玄関のあちこちに積まれていたので、そのあいだを縫うように歩いて、中に入っていかなければならなかった。

ホテルに入っていくと、オリファント博士が興奮気味に走り寄ってきた。

「いったい、どういうことなんです」かん高い声で、マクファースン巡査に説明を求める。「きょうの夕方には、どうしても家に着かないといけないんです。明日の夜、エディンバラで大事な講義があるから、一日かけてその準備をしなければならない。馬車が来ないので理由を尋ねたら、警察の命令で足止めをくらっているというじゃないですか！」彼は、息をするのも惜しいくらいに声を張り上げた。「こんな不法行為がありますか！　公共の馬車を止める権利は、あんたなんかにはない。すぐに出ないと、列車に間に合わないんだ！」

支配人のマクラウドが、両手を組んで不安そうに近づいてきた。

「どうしてこんなことになっているんでしょう」彼は、困り果てたようすで言った。「巡査、説明してください」

「こんなこと、普通はあり得ませんね」ミスター・モートンが会話に加わった。「馬車は出発できないと言われましたが、わたしと妻は今夜にはグラスゴーに戻らなければなりません。ベアード・ダシーさんも早く出たがっています。自分たちで手配してもいいですか？」

マクファースンは大きな時計をポケットから取り出して、時間を確認した。

「みなさん、目的地にはちゃんと着けるようにいたします」間もなく彼は言った。「その前に、ちょっとだけ食堂にお集まりいただけますか」

昼食のテーブルの準備をしていたホテルの使用人たちは、わたしたちが列をなして入り、部屋のあちこちに自分の居場所を確保するのを、驚いたようすで見ていた。高齢のミセス・ベアード・ダシーが、アンガス・ジョンストンに腕を支えられながら最後に入室した。兄弟のもうひとりのファーガスが椅子を運んできて彼女の前に置き、杖を外すと、ミセス・ダシーはどさりと椅子に腰を下ろした。ホームズは全員がそろうまで手をうしろで組んで立ち、辛抱強く待ちつづけていた。今は全員の目が彼に向いている。

「さて」ホームズはようやく口を開いた。「巧妙かつ重大な犯罪が起こりました。有名なマグレヴィンのバックルが、ウファ島の展示室から盗まれたのです。正当な持ち主に返さなければなりません」そこまで言うと、戸口で腕を組み、不安そうな顔をして立っているマグレヴィンのほうを見た。

「不運な事件には違いありませんが」とオリファント博士が言った。「わたしたちに、何の関係があるんです？」

「バックルは、このホテルの中にあります」とホームズが答えた。「このため、マクファースン巡査たちは、見つけるまでこの建物の中を捜索するつもりです」

部屋中から大きな不満の声が上がった。

「そんなの、何日もかかるじゃないか！」とアンガス・ジョンストンが言った。

「では、こうしましょう」とホームズが言った。「それから調べます」その細くて長い指が指し示したのは、ミセス・モートンが肩にかけている、革とキャンバス地のかばんだった。

「これには、わたしの絵の道具しか入っていませんけれど」彼女はそう言って立ち上がった。驚きと憤りが入り混じった表情が表われている。

「マダム、開けてくださいますか？　それともわたしがやりましょうか？」とマクファースンが聞いた。

彼女はしぶしぶ小さなかばんを床に下ろすと、革紐をほどき始めた。「こんなの、本当に時間の無駄ですわ」ミセス・モートンはそう言いながら、かばんの中身をカーペットの上に広げた。わたしは身を乗り出して見た。いくつもの絵の具のチューブ、リボンで束ねられた何本かの絵筆と鉛筆、パレット、はぎ取り式のノート、それに絵の具まみれの汚らしい布きれがあった。

「その布を開いてもらえますか？」とホームズが言った。

「この汚いものをですか」と彼女が言った。「これは絵筆を拭くのに使う、ただの布きれです。手袋が汚れてしまいますわ――」

　彼女がそう言っているあいだに、ホームズはすばやく身をかがめて、丸まった布を開いた。あらゆる色に染まった布の真ん中には、大きくて華麗な銀のバックルが横たわっていた。部屋中からどよめきが起こったその瞬間、ハミッシュ・モートンが突然席を立ち、ドアのほうに駆け出した。ノブに手をかけたところで、マグレヴィンがすばやく彼をつかみ、全身の力を込めて取り押さえた。

「この大ばか者！」ミセス・モートンが夫に辛らつな言葉を浴びせた。「『グラスゴーを出よう。逃げてしばらく身を隠そう』なんて言っていたのに、結局我慢できなかったのね！　あんたが何をしてたのか、ようやくわかったわ！」

　この女の乱暴な話し方にわたしは驚き、全身に鳥肌が立つような気がした。マグレヴィンの熊のような手でしっかりつかまれていた彼女の夫は、何も返事をしなかった。すると、ミセス・モートンがすばやく手を手提げ袋《レティキュール》にすべり込ませた。ふたたび現われたその手に握られていたのは、邪悪な光を放つ小さなリヴォルヴァーだった。わたしは全身から血の気が引くような感覚に襲われた。

「みんな、脇に立って！」彼女は冷たく、はっきりした声でそう言うと、脅すようにひとりひとりに銃口を向けた。「このピストルには弾が入ってるわよ。撃つ準備は充分できているんだから」

　そのときホームズがファーガス・ジョンストンと目を合わせるのを、わたしは見逃さなかった。

「モートンさん」と彼は呼びかけた。彼女が目をそらしたその瞬間、銃は一瞬にして空中に飛ばされた。近くに立っていたファーガス・ジョンストンが、ミセス・ダシーの杖をミセス・モートンの手首に向けて思いっきり振り下ろしたのだ。彼女があまりの痛みに叫び、手首を押さえると、ホームズがすばやく前に出て銃を拾い上げた。マクファースンが巡査代理たちを口笛で呼び、それから一分もたたないうちに、二人は連行されていった。マグレヴィンは、絵の具まみれの布の上にまだ置かれていた大切な家宝に向かい、うやうやしく拾い上げた。すると、さらに驚いたことに、銀のバックルの下には、乳白色の真珠をあしらった、優美な銀の小さなブローチが横たわっていたのだった。

「ミセス・フォーマーティンのブローチだ！」とマクラウドが声を上げて、大喜びした。

二時間ほどあと、昼食を食べたわたしたちは全員、ホテルの客間に座っていた。モートン夫妻は地元の警察署で厳重な監視下に置かれ、インヴァネスに護送されるのを待っていた。オリファント博士とミセス・ベアード・ダシーはずいぶん前に帰路につき、ロッホ・エチル・ホテルはふだんどおりの状態に戻っていた。

「どれだけ感謝しても感謝しきれません」とアレグザンダー・グライス・パタースンがホームズに言った。「あなたが助けてくださらなかったら、わたしたちはどんなことになっていたのか。考えるだけで身震いします」

「ちょっと頭に血が上ってしまって、すまなかった」マグレヴィンは申しわけなさそうに言うと、一度は犯人だと疑った男に手を差し出した。「あんた以外の人間がどうやって盗むのか、あのときは思いつかなかったもんだから」

「もういいんですよ」とグライス・パタースンは言って、握手した。「間違いは許して、忘れましょう。ホームズさん、わたしが知りたいのは、どうやってあれほど早く、事件の真相にたどり着いたかということなんですが」

「なに、大したことはありませんよ。巡査が戻ってきたら全部お話ししましょう……ああ、マクファースン！　ちょうどきみのことを話していたところなんだ」

「みなさん、遅くなってすみません」巡査は明るく言った。「ちょっと仕事が立て込んでましてね。モートン夫妻の事件の詳細をグラスゴーに電信して、その返事が返ってきたんです。ホームズさん、思っていたよりも捕まえた獲物は大きかったようですよ！　ハミッシュ・モートンと名乗っていた男は、本名がチャーリー・ヘンダースンで、今年起こったブリスウッド広場の強盗事件に関与したとして指名手配中の男だということが、はっきりしました」

「高価な美術品の数々が盗まれたという事件だな」とホームズが言った。「被害に遭った家の主人は重傷を負った。よく覚えているよ」

「それで女のほうですが、これまで使った偽名の数が多すぎてきちんと把握できないのですが、数々の詐欺と美術品偽造の容疑で、メアリ・モンティースという名で指名手配されていました。芸術の才能はすぐれているようですが、それを犯罪にしか利用していなかった。この女がつくったとみられる作品のいくつかは、この十年の偽造事件の中でも飛び抜けて精巧だったようです」

「そりゃ驚いた！」とグライス・パタースンが声を上げた。「ところでホームズさん、どうやって謎を解いたか教えてください」

ホームズは少し間を置いて、話しはじめた。「ぼくが最初に興味をもったのは、モートンが沈没事故に遭ったという話でした。釣り道具が全部沈んでしまったと彼は言っていましたが、ぼくがその前の晩にこの部屋で釣り道具を何げなく見たところ、釣り竿は大きなコルクの柄がついている種類のものでした。あのような釣り竿が沈むというのは、まず考えられません。もちろん、ほかの道具に絡まって一緒に沈んでしまったということも、ないとは言えません。でも、モートンは沈んだとしか言わなかった。彼が嘘をついているように思えましたが、ぼくにはその理由がよくわかりませんでした。釣り道具の弁償として、ホテルから何ポンドかだまし取ろうとしただけなのか。それもけちくさい話だから、ぼくはもう少し考えることにしました。

事件の現場検証でウファ島に行ったとき、事件の真相に関して何か心当たりがあるわけではありませんでした。おそらく、グライス・パタースンさんの潔白を証明するだけだろうと思っていました。あなた方が盗みをはたらくようには見えませんでしたからね」ホームズはそう言うと、グライス・パタースン親子のほうを向いて笑った。「ただ、ぼくは当代の犯罪者を数多く知っていますが、その半数は、犯した犯罪を実行できそうには見えない人たちです。だから、ぼくはプロとして事件に対する先入観をなくして、判断を保留しました。

あなた方が見たとおり、ぼくが展示室を調べたとき、マグレヴィンさんのバックルが置いてあったクッションに小さな傷がありました。それを見たぼくは、釣り針のような先のとがった道具を使ってバックルをもち上げたのだと考えました。これはつまり、泥棒がバックルに手が届かない場所にいたということになります。つまり、釣り針のついた釣り糸を上の天窓からたらしたと考えるのが自然だという結論になります。そして、小さな鉛の弾が床に転がっているのを見つけたとき、ぼくの推測は確証になりました。これは釣り人が糸の重りに使うものですからね。重りをつけると糸はまっすぐ落ちて、糸を操りやすくなるんです。釣り針がクッションに引っかかって、無理やり引っ張られたときに、あの鉛の弾が落ちたのでしょう。

次に調べたかったのは、建物の外側です。泥棒が壁をよじ登った場所を示す証拠がはっきり残っていたのは、本当に幸運でした。ぼくは身長が六フィートあるのですが、そのぼくがつかめそうな場所が一カ所しかなかったという事実は、犯人が小さな男ではなかったということを示しています。これは、足跡の大きさからもわかりました。こうした手掛かりから、ぼくはグライス・パタースン親子は犯人ではないと判断したのです。

それから、バックルの展示場所の真上にある天窓を調べると、ガラスのひとつがいったん外されて、また取りつけられていたことがわかりました。ガラスのまわりの鉛版が曲げられて元に戻された跡が、はっきり残っていましたから。曲げることは困難ではなく、パテをナイフで取り除くのも難しいことではなかったはずです。ですが、鉛版の下に窓枠を固定するための釘も曲げられていました。これは、相当な力を加えないとできないことです。ひょっとすると、ナイフの刃先が折れていたのはこのせいではないかと、ぼくは考えました。その後すぐ推測が正しいことを確認できました。下の雨どいに、小さな三角形のかけら、つまりナイフの刃先が転がっているのを見つけたからです。

ここまで来れば、何が起きたかは明らかです。グライス・パタースンさん、あなたが建物を訪れたときが、ちょうど盗みの真っ最中だったということですよ。暗闇の中で見た、小道を横切った人物が犯人だということになります。その後、犯人は自分のボートに戻ろうとしましたが、暗闇で道を間違えて、あなたのボートに乗ってしまったに違いありません。あなた方はそのすぐあとに着き、ボートがなくなっているのを見て、マグレヴィンさんの助けを求めにいきました。犯人はしばらくして自分の間違いに気づき、あなたのボートを返しましたが、そのあいだにナイフを落としたんでしょう。そして自分のボートを見つけて、ふたたび島を離れたのです。

そこまでは、はっきりしました。そうなると、犯人は誰かということが問題になりますが、知るすべがないように思えました。そこでぼくは、モートンから聞いた沈没事故のことを思い出したんです。釣り道具を全部なくしたという彼の話が、なんとなく頭に引っかかっていましたから。もしかしたら、ボートは沈んだのではなく、湖の南岸のそばにあるやぶの中に、釣り道具といっしょに隠してあるのかもしれない、そんな考えが頭をよぎりました。そうすれば、盗みをはたらくときに怪しまれることなくボートを使える。たとえキルビューを去る前に事件が発覚したとしても、自分が疑われることはない。それほど遠い距離ではありませんから、すぐに探していたものを見つけました。明らかにこのホテルのものだとわかるボートが岩陰に隠され、その中に釣り道具が乱雑に置かれていたのです。

これで事件は解決しました。あとは、バックルのありかを見つけるだけです。モートン夫妻がもっているのは確かだと思っていましたが、見つけるのは少し時間がかかりそうでした。ですが事件の当日、あの二人は内陸のほうに出かけていきましたね。モートン夫人がスケッチをするのだと言って、絵の道具を入れたかばんをもっていきました――おそらく最初のうちは、絵を描いていたのでしょう。だから、盗んだバックルをまずそのかばんの中に隠すというのが、ありそうなことです。もしそうだとすると、全員が部屋に集まったときにもまだ、あのかばんの中に入っているように思えました。モートン夫人が、あのかばんを不自然なくらい肌身離さずもっていましたからね。その推測が正しかったのは、みなさんご存知のとおりです。家宝のバックルがマグレヴィンさんのもとに戻っただけでなく、ミセス・フォーマーティンのブローチも見つかるというおまけまでつきました。モートンは腕が落ちないようにしたかったんでしょう。でも、危険な二人の犯罪者は檻の中に捕らえられましたから、もう安心です」

「本当にわかりやすい説明だったよ、ホームズさん！」マグレヴィンが驚いたように言った。「おれたちだけで展示室を調べていたら、一日中探しても、あの小さな手掛かりは見つけられなかっただろうし、たとえ見つけたとしても何も解釈できなかったに違いない」

「ええ、本当にあざやかな推理でした」とマクファースンは心を込めていった。「今回の逮捕で、わたしは巡査部長の記章を授かるかもしれません。どれだけ感謝しても感謝しきれないくらいです、ホームズさん」彼は両手を広げて続けた。「あなたの助けがなかったら、あの悪党どもを捕まえられたかどうかわかりません」

「治安を守るみなさんのお手伝いをできるのは、ぼくにとって常に大きな喜びです」ホームズは笑顔で言葉を返し、「それじゃあ、ワトスン」とわたしのほうを向いて言った。「ウファ島のさわやかな空気を吸って、すっかり元気になったよ！　今度は夕食用に、もう少し小さくてうまいものを捕まえにいこうかと思うのだが、どうだろうか？」

The Case of the Sporting Squire

スポーツ好きの郷士の事件

ガイ・N・スミス

Guy N. Smith（1939 - ）

英国人ホラー作家。銀行員や猟場管理人などの職を経て 1975 年から専業作家になった。60 冊以上の著作のほとんどはホラーだが（巨大人食いガニのシリーズで有名）、ウェスタン小説のほか、『白雪姫』など映画のノヴェライズも手掛けるほか、ジョナサン・ガイの筆名で子供向けの作品も書いている。ギャヴィン・ニューマンの名もあり。

ワトスンがホームズの許可を得て、二人の出会いと『緋色の研究』として知られる事件をまとめた文章を活字にするべく出版社を探すことになったのは、一八八七年のことだった。ワトスンはスコットランドでの休暇中にこの小説を完成させ、それが著作代理人のアーサー・コナン・ドイルを通じてワード・ロック社に渡ったと考えられている。同社がその年の十二月、『ビートンのクリスマス年鑑』に掲載したその作品により、世間は初めてシャーロック・ホームズを知るところとなった。その結果、相当数の依頼が殺到したため、本人も冗談交じりに認めるように、ホームズは変装した姿で捜査に当たらなければならなくなった。しかし、もっと重要なのは、ワトスンが事件の記録をより詳しくとりはじめたことである。この作品の成功により、ワトスンは一八八七年の終わりから一八八八年を通して手掛けた事件の大半を記録するようになったのだ。この中にはホームズの会心の事件とも言えるものが含まれている。夜間の犬にまつわる興味深い出来事とともにつづった『シルヴァー・ブレイズ号事件』、そして『恐怖の谷』、『ギリシャ語通訳』——これはホームズにマイクロフトという兄がいたことをワトスンが初めて知ったらしいという点で注目すべき作品であるが、彼はすでにその存在に気付いていたはずだ——さらには、『ボール箱』。この作品でホームズは、ワトスンの思考を推理する能力を披露している。この時期にはほかに「スポーツ好きの郷士の事件」があるが、ワトスンはこの一件にこれまで触れたことがなかった。作家ガイ・N・スミスの調査のもとに明らかになったこの事件は、彼がまだ駆け出しのころ、猟場管理の理論と実践について調査を行なっている際に出会ったものだ。

友人シャーロック・ホームズの気分屋の性格に、わたしはいつしか我慢できるようになっていた。やる気に満ちているときの彼は、何をもってしてもそのエネルギーを抑えることはできないが、それ以外はソファに寝そべったきり、朝から晩までほとんど動かない。そうした場合、目は閉じていても、眠っているわけではない。込み入った問題を考えているか、あるいは憂鬱に沈んでいるかなのだが、わたしは考えごとの邪魔をするようなことはしなかった。黙考が破られると、彼は極めて無礼な態度をとり、ぶっきらぼうな返事をよこすだけだということに、いいかげん気づいていたのである。

ホームズが三日間にわたってそんな状態に陥ったのは、一八八八年二月のことだった。その後は打って変わったようにさまざまなファイルに目を通し、メモに書き付けをしては、時おりひとりごとを言うようになった。この間ほとんど食事をせず、口にするものといえば、匂いの強いシャグ煙草だけで、十一月の霧ほどに濃い煙にすっぽりと取り巻かれているのだった。

「毒というのはね、ワトスン」ホームズが急に夢うつつの状態から覚めたので、わたしははっとした。「殺人者にとって、ほかのどの凶器よりも絞首台を逃れやすい手段だよ。毒というのは多くの場合、その存在をうかがわせる兆候を示す程度で、検出されずにすんでしまう。死は往々にして犯人が通常の生活に戻ったあとで訪れるため、被害者は自然死と見なされるんだ。きみだって、一度ならず、狡猾な犯人に欺かれたことがあるはずだ。やつらはあとからその邪悪な行ないの成果を手に入れるのさ」

「そうは考えたくないけれどね、ホームズ」彼の言葉によってちくりと胸の痛みがよみがえったことを告白しておこう。医師としての責務をおろそかにしたケースがなかったわけではないのだ。

「気持ちはわかるが、間違いなく起こることだよ」ホームズはわたしをじっと見つめながら続けた。「ぼくだって、解決につながるような決定的な手掛かりを見落としたことがある。完全無欠な人間なんていないが、この数日間、ぼくはそういう間違いを、毒殺に関してということだけれど、ゼロに近づけるようなことを発見したんだ」

「それはすばらしいね」この数日間の書きものや考えごとの内容をこれから明かしてくれるのだと、わたしは期待に身を乗り出した。

「ぼくが毒について書いた論文は覚えているだろう」ホームズの姿は煙草の煙の向こうにシルエットになって浮かび上がった。「その中でさまざまな種類の毒について詳しく考察した」

「ああ、そうだったな」いつだか彼の求めに応じて、読んだことがあった。その論文のある面は、確かに新たな光を与えてくれた。

「最近、それを見直して手を入れたんだ。今後、毒殺を考えた連中がそれを読み、何も疑わぬ相手に致死量を投与する前に、二の足を踏むようになってくれればいいんだが」

「それはすばらしいね」わが友の植物に関する豊富な知識を疑ったことはなかった。もちろん、化学についてはそれ以上の圧倒的な知識をもっているわけだが。

「たとえばシアン化合物は、少量ずつ投与された場合、ゆっくりと時間をかけて作用する。だんだん体調が悪くなるから、お人好しの医者なら死の間際かそのあとになっても異変に気づかないだろう。もっとも、患者の息にかすかにアーモンドの匂いが混じっているのに気づけば別だがね。一方、それとは正反対に……」

話は階段を登ってくる足音に中断された。ドアのノックのしかたが、通常の手紙や電報で依頼される問題よりも切羽詰まっていることを示していた。ホームズはたちまち緊張感をみなぎらせた。彼はこんな瞬間のために生きているのだと言っても過言ではない。辛抱強い家主のハドスン夫人によって、動揺したようすの来訪者が招き入れられる。

「ご婦人がお見えですよ、ホームズさん」家主はそう言うと、ドアを閉めて引っ込んだ。昼夜を問わず、見知らぬ人物がやってくることに慣れているため、驚きなど決して見せないのだ。

「ホームズ様、突然お邪魔したことをどうかお許しください」客は二十代前半のとびきり魅力的な女性だった。長い金褐色の髪が肩にかかり、顔にはくっきりと苦悩が刻まれている。

「どうぞ、お座りください、ミス……」わたしと同様ホームズも、彼女が結婚指輪をしていないことに気づいていた。

「グロリア・モーガンと申します」彼女は空いた椅子の端に腰を下ろし、不安のせいか両手をしっかりと握りしめた。「ホームズ様……わたくしの母は父によって殺されました。それなのにその恐ろしい罪は、見つかることもとがめられることもないのです……」

「警察にはお届けになっていないのですか、ミス・モーガン?」ホームズは長い足を伸ばしながら訊ねた。「そんな重大な犯行が行なわれたと確信されているなら、当然の手続きだと思いますが?」

「そんなことをしても無駄なのです。ランベス先生は、死因は破傷風だと言い張っています。でもランベス先生は高齢で、まもなく引退する身ですから、確たる証拠もないのに土地の名士がその妻を殺したなどと言いたてて、立場を危うくするようなまねをするはずがありません」

「最初からお話しくださいますか、ミス・モーガン」ホームズは床から古びたスリッパを手にとり、黒っぽい刻み煙草の葉を黒ずんだパイプ皿に詰めはじめた。「強い煙草の匂いが気にならないといいんですが」

「かまいませんわ」パイプの煙ですでに部屋がけむたかったため、彼女は少し咳きこみながら答えた。「わたくしの父は、ハンプシャーのウィンチクーム館の当主、ロイストン・モーガン郷士《スクワイヤ》です」

「ああ、思い出しました」ホームズは両手の指先を突き合わせて椅子の背にもたれかかった。見慣れていないと、気だるそうに見えるかもしれないが、真剣に耳を傾けていることは明らかだ。「伝説の狩猟家、故ピーター・ホーカー大佐の住まい、ロングパリッシュの近くではありませんか？ホーカー大佐は間違いなくこの国が生んだ最高の射手のひとりです。クリミア戦争の退役軍人で、負傷して除隊したあと、猟獣と猟鳥を追いかけることに余生を捧げたのでしたね？」

「おっしゃるとおりです」グロリア・モーガンは顔をしかめて微笑んだ。「五十年前に亡くなっているとはいえ、大佐のことも恨んでいます。父が手本としているのがあの人なんですもの。ホーカー大佐の欠点が、釣りと狩りに夢中になっていることだけだといいのですけれど」

「ホーカーが史上最高の射手だということに異論はありますまい」ホームズは夢みるような口調で言った。「一日にシギを二十四羽連続して仕留めただけに飽き足らず、夕方ロングパリッシュ館の周囲でコウモリを撃つ練習をして、彼の本によれば、同じくらいの成功をおさめたそうですよ」

「父も同じですわ、特にお客様をお迎えしているときは」その声にははっきりと嫌悪が込められていた。

「話がそれました」とホームズ。「続きをお願いします」

「すでに申し上げましたが、父はホーカー大佐と同様の名声を確立しようとしています。名射手、フライ・フィッシングの名人、乗馬の名手とくれば、ほかの女性の目をひきつけないわけがありません。ここで、両親の結婚生活が幸せなものではなかったと申し上げておきます。ことに、父が手に入れたがっているロングパリッシュを、現在所有しているエヴァ・ダンという裕福な未亡人がいます。ここ数年、二人の関係がまことしやかに噂されていて、母はその屈辱に耐えなければなりませんでした。母はわたくしのために妻の座を守りとおしましたが、父にしてみれば憤懣やるかたなかったでしょう。

ですから、母がウィンチクームに死ぬまでとどまるつもりであれば、自分が愛人と再婚してロングパリッシュを手に入れるチャンスがなくなると考え、母を殺したのですわ」

「それを証明できますか？」

「いいえ、でも父が手を下したことに、わたしは露ほどの疑いも抱いてはおりません」

「ではあなたの知っていることをすべて、起きたとおりに話してください。どんなに無関係に思われることも省かないように」

「母は、どれほど不愉快な思いをしようと、父と同じ屋根の下に住むことを甘んじて受け入れていました。園芸が趣味で、晴れた日には庭で過ごすのが好きでした。もうひとつの趣味は文学です。屋敷には小さな図書室があって、毎晩夕食のあと、十時に寝室に下がるまでそこで本を読んでいました。最近は、図書室に鍵をかけて閉じこもることが多くなりました。父が悪酔いし、母に当たりちらすことがたびたびあったからです。ですから、読書に没頭できるよう、ドアに鍵をかけて静かな空間を作り出していたのです」

「すると、時ならぬ死に襲われたのはその図書室の中だったのですね？」その問いを発したホームズの声には優しさが込められていた。

「はい」グロリア・モーガンはすすり泣きをこらえた。「亡くなる前の晩のことです。その日狩りがうまくいかなかったせいで、父は機嫌が悪く、夕食は不愉快なものでした。食事のあと、母はいつものとおり図書室に下がりました。父の行動についてははっきりわかりませんが、おそらく猟場番のコテージに行って、ランダルとモグラの駆除について話し合ったのだと思います。今は芝生や植え込みを荒らされて困っていますので」

「それで猟場番というのは？」

「ランダルは忌まわしい人間です。あの男を見ると、彼の作った害獣用の罠にかかって悪臭を放ちながら腐っていくオコジョやイタチを思い出します。あのあたりで最も憎まれている男です。村人の飼っていた犬や猫が何匹も彼のしかけた罠にかかったり、猟場にいるキツネ用にまいた毒を食べて死んでいます。自分の管理するキジが安全かどうかが、彼の最大の関心ごとなのです。狩りの日に多くのキジを殺すことができればできるほど、ウィンチクームで狩猟をするお客たちのあいだで存在意義が高まりますから」

「確かに不愉快な人間のようだ」ホームズは考え込みながら言った。

「父の次にですわ。その夜、わたくしはいつもより遅い時刻に自室に下がりました。十一時ごろ図書室の前を通ったとき、ドアの下から明かりが洩れているのに気づきました。母が椅子に座ったまま眠ってしまったのではないか、それとも具合が悪いのではないかと心配になり、ドアをノックしました。何度か叩いても返事がなかったので、執事のジェンキンズを呼びにいったのです。ジェンキンズがドアをこじ開けると、そこには……ああ、ホームズ様！」

わたしは手をのばして彼女の手をやさしく叩いた。グロリア・モーガンは落ち着きを取り戻し、話を続けた。「母がこと切れているのはひと目でわかりました。それ自体恐ろしいことでしたが、母の顔に刻まれた苦悶の表情と、ありえない角度にねじ曲がった手足は、恐ろしいのひとことでは片付けられません。ホームズ様、母がすさまじい苦痛のうちに死んだことは明らかです、助けを求めることもできないほどの」

「それから医者を呼んだのですね?」

「はい。ジェンキンズがすぐに村まで馬を飛ばしてランベス先生を呼びにいき、まもなく戻りました」

「それでお父上は?」

「父が帰ってきたのは、ランベス先生が到着したあとです。父が見せた悲しみは、アマチュアの舞台俳優のほうがずっとましというほど薄っぺらい演技でしたわ。ランベス先生は母の体を調べ、死因は破傷風だと言いました。父は満足していたようです」

「だったら死亡に至る前になんらかの兆候があったはずです」わたしは口を挟んだ。「破傷風に感染した患者は、最後の発作に襲われる前にしばらく苦しむのが普通ですよ」

「そのとおりだ!」ホームズが言った。「ミス・モーガン、お母様は夕食のあいだ具合が悪そうでしたか?」

「いいえ」グロリア・モーガンはハンカチで目元を押さえた。「でも、このところ食欲がありませんでした。きっと心痛のせいですわ。あの晩もほとんど食事に手をつけませんでした。ほんの少しつまんだだけで」

「それで、その残りは?」ホームズの声には近ごろなかった鋭さが感じられた。ミス・モーガンの語る話が通常の調査以上の興味を引き起こしたようだった。

「お考えになっていることはわかりますわ、ホームズ様」彼女はうつろな笑い声を上げた。「同じことをわたくしも考えましたから。母の食事になんらかの毒がしこまれたのではないかと。悲しみと怒りに突き動かされ、わたくしもランベス先生と父にもその考えを話したのです」

「それで？」

「父は底意地の悪い笑い声を上げました。『いいだろう』と言うと、わたくしたちを食堂まで連れていき、『おまえがどれほどばかげた疑いをもっているか証明してやろう。おまえの母親の食べ残しを犬にやるのだ』と言いました。わたくしたちは外の犬小屋に出て、犬たちがその食べ残しをあっという間に平らげるのを見たのです。けさわたくしがロンドンに発ったときも、犬たちはいたって元気でしたわ」

「なるほど……」黙考状態に陥ったホームズが考えていることを推し量るのは、不可能に近い。時機がくるまで明らかにしてくれることはないので、それを訊ねるようなまねはしなかった。

ミス・モーガンとわたしは顔を見合わせた。その目に浮かぶ苦痛を疑う余地はなかった。彼女は切羽詰まって助けを求めにここへやってきた。ホームズがただひとつ残った希望なのだ。

「明日の朝一番の列車で、ワトスンとともにハンプシャーに向かいます」ホームズは心を決め、わたしが当然同行するという口調で言った。「お父上の知らないところで、この不慮の死に襲われた場所を調べることが重要なのです、ミス・モーガン。それができますか？」

「もちろんですわ」その声には心からの安堵が感じられた。「母が急死したというのに、父は明日のキジ撃ちの予定を変更すべきだとは考えてもいないようです。朝の十時ごろからお客たちと狩場に出て、夕方近くまで戻ってこないはずです」

「願ってもない！」ホームズは長く骨ばった指を鳴らした。「あなたはこの午後にウィンチクームに戻ったほうがいい。お父上はあなたがここに来られたことを知らないのでしょうね」

「ええ、少しも気づいておりません。でも、いずれ突き止めるでしょう」彼女の薄いブルーの瞳に恐怖がよぎるのがわかった。「父がどんな行動に出るか考えると恐ろしくて。イングランドきっての射撃の名手というだけでなく、暴力的な人間なのです。昨年の冬の出来事ですが、父とランダルはわが家の周囲に広がる藪の中で密漁者を見つけました。というより、ただ夕食用にキジを捕まえようとした無害な村人です。その村人は骨を折られて数週間入院しました。地主で治安判事という立場になかったら、父は暴行罪に問われていたことでしょう」

「ではこの捜査が内密に運ぶことを祈りましょう」ホームズは笑みを浮かべて立ち上がった。「最後にひとつ質問させてください。お辛いかもしれませんが、お母様のご遺体は……」

「控の間に安置してあります。葬儀はあさってとり行なわれる予定です」

「こいつは申し分ないぞ、ワトスン！」グロリア・モーガンの足音が小さくなっていくのを聞き届けてから、ホームズが口を開いた。「向こうへ行ったら、被害者についてきみの医師としての意見を聞かせてもらえるとありがたい。それから、軍医時代のリヴォルヴァーをポケットに忍ばせておいてくれないか。ぼくらが相手にするのは、激しい気性の持ち主というばかりか、イングランドでも一、二を争う射撃の名手だ。万全の準備が必要だよ」


わたしとホームズは早朝発のアンドーヴァー行き列車に乗り、雪の舞う田園地帯を走っていった。ホームズは長い道中ほとんど口を開かなかったが、きのうミス・モーガンが語ったことを繰り返し検討していることはわかっていた。彼女の話には真実味があったものの、思い返してみると、とても信じられないようにも思われた。彼女の母親は本当に殺されたのか、それとも取り乱した若い女性が作り出した妄想なのか？　もし殺人だとしたら、ヴァイオレット・モーガンはどうやって密室で殺されたのか。そして、どんな偽装のもとに経験豊かな医者が自然死だと診断することになったのだろうか？　ランベス医師はロイストン・モーガンとぐるになっているのか？害獣やあちこち走りまわるペットを殺す毒を保有しているという狩場番のランダルは共犯なのか？もし犯罪が行なわれたのなら、ホームズが真相を暴いてくれることをわたしは少しも疑っていなかった。コートのポケットに収まった軍医時代のリヴォルヴァーの重みは、安心と不安の相反する気持ちをかきたてる。ホームズがわたしにピストルを持ってくるように言ったときは、たいていそれが必要になるからだ。彼の直観はめったに外れることはない。

アンドーヴァーに着いたわたしたちは、馬車を雇ってウィンチクーム館まで行ったが、ホームズは御者に充分な距離をとったところで待っているように頼んだ。曲がりくねったポプラ並木の私道を歩くころには、すでに正午も過ぎていた。

遠くのほう——ひょろりと細長い木が地平線にからみつこうとしているあたりから銃声が聞こえ、時おり、パタパタと動く点が見えた。キジが藪から飛び出し、たてつづけに放たれた銃弾を逃れ、雪に覆われたカブ畑を目指して滑降しているのだろう。

「少なくとも、われらが郷士殿はしばらくのあいだ忙しくしているようだね」ホームズはシャクナゲの植え込みのあいだを歩きながらそう言った。やがて大きな屋敷の一角が見えてきたが、雪に覆われた広大な芝生がモグラの襲撃によってひどく痛めつけられているのがわかった。ベイカー街の下宿でミス・モーガンが語っていたとおりだ。

ウィンチクーム館は、背の高い松と育ちすぎた低木に囲まれた広い敷地に建っていた。見るからにジョージ王朝時代の建築で、高い煙突のある三階建ての建物だ。かつては威容を誇る田舎屋敷だったのだろうが、今ではしっくいがはげ、西側の外壁には黒々とした雨染みが目についた。ロイストン・モーガンがおあつらえ向きの未亡人の財産を狙っている理由がよくわかったが、ホームズに言ってもけむたがられるだけなので黙っていることにした。馬車が何台も裏に停まっていて、モーガン郷士がきょうスポーツマンたちの訪問を受けていることは間違いない。

幅の広い階段を上がっていくと、正面玄関が開いてグロリア・モーガンが現われた。丈の長い喪服を着ているせいで、顔の青白さがいっそう際立って見える。悲しみに包まれていても、わたしたちの姿を見て喜んでいるのは明らかだった。

「ああ、ホームズ様、ワトスン先生。来てくださって、どれほど感謝しているか言葉にできないほどですわ」

「あれから何か変わったことはありましたか?」ホームズは大理石のしかれた廊下に足を踏み出しながら訊ねた。

「いいえ」彼女は頭を振った。「きのうわたくしが出たときから何も変わっておりません。父はキジ撃ちのことで頭がいっぱいで、自分の中で終わったと思っていることにはなんの関心もありません。図書室はあちらです」彼女はわずかに開いているドアを示した。「母は……」そして、震える指で廊下の突き当たりにある閉じられたドアを指した。

「どうだろう、ワトスン」ホームズは意味ありげにわたしを見た。「ぼくがミス・モーガンと図書室に行っているあいだに、専門家として故人を見てきてくれないだろうか。ぼくは迅速な殺人が行なわれたという密室に興味があるんだ。すぐにきみのところへ行くから」

わたしは磨き上げられたオークの棺を開け、ヴァイオレット・モーガンを見下ろした。死とそれに伴った苦悶が徹底的にその美貌を破壊しつくしていた。柔らかな唇は腫れ上がり、思い切り嚙みしめたことを物語っていた。死後硬直の段階が過ぎても顔はゆがんだままで、断末魔の苦しみが想像を絶するほどだったことを無言で訴えかけている。

腰をかがめて口元の匂いを嗅いだが、感じられたのはよくある死の匂いだけだった。爪を深く食い込ませたせいで手のひらがえぐられ、葬儀屋も指をまっすぐにすることができなかったらしく、何かの病気に侵されたように曲がっていた。わたしは、破傷風菌が体内に侵入するような切り傷や引《ひ》っ掻《か》き傷などの傷口を探したが、彼女が自分で作ったもの以外は発見できなかった。

遺体は確かに破傷風の最後のけいれんに襲われた患者のようすに似ているが、この病気は前触れもなくこれほど急激な死を引き起こしたりはしないものだ。ランベス医師に破傷風を診た経験がないか、安易な結論に飛びついたかだろう。それとも、何があろうとモーガン郷士を守ろうとしているのかもしれない。わたしは自分の見たものに満足したとはとてもいえなかった。

ドアが開く音がして、ホームズが入ってきた。遺体を見下ろすその鋭い目が、何かを見過ごすことなどない。

「ひどい苦しみようだったみたいだな、ワトスン」ホームズは、グロリア・モーガンに聞かれないよう声を落とした。

「ああ、でも破傷風なんかじゃない」わたしはきっぱりと言った。「検出されない毒によるものかもしれない」

「毒の多くは痕跡をほとんど残さないよ」彼は死体にかがみこんだ。「きみはぼくの論文を読まなければいけないね、ワトスン。おや！」ホームズの指がヴァイオレット・モーガンの握りしめられた指の一本を持ち上げ、指先が見えるように動かした。「人差し指の先に何か白いものがついているのに気づいたかい？」

「何か意味があるとは思わなかったが」自分の仕事を批判された気がして、わたしはいくぶんぶっきらぼうに答えた。

「図書室に戻ろう」ホームズは上体を起こした。わたしは彼の素っ気なさにやや憮然としながら、あとに続いて廊下に出た。遺体の指先が少し白くなっていることにどんな意味があるのか知らないが、犯罪現場の検分によって確認する必要があるのだろう。とはいえ、ホームズの思考を乱してはならないことは心得ていた。

図書室に移動すると、ホームズは窓とドアを綿密に調べた。

「カブト虫くらいなら、鍵のかかったドアの下を通り抜けられそうだな」ホームズは誰にともなく言った。「だがそれより大きいものは無理だろう。ミス・モーガンによると、母親は夜にやってくる蛾が嫌いで、夏でも窓を閉め切っていたそうだ。だが問題の夜は氷点下まで冷え込んだはずだから、いずれにしても窓を開けてはいないだろう」ホームズは本棚の前まで移動すると、首を傾けて本の背表紙を読んでいった。「『ホーカーの日記』、それから同じ著者による『若きスポーツマンたちへの手引き』か」あとのほうの革張りの本を引きぬくと、パラパラとページをめくった。「ずいぶん読み込まれているな」

「きのうも申し上げましたが、父はホーカーとあの男が象徴するすべてを崇拝していると言って過言ではありません」彼女の口調には、捜査から脱線したように見えることに対するとまどいといらだちが感じられた。「父の生涯の望みはロングパリッシュを手に入れることです。父にとって聖堂も同然のところですが、わが家の財政状況はしばらく前から逼迫《ひっぱく》しているようです」

「それでお父様は、ほかのところから必要な資金を調達しようとしているのですね」ホームズが言った。「中世の作品が充実していますな。こっちもよく読まれている」彼は別の本を調べながら言葉を続けた。

「父は文学を理解しない人間です、ホームズ様。読むのはスポーツの本とこの中世の作品だけ。ごらんのとおりほとんどが復刻版ですけれど、この時代に関するものばかりです」

「ふうむ」手の中で開いた本をじっと見つめているうちに、ホームズの表情が変わった。わたしが立っている位置から背表紙に書かれた書名が読み取れた。『十三世紀の薬草と植物、栽培法と使用法』。わたしたちの存在を忘れてしまったように、ホームズは真剣に読みはじめた。

「ホームズ様」グロリア・モーガンの声には新たな緊張がにじんでいた。「昼間の狩りは通常、無傷ですんだキジたちがねぐらに帰れるよう、三時ごろには終わりに向かいます。父たちはまもなく戻ってきますわ。捜査にこれほど時間がかかるとは思っていませんでしたの」

「教えてください、ミス・モーガン」ホームズは彼女の警告を聞いていなかったか、無視することにしたのかどちらかだった。「お母様はどんな本がお好きでしたか?」

「英文学です。母は好きな作家の本を何度も繰り返し読んでいました」

ホームズはふたたび注意を本棚に向け、文学作品が並んでいるあたりに目をこらした。

「おや!」きちんと並んだ列から一冊飛び出している本に手を伸ばしながら、彼は勝ち誇ったような声をあげた。「これはお母様が非業の死を遂げたときに読んでいた本でしょう。執事が部屋を片付けたときに元の場所に戻されたようですが、急いでいたのか、きちんと戻していなかったようです。チャールズ・ディケンズか。もっとも、ぼくは読んだことがありませんが」

「『リトル・ドリット』ですわ」ミス・モーガンが答えた。「母があの晩夕食の席で話していたので知っています。それに、母のそばに落ちていましたから、わたしたちが……わたしたちが母を見つけたときに。おっしゃるとおり、ランベス先生と葬儀屋が用をすませたあと、ジェンキンズが部屋を片付けたときに本棚に戻したのでしょう」

ホームズはその本をマホガニーの読書テーブルに持っていき、これまでわたしが何度も目撃してきたような熱心さで調べはじめた。

「お母様は本にあまり敬意を払っておられませんでしたね」それに触れるのは冒瀆的な行為であるとでもいうように、ていねいにページをめくっていった。わたしの立っているところからも、読んだところまで折り目をつけていたように、どのページも右上部分にしわが寄っているのがわかった。

「人差し指をなめてページをめくるのは子供のころからの癖で、ついに直らなかったようですわ」

ホームズはレンズでその部分を観察し、軽く息を吹きかけた。持ち主の髪から落ちたフケのような、白く小さなものが舞ったかと思うと、床に落ちて見えなくなった。それから何か灰のようなものが同じように舞い落ちていった。

ホームズはパタンと本を閉じると、二歩で窓辺に寄り、じっと外に目をこらした。捜査に関係するものを見つけたに違いない。

「モグラが」と彼は口を開いた。「芝生と植え込みをめちゃくちゃに荒らしています。彼らの蛮行を止めるのにどんな方法をとっているのですか?」

「父が自分で対処にあたっています」グロリア・モーガンは、さらなる脱線に明らかに驚いていた。「ランダルから何か薬をもらって駆除しているはずです。そういえば、数日前に母がモグラに庭を荒らされていると話したとき、父がそのことに触れていたのを思い出しました。巣穴に何かまいたとかなんとか。そのときはあまり気にとめていなかったのですが」

「それだ！」ホームズが大きな声を上げた。「ついにすべてが一致した、ジクソーパズルの最後のピースが収まったのです」

「ホームズ様！」グロリア・モーガンの警告の叫びがホームズの歓喜の瞬間に水を差し、一瞬の沈黙に続いて玄関扉が閉まる音がした。重い足音が廊下を歩いてくる。「ホームズ様、遅すぎたようですわ、父が帰ってきてしまいました！」

そのとき図書室のドアがちょうつがいいっぱいに開かれ、ウィンチクーム館のスポーツ好きな当主ロイストン・モーガンを初めて目の当たりにした。戸口をふさぐように立った彼は六フィートを超える大男で、ゆうに十六ストーン（約百キロ）はありそうだったが、だぶだぶのニッカーズと、肩の縫い目がピンとはりつめたツイードの狩猟用ジャケットを着た姿にはいっそうの威圧感があった。銀髪がはみ出たつば広の帽子の下で、怒りが見る見るうちに最高潮に達し、広い頬が赤黒く染まっていった。残忍そうな口元から黒くて長い両切り煙草をとったとき、牙のような歯があらわになった。

だが、ミス・モーガンがテーブルのうしろで体をすくませた理由は、その大きさでも、落ち窪んだ目に宿る悪魔的な表情でも、体中を震わせている憤怒でもなかった。彼はわれわれに二連式ショットガンを向けていたのだ。不明瞭だが大きな声で、娘にこう問いただした。「グロリア、いったいこれは何のまねだ？　離れたところに馬車を停め、泥棒のように忍び込んでいるこちらの紳士方はどなただね？」

「お父様」落ち着きを取り戻し、声の震えをほんの少ししか感じさせない彼女の心意気に、わたしは感心した。「こちらはシャーロック・ホームズ様と、お友だちのワトスン先生ですわ」

「シャーロック・ホームズだと！」ショックと怒りのこもるささやき声でその名を発すると、ロイストン・モーガンは息を吸い込んだ。ホームズをにらみつけるその顔は、ますますどす黒くなっていく。「名前は聞いたことがあるぞ、ホームズ。おせっかい焼きのホームズ、スコットランド・ヤードの使い走りとな！　いったいここで何をしている？　招かれもしないのに、よくもわしの屋敷に足を踏み入れられたものだな！」

「わたくしがホームズ様をお招きしたのです、お父様」グロリア・モーガンは冷静に答えた。挑戦的な態度に出ているときの彼女はいっそう美しく見える。

「ただちにわしの屋敷から出ていけ！」ぐるりと動いた銃身が止まったとき、狙いはホームズに定められていた。「さもないと警官を呼んで、貴様を逮捕させてやる。わしの招待なしには、何者もウィンチクーム館に足を踏み入れることはできないのだ！」

「日暮れ前にまた雪が降り出しそうですよ」ホームズは自分に向けられた銃の存在にまるで気づいていないような口ぶりで言った。

「出ていけ！」

「まあまあ」ホームズはわれ関せずといったふうで言葉を続けた。「警官を呼んでくださるとはご親切なことです、モーガン郷士。ぼくが発見したばかりのものを差し出すことができるんですから。あなたが二日前の晩に奥さんを殺した方法をね」

モーガンは引き金に人差し指をかけた銃を突き出したまま、彫像のように固まり、動かなくなった。わたしもオーバーのポケットに手を滑り込ませ、リヴォルヴァーの台尻を握り、音を立てて銃を持っていることを悟られないよう、親指でゆっくりと撃鉄を起こした。ポケット越しにロイストン・モーガンを撃つこともできたが、その拍子に彼のショットガンが暴発して、至近距離にいるホームズに当たるのではないかと心配だった。それだけがこの悪魔を撃たなかったただひとつの理由だ。

「なんというばかげたことを！」モーガンの唇がようやく動いたが、否定の言葉は尻すぼみに消えた。「妻は破傷風で死んだのだ。庭いじりの最中にできた傷がもとでな」

「いいえ」ホームズの視線はいささかも揺らぐことなく、ショットガンを目の前にしても少しの恐怖も見せなかった。「奥さんの体にはそんな傷はありません。この医師である友人も遺体を調べ、破傷風で亡くなったのではないことを断言してくれました。奥さんは、急激で激しいけいれんを引き起こすストリキニーネ中毒で死んだのです。匂いのほとんどないその猛毒は、ほんの少しの量で死に至ることが証明されています。あなたはモグラを殺すよう装って、狩場番のランダルからそれを手に入れた。でも使ったのは、何も疑っていない奥さんを殺すためでした」

「わしは……敷地を荒らすモグラを駆除するためにストリキニーネを使ったのだ」銃身が下がり、床に向けられるのを見て、わたしは心底安堵した。

「ほとんどはそう使ったのでしょうね」ホームズは短く笑い声を上げた。「でも奥さんを壮絶な死に追いやり、裕福な未亡人と結婚して長年の夢であるロングパリッシュを手に入れるには、ほんの少しあればよかったのです。これは、高齢の医師ならば、大地主が殺人を犯すかもしれないなどと思いつきもしまいということを見込んでなされた、卑劣で計画的な犯行です」

「そんなのは嘘だ。子供のころからわしを嫌い、自分の番が来る前にウィンチクーム館を相続する手段を探っている娘が考え出した嘘だ」

「嘘ではありませんよ、モーガン郷士、お嬢さんにはあなたを嫌うもっともな理由があるのは事実ですが。あなたは自分の妻を密室で殺し、毒殺を疑われると、なんの影響もないとわかっている食べ残しを犬に食べさせて、疑いを打ち消せばいいと考えたんです」

「何も証明できないはずだぞ、シャーロック・ホームズ！」

「いいえ、できます」これこそホームズが何よりも楽しむ瞬間だった。自分の観察と推理を披露し、一点の疑問の余地なく、仮説が証明されるこの瞬間が。「中世の薬草と薬に興味のあったあなたは、五百年以上前に何も疑っていない相手を毒殺する方法があったことを発見したのです。羊皮紙を始め扱いにくい用紙に書物が書かれていた時代は、読むほうはしばしば指先を濡らしてページをめくったものでした。あなたの奥さんにも同じ癖があり、彼女が読んでいる本のページの右上にストリキニーネを塗ることができれば、まず間違いなくその口に毒が入るだろうと思いついたのです。そしてそのとおりになった」

「証明してみろ！」モーガンはうなるように言ったが、その声にはもはや自信が感じられなかった。「そんなのはただの推測だ。はったりをかけているだけだろう」

「いいえ」ホームズは唇に笑みを浮かべたまま首を振った。「証明ならできますよ、疑問の余地なく。紙の白さで見えなくなるように、湿らせた小麦粉でストリキニーネを本のページにつけたのはあなただとね。奥さんが読んでいる本を突き止めると、あなたは卑劣な犯行を実行したのです。ストリキニーネを持っているだけでは有罪にはならない。しかし、ビルマの両切り煙草の灰が少量、その本から舞い落ちてきました。あなたが毒をしこんだときについたのでしょう。その痕跡が残っていたのです。モーガン郷士、あなたはそのタイプの強い両切り煙草がお好きなようですね。ぼくは煙草の灰にかけてはちょっとした専門家ですので、さまざまな種類の灰をひと目で見分けることができるのです」

それまで紅潮していたロイストン・モーガンの顔が、今度は死人のように白くなった。全身が震えているのは、今度は怒りのためではなく、みずからの悪業が露見し、間違いなく絞首台送りになるという恐怖のせいだった。すっかり委縮してしまったとはいえ、わたしが恐れていたのは、彼の震える指がショットガンの引き金を引いたり、あるいは自分の罪を隠ぺいしようとやけになってわたしたち全員に向かって銃弾を放つのではないかということだった。

幸いにもそうはならなかった。ぶざまではあったが一度の動きで、モーガンはきびすを返すと、ふらついた足で図書室から出ていった。わたしたち三人は、廊下を歩く彼ののろのろとした足音が遠ざかっていくのを聞いていた。やがて玄関扉が閉まる音がした。

わたしはリヴォルヴァーを抜いて彼のあとを追おうとしたが、ホームズが手を上げて引きとめた。

「行かせてやるんだ、ワトスン」

冷血な殺人犯を逃がすとはホームズらしくなかったので、わたしは少しとまどった。腕にグロリア・モーガンの手を感じ、彼女をもたれかけさせてやった。このかわいそうな娘は、すでに充分苦しんだのだから。

ホームズが何を考えているのか測りかねたまま、その場に立ちつくしていると、外からショットガンの銃声が立て続けに二発聞こえてきた。わたしたちは顔を見合わせた。残響が冬景色をわたり、ゆっくりと吸い込まれていったあと、ようやく事態を理解したのだった。

「これが一番よかったのです」ホームズは、彼にしては珍しい優しい声で言いながら、グロリア・モーガンの手を握りしめた。「警察の注意を引いても何も得るところはありません。お母様は今、安らかに眠っています。彼女を殺した犯人はみずからの命で罪を償いました。ミス・モーガン、死ぬまであなたにつきまとうはずだったスキャンダルに汚されることなく、新しい人生を始められることになって、ずっとよかったと思いますよ」

これだけの時間がたった今になって、ホームズはようやく、この事件の記録を残したいというわたしの頼みに応じてくれた。毒殺者モーガン、と彼は自分のファイルにそう記していた。数カ月前の『デイリー・テレグラフ』紙で、ハンプシャーのウィンチクーム館の前当主ミス・グロリア・モーガンが、南アフリカの裕福な鉱山主と結婚し、彼の地へ移住したという記事を読んだ。彼女はきっとそこでようやく幸せをつかみ、一八八八年の厳しい冬に起きた悲惨な出来事を葬り去ることができるのだろう。

The Vanishing of the Atkinsons

アトキンスン兄弟の失踪

エリック・ブラウン

Eric Brown（1960 - ）

英国の SF および児童書作家。作品の多くは英国の雑誌 “Interzone” に掲載されてきた。14 歳までをオーストラリアで過ごし、その後東アジア各地を旅行した。現在は英国ホーワース在住。邦訳は「ダイムラグ・ラヴストーリー」（『SF マガジン』1995 年 10 月号掲載）、「時空の穴の奥底へ」（スティーヴン・バクスターと共著、『SF マガジン』1998 年 1 月号掲載）など。

一八八八年というのは、ホームズの手掛けた最も有名な事件と言われる『バスカヴィル家の犬』事件が起きた年だと考えられているが、それが世間に発表されたのは十年以上たってからのことだった。ただちにダートムアへ赴くことのできなかったホームズは、かわりにワトスンを先に行かせたのだった。当時はある恐喝事件に関与していたというホームズの言い分は事実なのかもしれないが、切り裂きジャックの事件の相談を受けていたとも考えられる。この連続殺人事件とホームズとの関わりを明らかにしようとする試みは数多くなされているものの、わたしに言わせれば、そのすべては出所の怪しいものである。切り裂きジャックの事件については、ホームズ自身が満足できるだけの結果をすばやく導き出しておいて、あとはスコットランド・ヤードに任せ、自分はバスカヴィル家の問題に没頭したのだと考えられる。

この年はまた、『四つの署名』の事件が起きた年でもあり、ワトスンはこのとき出会ったメアリ・モースタンと恋に落ちた。二人はほどなく一八八八年の終わりに結婚し、ワトスンはベイカー街の下宿を出て、パディントンで診療所を開業した。しばらくのあいだ、ホームズはひとりで捜査を続けていたが、一八八九年三月に起きた『ボヘミアの醜聞』事件で二人はふたたびコンビを組むことになる。

ホームズがひとりで手掛けた事件のいくつかをワトスンが知ることになったのは、ずいぶんあとになってからである。その中にあるのが「アトキンスン兄弟の悲劇」であるが、ワトスンはのちにこの事件を記録にまとめたものの、発表することはしなかった。数年前、その写しが運良くわたしの手に入り、友人エリック・ブラウンが、出版に適するようなかたちに整えてくれたのである。

この数カ月間、友人シャーロック・ホームズと会う機会がずっとなかった。お互い仕事に追われていたため、社交のあれこれにまで手がまわらず、その晩たまたまわたしが訪ねたときに彼がいたのは、まさに運がよかったと言えよう。

「ワトスン！」ハドスン夫人に案内されて部屋に入っていくと、ホームズはうれしそうな声を上げた。「さあ、座ってくれ。冬の寒さがさほどこたえてないといいんだが」

わたしは暖炉の前で手を暖めてから、勧められた安楽椅子に腰を下ろした。年を追うごとに冬が寒くなっていくようだと愚痴をこぼすと、ホームズは世界の気候や風土に類することがらについて、熱弁をふるいはじめた。

わたしは自分でブランデーを注ぎ、話を聞く態勢に入った。

ホームズの話は、これまでさまざまな土地で経験した厳しい気候のことに移っていったため、わたしの興味は急速に高まった。わが友の輝かしい業績を綴る記録において、わたしが〝大空白時代〟と名付けた期間、彼は東へ東へと旅を続けていたが、そのあいだに出会ったできごとについてわたしに話してもしょうがないと思っているのは、われわれの友情の中で実に残念なことだと、常々思っていたのだ。

その晩もホームズは、旅の詳細については言葉を濁していたのだが、途中でこう口を滑らせた。

「もちろんモンスーンも経験したよ、チベットからセイロンに南下して昔の友人を再訪したとき――」

わたしは「再訪」という言葉に飛びつき、身を乗り出した。「それは九四年より前にあの島に行ったことがあるという意味かい？」

ホームズはすぐに自分の過ちに気付き、あわてて無関心を装った。「八八年にトリンコマリーでつまらない事件が――」

「本当にそこで事件に出会ったのかい？」わたしは問いただした。「でも、どうして教えてくれなかったんだ？」

「わざわざ語るほどもない、取るに足りない事件だからさ。それにロイヤル・セイロニーズ・ティー・カンパニーに守秘義務を誓わせられたんだ。それより、モンスーンの雨の話だけれど……」

トリンコマリーの事件の話は、どうしてもアジアの雨を語りたいらしいホームズの迫力に負けて立ち消えになった。

真夜中近くになったころ、わたしはいとまを告げた。それから数週間、仕事であわただしくしていたため、この晩のやりとりを思い出すことはほとんどなかった。

ひと月後にベイカー街を訪ねたときまで、この件についてはすっかり忘れていた。ホームズはわたしを暖炉の前に座らせ、自分でブランデーを注ぐように言った。

しばらくして彼は、椅子のわきのテーブルに開いたままになっている手紙を長い手で気だるげに示した。

「この前きみが来たとき、セイロンのトリンコマリーで起きた小さな事件について触れたのは覚えているかい？　ロイヤル・セイロニーズ・ティー・カンパニーによって口止めされているって？」

わたしは興奮して座り直した。「もちろんさ。でもそれがどうしたんだ？」

「どうやらその命令は無効になったようなんだ」ホームズは何気ない口調で言った。「三週間前、彼の地にいる友人から手紙を受け取った。会社の経営が傾き、破産したと——だからぼくがこの話をしてはいけない最後の障害がなくなったんだ」

ホームズは、肱掛け椅子のわきに押し込んである、くたびれたスリッパから煙草の葉を取り出してパイプに詰めはじめた。たちまち部屋はツンと鼻をつく青いもやに包まれ、わたしはブランデーをなめながら話に聞き入った。これまで何度も経験しているように、ホームズには語りの才がある。

「『グロリア・スコット号』の尋常ならざる事件に関わったのは、大学時代の友人ヴィクター・トレヴァーの頼みによるものだったというのを、覚えているだろう？」

「もちろんだよ」とわたしは答えた。ホームズが長くイギリスを留守にしていたあいだに書きためた事件のひとつだ。

「もう長いあいだ」と彼は続けた。「トレヴァーとは音信不通だった。共通の知人から、彼が茶畑だか何だかを経営するためにセイロンに渡ったとは聞いていたが、それ以降はなんの音沙汰もなかった……。ところが八八年になって、本人から手紙を受けとったんだ。ぼくの助けが必要な状態にいることが察せられた。あの遠い島まで来てほしいと言っているも同然の内容で、イースト・インディア・ライン社の船の往復切符まで同封されていたうえ、迷惑料は補償すると書かれてあった。そして、それまで三カ月間、彼と雇い主であるロイヤル・セイロニーズ・ティー・カンパニーを途方に暮れさせている問題の概要が、書かれてあったんだ。

内容は充分興味を惹かれるものだったし、旧友のたっての頼みだったから、ぼくはあの熱帯地方へ行くことにした。ワトスン、当時きみはほかのことに気をとられていたから、ぼくがいなくなっても寂しがらないだろうと思ったんだ。きみが結婚してまもなくのころさ。ぼくは身辺整理をして荷物を詰め、イースタン・エンプレス号に乗りこんだ。航海のあいだは、トレヴァーがあわててしたためた事件の概要を検討することに没頭した。

ブルースとウィリアムのアトキンスン兄弟は、セイロン島におけるヴィクター・トレヴァーの隣人だった。二人は十年ほどまえにイングランドをあとにし、ひと旗あげようと極東に渡った。十年間、ロイヤル・セイロニーズ・カンパニーで働き、島のあちこちで暮らし、最後の二年はトリンコマリー近郊の土地で、百人からの現地労働者を監督する仕事についていた。二人はどこをとっても正直な、人好きのする紳士で、セイロン人と、同業の農園主やほかの職業についている外国人社会の両方から好かれていた。友人のヴィクター・トレヴァーはその農園に足しげく通って交流を深めていて、彼が言うには、兄弟は〝地の塩〟ともいうべき人物だったという。二人とも独身で――この職業を選んだ人たちのあいだでは珍しくないが――仕事に生涯を捧げていた。敵などひとりもいなかった。

その二人が突然いなくなったんだが、その失踪は謎に満ちたものだった。兄弟の姿が消えたのは、二月一日の早朝と考えられている。前の晩、雑用係のハウスボーイが寝室に入るのを見ているが、翌朝になると消えていたと言えば充分だろう。六時の朝食にも姿を見せず、七時の農園の見回りにも現われなかった。九時になって二人の失踪がトリンコマリーの植民地警察に届けられたが、友人のトレヴァーが知ったのは正午になってからだ。トレヴァーが農園まで出向いたところ、その数分後に警察から部長刑事が到着した。二人は一緒に家の中を調べたが、ラウンジルームで壊れたガスランプやひっくり返ったテーブルが見つかった以外は、おかしなところは何もなかった。部長刑事は、荒らされたようすから犯罪の匂いがすると言ったが、トレヴァーは、テーブルが開け放された窓の近くにあり、重いカーテンが風にあおられていることから、単に風のせいかもしれないと考えた。

二人は農園内を捜索し、周辺の地域まで足を伸ばしたが、何も、誰も見つからなかった。管理人以下の従業員と現地労働者らにも話を訊いたものの、不審な点や注目すべきことは出てこなかった。一八八八年二月一日のその日から、トレヴァーがペンをとった日まで、アトキンスン兄弟の姿は見られていないし、消息も知れない。まるであの朝家を出たまま、完全に消え失せてしまったように。

もちろん、トレヴァーの手紙に書かれた情報は断片的で、決定的なものではなかった――この事件について考えをまとめる前に知りたいことは山ほどあった。イースタン・エンプレス号がジャフナの港に入ったとき、ぼくは一刻もはやく捜査に着手したくてしょうがなかった。

ヴィクター・トレヴァーが波止場に迎えに来てくれていて、ぼくらは彼のトラップ馬車（二輪の軽装馬車）でトリンコマリーに向かった。時の経過は少しも彼の大学時代の面影を奪ってはおらず、移動のあいだ、ぼくたちは空白の時間に成し遂げた互いの功績を報告し合った。ぼくはアトキンスン兄弟の農園に滞在することになっていたが、二人が不在のあいだ、トレヴァーが管理しているとのことだった。到着したころには夜も更けていて、事件の細かい点について質問する暇もなく、その晩は休んで次の朝話し合おうと言い渡された。

あの地方の夜明けはまさに奇跡だよ、ワトスン。ぼくは翌朝早くに起きて、ベランダから、夜が朝へとまたたく間に変貌するさまを目の当たりにした。あたり一帯が闇に包まれていると思っていたら、次の瞬間、黄金色の曙光が深い谷間の影とどこまでも広がる茶畑の鮮やかな緑をあらわにした。トレヴァーもすでに起きていて、ぼくたちは食堂の広いオークのテーブルについて、すばらしいニシンとポーチド・エッグの朝食をとった。

『アトキンスン兄弟はカードゲームがお好きだったようだな』ぼくはテーブルの上を示しながら言った。『ブリッジだ、間違いじゃなければ』

『きみの推理力は相変わらず冴えてるな』とトレヴァーは言った。『初めてきみに会ったとき、おやじがどれほど驚いたか覚えているかい？　さあ、よければ説明してくれよ』

『単純きわまりないことさ。テーブルの表面の磨耗具合を見ればわかる。札がとられるところがすりへっていて、テーブルの中央の、カードの山が置かれるあたりの両脇にあるそれより小さな二つの傷は、勝負の最後にカードの束が持ち上げられるときについたものだ』

『すばらしい』

『さらに言うと、四人のプレイヤーのうち三人は右利きだが、ひとりはそうじゃない。プレイヤーの左右どちらがすり減っているか、つやの微妙な摩耗具合でわかる。きみは左利きだ、ヴィクター。そこからきみも、ブリッジの夜の常連だったことが推理される』

『この二年、週に二度通っていたよ、ホームズ』トレヴァーは頭を振りながら白状した。

『それからまた、ゲームの結果によってペニー貨が積まれていたこともわかる。こことここにあるひっかき傷がそれを証明している』

これを聞いてトレヴァーは顔色を変えた。『参ったな。きみの言うとおりだよ、ホームズ。ちょっとした賭けは勝負に面白みを添えるんでね』

『ぼく自身は賭け事はやらないが』とぼくは言った。『ギャンブルを科学的に分析すると、せいぜい引き分けで、勝つことはないのがわかる。もちろん、そこに運が介在してくるわけだが。でも、ぼくはいいほうの運を当てにするたちじゃないんでね』

朝食を終えると、家の中を案内してもらい、ぼくはアトキンスン兄弟のハウスボーイ頭とハウスキーパーに話を聞きたいと頼んだ。

トレヴァーは、壮大なパノラマを望めるラウンジにぼくを連れていった。ゆったりした部屋で、陽光が降り注ぐ段々畑を見渡せた。暖炉の上には兄弟を描いた油絵が掛かっていた。長身で亜麻色の髪をした三十代の男たちで、うつ伏せになった虎の両脇でライフルを手にポーズをとっている。

『二人が失踪した朝のまま、何も手をつけていない。テーブルとガスランプを見てくれ』

トレヴァーが手紙に書いていたとおり、倒れたテーブルやランプに不審な点はなかった。開け放した窓から入ってくる風がカーテンを踊らせ、それくらいの悪さはしそうだった。

『失踪した晩は、ドアの鍵はかかっていたのか？』とぼくは訊ねた。

『このあたりでは鍵をかける習慣があまりないんだ。従業員を信用していれば、その必要を感じないわけさ……』

ぼくらは部屋から部屋へと移動したが、不審な点や注目すべき点は何も見つからなかった。やがてベランダに立って、緑に覆われた丘陵をじっと見つめた。『なあ、ヴィクター——その兄弟にはハイキングの趣味はあったかい？　あるいは友人や従業員に何も告げずに旅に出かけるようなことは？』

『ありえないね。二人は心から農園のことを考えていた。いたってまじめな仕事ぶりで、管理人に何も言わずにどこかへ行くなんて考えられない。年に二度、クリスマスと六月の終わりごろに、一週間ほど知人を訪ねてマドラスへ出かけていたが』

『じゃあ、二月に彼らが姿を消したのは、マドラスへの旅行とは関係ないんだな？』

『もちろんさ！　念のためトリンコマリーの船会社の事務所で確認したがね』

『インドへの船旅はどの会社を使っていたんだ？』

『マドラス・ライン社だ。町に事務所がある』

『捜査の途中で訪ねてみよう』

キッチンからハウスボーイが呼ばれ、ぼくはベランダで話を聞いた。ハウスボーイといっても、〝ボーイ〟とはとても呼べないような、少なくとも五十にはなっている中年男だった。小柄でしわくちゃのタミル人だ。礼儀正しく協力的だったが、雇い主の謎の失踪に新たな光を当てることはできなかった。ぼくは通常行なう質問をすべてした。問題の夜、何かおかしなことに気づかなかったか――彼は何もないと答え――二人は周囲から尊敬されていたかと訊くと――そうだと答えた。最後にぼくはこう訊いた。『きみはブルースとウィリアムのだんなさまがどうなったと思う？』

これを聞いて彼は目に涙を浮かべ、小声でつぶやいた。『お二人の命を心配しています、ミスター・ホームズ』

『そうか、でもなぜだい？』

小柄なタミル人は首を振った。『夜になると、お二人の魂がさまよい出るんです』

ぼくとトレヴァーは顔を見合わせた。『魂が？　なぜそうはっきりと言い切れるんだ？』

『あたしは見たことも聞いたこともありませんが――キッチンボーイが、夜になるとあたりの山々からお二人の悲しげな泣き声が聞こえてくると言うんです。お二人の魂が農園にとりついていて、犯人が裁きの場に連れ出されるまでやむことはありません』

彼の言葉を少し考えているうちに、あのまぶしい太陽にさらされる赤道直下の国で、暗い可能性が頭をもたげてきた。それからぼくはそのハウスボーイを下がらせて、トレヴァーに向きなおった。

『で、きみは今のをどう思う?』

『まったくのたわごとだよ、ホームズ! 第一級の迷信さ。この島の住民ほど想像力のたくましい人種は、ほかにいないね。きっと象の鳴き声でも聞いて、勝手にそう解釈したのさ』

『ハウスキーパーとも話してみたいんだが』

トレヴァーによれば、兄弟が失踪したときに雇われていた娘は、もうここでは働いていないということだった。『彼女は妊娠していて、二人が姿を消した直後に体調を崩した。この三カ月、農園の隅にあるバンガローで寝たきりになっている。妊娠して間もないころ流産しそうになったんで、兄弟が医者を雇ったんだ。医者はそれ以来ずっとつきそっている。もしそうしたいなら、あとで訪ねてきみの捜査の足しになるようなことを知っているかどうか訊いてみよう。それより日が完全にのぼりきる前に農園を案内するよ。ぼくも朝の見回りをしなくちゃいけないし。もし一緒に来たければ……』

ぼくたちは農園の赤土に延びる、わだちのついた田舎道をトラップ馬車で走りまわった。トレヴァーはときどき馬を停めては馬車から降りて、長いあいだ現地の労働者と話し込んでいた。十一時ごろ、太陽が天のかまどさながら容赦なく照りつける中、トレヴァーは敷地の端のほうまで行って馬車から飛び降り、膝丈まである藪の中に分け入っていくと、腰をかがめて土のようすを調べている労働者に話しかけた。彼が話し込んでいるあいだ、強烈な日差しではあったものの、ぼくは馬車の日よけから出てあたりを散策することにした。

植物の研究をしてきたぼくは、これまでに何本もの茶の木を見てきたから、多少はわかるようになっていた。やがてトレヴァーのそばにいって、労働者と続けている会話に耳を傾けた。二人は土の状態と成分について話し合っていたが、途中でぼくが口を挟んだ。『このあたりの茶木がこんな状態にあるのは、この土のせいかい？』

『きみが植物にも詳しいなんて知らなかったよ、ホームズ』トレヴァーが言った。

『長いあいだ本を読んでいるうちに聞きかじった程度の知識さ。それよりこの木は、ぼくの勘違いでなければ、モザイク病にかかっているようだ』

管理人はうなずいた。『このあたりだけではありません、ミスター・ホームズ。少なくとも畑の半分がやられています』

トレヴァーは腕を振って、広く刈り取られたあとのある茶畑を示した。『この東の区画は、このシーズンは収穫が見込めない。二月に引き継いだとき、ぼくはこの区画全体を閉鎖して、茶葉を乾燥させる小屋のすべてに鍵をかけ、病気が広がらないようこのあたりの畑には誰も近づけないようにした』

『アトキンスン兄弟は、失踪する前この病気に気づいていたと思うかい？』とぼくは訊ねた。

トレヴァーはしばらく考えてから答えた。『可能性はあるよ、ホームズ。いや、むしろ気づいていたはずだ』そこでしばらく黙り込んでから、訊ねた。『なぜだ？　これが事件に関係していると思うのかい？』

『まだそれに答えるのは早い』とぼくは答えた。『でも間違いなく考慮しなければならない問題だ』

山の中腹で、ぼくたちは現地労働者の一団に出会った。彼らは口々に現地語のシンハラ語でまくしたて、それを聞いていたトレヴァーはやがて業を煮やして彼らの言葉でどなり返した。連中はたちまちだまりこみ、恥ずかしそうな顔をした。

『なんと言っていたんだ?』とぼくは訊いた。

『またばかばかしい迷信さ』とトレヴァー。『三カ月前、ブルースとウィリアムが姿を消した直後、この暗黒の領域でさまよっている彼らの魂の声を聞いたというんだ。もちろん完全なたわごとさ』

やがてぼくらはその場を離れ、トリンコマリーの町を目指して東へ馬車を走らせた。『茶畑は五平方マイルにわたって広がっている』とトレヴァーが教えてくれた。『町と接するこの東寄りの区域には、現地民が居をかまえているんだ。アトキンスン兄弟のハウスキーパーは、病院のバンガローに入院している』

まもなく病院に到着したが、そんな名で呼ぶのはおこがましいほどの粗末な木造家屋だった。四つのベッドが入ったただの小屋で、しかも使われているのは一台だけ。医者は八十代のインド人で、ぼくたちをその女性、アニャ・アマラのもとに案内してくれた。『二分だけですぞ』と医者は釘を刺した。『あの子はひどく弱っとります』

アニャはせいぜい二十歳になったくらいの小柄な娘で、浅黒い額に汗を浮かべ、ぼくたちが入ってくるのを不安そうに見ていた。ぼくはベッドの隣の椅子に腰をおろし、なんとか落ち着かせようとした。

『二、三、簡単な質問をしたいだけだ』ぼくは話しかけた。『長くはかからない』

彼女は怯えた動物のように、医者とトレヴァーに視線を走らせ、最後にぼくを見た。こくりとうなずくと、不安そうに唇をなめた。

『アトキンスン兄弟のところで働いて何年になる?』ぼくは訊いた。

ほとんど消え入りそうな声で、彼女が答えた。『ウィリアム様とブルース様にお仕えして、まもなく二年です。とてもやさしいご主人たちです。行方知れずになったと聞いたときは、心臓が止まりそうでした』

『茶畑の労働者たちは、アトキンスン兄弟は死んだと考えているようだが、アニャ。それについてはどう思う?』

激しく頭を振ったせいで、大きな目にたまっていた涙が茶色い頬をこぼれ落ちた。『あたし……あたし――そんな恐ろしいこと考えられません!』

ぼくはやさしく彼女の手を叩いた。『よしよし。ぼくたちはできるかぎりのことをしているからね』

医者がもう終わりだと合図したので、彼女に礼を述べてからその場をあとにした。

ぼくたちは屋敷に戻り、ベランダの日陰で昼食をとったあと、一日で一番暑い時間を午睡して過ごした。その晩は、近くの農園主やその妻らを招いての正式なディナーとなった。話題の中心はもちろんこの事件のことで、突飛で狂気じみた仮説がいくつも披露された。

『わたくしには一目瞭然ですわ』引退した農園主の妻であるひとりの老婦人が言った。『アトキンスン兄弟は財政危機に陥って、逃げ出すことにしたんですよ。夜中に泥棒のように出ていって、今ごろはクアラルンプールでぜいたく三昧をしていることでしょう』

『まったくもってばかばかしい』誰かがそれに答えた。『島から出る船はすべて調べられたんですよ。二人はどの船にも乗っていなかったじゃありませんか』

『そうですよ、あの兄弟にそういう卑怯なまねができると思いますか?』

気まずい沈黙が一座に流れた。これまで申し分ない評価を与えていたかつての友人に疑いの目を向けることは、常に居心地の悪さをかきたてるものだ。

やがて話題は植民地に関することがらに移っていき、ぼくは中座して自分の部屋に下がった。翌朝朝食を終え、トリンコマリーの町に行きたいと頼むと、トレヴァーは軽馬車と御者を都合してくれた。

トリンコマリーは小さな町だ。表通りにはコロニアル様式の石造りの建物がいくつも並んでいるが、中心をはずれると粗末な建物がとってかわる。ぼくは表通りの途中で馬車を降りた。道は尾根に沿って数百ヤード先まで続いている。最初に訪問するのは植民地警察の本部にしようと決めていた。堂々とした建物だから見逃すことはない。この手の役所ではつきものの、延々と続く事務手続きの末、ようやくアトキンスン兄弟の捜査を担当しているモーティマー部長刑事のところに通された。

『ホームズさん』彼は立ち上がってぼくの手を握った。『あなたがこの件にあたられると聞いていました。この恐ろしい事件に新しい光を投げかけてくれたら、感謝を惜しみません。実を言いますと、途方に暮れていたのです』そこで彼は射るような視線を向けてきた。『捜査の進み具合をうかがってもよろしいでしょうか?』

ぼくはおととい島に着いたばかりだから、進展はほとんどないと答えた。『逆にご意見をうかがえたら助かるのですが』と向けてみた。『農園の経営が傾いて、オーナーの逆鱗に触れるのを恐れて、国外へ脱出したといううわさもあるようですが』

部長刑事は唇をすぼめて考えこんだ。『ええ、確かに農園はうまくいっていなかった——それは認めましょう。でも包み隠さずに言うと、あの二人がこそこそと逃げ出したりするような卑怯な人間だとは思えないのです。もちろんその可能性も捨てきれませんから、二人が消えたあと二週間にわたってすべての港に部下を配置しました』

『捜査の一環として、二人の財政状況もお調べになりましたか？』

『もちろんです。地元の銀行で徹底的に調べたところ、千ポンドという多額の借り越しがあったことがわかりました。あの二人は……なんと言いましょうか……ちょっとしたスリルが好きだった、と言えばおわかりでしょうか？』

『つまり、カード賭博をやって負けがこんでいたと？』

『そう聞いています』とモーティマーが答えた。『でもそれがギャンブルの負債かどうかといいますと、これまでに判明したところによれば、どうもそうではないようなのです。この状況のすべてが謎なのですよ、ホームズさん』

『家から連れ出されて、敵に殺された可能性は？』ぼくはそう訊ねた。

『敵がいればね』部長刑事は答えた。『わたしもそう考えたかもしれません。でもあの二人のことはよく知っていますが、ギャンブル好きということを除けば、めったにお目にかかれないほど立派な住民でしたよ。二人のことを悪く言う人間に会ったことがない』

ぼくたちはさらに話し合ったが、それ以上の事実は見つからなかったため、部長刑事に礼を言って、その場をあとにした。

ぼくはマドラス・ライン社の事務所に寄ることにした。近くにある下見板張りの建物だ。真っ赤なサリーをまとった、カリカリした感じの女性事務員が、請求書を書きながらろくすっぽ顔もあげずに応対した。ぼくが名乗って用件を伝えると、彼女はつっけんどんに答えた。『そこに台帳が積んであるから』と彼ら特有の歌うような英語で言った。『ご自分でお調べになったら？』

ぼくはぐっとこらえて、該当する期間に販売された切符の記録を調べるという、うんざりする仕事にとりかかった。言うまでもないが、何も発見できなかった——まさか、本名で切符を買ってるわけもないしね。

無愛想な事務員のところに戻って、責任者に会いたいと申し出た。すると彼女は顔を上げ、にっこりと微笑んだ。『わたしがその責任者です、ミスター・ホームズ』ってね。

『だったらいくつか質問したいのですが、マダム』

それから十分間、ぼくはこの無礼な相手からどうにか情報を引き出そうと試みたが、まるで石から血を抜き出そうとするような不毛な行為だった。苦労の甲斐なく、アトキンスン兄弟がマドラス・ライン社で最後に切符を買ったのは、クリスマス前で、インドの友人を訪ねる恒例の一週間の旅行のためということしかわからなかった。

ぼくは丁重な協力に礼を言って、通りに出た。

ほとんどなんの成果もないまま、待たせてあったトラップ馬車のところに戻ろうとしたところ、通りを渡った反対側に、窓に板を打ちつけた建物が目に入った。色あせた看板が掛かっていて、インド亜大陸やマレー半島のさまざまな周航地へ向かう旅客船の宣伝をしていた。

ぼくはその隣の自転車修理店に入り、海運事務所はいつから閉まっているのか訊ねた。店主はしばし考えて、三カ月前から清算手続きに入っていると教えてくれた。

『以前の経営者が今どこにいるか心当りはありませんか?』と重ねて訊くと、『郵便局で副支配人として働いとるよ』との答えだ。ぼくはさっそく、由緒ある建物へ向かった。

そこでぼくは、かつて海運事務所を経営していたという年老いたタミル人に会った。彼はさまざまな商業上の不幸に見舞われた話を延々と始め、ぼくはひとしきり聞いてから、会話をもっと適切な方向へもっていった。

『もしアトキンスン兄弟のどっちかが切符を買いにきていたら、当然覚えているさ』と彼は言った。『そのあと起きたことを考えればな』

『それはそうでしょうね』ぼくはひとりごちた。『お時間ありがとうございました』

『ちょっと待った』と彼は言葉を続けた。『アトキンスンとこの誰かが、カルカッタ行きの片道切符を二枚買いに来たことがあった。あのときはなんとも思わなかったが、もしかして何か関係があるんじゃないかと気になっていて……』

『どんな人間だったか覚えていますか?』

彼はひどく悲しげなようすで頭を振った。『わしはもう年寄りだ、人の顔はてんで思い出せなくなった……。だが、若いシンハラ人だったことは覚えている。あのとき、農園労働者でもこんな切符を二枚買えるようになったものかと思ったもんだ』

『その切符の出発日を思い出せますか?』

『ちょっと待ってくれよ』老人はもじゃもじゃの顎ひげをなでた。『そうだな、記憶が正しければ、二月の中ごろだったはずだ』

二月の中ごろ、とぼくは考えた。アトキンスン兄弟が失踪してからちょうど二週間だ。

ぼくはこのまぎれもない聖者に礼を言い、ついに聞き込みが実を結んだことを確信して馬車に戻った。

農園に戻ると、さらなるニュースが待っていた。もう夕方近くで、トレヴァーがその日最初の酒を手元に置いて、ベランダに座っていた。『一緒に夕暮れの一杯はどうだい、ホームズ?』と彼は言い、下働きの少年に飲み物をとりにやらせた。『捜査はどんな具合だ?』

『予想よりは成果があったかな』ぼくは、まさにこの農園の労働者が切符を買った話をした。

『そういうことなら、事件はもう解決じゃないか!』トレヴァーは大声で言った。『二人は船でカルカッタに行ったんだ！』

『そうは思わないな』とぼくは答えた。『きみも知ってのとおり、モーティマー部長刑事は二人が姿を消してから二週間のあいだ、この島を発つあらゆる船を調べさせたんだ』

『じゃあその二枚の切符はどうなったんだ？』

ぼくたちはしばらくのあいだ黙り込み、やがてトレヴァーがぼくに知らせようと思っていたニュースを思い出した。『ところでホームズ、きょうの正午、アニャに無事子供が生まれたよ。母子ともに健康だ。男の子だそうだ』

ぼくはグラスを干した。『二人に会いにいこう』

トレヴァーはぼくをまじまじと見つめ、『きみがそんなに情の深い男だとは知らなかったよ、ホームズ！』と笑いながら言った。

『ぼくの興味は純粋に仕事上のものだよ』とぼくは答えた。『でも急いだほうがいい』

トレヴァーは疑わしげにぼくを見た。「いいだろう、ホームズ。きみがそう言うんなら」すぐに馬車の準備をするよう言いつけ、五分後ぼくたちは山の斜面を駆け降りて病院がわりのバンガローに向かった。

ぼくはこの機に、やや微妙な問題を持ち出すことにした。『トレヴァー』彼が手綱を操り、急なカーブに差し掛かったときだ。『きょう、あの二人が負債を抱えていたことを知った。そのうえ、ちょっとしたスリルに目がなかったこともね』

前の日、彼らのカード遊びに金のやり取りが伴っていたことを見抜いたときの、トレヴァーの反応を思い出したんだ。『彼らとのゲームはペニー・コインをいくつか賭けるだけじゃなかったんだろう？』

トレヴァーは身を硬くした。ぼくのほうを見ようとすらしない。『きみの言うとおりだ、ホームズ。きみが気づかないでくれればいいなんて思った自分がばかだったよ……』

『二年でどのくらい巻き上げたんだ？』

トレヴァーは憤慨してひとしきりまくしたてたが、やがて口を割った。『五百ポンドくらいだ、全部で』

『わかった。それが知りたかったことだ。もちろん合意の上でのことだろう、なんといっても紳士同士で行なわれたゲームなんだから』

ぼくたちは気まずい沈黙のうちに走り続け、病院に着くや急いで中に入った。高齢の医者がアニャのベッドに案内してくれた。その脇に置かれたゆりかごの中で、生まれたばかりの赤ん坊が眠っていた。

その子をひと目見ただけで、ぼくの疑惑は確信に変わった。隣でトレヴァーが息を呑むのがわかった。『なんてこった！　まさか……』

すやすやと眠っている赤ん坊の肌は母親よりも白かったが、それだけでは決め手にならない。けれども、その子はふわふわの金色の巻き毛をしていた。

ベッドの中から、アニャがぼくらを見ていた。大きな瞳から、はらはらと涙がこぼれ落ちた。

彼女があふれる思いを押しとどめて答えられるようになるまでに、数分を要した。『弟のウィリアム様のほうです』と彼女は答えた。『あたしたちは愛し合っていました。赤ん坊が生まれたら、ここを離れてどこか遠くの場所で新しい生活を始めようと約束してくれたんです』

『ブルースかい？』とぼくは訊ねた。『それともウィリアムのほうか？』

彼女がそこでふたたび涙に暮れたので、ぼくはトレヴァーのほうを見た。

『だが、このことが彼らの行方と関係があるのかい?』と彼が言う。

『あると思うね』ぼくはアニャのほうを向いた。『アニャ、ウィリアムときみは、どこか屋敷の外で会っていたんだろう?』

彼女はすすり泣きながらうなずき、ようやくこう答えた。『二日置きに、午後の六時になると、マクパーソンズ・ヒルのバンガローで会っていました』

『マクパーソンズ・ヒルへ今すぐ向かうぞ!』ぼくはトレヴァーに言った。

アニャがぼくの腕をつかんだ。『ミスター・ホームズ! ウィリアム様が、まさか……?』

ぼくは最悪のことを恐れていたが、もちろん彼女には知らせなかった。『ぼくらにできるのは、望みを捨てずに祈ることだけだ』確信のもてないままそう言った。

ぼくたちはただちに病院をあとにした。トレヴァーは農園内を猛スピードで駆け抜け、馬車は緑に覆われた丘陵地帯の高みへと着実にのぼっていった。

『疑っていたんなら教えてくれればよかったのに!』トレヴァーは大声で言った。『もう少しで心臓が止まりそうだったよ!』

『確信がもてなかったんだ。でもそれで万々歳というにはほど遠い』

高台に出ると、トレヴァーは尾根に沿って百ヤードほど先にある小さな木造のバンガローを指さした。馬に鞭をあててさらに速度を上げ、バンガローの前で馬車を急停止させた。ぼくたちは飛び降りて建物の中に入っていった。

ぼくが小さな居間を見回すあいだ、トレヴァーは隣の寝室を調べに行った。『ホームズ!』叫び声がした。

急いで寝室に入って目をこらすと、ベッドカバーのかけられたベッドのまん中に、走り書きのされた紙がのっていた。

『思ったとおりだ』書き付けを読んだぼくは、その紙をトレヴァーに手渡した。

彼は声に出して読み上げた。『大切なアニャ――急いでこの手紙をトレヴァーに渡してくれ。トレヴァー――どうかぼくたちを助けてくれ！　ぼくらは三日前の朝、強盗に拉致され、山の中に連れていかれた。やつらは五百ポンドの身代金を要求している。チャタージー・ヒルの泉の脇に金を置いておくようにとのことだが、警官が一緒に来たらぼくたちを殺すそうだ。トレヴァー、お願いだ、身代金を払ってくれ。借りは必ず返す。ぼくたちが解放されるまでアニャのことを頼む』

ウィリアムとブルース・アトキンスンの署名。

『でももちろん』とぼくは言った。『二人が姿を消した翌日、アニャは病に倒れ、いつもの逢引《あいびき》ができなかったわけだ』

『なんてことだ』トレヴァーは叫んだ。『なんという悲劇だろう。今この瞬間にも二人は喉を切られて殺されているかもしれない。でも今さらどうすればいい？　言われたとおりに身代金を届けるのか？』

『それには遅すぎると思うよ』

『二人はもう殺されてしまったと？』

それには答えずに外に出ると、ぼくは馬車に乗り込んだ。トレヴァーがあわててあとを追ってきた。

『きのうきみは、三カ月前、二人が姿を消した直後に農園の東側にある小屋をすべて施錠したと言っていたね――』

『ああそうした。だけどそれが……』

『すぐにすべての小屋を開けさせて、徹底的に中を調べるんだ。ことは一刻を争う』

屋敷に戻ると、トレヴァーはぼくが言ったことを使用人に命じた。鍵を配り、ぼくらはまた馬車に乗って東の地区に向かった。

十五分後、二百ヤードと離れていないところから現地労働者の叫び声が聞こえた。大勢の男たちが貯蔵小屋の開いた両開きのドアの外に集まっていた。彼らは中の暗がりをのぞきこんでいたが、入っていく勇気はないようだった。

ぼくらがその小屋に駆け寄ると、強烈な悪臭が鼻腔を満たし、ぼくの一番恐れていたことが現実のものになった。ハンカチで顔の下半分を覆いながら、ぼくらは恐る恐る中に入っていった。

熱帯向きの服装をした死体が二体、床の上に倒れていた。小屋の暑さのせいで腐敗が進み、ひと目で判別できないほどだった。トレヴァーは口を押さえて外に出た。

『絶対に』彼はしゃべれるようになると声をしぼり出すように言った。『絶対に、こんなことをしたやつらを裁きの場に連れ出してやる!』

『死んだ二人の男が見つかるだけだ』

『なんだって!』

『トレヴァー、よく聞いてくれ——誘拐犯なんていないんだ。あの兄弟の狡猾な想像の中以外にはね。これは実に悲劇的な事態だよ』

『と言うと……』彼は言葉を失って、かつての友人たちの遺体を示した。

『自作自演だったのさ、トレヴァー』ぼくは言った。『彼らにはギャンブルの負債があり、農園の経営も傾いていた。そこで卑怯なやり方で逃げ出すことにして、きみから五百ポンドだましとるためにこの無謀な計画を思いついた。もちろん返すつもりなどなく、借金と傾いた農園を残したままその金を持ち逃げし、変装してカルカッタに渡ったあと、そのだましとった金で新しい生活を始めるつもりだったんだ。もちろんその計画は運に見放されたわけだが。二人はアニャが病に倒れるなんて知らなかったし、きみが小屋の前を通って何も知らないまま自分たちを閉じ込めてしまうとは予想もしていなかった。かなりしっかりした造りだから、逃げる望みはなかった』

『なんてことだ』トレヴァーは衝撃に打たれた。『あの叫び声！　労働者たちが聞いたあの魂の泣き声というのは……』

『ぼくが不審に思ったのはこの点なんだ。ぼくは科学を信ずる人間だ、トレヴァー。幽霊や悪鬼といったものは信じない。兄弟のギャンブルの負債や斜陽の農園、カルカッタ行きの片道切符、アニャの予期せぬ病……この件にまつわるあらゆることを考慮に入れると、どんな悲劇が起きたのか、しだいに全貌が見えはじめた』

ぼくは、この悲惨な結末にうちひしがれている友を残して馬車に戻った。少しして彼が追いかけてきた。『でも、わからないことがひとつある』と彼は言った。『カルカッタ行きの切符が二枚用意されていたと、きみは言った——一方アニャは、ウィリアムがインドで新しい生活を始めることを約束してくれたと語った……』

ぼくは馬車に乗り込む途中で動きを止め、トレヴァーの目を正面から見つめた。

『ぼくらがつかんだ事実から、二つのシナリオが推理できる。ひとつは、ウィリアムはアニャに誓った愛を貫くつもりだったというものだ。身代金を手に入れたあと、ブルースはほかの方法で島を出て、ウィリアムがひそかにアニャをインドへ連れ出す——』

『もうひとつは？』

『もうひとつは』とぼくは答えた。『ウィリアムとブルースは、きみが思っていたような紳士ではなかったというものだ。二枚の切符は二人のためのもので、アニャをここに残したまま、きみの五百ポンドとともに消えるつもりだった』

『それでどっちが』とトレヴァー。『本当だと思う?』

ぼくはお手上げだという仕草をした。『アニャのためには、ウィリアムは彼女を連れていくつもりだったと信じたいが……』

トレヴァーはくっきりと苦悩が刻まれた表情で、じっと空を見つめた。『どちらにせよ、会社は真相を広めさせるわけにはいかないだろうな。これが表沙汰になったら……。約束してくれ、ホームズ、決して口外しないと』

『ああ。誰にも、ひとことも漏らさないと約束するよ』

ホームズはそこで言葉を切ってパイプに葉を詰めなおした。「これで話は終わりさ。この手紙が来なければ、事件が知られることはなかっただろう」

「トレヴァーは会社にどう報告したんだ?」

ホームズはワシのような顔を傾けた。「ぼくは身代金を要求していた偽の手紙を処分するように言った。それから、こういう話をこしらえるよう助言した。二人がある朝貯蔵庫を確認しにいったところ、ヘビか何かに咬まれて、助けを呼ぶ間もなく意識を失った。そして、その小屋に偶然鍵がかかってしまい、悲劇は発見されないまま三カ月がたってしまったとね」

「それで、アニャはどうなったんだ?」

「きみは相変わらずやさしい男だな、ワトスン!」ホームズはわたしを見て微笑んだ。「九四年にあの島に戻ったとき、アニャはトレヴァーの農園で働いていた。子供は元気で健康な六歳の少年に育っていた。きみは驚くだろうが、ぼくはあの子の将来のために、少しばかりの信託を残してきたんだ」

ホームズはきらきらした目でわたしを見ながら、ボトルに手を伸ばした。

「ブランデーをもう一杯どうだい、ワトスン？」

The Adventure of the Fallen Star

流れ星事件

サイモン・クラーク

Simon Clark（1958 - ）

英国のホラー作家。地方自治体の職員を経て1993年から専業作家。さまざまな雑誌に短篇を書くほか、短篇集や長篇の単行本を10作ほど刊行。その作品はBBCラジオで放映された。ロックバンドU2に詞を提供したりもしている。2002年に英国ファンタジー協会最優秀長篇小説賞受賞。邦訳は『地獄の世紀』（扶桑社）など。

ホームズは女性が苦手だった。ワトスンが結婚してからは、ごくたまに仕事上の必要に迫られて彼を訪ねるぐらいで、ホームズがワトスン夫妻と社交的なつきあいをした形跡はない。そんなホームズでも過去に一度だけ、自分に匹敵する知性の持ち主と認める女性と出会ったことがある。それがアイリーン・アドラーで、彼女が関わった事件は『ボヘミアの醜聞』の事件記録に詳しい。

その事件のあと、ワトスンはふたたびホームズと仕事をするようになるが、これはおそらく、彼の結婚生活の輝きが薄れたか、メアリ・モースタンが特別理解のある女性だったからだろう。一時期、ホームズは小さな事件を数多く手掛けていた。彼はそのような事件の大半を、重要だが面白みに欠けると感じていたが、それでも中には奇怪そのものと言える事件もあった。たとえば、ホームズがかつて触れたことのある「ダンダス家の別居事件」だ。これは夫が毎食後、妻に入れ歯を投げつけるようになったという奇妙な事件だった。このような事件はどれも記録に残されていないが、それは当時、ワトスンがホームズのそばにいなかった、あるいはホームズがその事件への興味をすぐ失ってしまったからであり、例外はこの『流れ星事件』だけと言える。当初、この事件は取るに足りない些細な事件にしか見えず、『花婿失踪事件』で忙しかったホームズは危うく見過ごすところだった。しかしいったん真相が明らかになると、この一件は非常に奇怪な事件としてホームズの記憶に残ることとなった。ここに記すその顚末は、サイモン・クラークが発掘したものだ。

「ワトスン、どうやらきみには見当もつかないようだね」四輪辻馬車の中で並んで座るシャーロック・ホームズが、話しかけてきた。私たちが乗る馬車は金曜の昼時の喧騒の中、歩行者や馬車でごった返すストランド街を勢いよく走り抜けている。

「ああ、まったくわからないね」少し前、彼から手渡されたブドウの実ほどの石をわたしは掲げてみせた。「こんな小石を渡されて、どう思うかと訊かれても」

「それで、どう思う?」

「ふむ、正直言って何も思わないな」

「それはきみが、ただ見ているだけで観察していないからだ。いいかい、ワトスン、いつだって注意して見るべきは細部なんだよ。細かいことこそ重要なんだ」

「これは、きみが今調査している事件に関係しているようだね」

「ある程度はね。でも、そいつはなかなか面白いだろう?」

「この石のことかい?」

「そうさ。手袋をはめたきみの手にのっている、その石のことだ」ホームズは茶目っ気たっぷりに、にやりと笑った。「さあ、ワトスン、ちょっとゲームをしてみよう。その石をよく観察するんだ。形や表面の傷を観察し、重さを感じ、石の組成を考える。満足がいくまで観察したら、その石の中心からどんな不思議な振動が伝わってくるか教えてくれたまえ」

「ホームズ、ぼくをからかっているんだな」

「ああ、そのとおりさ」

どういうことだい、と訊くようにわたしは眉を上げた。

「悪いね、ドクター。確かにぼくはきみをからかっている。だが実際のところ、今ぼくが調べている事件も、単なる冗談か悪ふざけか、気まぐれないたずらにしか思えないんだ」

「なんの話かまったくわからないな」

「そうだろう！　だが、すぐにはっきりわかるさ」

「どうしてそんな事件を引き受けることにしたんだい？」

「普通なら、こんな事件になど鼻もひっかけない。だが、事件に巻き込まれた紳士が知り合いでね」

「友人かい？」

「まさか。ぼくの真の友人はきみだけだよ。実はその紳士にはまだ一度も会ったことがないんだが、以前たいへんお世話になった。ある金属の組成についての貴重な情報を彼が教えてくれたおかげで、キングズ・リンで起きた黄金の弾丸殺人事件を解決することができたのさ。つまり、彼にはちょっとした借りがある。おやおや！　あれを見たまえ。ロンドンの渋滞は日増しにひどくなるね。このぶんじゃあと十年もすれば、あてにできる交通手段は徒歩だけになるぞ！」

「どうやらハムステッドまで北上するのには時間がかかるから、依頼人の家に着くまでに事件の内容を聞かせてもらう時間はたっぷりあるね」

「確かにそうだな。だが、とにかくまずはこの石のことだ。よく注意して見てくれたまえ。本の一ページを読むつもりでこの石を読んでほしい」そう言うと、ホームズは両手の指先を突き合わせ、目を閉じた。彼がわたしの言葉を聞き逃すまいと神経を尖らせていることを物語るのは、つややかなシルクハットのつばの下にのぞく、額のかすかなしわだけだ。

わたしはその石からわかることをひとつひとつ挙げていった。「重さは、まあ一オンスくらいだな。サイズはナシ型。色は、ふむ、銀色がかっている。臭いはなし。外見は、ガラスみたいに滑らかだ。きっと、高熱にさらされたんだな」

「出所はどこだと思う?」ホームズは目を閉じたまま訊いた。

「溶鉱炉かな。さっきはあえて言わなかったが」

「なるほど!」ホームズは目を開け、その鋭い目でわたしを見た。

「きみはこの石の出所を知っているのかい?」

「知っているさ。そいつは宇宙の果てからやってきたんだ。表面が焼けたように見えるのは、大気圏へまっしぐらに突っ込んできたからさ。そのあまりの速度に、摩擦を起こした空気が高熱を発し、石の表面を溶かしたんだ。石の表面が磨耗しているのはそのせいだ」

「なんてこった、じゃあこいつは隕石ってわけかい?」

「そのとおりだよ、ワトスン。そう、一般には流れ星と呼ばれる、石質隕石だ。われわれの頭上では、何百万個もの石のかけらが冷たい宇宙空間をぐるぐると静かに巡っているが、ときどき、そのひとつが地球に落ちてくる。晴れた夜空を見上げると、そういう石の破片が火花を散らして落ちていくのが見えることがあるだろう? まあ、それが地球にまで落ちてくることはめったにないがね」

興味がわいてきたわたしは、天空から落ちてきたその石をまじまじと見た。「じゃあ、これは値打ちものなのかい?」

「まさか、値打ちなんてまったくないさ。せいぜい数シリングってところだ」

「だがきみは、これがその事件に関係しているって言ったろう?」

「さっきも言ったように、ある程度はだ。この石は、事件の事情を説明するきっかけとして持ってきただけさ。ぼくが何年も前、トランク一杯の鉱物見本と一緒に買ったものだ」

ホームズはわたしの手からその石を取り上げると、手袋をした親指と人指し指ではさみ、顔の高さまで持ち上げた。わたしに横顔を向けたまま、ワシのようにいかつい顔から数インチのところまでその石を近づけると、まぶたを半ば閉じ、夢見るような目でその石を凝視した。

「だがね、ワトスン、ちょっと想像してみたまえ。このどうということもない小さな石の破片は、何百万年ものあいだ星々のあいだをさまよっていたんだよ。それが偶然にもこの地球にぶつかって火の玉となり、ヒュルヒュルと音をたてて地上に落ちてきた。この石がぼくときみが乗れるほど大きかったら、と想像してみたまえ。それに乗って大陸や海の上を飛んだら、夜の闇にまたたく街の灯りは黒いヴェルヴェットの上できらめくダイヤモンドの粉みたいに見えるだろう。そんなきらきらと輝く街には人間が——単なる言葉上の人間じゃない、生身の人間だよ!——それぞれの人生を精一杯生きている。そこでは王や貧民たちが、それぞれの心配や不満、嫉妬に悩まされながら、眠れぬ夜を過ごしているかもしれない。そんな街には何百万人もの人間が住み、一流の統計専門家でさえめまいを起こすほど多くの男女が大小の悪事を企んでいる。この石に乗って空を飛ぶぼくたちの下で、教室にある地球儀のように世界が回転していることを想像してみたまえ、ワトスン。時計の針がひと刻み進むごとに、何千件もの窃盗、何十件もの殺人が起こっているんだ。まったくね!」

ホームズはひょいと石を放り投げると、巧みにそれをてのひらでつかまえ、すばやくベストのポケットに収めた。「だとしたらワトスン、どうしてぼくはこの蒸し暑い六月の日、こんなどうでもいい事件のためにわざわざ馬車に乗り、フライパンの上のドーヴァーソールみたいにちりちり焼かれているんだと思う？」

「その知人のためだろう？　さっき言っていた借りを返すためかい？」

「そのとおりだよ。こんなものは、アフタヌーンティーの時間も待たずにして解決できるつまらん事件だ。だが、この紳士はこの一件にひどく心を痛めている。過剰なほどにね。医者のきみなら、咳や鼻風邪やニキビなど、病気ともいえない症状を訴えて診察を受けにくる患者をたくさん見ているはずだ。その不安を和らげてくれる人物に大丈夫だと請け合ってもらいたいというだけで相談を持ちかけてくる患者をね」

「なるほど、じゃあこの事件は……」

「いや、そうじゃないんだよ、ワトスン。とにかくまずは事情を話そう。ぼくの知人、とはいっても手紙のやり取りだけのこの知人は、ハムステッドのチャールズ・ハードキャッスル教授という。数日前、ぼくは彼から手紙を受け取った。彼の屋敷に何者かが、つまり彼の言うところの『家族に邪悪な危害を与えようとしている』何者かが、定期的に忍び込んでいるというんだ」

「ということは、これはただの盗難事件かい？」

「たぶんね」

「じゃあ、警察が扱う問題だね」

「おそらくそうじゃないな」

「でも、何か盗まれたんだろう？」

「盗まれた？　いや、一時的に借りていかれただけだ」

「借りていかれた？」

「そう言えるだろうね。つまり事情はこうだ。チャールズ・ハードキャッスル教授はハムステッドの大きな屋敷に住んでいる。彼の話では、屋敷は広大な敷地に建っているそうで、妻と十歳の息子、そのほか使用人が何人か一緒に住んでいる。彼の専門は冶金学だが、隕石は鉄やニッケルといった金属で構成されていることが多いから、以前から石質隕石にも関心を寄せている。というのも、彼にとって隕石は特別な意味を持っているんだ。隕石は地球由来のものではない。だからそこに含まれる金属から特殊な成分が見つかるかもしれないと考えているのさ。四十歳の彼は控えめで勤勉な人物で、経済的にも安定し、悪い遊びに溺れているわけでもない。そんな彼が先週の月曜、自宅の隣に建てた実験室用の離れで深夜まで仕事をしていた。石質隕石に関する化学実験をしていたんだ。隕石は前面がガラス張りのキャビネットに鍵をかけてしまわれていた。一番大きな隕石はスモモほどの大きさで、キャビネットの一番目立つ場所の中央に置かれていた。十二時十分前、実験を終えた彼は石をキャビネットにしまって鍵をかけ、実験室の戸の鍵もかけてから寝室に引き取った。実験室に入るドアは二つ。裏庭に続く観音開きの頑丈なドア――これは内側からかんぬきがかかっていた――それから母屋に続くドアの二つだ。ここまではいいかい？」

「ああ、よくわかったよ」

「月曜日の夜が晴れた暑い夜だったのは、きみも覚えているだろう？　ハードキャッスル教授は、何も食べないのは体に悪いと心配する妻の言葉を思い出し、ミルクとビスケットの簡単な食事をとってから寝室に向かった。だがそのとき、鼻眼鏡を実験室に忘れてきたのに気がついた。ひどい近視の彼は、眼鏡を取りに実験室に取って返した。母屋と実験室をつなぐドアの鍵を開け、実験室に入ったそうだ。だが、長椅子の上にあった鼻眼鏡を取ったとき、ガラス扉のキャビネットのひとつが開けっ放しになっているのに気がついた。そこで鼻眼鏡をかけて見直すと、キャビネットから一番大きな石質隕石が消えていたんだそうだ」

「誰かが実験室に押し入った形跡はあったのかい？」

ホームズは頭を振った。「彼が入ったドアは鍵がかかっていた。裏庭に続く観音開きのドアも同様で、鍵とかんぬきがしっかりかかっていた。窓も全部鍵がかかっていたんだ」

「じゃあ、きっと見落としたんだな。母屋に続くドアの鍵をかけ忘れたんじゃないのかい？」

「そのドアの施錠には、ことのほか気をつけていたそうだ。実験室には毒物や強力な酸性薬品がたくさんあるからね。息子が実験室に入り込んで試験管や薬品で怪我をすることをひどく恐れている、と彼は手紙にもはっきり書いていた。だから、ドアの施錠には細心の注意を払っているそうだ」

「なるほど、それがこの事件の謎というわけかい？」

ホームズはつまらなそうにため息をついた。「残念ながら、取るに足りない謎さ」

「泥棒がその隕石だか流れ星だかを盗んだということが、取るに足りない謎なのかい？　侵入した形跡がまったく残っていないというのに？」

「ああ。だが、ここから謎は深まるんだ」

「そうか、確かきみはさっき、犯人はそれを盗んだわけじゃなく、ただ借りていっただけだと言っていたね？」

「そうなんだ。その隕石は月曜の夜、教授が実験室の鍵をかけてから、鼻眼鏡を取りに戻るまでのわずか四十分ほどのあいだに消えてしまった」

「その石がまた出てきたのかい?」

「木曜日の朝、息子のベッド脇のテーブルに置かれていたそうだ」

わたしは驚いてホームズを見てから笑い出した。「なんだ、子供のいたずらか。その息子が石を盗んだんだね。だがうっかり見つかってしまった」

ホームズは微笑んだ。「さあ、それはどうかな」

馬車はようやくロンドン中心部を抜け、喧騒をあとにした。空気はすがすがしくなっていたが、ハムステッドへの急な上り坂を進む馬車の速度は落ちていく。窓の外の風景は、タウンハウスのぎっしりと立ち並ぶ商業地帯から、敷地の広い別荘や、晴れ渡った青い空と広大なヒースの荒野に取ってかわった。馬車は丘の上にある〈スパニヤーズ・イン〉(ハムステッドの丘の上にある文人パブ)の脇を通る急な上り坂を懸命に上り、ひづめの音も間遠くなっていった。スパニヤーズ・インを過ぎて百ヤードも進まないうちに、ホームズは右へ曲がるよう御者に声をかけた。道はそのまま、赤いレンガ作りの大きな屋敷の私道へと続いていく。屋敷の横には新しい赤レンガでできた離れが建て増しされていた。

馬車が私道に入っていったそのとき、男がひとり庭の茂みをかきわけるようにして飛び出し、こちらに向かってライオンのような獰猛な大声を上げた。手に握った小枝の束を猛烈な勢いでわたしたちに向けて振っている。

「時間《タイム》だ!」男はどなった。「時間《タイム》だ!」

わたしは思わずたじろいだ。「あの男、襲いかかってくる気だぞ!」

男はどなりつづけた。「時間《タイム》だ! ああ、なんということだ! 時間《タイム》だ!」

「気をつけろよ、ホームズ」馬車を止めろと御者に命じながらドアを勢いよく開けたホームズに、わたしは声をかけた。「あの男は危険だぞ」

「危険なんてことはないさ、ワトスン。きちんとアイロンのかかったズボンに室内用スリッパを履いた追いはぎなんて、まずいない。きっと彼がハードキャッスル教授だよ。ああ、教授、足元に気をつけて」

こちらに駆け寄ってきたハードキャッスル教授は、勢い余ってつまずき、どさりとひざから地面に倒れた。ぜいぜいと息を切らしている。その恐怖に取りつかれた表情を見たとたん、気の毒で思わず胸が締め付けられた。

教授は大きくあえいだ。金色の髪の下の顔は真っ赤になっている。「時間《タイム》だ！　時間《タイム》だ……」

彼はよろよろと立ち上がると、震える手を差し出した。その手にはなにやら青々とした植物の小枝が握られている。「ホームズ……ホームズさんですね……ああ、絶対にホームズさんだ」必死に息を整えようとしていた彼は、ようやく少し落ち着いたらしく、ぎらついた目をわたしたちに向けた「ほら、これですよ」と、わたしたちの顔を交互に見ながら言う。「時間《タイム》です」とさっきと同じ言葉をささやくように繰り返した。「時間《タイム》です」

ホームズはその植物を一瞥してから、わたしを見た。「ああ、そうか。教授が言っているのはタイムのことだよ。彼が手にしているのは、ハーブのタイムだ。どうやらひどいショックを受けているらしいから、とにかく屋敷まで連れて行くとしよう。ブランデーでも飲めば、少しは落ち着くはずだ」

ホームズが言ったとおり、教授はブランデーで落ち着きを取り戻した。彼は身なりを整えると、わたしたちとともに居間に腰を下ろし、これまでの事情を説明しはじめた。いや、とりあえず説明しようとしたと言ったほうがいいだろう。なぜなら彼は、依然として少なからぬショック状態にあったからだ。その手はひどく震えていた。「ホームズさん、ワトスン先生、先ほどのわたしの取り乱した行動をどうかお許しください……もうどうしていいかわからなかったのです。できることなら、あのとき庭で、あの悪党の首根っこをつかまえ、絞め殺してやりたかった。ああ！　なんということだ！　しかし、いずれにせよそれは不可能だ……絶対に不可能なんです！」

ホームズはなだめるような声音で言った。「ハードキャッスル教授。まあ、落ち着いてください。とにかく、けさ何が起こったのかを正確に話してください。ここにいるワトスン君には、なんでもお話しくださって大丈夫です。手紙にも書きましたが、彼にもこの事件の調査を手伝ってもらうつもりですから」

「ええ、ええ、わかっています」教授は気持ちを静めようと大きく深呼吸した。「先日の手紙には石質隕石が消えたことと、それが息子の部屋にふたたび現われたことを書きましたが、あのときのわたしは不安を覚えただけでした。しかし、けさの一件ではすっかり震え上がってしまった。きょう、お二人に会うための着替えをしようと階段を上っていたわたしは、息子のベッドを整えていたメイドに声をかけられました。『だんな様、坊ちゃまのベッド脇のテーブルにこんなものがあったのですが』と」

「また石質隕石が現われたんですね？」

「そうです」

「それとタイムの小枝が？」

「ええ、隕石は、鳥の巣の中にある卵のように小枝の中に置かれていました。その隕石とタイムを見たわたしは、稲妻にでも打たれたような激しい衝撃に打ちのめされ、ズボンとベスト、そして室内用スリッパという姿のまま家を飛び出したのです。その十分ほど前、わたしは息子の部屋をのぞいたばかりでしたから、あの悪魔はその直後に隕石をテーブルに置いたんです」

「あの悪魔？」

「ええ、悪魔、悪霊……なんと呼ぼうがかまいません。ホームズさん、実はその隕石とタイムを息子の部屋に置いた男はもう五年も前に死んでいるのです」

ホームズは細い煙草を吸いながら、いささか落ち着きを取り戻したハードキャッスル教授に話しかけた。鼻眼鏡をかけ、ひじ掛け椅子に座った教授は、両手の指を固く組み合わせ、不安げに親指どうしを突き合わせている。わたしはワインカラーのソファに座り、手にした鉛筆でメモを取った。

しばらくのあいだ、ホームズは暖炉の前で瞑想するように目を閉じていた。羊半頭分を丸焼きにできるほど大きな暖炉だ。物思いにふけったまま、彼は煙草を吸い、青い煙を吐き出していた。この暑い夏の日でも、煙草の煙は煙道を上る上昇気流に巻き込まれ、巨大な煙突を立ち上っていく。「では教授、ご子息の寝室に隕石とタイムを置いていったのはすでに死んでいる人間だ、という話をうかがう前に、いくつか質問をさせてください」

「なんでも訊いてください、ホームズさん」

「隕石が二度目に出てきたとき、屋敷には誰がいましたか？」

「使用人だけです。妻はチェルシーの母親を訪ねていましたし、息子は学校に行っていましたから」

「通学制の学校ですね。寮には入っていないんですか？」

「ええ」

「ご子息が実験室から隕石を盗み、荒地からタイムを取ってきて、鳥の巣に入った卵のように置いたとも考えられますね」

「それはありえません」

「どうしてそう言い切れるんです？　そのぐらいの年齢の少年は、そういういたずらが大好きですよ」

「もちろんエドワードもほかの子供たち同様、いたずらは大好きです」

「それでも？」

「それでも、石をあそこに置いたのは息子ではありません」

「さっき、あなたは『タイムだ、タイムだ』と叫んでいましたね」

「ええ」

「あんなに取り乱されたのは、ハーブがあんな形で置かれていたせいですか？」

「そうです」

「ああいう風に置かれたハーブと石の組み合わせには何か特別の意味が？」

「あります」破滅の兆しを目にした人間ならではの恐怖の表情を色濃く浮かべながら、教授は大きくため息をついた。そしてポケットから、色も大きさもドメスチカスモモによく似た石を取り出し、テーブルの上の『タイムズ』紙の上に置いた。

「これが、わたしが手紙に書いた石質隕石です。金銭的価値はほとんどありません。二十三年前、わたしがこれを見つけた場所にちなんで〝ライ・ストーン〟と呼んでいます。当時、わたしは十七歳の少年でしたが、すでに人生の計画を立てていました。今後、機械や橋や鉄道はいっそう重要になるから、金属は人類にとってなくてはならないものになると思い、科学を仕事にしようと決意していました。当時、ライ（イングランド南東部のリゾート地）には、広く尊敬を集めている著名な天文学者、ドクター・コロンバインがいました。ドクターと言っても医師ではなく、博士のほうのドクターです。著書や論文を数多く発表していた彼に会おうと天文学者たちが世界中から集まり、講演をすれば会場はいつも聴衆であふれていました。わたしもライで行なわれた講演を聞きに行き、その才能とその宇宙観にすっかり魅了されました。博士は髪も頬ひげも燃えるように赤い小柄な人物でした。本当に小柄で、子供のように小さいと言ってもいいほどです。道を歩けば、子供たちにその小さな体格をはやし立てられるほどでしたが、彼はそんなからかいの言葉もユーモアで上手にかわしていました。小さくて火のような人、それがわたしの博士に対する印象です。その外見同様、聴衆に語りかけるときも火のように熱っぽく、目はランプのようにらんらんと輝いていました。

わたしはコロンバイン博士が中心となっていたライの天文学協会に入会し、しだいに彼と話をするようになっていきました。わたしが語る夢に熱心に耳を傾けた博士は、教科書に書かれているような先入観に凝り固まった考え方だけに頼ってはいけないと、熱っぽく語ってくれました。地球には毎日、宇宙の果てから飛んでくる金属片が降り注いでいるのだ、とわたしに教えてくれたのもコロンバイン博士です。もしそうなら、ほかの星で生まれたそのような金属こそが、工業に革命をもたらす新しい合金を作る鍵になるのではないか。そう考えたわたしは、それ以来隕石を集め始め、隕石の標本を作っていったのです。博士の天文台で研究をしていたある六月の夜、わたしたちは流れ星が落ちるのを目撃しました。星が街のすぐ向こうに落ちたのを見て、大喜びしました。フロックコートに帽子をかぶった博士と、ブレザーにキャップ姿のわたしが、嬉々としてフェンスを飛び越え、その隕石を探しにいった姿を想像してください」

「そのとき、あなたたちは二人だけだったんですか？」ホームズが訊ねた。

「ええ。隕石は野生のタイムの藪に落ちていました。隕石が落ちてきた勢いで葉が傷ついたらしく、暑い夜の空気の中でタイムの香りがたちこめていました」

「なるほど」

「それからきょうまでの話を手短にまとめると」教授は続けた。「わたしは大学に進んで金属の研究を続け、コロンバイン博士も天文学の研究を続けました。そして悲劇が起こったのです」

「悲劇？」

「ええ。コロンバイン博士が病魔に侵されたのです。何の病気なのかはわかりません。しかし今思えば、その病魔のせいで博士の脳は徐々にやられていったのだと思います。当時、症状はそれほど顕著ではありませんでした。しかし、講演での口調はそれまで以上に激しくなり、周囲が仰天するようなことを言うようになりました。なんと、ウェールズのスノードン山の頂上に世界最大の天体望遠鏡を建設するという壮大な計画を立てはじめたのです。あの高度なら空気も清浄で天体観察には最適だと博士は言っていました。巨大なその天体望遠鏡を使えば、宇宙の中心に何があるかも突き止められる、とね」

「ということは、彼は精神を病んでいたのではなく、天文学者としての壮大な夢を持っていただけでは？」

「最初はわたしたちもそう思いました。気性の激しい天才気質の博士は、自分の計画がすぐに実現しないことに焦れているのだと思っていたんです。しかしそのうち、誰の目にも彼が本当に病気だと明らかになっていきました。博士は精神を病んでいたのです。その後毎月のように、計画に金を出せと要求する手紙を知人たちに出し始め、その内容はしだいに悪質なものになっていきました。この計画のために全財産を吐き出せ、とまで書かれてあったのです！　その途方もなく大きな屈折型望遠鏡に資金を出すと約束しなければ、ひどい目にあわせる――そう博士が著名な学者たちを脅しているという噂も流れました。実はわたしも五年前、そんな手紙を受け取っていました。そこには、望遠鏡への資金援助を約束しなかった仕返しに、おまえの最愛のものを殺してやると書かれていました。コロンバイン博士の最愛のもの、すなわち望遠鏡建設という夢を、わたしやほかの学者たちがつぶしたからなのだそうです」

「確かにその人物は狂っていますね」わたしが口を挟んだ。

「ええ、そうなんです」

ホームズは事務的な口調で訊いた。「その手紙が届いたのは五年前だと言いましたね。そのときあなたはどう対応したんです？」

「それまで、資金援助を求めてきた博士の手紙はすべて無視していましたが、このときはさすがに警察に相談しました」

「それで？」

「警察はコロンバイン博士の行方を捜してくれました。実はこのときまでわたしも仲間たちもそれを知らなかったのですが、彼はすでに無一文になり、ホワイトチャペルのパブに住みついていたのです」

「警察は彼を発見できなかったんですか？」

「いいえ、そうじゃありません。三カ月後、テムズ川から男の死体が引き上げられました。長く水中にあったせいで、身元は上着の洗濯屋ラベルにあった名前で判断するしかありませんでした。

そうだ！　名前が彫りこまれた懐中時計もありましたっけ」

「つまり」ホームズは頭上に煙草の煙を吐き出しながらいった。「テムズ川で溺れたその気の毒な人物はコロンバイン博士だということになったんですね？」

「そのとおりです。警察はその死体を博士だとみなし、遺体はのちにグリニッジの貧困者用墓地に埋葬されました」

「そして脅迫状も届かなくなった。以来、コロンバイン博士の姿を見たものはいないんですね？」

「もちろんそうです。彼は死んだのですから」

「と、警察は思っている」

「ええ。疑う余地などありますか？」

「もちろん、疑いの余地はいくらでもあります。たとえば、今お宅の生垣を刈っている庭師はあなたの長靴を履いていますが、もし、彼があの長靴を履いたまま死体になってテムズ川に浮かび、ほかに身元を示すものが何もなかったら、警察はその死体をあなただと思うんじゃありませんか？」

「ええ……まあそういう間違いが起こる可能性はありますね……しかし、あの庭師がわたしの長靴を履いていると、どうしてわかったんです？」

　ハードキャッスル教授は鼻眼鏡をかけた目を丸くして振り返り、窓の向こうにいる庭師を見た。五十がらみの庭師は窓から五ヤードほど離れたところでていねいに生垣のイボタノキを刈り込んでいる。

「お宅の庭師は」ホームズは両手の指を軽く突き合わせながら続けた。「最近、彼とよく似た性格の女性と結婚したようですね。二人とも勤勉で、忠義心に厚く、互いに愛し合っている。それから、彼が履いている長靴は、以前はあなたのものだった」

教授は目を細めると鼻眼鏡ごしに長靴を見た。「なんですって？　ええ、そうですね。あれはわたしの古い長靴だ。おそらく妻が、捨てるくらいならクラークソンに履いてもらおうと思ったんでしょう。それに、確かに彼は忠義心に厚い男です。給料分の働きをしようと一生懸命やってくれてますよ。しかし、どうしてそんなことがわかるんです？」

ホームズはにっこりと笑った。「普通、庭師は仕事をするときにあんな高価な長靴は履きません。あれほど高価な長靴を買ったとしたら、それは〝日曜日のよそ行き〟にするはずです。それに彼は、かなり足が痛そうだ。あの長靴が小さすぎるんですよ。あれは、あなたの足のサイズの人用だ。つまり七号サイズですね」

「いえ、八号サイズです」

「いや、あなたの足はおそらくそれより少し小さいと思いますよ。いずれにせよ、あの長靴は彼には小さすぎる。けれど恩知らずだと思われないように、あなたに見えるところではあれを履いているんでしょう」

「だからあんな窓の近くにいるんですか？」

「そのとおり。そして、明らかに刈り込む必要のない生垣を熱心に刈っている。あなたにいい印象を持たれたいんですよ。たぶん、履きやすい作業用の長靴を近くの藪《やぶ》に隠していますよ。感謝していることをあなたに見せたら、あとは履き替えるつもりでしょう」

「彼が最近結婚した、というのは？」

「あんなに清潔な身なりをして、あれほど丹念にアイロンをかけたズボンを履いている庭師はそういませんからね。彼の妻も忠義心が厚いようだ。そして妻を愛している彼は、顔に四、五カ所の切り傷を作ってしまうほど丹念にひげを剃っている。さて！」ホームズは椅子から勢いよく立ち上がると、部屋の中を歩き回りはじめた。そうやって歩き回りながら、鋭い目でカーペットの一部をしげしげと眺め、テーブルの上にあるクリスタルのデカンターもじっと観察している。

ホームズは言葉を続けた。「自分のものではない長靴を履いているあの庭師のことを考えれば、コロンバイン博士が死の世界から舞い戻ってあなたを悩ませるという、ありそうもない事態もそう不可能ではないことがわかるはずです。どうやらテムズ川に落ちたのは、博士の上着を着て、博士の懐中時計を持った別人だったようですね。きっと上着と懐中時計はその人物が博士から盗んだか、買い取ったかしたのでしょう」

「じゃあ、コロンバイン博士は生きているんですか？」

「ええ」ホームズはテーブルから隕石をつまみ上げると、人差し指と親指のあいだにはさんで掲げてみせた。「あなたが例のライ・ストーンをタイムの茂みで見つけたことを知っているのは彼だけなんですね？」

「ええ、彼だけです……隕石の落下場所はわたしの実験とは無関係ですから、ほかの人にそのことを話したことはありません」

「しかし、今回の件ではそれは決して無関係じゃない。タイムの小枝と例の石が一緒にあるのを見ただけで、あなたはあれほど驚いたんですからね。タイムと石のあの組み合わせは、コロンバイン博士からあなたへのメッセージ、つまり『ハードキャッスル教授、わたしは生きている。もちろんあの脅しのことも忘れてはいない。わたしはきみの家に思いのままに入ることができるのだ。今はただ、攻撃のときをうかがっているだけだ』というメッセージです」

「まさか、息子を狙っているんでしょうか？」

「ええ、狙いはご子息でしょうね。きっと四十八時間以内に、ベッドで寝ているご子息を殺すつもりだ」

教授の顔から血の気が引き、紙のように白くなった。「ああ、なんと、なんと恐ろしいことだ。いったいどうしてそんなことがわかるんです？」

「明日の朝、またこちらにうかがいます。そのときにすべてをお話しします」

「しかし、息子は死刑宣告を下されたも同然なんですよ。今のあなたの予言は恐ろしく残酷だ」

「しかし、言わないわけにはいきませんでした。明日、こちらに戻ってきたら、ご子息を救うために最善を尽くしましょう――しかしわれわれが相手にするのは、単に頭がおかしいだけじゃなく、きわめて知性の高い人物です」

「どうか、帰らないでください」

「どうしてもしておかなければならない準備があるんです。だがその前に、そのテーブルの上のタイムの枝をとっていただけますか？　ありがとうございます、教授」

わたしたちはしばらくそのまま腰を下ろしていた。わたしはソファに、教授は落ち着かないようすでひじ掛け椅子の端に腰掛け、ホームズの一挙手一投足を見逃すまいと目を大きく見開いていた。

ホームズはタイムの小枝を手にすると、一番明るい窓辺に歩いていった。いつものように独り言をつぶやきながら、タイムの茎を、そして葉を観察している。「これは、一般にイブキジャコウソウと呼ばれているティムス・セルピルムだな。地表に這うように広がる小低木で、乾燥した草深い土地、特に荒野に多い。花には先端が丸い赤みがかった紫のふくらみがある」ホームズは小枝を鼻先に持っていった。「そしてすばらしく香り高い」そう言って軸をじっと見つめた。「明らかにこれはコロンバイン博士が名刺代わりに置いていったものだ。だがもしも……ああ、そうか！」ホームズは合点がいったというようにつぶやいた。「もしかしたら、博士が残したメッセージ以上のことがわかるかもしれない」彼はポケットから自分の名刺を取り出すと、それを裏返し、窓際の小さなテーブルに置いた。ズボンのポケットからスイス製アーミーナイフを取り出し、刃を引き出してタイムの小さな葉をこする。

「ホームズさん、いったい何なんです？」教授が心配そうな声を出した。「何を見つけたんですか？」

「ちょっと待ってください」

「そのハーブは荒野に生える、とあなたは言っていましたね。だとすれば博士は、通りの向こうのハムステッド・ヒースから盗ってきたに違いない」

「いや、そうとは限りませんよ、教授。この小枝にはその出所の手掛かりがある」

ホームズが葉をこすると、そこから落ちた小さな粒子が白い名刺の上に黒く散らばった。それを丹念に観察したあと、ホームズは小型ナイフの平たい部分を使ってその粒子を名刺になすりつけた。

「このハーブは」ホームズがきっぱりと言った。「キングズ・クロス駅に向かうグレート・ウェスタン鉄道社の線路脇に生えていたものだ」

「なぜそんなことが……いったいどういうことです？」教授は当惑したように頭を振った。

「教授、蒸気機関車の煙突は煤と煙だけじゃなく、焼けそこなった石炭のかけらも吐き出していることはご存知ですね。イングランドの石炭は固いため、目に見えるようなあとが紙に残ることはありません。しかし、ウェールズの石炭はそうじゃない。ウェールズの石炭はごくやわらかいため、紙の上でこすれば濃い跡が――絵描きが使う木炭のように真っ黒な跡が――つく。このタイムの葉にも、小さな砂のような石炭の粒子がたくさんついていますが、これはこの小枝が線路のすぐそばに生えていた証拠です。そして石炭はウェールズ産。ほら、ぼくの名刺の上に残った黒いあとを見てください。つまり、このタイムはキングズ・クロス駅に続く広軌の線路の近くに生えていたということになる。ちなみに、機関車の燃料にウェールズ産の石炭だけを使っている会社はグレート・ウェスタン鉄道会社だけです。したがって、コロンバイン博士はその線路の近くで放浪生活を送っていると思われます」

「なるほど」教授は呆然としたような口調でつぶやいた。「じゃあ、これからわれわれはどうすればいいんです？　どうすれば博士を見つけることができるんです？」

ホームズは即答を避け、ちょっと待ってくださいと言うように片手を上げた。彼が室内で何かを見つけたらしいと気づいた教授とわたしは、思わず身を乗り出した。わたしはカミソリのように鋭いホームズの視線を追っていったが、不審なものは何も見あたらない。ホームズはきっぱりとこう続けた。「教授、あとはぼくにまかせてください。知り合いに連絡して、コロンバイン博士がいないかどうか、パブや居酒屋、鉄橋の下をしらみつぶしに探させます。小人のように小さくて、もじゃもじゃの髪も頬ひげも燃えるように赤いんでしたね？」

「ええ」

「行こう、ワトスン。ぐずぐずしている暇はない」

教授の顔には、見るからに辛そうな表情が浮かんでいた。あともうひと晩、なすすべもなく気のふれた男の脅威にさらされるのが、耐えられないのだろう。「しかし、もし今夜博士が戻ってきたら、どうするんです？」

「戻ってはきませんよ」

「そう断言できるんですか?」

「ええ」

「どうしてです?」

「それは明日、説明します」

ソファから立ち上がろうとしたわたしは、非常に奇妙なものを目にした。さっさと退散したがっているかのようにドアへ歩いていったホームズが、廊下に続くドアを開けるとすぐ、方向転換をしてもとの場所に戻ってきたのだ。そのままテーブルに載っていた『タイムズ』をすばやく手に取り、音をさせないように静かにそれを開いていった。

教授はひじ掛け椅子から、わたしはソファから立ち上がると、ぎょっとした目でホームズの手元を見つめた。新聞のページが一枚一枚ばらばらになるように手際よく扇形に広げられていく。だが、それまでのわたしの当惑は、すぐに驚きに取って代わった。ホームズがポケットからマッチを出したからだ。彼はその一本を手早く擦ると、赤々と燃え上がる火を新聞の端につけた。乾燥した新聞が一瞬にして燃え上がる。

ホームズがその燃え上がる新聞を勝ち誇った表情で火格子に放り投げた。勢いよく立ち上る上昇気流が炎と煙、そして燃えた新聞紙のすべてを煙突の後ろの大きな穴へと吸い上げていく。

ハードキャッスル教授はあっけにとられたようすでその光景を眺めていた。椅子のひじ掛けをつかんでいる手に力が入りすぎ、両手がわなわなと震えている。

きっと、ホームズもまた気がふれていると思ったに違いない。

実は私も、この六月の厳しい暑さのせいで、世界に名だたる彼の明晰な頭脳もついにやられてしまったと思い始めたところだった。だがそのとき、突然、ズルズルとすべる音と、ドサリと落ちるものすごい音が聞こえてきた。

その音とともにぼろきれの束のような物体が煙突から火格子に落下し、まだ燃えている新聞から火花と灰が舞い上がった。

なんと、そのぼろきれの塊から汚らしい二本の腕が突き出したではないか。わたしが悲鳴を上げるより先に、その腕と同じくらい汚い手がホームズの手首をつかんだ。

「教授！」ホームズが、ぼろ布の塊から現われたその人物と取っ組み合いながら叫んだ。「今こそ、おたくの庭師の忠義心を確かめるときです。ここは、彼の頑丈な腕が必要だ——早く呼んでください！」

ようやくショックから立ち直ったわたしは、わめき声を上げ、唾を吐き散らして暴れるその悪魔をとにかく暖炉から引っ張り出そうとした。男がばたばたと蹴り上げる両足ははだしで、つま先は煤で真っ黒だ。

「気をつけろ、ワトスン！　やつはカミソリを持っているぞ！」

ホームズは鉄の火格子に足を踏ん張ると、カミソリを振りまわす男の手に切り裂かれないよう注意しながら、その汚い手首をつかみ、思い切り引っ張った。

すさまじいうなり声が上がり、バタバタとはためく布地の隙間から頭がのぞく。

くしゃくしゃの赤毛の下には、白い顔とランプのようにらんらんと燃える瞳があった。

人間というよりはむしろ猿だ。わたしは男の襟首をつかむと、ホームズと一緒に暖炉から引っ張り出した。そのあいだも男はわめき声をあげ、唾を吐きちらしている。そのようすにわたしは、驚きと同じくらいの恐怖を感じた。

「ワトスン、手首をつかむんだ。そう、そのまましっかりつかんでいてくれ。さもないと、そのカミソリで首を切り落とされるぞ。ほら……しっかり捕まえてくれ。チッ！　気をつけろ、こいつ嚙み付くぞ。まったく、どこに……ああ、やっと来た！　ありがたい！」

教授に呼ばれてやってきた庭師は、命じられたとおりそのたくましい二本の腕で男を押さえつけた。そのあいだにわたしとホームズが、カーテンの紐で男の足と手首を縛り上げる。

わたしたちの足元に転がっていたのは、唾を吐き、縛られた体を反り返らせ、顔を醜くゆがめた小柄な男——子供のように小さい男だった。髪は炎のように赤い。

ホームズは背筋を伸ばし、呼吸を整えた。「これが……コロンバイン博士ですね？」

「ええ……」ハードキャッスル教授はまだショックから立ち直れずにいた。「ええ……彼はこれまでずっと炉胸（部屋の中の炉の突き出た部分）に隠れていたんですか？」

「ええ、そうです。そして彼は、この部屋で交わされる会話をひとことも聞き漏らさないように聞き耳を立てていたんです。おたくの庭師に言って、警察に連絡してもらってください。ああそれから教授、できればクラークソンに自分の長靴に履き替えるよう言ってやってください。今履いている長靴は、つま先がひどく痛いはずですから」

警察が到着し、縛り上げられたままわめき散らすコロンバイン博士が連行されていくと、ホームズは煙草に火をつけて説明を始めた。「教授、気のふれた哀れなコロンバイン博士は、なんとしてもあなたに仕返しをしたかったんですよ。彼は時間をかけてあなたをたっぷり苦しめてから、ご子息を殺そうと考えた。だからこの屋敷の中に隠れ、隠れ蓑を着ているかのように自由自在に屋敷内に出没しようと考えたんです。そして、あの隕石とタイムという、明白な手掛かりをご子息の寝室に残した。きっと彼は炉胸の中に横たわったまま、見えない侵入者のことを不安げに話し合うあなたと奥さんの会話に、ほくそえんでいたでしょうね」

「しかし、煙突の中にもぐりこんで、どうしてあんなに長いあいだ隠れていることができたんです？　なぜ、飢えや喉の渇きで死ななかったんですか？」

「家に忍び込むこと自体は簡単です。窓の留め金はテーブルナイフでだって開けることができる。そうやっていったん家の中に入ってしまえば──ああ！──そこが妄想に取りつかれた男の頭の奇妙なところです。彼はあなたの家族に物理的な危害を加えるだけでは飽き足らず、あなたの不安や恐怖すべてを味わいたいと考えた。そこで、あの炉胸の中に隠れるという案を思いついたんです。ですが、これはそれほどとっぴなアイデアではありません。季節は夏ですから、暖炉で火が焚かれることはありませんし、あなたはこの土地の風習に従って春の終わりに煙突掃除をしていたから、煙突内には煤もない。たぶんあなたも見たことがあるでしょうが、煙突掃除屋は子供に煙突の中を登らせ、そこが完全にきれいになっているかを確かめます。煙道の内側には手かけ、足かけがありますから、子供なら充分登ることができる」ホームズは鼻を鳴らした。「もちろん、子供に煙突の内側を登らせるなど、まったくもって非人間的な行ないです。しかし、子供が登れるだけの広さがあるのなら、小柄なコロンバイン博士も充分入ることができる。ほら、どうです？」

ホームズは暖炉の傍らにかがみこむと、煙道の中を指差した。「あの上に、彼はのんびり過ごせるちょっとした巣を作ったんですよ。煙突の内側の出っ張りには水筒やパン、ビスケット、干した果物といった食糧が置いてある。香りのある食品がないのは、その匂いであなたに怪しまれたくなかったからです」ホームズはコロンバインがひっくり返した炉床から、小さな布製のバッグを取り上げた。「ああ、ここには炉胸を出るときに履く清潔な靴も入っている。これがあれば静かに屋敷内を動き回れるし、カーペットに煤のついた足跡を残すこともない。隠れ場所に戻るときは、これを脱いではだしで煙突を登ったんでしょう」ホームズはその袋を炉床に落とした。「なんと彼は、綱と毛布でハンモックもどきのものまで作っている。そこにのうのうと横になったまま、恐怖に震えるあなたと奥さんの会話を盗み聞きしていたんですよ」

ホームズは立ち上がると、両方の手のひらについた煤を勢いよく払った。「コロンバイン博士はあなたの家の真ん中にいながら、見つかる心配もなくぬくぬくとここに横たわっていたというわけだ。炉胸の内側を定期的に調べる人間など、まずいませんからね」

「なるほど」教授が言った。「彼がどうやってこんなことをしたのかも、その理由もよくわかりました。しかしあなたはいったいどうやって、彼が煙突の中に隠れているとわかったんです？」

ホームズはゆっくりと室内を歩き回った。「科学の謎を解くときと同様、犯罪の謎も、説明のつかない、ふとしたひらめきで解けることが多いのです。ギャンブラーたちが直感と呼ぶそんなひらめきが浮かんだ科学者や探偵が次にすることは、それを裏付ける証拠探しです」

教授は鼻眼鏡をかけた目を驚きに丸くした。「つまりあなたは、彼が暖炉に隠れていると即座に思いついたんですか？」

「いや、思いついたというよりは、想像力を駆使してあらゆる可能性を探った、と言ったほうがいいでしょう。屋敷の中で、きわめて小柄な男が隠れられそうな場所、盗み聞きができて、自分の企みがその一家に与えた動揺を知ることができる場所はどこかを考え、その手掛かりを探したんです。まず、彼は飲食ができなければならない。ということは、彼は夜中に忍び出て、気づかれない程度に食糧品庫から食べ物を盗んでいたに違いない。また、彼は酒も好きだった」ホームズは手を振ってテーブルに置かれたデカンターを指差した。「あのクリスタルの蓋に汚い指紋がついているのがわかりますか？　また、暖炉の上に煙突掃除人が見過ごした細かい煤の斑点がありますが、あそこには煙突を出入りするコロンバインがそれをこすり落とした跡がついている」

「しかし、あなたはあのタイムの葉を見て、キングズ・クロスの線路脇に生えているものだと推理していませんでしたか?」

「ああ! あれはぼくの最終確認でした。あの推理は完全なでっち上げです。タイムの葉に石炭の粒子など付いてはいません。名刺の上に落ちた黒い粒子は、ごく普通のロンドンの煤です。それにグレート・ウェスタン鉄道の終点はキングズ・クロス駅ではなくパディントン駅だということはあなたもご存知のはずだ。あの気がふれた天才もそれは知っていたでしょう。煙突に潜んでいる場合、彫刻のように身動きもせず、声もたてないかぎり、そこにいることはばれません。しかし、それでも息はしなきゃならない。その息が荒くなれば、炉胸の中の彼の動きは――たとえそれが上下する胸の動きだけだとしても――激しくなる。だからぼくはわざと、グレート・ウェスタン鉄道とキングズ・クロス駅を結びつけ、誤った推理をしてみせたんですよ。このとき煙突の中で縮こまり、暗闇で瞳を輝かせていた彼は、稀代の犯罪学者シャーロック・ホームズのばかげた間違いに腹を押さえて笑いをかみ殺していたに違いない。おかげで、彼の体はさらに激しく震えたんです。そのはずみに彼の服かハンモックからパン屑《くず》が落ちてきた。それをぼくはこの目で目撃しました。それこそ、この炉胸には生きて、呼吸をしている何者かがいる証拠だったんです!」

「じゃあ、これで事件は終わったんですね?」まだ信じられないように教授が訊ねた。「息子はもう安全なんですか?」

「ええ、もちろんです」ホームズは例のライ・ストーンをつまみ上げた。「教授、これはあなたの隕石、あなたが見つけた流星です。計り知れない年月、この石は宇宙空間を漂ったのち、何かのはずみで火の玉となり、この地球に落ちてきたのでしょう。この石だってみずから望んでそんな壮大で劇的な姿になったわけじゃない。それはまさに偶然の巡り合わせでしかないのです。そんな純然たる偶然、飲み水に微生物が入っている可能性や、ごくまれに起こる出生異常の可能性と同じくらいの偶然の巡り合わせが、コロンバイン博士の類まれな天賦の才を崩壊させ、彼をあのような狂気に追いやったのです。彼は頭の切れる犯罪者などではありません。この石が炎と雷鳴を伴う華々しい姿でみずから望んで地球に落ちてきたのではないのと同様、彼もまたみずから望んでこんな悪事をはたらいたわけではありません。こんなことをぼくが言うのは出過ぎたことかもしれませんが、かつて高名な学者であった彼が人生の最後のときをサナトリウムで過ごせるよう、あなたとあなたのお仲間たちでささやかな信託基金を設立してさしあげたらどうでしょう。そうすれば彼は今後、誰にも迷惑をかけることなく、宇宙の果てにある天文学の不思議について思い描くことができるはずです。さて、ワトスン、もしよかったらスパニヤードで昼食をとっていこう！」

第三部　一八九〇年代

THE MAMMOTH BOOK OF NEW SHERLOCK

『流れ星事件』のあと、数々の事件が矢継ぎ早に起きたらしく、ワトスンはそれらを根気強く記録している。『株式仲買人』のほか、〝パイプ三服分の問題〟と言いながらも大変だったと思われる『唇のねじれた男』、語られざる事件のひとつである『ウォーバートン大佐の狂気』事件、そして『技師の親指』事件もあった。この非常に忙しかった時期にどんな事件があったかについては、下巻の年表を参照されたい。その中には有名な『ボスコム谷の謎』や『赤毛組合』もあるし、外典ではありながら信頼性の高い『メガテリウム・クラブの盗難』や『一等車の秘密』といった事件もある。

だが一八九一年に入ると、ホームズは、ロンドンで最も危険な男であるジェイムズ・モリアーティを追うことに専念するようになる。彼と対決して決着をつけることが、ホームズの最終目標なのであった。これが『最後の事件』へとつながり、その事件の最後でライヘンバッハの滝にモリアーティとともに落ちたホームズは、世間からは死んだとみなされた。

この後はいわゆるホームズの〝大空白時代〟であり、彼は別名でヨーロッパ大陸やアジアを渡り歩いたのだった。その旅についてホームズは『空き家の冒険』の中で少し語っているが、この時期に大陸で起きた多くの奇妙な事件のうち、ホームズがどれに関与したのかを知ることは難しい。それだけでゆうに一冊の本になるような分量のはずであり、わたしとしては、いつか別の事件簿として出したいと思っている。だがここでは、ワトスンが記述するホームズの捜査記録だけを考えることにしよう。

ホームズが死んだと信じていたワトスンは、それまでに記録した事件を出版するための準備に専念した。それが『ストランド』誌に発表されたのが、一八九一年から一八九三年にかけてである。このおかげで、シャーロック・ホームズの名は世間一般に広く知られるようになったのだった。だが残念なことに、ワトスンの妻は一八九三年の終わりころに亡くなってしまう。ホームズがいきなり姿を現わしてワトスンにショックを与え呆然とさせたのは、一八九四年三月末のことだが、それは同時に、ワトスンが妻の死に悲しんでいた時期でもあったのだ（のちの調べでは、この出来事は二月のことだったとわかっている。これもまた、ワトスンが日付を隠した例のひとつだ）。

『空き家の冒険』でセバスチャン・モランが罠にかかって捕まったあと、ホームズは自信たっぷりに探偵仕事を再開する。独り身となったワトスンもまた、かつての相棒役を喜んで再開、かくして二人は、一八九五年からホームズの隠退までの約十年間、ふたたび生活と捜査をともにすることとなった。この時期はホームズの経歴の中でも最盛期であり、注目すべき事件が目白押しである。『空き家の冒険』のすぐあとには『第二のしみ』、『ウィステリア荘』、『ノーウッドの建築業者』が続き、語られざる事件のひとつでありホームズとワトスンが危うく命を落としかけた、『オランダ汽船フリースランド号の恐ろしい事件』もあった。その一八九四年の秋になると、ホームズはベイカー街二二一Bの改装のため、ワトスンともどもドーセット街に一時的に住むこととなる。ここで二人が関わったのが、以下に公開する、マイケル・ムアコックの発掘した奇妙な事件だ。彼の遠い親戚のひとりが、ワトスンの知人だったのだという。ムアコックは根気よい調査によって、その親戚の書類の中から、この記録を見つけ出したのだった。

The Adventure of the Dorset Street Lodger

ドーセット街の下宿人

マイケル・ムアコック

Michael Moorcock（1939 - ）

1960年代中頃に雑誌“New Worlds”の編集でSF小説における“ニュー・ウェーヴ”の原動力となった、エターナル・チャンピオン・シリーズを始めとするヒロイック・ファンタジーの人気作家。中篇「この人を見よ」で1967年のネビュラ賞、長篇『グローリアーナ』で1979年度世界幻想文学大賞長編部門など、数々の賞を受けている。邦訳多数。長年、ヴィクトリア時代末期に対する興味を持ち続け、もうひとつのヴィクトリア時代世界をつくることを模索してきた彼が、その創作エネルギーをホームズものに向けるのに時間はかからなかった。英国人だが、現在は米テキサス州在住。

なお、この作品は1995年に私家版小冊子として出版されたが、本書収録にあたり、大幅改訂された。詳細は訳者あとがき参照。

それはロンドンによくある、九月になってもひどく暑い日のことだった。太陽の光に照らされすぎた大都会は、全体がぐったりとしおれていた。さながら、熱帯地方の浜辺に打ち上げられて陽にさらされた北極の巨大海獣といった状態だ。ローマなら、あるいはパリにいたならば、もう少しのんびりとした雰囲気なのだろうが、ロンドンにいるわたしたちは、ただぜいぜいと喘ぐばかりだった。

騒音に満ちたむっとする外気に向かって窓を開け放ち、ブラインドをおろしてまばゆい光をさえぎり、わたしたちは一種の無気力状態に陥っていた。ホームズはソファの上で大の字になり、かたやわたしは安楽椅子でうとうとしながら、インドにいたころを思い出していた。あのころはこれくらいの暑さなどあたりまえだったが、生活の場も暑さに対処すべく、ここよりずっとうまくしつらえてあった。わたしはヨークシャー渓谷でフライフィッシングでもしようと楽しみにしていたのだが、出産予定だった患者のひとりが危険性をはらむ状態になってしまったため、ロンドンを離れるわけにいかなくなっていた。わたしたちは二人とも、今ごろはどこか別のところにいるはずだったので、ホームズだけでもどこかへ出かけるだろうと思っていたハドスン夫人を、困惑させることになってしまった。

ホームズはものうげなしぐさで、読んでいた手紙を床に落とした。口を開いた彼の口調には、かすかにいらだちがまじっていた。

「ワトスン、どうやらぼくらは、ここから追い立てられることになるらしい。きみがいるあいだにそんなことにならなきゃいいがと思っていたんだが」

ホームズが芝居がかった言い方を好むのはとっくに承知だったので、わたしはほとんど動じずに訊いた。「追い立てって？」彼が一年分の家賃を先払いしているのは、わたしもよく知るところだ。

「一時的にだよ、ワトスン。ほら、今ごろはぼくら二人とも、ロンドンを離れているはずだったじゃないか。その後のなりゆきでそうはいかなくなったわけだが。当初のその了解をもとに、ハドスンさんは二二一Bの内装を一新するよう、ピーチ・ピーチ・ピーチ・アンド・プレイズゴッド社に頼んだんだ。これはその通知さ。来週には仕事にとりかかるんだが、建築上の作業もともなうため、建物から立ち退いてもらえるとありがたいということだ。ぼくらは二週間ほど宿無しになるから、新しく宿泊先を見つけなくちゃならない。ただし、ここからあまり遠くてはいけないな。きみには気がかりな患者がいるし、ぼくには仕事がある。資料と顕微鏡が使えないと困るしね」

わたしはこうした変化を快く受け入れられるほうではない。すでに計画がいくつもの妨げにあっていたところへ、この知らせだ。暑さのせいもあって、少しばかり気が短くなっていた。「きっとロンドン中の犯罪者が、この状況につけいろうとすることだろうね。ピーチだかプレイズゴッドだかいうやつが、新手のモリアーティもどきに雇われていたらどうするんだ？」

「相変わらずの誠実さだね、ワトスン。あのライヘンバッハの一件がかなりこたえているとみえる。あの策略にだけは、このぼくも全面的に自責の念を感じているよ。安心してくれたまえ。モリアーティはもういないし、彼ほどの知性をもった犯罪者は二人といない。とはいえ、ここにあるものから目を離せないということには同感だな。このあたりに人間らしい住まいに適したホテルはないし、かといって、ぼくらを泊めてくれるような友だちや親戚も近くにはいない」推理の大家である彼が、難事件に取り組むときと同じ姿勢でわたしたちの内輪の問題を考えているところは、いじらしいと言っていいほどだった。そもそも、わたしが彼の比類なき才能だと感心したのは、抱えているのがどんなことだろうと惜しみなく注がれる、この集中力だった。しばらくすると、ホームズは指をパチンと鳴らして、バーバリ・エイプ（北アフリカ産無尾猿）のようににやりと笑った。深くくぼんだ目が、聡明そうな中に自嘲を含んで輝いている。「そうだ、ワトスン。ハドスンさんに、近所の知り合いで部屋を貸そうって人がいないか訊いてみようじゃないか！」

「そいつは名案だな！」わたしとしては、ほとんど無邪気と言ってもいいような友人の喜びようがうれしかった。わたしたちに代わって難題を解決してくれる最適の人物がいたわけだ。

機嫌をなおしたわたしは、立ち上がって呼び鈴の紐を引いた。

ほどなくして、家主のハドスン夫人が戸口に現われ、わたしたちの前に立った。

「行き違いがあって申しわけありません」彼女はわたしに向かって言った。「ですけれど、患者さんは患者さんですものねえ。スコットランドのマスには、先生が釣り上げにいらっしゃれるようになるまで、ちょっぴり待っていてもらうよりほかないでしょう。でもホームズさん、あなたのほうは、ハンサツだかなんだかがあろうとなかろうと、気持ちのいい海辺でゆっくりしてらしてもいいようにわたしには思えますけどね。ホウヴ（イングランド南部の町）にいるわたしの妹が、あなたがまるでこのロンドンにいるかと思うくらい行き届いたお世話をいたしますよ」

「そうでしょうとも、ハドスンさん。しかし、招待してくれた人物が暗殺されたとあっては、休暇をとるという考えに幕をおろしたい気にもなります。それに、ウルリッヒ公は単なる知り合いにすぎないにしても、亡くなった事情がわかっている以上、その問題について考察する義務がぼくにはあると思うんですよ。そのためには実験器具が手近にあると便利でしてね。で、ここからはぼくの手にあまる問題となるんですが――ホウヴに行かないとしたら、どこへ行けばいいんでしょうね？　ワトスンとぼくには宿泊場所と食事が必要で、それもここからすぐ近くでないと困るんです」

人のいいハドスン夫人は、ホームズの不健康な習慣には明らかに賛成できないでいたが、自分の主義に沿うように改心させるのはあきらめていた。

彼女は眉をひそめて彼の返事に不満を表明しつつ、あまり気が進まないようすで口を開いた。「義理の妹の家がドーセット街にあります。二番地ですよ。料理のしかたがわたしの舌にはいささかフランス風にすぎますけれど、裏手にきれいな庭のある、こざっぱりとした居心地のいい住まいです。部屋貸しもしていますし」

「妹さんも分別のある女性なんでしょうね、あなたご自身のように」

「『教会のように』と言っていいでしょう。亡くなった夫がよく申していました。妹はローマ教皇の証聖者よりも固く秘密を守るって」

「それはけっこう。ハドスンさん、お願いします。次の金曜日にはドーセット街へ移りましょう。職人たちが月曜日には来られるようにね。書類や生活用品をいくらか移すよう手配して、あとのものはうまく覆いをしておけば大丈夫でしょう。それでワトスン、きみのほうはどうだい？　休暇にはなるだろうが、きみが計画していたよりは自宅に近いところだから、釣りの楽しみはあまり望めそうにないな」

友人がここまで前向きな気分とあっては、わたしも不機嫌をひきずってはいられない。結局その時点からとんとん拍子にことが運びはじめて、多少の不便があってもたちまち忘れられてしまった。

ドーセット街二番地への移動はきわめて順調に行なわれ、わたしたちはすぐに住み込むことができた。しかも、ホームズの根っからのだらしなさにより、引っ越してきたばかりの部屋はたちまち、ゆうに一世紀は使っていたのではないかというおもむきになった。わたしたちの部屋からはサセックスから運んできたかと見まがうような庭が眺められたし、おもてに面した居間からは通りが見渡せた。〈ホイートシーフ・タヴァーン〉という宿屋に向かう道路で、その角にある裕福な質屋を出入りする客たちを眺めることができる。わたしたちはその宿屋の『パリッと乾いた』ベッドを却下して、アクロイド夫人の、どことなく豪華な調度のほうを選んだわけだ。もうひとつこの家で好ましいのは、年を経た花盛りのフジのつるが建物の正面を這い上り、さらに野趣を添えているところだった。ただ、わたしたちが気に入っていることの中には、ここの間借り人全員に容認はしてもらえないものもあるのではないかと思う。生粋のランカシャーの家系である善良な女家主は、わたしたちの世話をすることを〝名誉〟だと称してあからさまに喜び、これ以上ないほどよくしてくれた。快活でざっくばらんな性格と、横柄にならない程度に実際的な態度の持ち主で、わたしたち二人と相性がよかった。どちらの女性にも絶対に言うつもりはないが、アクロイド夫人の料理は、ハドスン夫人のおいしいが質素な食事からすると、なかなかうれしい変化だった。

そんなわけで、わたしたちは引っ越し先にすっかり落ち着くことができた。わたしの患者はお産の進行がはかばかしくなかったので、大事をとってすぐに駆けつけられるようにはしていたが、それ以外の時間は本当に休暇を楽しんでいるかのように過ごすことにした。ホームズもわたしと似たような考えだったらしく、夜になれば連れ立って劇場へ行ったたし、ちょうどロンドンで名物となっていたミュージック・ホールへも足を運んだ。わたしがイプセンやピネロの現代風な問題劇に興味を広げる一方、ホームズは相変わらず〈エンパイア〉や〈バラム・ヒポドローム〉などミュージック・ホールの雰囲気をひいきにした。また、ギルバート・アンド・サリヴァンのサヴォイオペラが、彼の理想の極致だった。たいていは彼の好きなボックス席だったが、隣にいて彼のうっとりとした横顔を見るにつけ、これほど抜きん出た知性の持ち主が、よくもこんなにさばけた喜劇やコクニー・ソングを楽しめるものだと、あきれたものだ。

ドーセット街二番地の快活な雰囲気は、わが友の意気をまさに高めたようだった。どことなく元気そうになった彼を見て、ある日わたしは、〝いのちの水〟を見つけたに違いないと口にした。ずいぶんと若返っていたのだ。そう言うわたしをホームズは不思議な表情で見ると、チベットで彼が発見したものの話を思い出してみたまえと言うのだった。モリアーティ教授と闘って〝死んだ〟あと、彼は長いことチベットにいたのだ。

それでも、今回の転地が自分にとっていいことだったと彼は認めた。その気になれば家の中で調べものを続けることもできたが、無理をしてまでこもっていようという気にはならないようだった。一緒に映画《キネマ》に行こうとまで言い出したほどだ。ただし、映画館内の暑さが客たちの体臭と混ざり合うので、わたしたちは映画が終わるのを待てずに新鮮な空気のもとへ逃げ出すことになった。しかもホームズは、その発明にちっとも興味を示さなかった。彼には、自分の仕事に直接かかわってくる場合にだけ進歩を受け入れる傾向がある。犯罪を再現し、それによって悪事をはたらいた者を捕まえる助けにならないかぎり、映画という発明が犯罪学にすぐ結びつくことはないようだと言うのだ。

わたしたちはマリルボーン・ロードのマダム・タッソー蠟人形館で映画を見たあと、夕方早くに仮の住まいへ帰るところだった。ホームズがいきなり警戒するようにステッキで前方を指すと、わたしがよく知っている、切迫したようなつぶやきをもらした。「あの男をどう思う、ワトスン？真新しいシルクハットに借り物のモーニングコートというでたちの、赤ひげの男だ。合衆国からやってきたばかりだというのに、今では後悔している密会を果たして、北西の郊外から戻ってきたところだな」

これには含み笑いを抑えられなかった。「まさか！　重たいかばんをひきずってるシルクハットのやつはわかるが、合衆国から来たとかなんとかは、どうしてそう言えるのかさっぱりわからないな。当てずっぽうじゃないのかい？」

「もちろん違うさ。あのモーニングコートの背中の縫い目が今にもほつれそうなところから見ると、着ている人間には小さすぎる。それにはきみも気づいたろう？　すると、一番ありそうなのは、特別な訪問のためにコートを借りたってことだ。帽子のほうも同じ理由から最近買ったものに違いないが、靴のかかとは合衆国南西部に特徴的な〝ガウチョ〟だ。あの地域だけに見られるスタイルで、もちろんスペインの乗馬靴をとりいれたものさ。ぼくは人間のかかとも研究してるんだよ、ワトスン。人間の精神はもちろんね！」

わたしたちは議論の対象となった男のうしろを、等間隔を保ってついていった。ベイカー街は混雑をきわめていて、騒々しく行き交う馬車や鼻を鳴らす馬、わめきたてる御者やロンドン社会のさまざまな人間たちが、どうにかこの集合体をしずめる方法はないものかとうんざりしながら帰路を急いでいる。わたしたちの〝獲物〟は周期的に足を止めてかばんを下に置き、時たま持ち手を替えてはまた進んでいった。

「でも、ここへやってきたばかりだというのはなぜだい？　それに、北西の郊外から戻ってきたところというのは？」

「ワトスン、初歩的なことだよ。ちょっと考えてみればはっきりするじゃないか。あの男は、最高級の帽子やグラッドストーンバッグを買えるくらい金には困っていない。それなのに、自分には小さすぎるモーニングコートを着ている。そこから、ほとんど荷物を持たずに来たのか、ひょっとしたら荷物を盗まれたのかもしれないが、仕立て屋に行く時間もなかったということが考えられる。つまり既製服の店で、寸法の一番近いものを買ったんだ。同時に、どう見ても何かを運ぶために新しく買ったらしいあのかばんも、手に入れたばかりのものだと言える。運ぶものがあんなに重いとは知らなかったということが歴然としているから、近くに泊まっているのでなければ、きっと自分で辻馬車を雇っていただろう。あのようすじゃ、獲得したもののことを悔しがっているに違いないよ。おそらく非常に高価なものなんだろうが、きっと彼の期待していたようなものじゃなかったんだな……特にこの天候でもあるし、あんなぶざまな思いをして運ぶことになろうとは思わなかったんだろう。そこからわかるのは、彼がベイカー街の地下鉄駅から歩けると思っていたことだし、ひいては、ベイカー街駅からの列車で行ける、ロンドンの北西部を訪ねていたということだ」

わたしが友人の判断に疑問をもつことはめったにないが、内心、これには無理があるなと思っていた。だから、そのシルクハットの紳士が左に曲がってドーセット街に姿を消したときは、ちょっとびっくりした。ホームズは即座に歩く速度を上げた。「急げ、ワトスン！　どこへ行くのかわかるぞ」

角を曲がると、ちょうどそのアメリカ人は、ドーセット街二番地の玄関に到着してドアに鍵を差し込んでいるところだった。

「ほら、ワトスン」ホームズは得意そうだ。「ぼくの分析を検証してみようじゃないか」彼はその間借り人仲間にすたすたと近づいていくと、帽子を持ち上げて、荷物を運ぶ手伝いを申し出た。

男はひどく大げさな反応を見せた。うしろざまに倒れ込んで手すりをつかんだが、帽子がずり落ちて目にかぶさりそうになった。ハアハアと息をしながらホームズをにらみつけたかと思うと、言葉にならないうなり声とともに重たいグラッドストーンバッグを引きずりながら、玄関ホールへ入っていき、ホームズの鼻先でドアをバタンと閉めた。ホームズは困惑しつつも面白がっているような顔で、眉を吊り上げた。「どうやらあの男、かばんに苦労させられてご機嫌ななめのようだな、ワトスン」

中に入ったとたん、われわれはその男と顔を会わせることになった。帽子をまだ不安定に頭に載せて、階段にかばんを引き上げているところだ。かばんの口がゆるんでいて、かすかな銀色と金色の輝きが見えた。小さな人間の手の彫像のように思える。わたしたちを見てうろたえた彼は動きを止め、芝居がかった口調でつぶやいた。

「警告しておくぞ、二人とも。こっちにはリヴォルヴァーがあるし、わたしは使い方をよく知ってるんだ」

ホームズはその知らせをまともに受け取り、発砲を初対面の挨拶代わりにするのがテキサスでは礼儀だとしても、イングランドでは今でも屋内で銃を撃って物事を解決する必要はないと考えられていると、相手に告げた。ただ、居間で射撃練習をする男のせりふとしては、いささか偽善的と言えないこともないが。

われらが間借り人仲間はかなりめんくらったようだが、落ち着きを取り戻した。「失礼いたしました。この国のことをよく知らないうえに、誰が味方で誰が敵なのか、すっかり混乱してしまって。用心するようにと言われてきたものですから。ところで、どうやって入ってきたんです？」

「鍵を開けてですよ、あなたと同じようにね。ワトスン博士とぼくは、こちらに何週間かごやっかいになっているんです」

「ワトスン博士ですって？」その声でわたしにも、彼がアメリカ人であることがはっきりした。音を延ばす訛りから、南西部の人間だとわかる。ホームズの耳にはもっとはっきり聞こえていて、テキサスから来たと確信したのだろう。

「わたしがそうです」彼があまりにも感激しているようなので不思議に思ったが、その目をわたしの連れに向けたとき、腑に落ちた。

「では、あなたがシャーロック・ホームズさんですね！　ああ、なんてことだ、失礼の数々をお許しください！　大ファンなんです。あなたの事件は残らず愛読しています。あなたのこともあって、ベイカー街の近くに部屋を借りたほどです。残念ながら、きのうお宅を訪ねたら建築業者がいるばかりで、あなたの居場所は教えてもらえませんでした。時間がなかったので、こちらとしては自分の判断で行動せざるをえなくて。あんまりうまくいったと思えませんがね。しかし、まさか同じ建物に間借りしていらっしゃったとは！」

「ここの家主は口を慎むことにかけては一流ですからね」ホームズは素っ気なく言った。「あの人の飼っている猫も、この家でぼくらの名前を聞いたことがないんじゃないかな」

そのアメリカ人は、年のころは三十五、六、肌は日に焼けて浅黒く、はっとするような赤い髪にたっぷりした赤い口ひげをはやし、がっしりしたあごをしていた。知的な緑色の目に繊細そうな手の持ち主でなかったら、アイルランド人プロボクサーとでも思ったところだろう。

「ジェイムズ・マクルスワースと申します。テキサス州ガルヴェストン（メキシコ湾州南東部、の入り江にある島の市）の者で、あちらでは輸出入の事業をしています。川をのぼって、遠く州都オースチンまで船荷を輸送するんですが、ちゃんとした商いで高く信頼してもらっています。祖父は共和国建設のために戦い、コロラド川をのぼる汽船でポート・サバティーニなど川沿いの町々と貿易をした開祖でした」いかにもアメリカ人らしく、彼は握手をかわすあいだにも自分の素性や生活ぶりをまとめて紹介した。未開拓で、まだ広範囲にわたって物騒な合衆国の地方では、ないがしろにできない習慣だ。

まるで謎の匂いを嗅ぎつけでもしたように、ホームズは心のこもった対応で迎え、一時間ばかりしたら部屋にいらっしゃいませんかと、そのテキサスの男を誘った。ウィスキーのソーダ割りでもやりながら、くつろいで仕事の話をしようではありませんか、と。

マクルスワースはいそいそと誘いを受け、かばんの中身を持参のうえ、先ほどまでの態度を何もかも説明すると約束したのだった。

ジェイムズ・マクルスワースがやってくるまでに、わたしはその男の印象をホームズに訊いてみた。わたしとしては、彼は申し分ない正直者に見えた。ひょっとして、たいへんな厄介事を抱えた実業家がホームズに助けてもらおうというのではないかと思っていたのだ。彼に求めるのがそれだけのことだったら、ホームズはこの件を断るはずだ。そうでないとしたら、珍しい事件だという見込みが大いにある。

ホームズもまた、興味深い、正直な男だという印象をもったらしい。ただし、悪賢いやつの餌食になったのか、その役回りを演じているのかは、まだはっきりしないという。「確かに犯罪がらみだと思うからだよ、ワトスン。それも相当よからぬ犯罪だと思うね。フェリーニ・ペルセウスの噂を耳にしたことはあるだろう？」

「知らない者なんかいないよ。フェリーニの最高傑作だというじゃないか。銀を鋳造して金の打ち出し装飾を施した、メデューサ（黄金の大翼とヘビの頭髪をもち、見る者を石に化す怪物）の頭を手にしたペルセウス（ギリシャ神話の英雄。メデューサを退治した）の彫像で、メデューサの頭はサファイアとエメラルドとルビーと真珠でつくられているとのことだ」

「いつもながら、きみの記憶力はすばらしいね、ワトスン。そしてそれは、イングランド屈指の富豪と言われた有名な製鉄業者の息子、サー・ジェフリー・マクルスワースのコレクションの貴重な一点だった。サー・ジェフリーは極貧のうちに死んだはずだよ。芸術に目がないくせに、金のことを理解していなかったからだ。社会の吸血鬼どもの、いい餌食になってしまったのもわかるね！　若いころの彼は芸術運動に関わり、ホイッスラーやワイルドと親交があった。実のところワイルドなんか、一時期は彼の親友で、警察沙汰になりそうな行き過ぎ行為をサー・ジェフリーが思いとどまらせようと骨折ったんだよ」

「マクルスワースだって！」わたしは声を上げた。

「そうとも、ワトスン」ホームズはひと息入れてパイプに火をつけ、ロンドンの日常がありふれた冴えない営みを繰り返しつづける通りをじっと見下ろした。「その逸品が、十カ月ほど前に盗まれた。大胆不敵で証拠を残さぬ強盗なので、レストレード警部は、すでにこの国から運び去られて国外で売り飛ばされたと考えている。ところがそれが――それとも、よくできた複製なのかわからないが――ジェイムズ・マクルスワースが階段を運び上げていた、あのかばんの中にあったわけだ。彼も事件のことはどこかで読んだことがあるはずだよ。彼の名前を思えば間違いはない。つまり、フェリーニの彫像が盗まれたことを知っているはずだ。しかるに、彼はきょうどこかへ出かけて、彫像を持って戻ってきた。どういうわけだ？　彼は泥棒じゃない。それはぼくの命を賭けたっていい」

「彼がぼくたちに説明してくれるのを待とうじゃないか」わたしがそう言ったとき、ドアにノックの音がした。

入ってきた男は、さっきと別人のようだった。入浴して自前の服を着たマクルスワースは、はるかに自信にあふれてくつろいだようすだ。スーツは彼の世界で好んで着られているたぐいの、はっきりスペイン風とわかる型で、ソフトシャツの幅広の襟を折り返した下に花柄のネクタイ、暗赤色のベストに先細の赤茶色のブーツといういでたちだった。どこからどこまで、冒険小説に出てくる開拓者に見える。

マクルスワースは、まっ先にその服装のことを詫びた。きのうロンドンに着くまで、イングランドではこの格好が珍しく、目立ってしまうとは知らなかったのだ、と。わたしたちは、不快な服装ではないと口々に請け合った。それどころか、魅力的でさえあった。

「でも、わたしが何者なのか、すぐわかってしまいますよね？」

オックスフォード街にはあまりいない格好だということで、わたしたちは同意した。

「それで、英国風の服を買ったんですよ。まわりに溶け込んで、人目を惹きたくなかった。でもシルクハットはぶかぶかだし、モーニングコートはきつかった。ズボンだけですよ、サイズがぴったりだったのは。あのかばんは、あの形のもので見つかった一番大きなやつです」

「そして、相応だと考えた格好で、けさメトロポリタン鉄道に乗って向かわれたわけですね？」

「ええ、ウィルズデンへ――えっ！　どうしてご存知なんです？　一日中わたしのあとをつけてらしたんですか？」

「まさか、マクルスワースさん。それから、ウィルズデンでフェリーニ・ペルセウスを手に入れたんですね？」

「わたしが話すより先に何もかもご存知じゃありませんか、ホームズさん！　もうお話しするまでもない。まったくもって、評判どおりの方だ。わたしが理性的な人間でなかったら、超自然的な力をもっていると信じるところだ！」

「単純な推理ですよ。技を磨いたってやつでしてね。しかし、あなたが六千マイルも海と陸を渡ってロンドンに到着するや、まっすぐウィルズデンに向かい、世界にまたとないルネッサンスの銀の名作とともに戻ってこられたことを推理するには、ぼくも並みではすまない知識を動員したように思います。しかも、すべて一日のうちにですからね」

「わたしとしても、いつもこんな大胆な行動をしているわけではありません。本当です。何カ月か前までは、運送業と卸売り業の会社を経営していました。妻を数年前に亡くし、再婚はしませんでした。子供たちはみんな成人し結婚して、テキサスを遠く離れて暮らしています。ちょっとばかり寂しかったとは思いますが、そこそこ満足していました。それががらりと変わってしまった。あなたのご推測どおり、フェリーニ・ペルセウスがわたしの人生に入り込んできたんです」

「テキサスで知らせを受け取ったんですね？」

「ええ、それが妙な話なんですよ。ばつの悪いことでもありまして。でも、あなたには正直にならなくてはいけないでしょうね。はっきりお話しします。ペルセウス像を盗まれた紳士というのは、わたしのいとこにあたります。ちょっと手紙をやりとりしていました。そのやりとりのあいだに、彼がある秘密を明かし、それが今ではわたしの重荷になっているんです。わたしは彼の血縁中、男として唯一の生き残りで、彼には一族の事業というものがありました。もうひとりのいとこがニューオーリンズにいるはずだが、今もってその男の消息は不明だとも、彼は言っていました。それで、かいつまんで言うと、つまり、サー・ジェフリーの身に、あるいはペルセウス像に何かあった場合は彼の指令を遂行すると、わたしは自分の名誉にかけて誓ったんです。彼の指令に従って、列車でニューヨークへ行き、ニューヨークからアルカディア号でロンドンに来ました。着いたのはきのうの午後です」

「では、はるばるやって来られたのは名誉の問題だというのですか?」わたしはなんとなく感銘を受けた。

「そう言ってもかまいません。わたしたちの世界では、一族の忠誠を重んずるんです。サー・ジェフリーの財産は、ご存知でしょうが、借金のかたに消えました。しかし、さきほどお話ししたようなわたしの旅は、内密の用件に関わるものです。あなたを捜していたわけもそれに関係しています、ホームズさん。サー・ジェフリーは殺されたんだと思うんですよ。彼は誰かに脅迫されていて、〝資金投入〟のことを言っていました。手紙からはだんだん不安がつのっていくようすがうかがえ、相続人に何も残らなくなるのではないかという心配もしていました。わたしは、直系の相続人はいないんだから、それは必要がないと言ってやりました。わたしの言うことを受け入れてはいないようでしたがね。そして、彼から助けてくれと頼み込まれたんです。口外しないでくれとも頼まれ、わたしは約束しました。彼からの最後のころの手紙で、万一自分が死んだという知らせを聞いたら、すぐに船でイングランドへ渡り、到着しだい大型のかばんを持ってロンドン北西部のウィルズデン・グリーン、ダリア・ガーデンズ十八番地へいって、わたしの身分を証明するようにと言われました。マクルスワース一族の一番貴重なものがあるので、あとのことは頼む、と。その後はできるだけ急いでガルヴェストンに帰らなくてはならないとも、言われました。しかもわたしは、その一族の名前と結びついたものを、永久に手もとに置くことを誓わなくてはならなかったんです。

わたしは誓いました。そのほんの二、三カ月後、ガルヴェストンの新聞で強盗のニュースを読みました。それからあまり時間をおかずに続いて、サー・ジェフリー自殺の記事です。彼の指示に従うよりほか、どうしようもありません。従うと誓ってしまったんですから。しかしわたしは、最期を迎えたときのサー・ジェフリーはほとんど正気でなかったと確信するようになりました。彼が恐れていたのは、殺されることだったんじゃないかと思ったんです。彼は、ペルセウス像を手に入れるためならどんなことでもしかねない連中のことを書いていました。そのほかの財産がすべて抵当に入ってしまうことや、自分が事実上一文なしで死んでいくことは、気にしていませんでした。その像をあまりにも大事にしていたんです。それで、強盗と殺人につながりがあるのではないかと思いました」

「でも、評決は自殺だった」とわたし。「手紙が見つかったんでしたね。それで検死官は納得した」

「その手紙は血だらけだったんじゃなかったかな？」椅子にもたれかかって、両手を突き合わせた指先にあごを載せていたホームズがつぶやいた。

「そうだったと思います、ホームズさん。でも、犯罪を疑われなかったから、調査もいっさい行なわれなかったんです」

「わかりました。どうぞ続けてください、マクルスワースさん」

「そうですね、もう付け加えることはほとんどありません。何かがおかしいと、いつまでも疑いが残っているだけなんです。犯罪に関与したいわけでも、情報を警察に隠しておきたいわけでもなくて、いとこへの名誉をかけた誓約を果たしたい。あなたのところへうかがったのは、必ずしも犯罪を解決していただくためではなく、犯罪でないのだとしたら安心させてもらいたいからなんです」

「サー・ジェフリーが起きてもいない押し込みを公表したのなら、すでに犯罪はなされていることになります。しかし、そういうことではないと、ぼくも思います。具体的にはぼくらに何をお望みなんです、マクルスワースさん？」

「あなたかワトスン博士に、あの住所へ同行していただきたいんです――理由はいろいろありますが、わたしは法を守る人間です、ホームズさん。この先もそうありたいと思っています。そこでまた、名誉の問題に……」

「ごもっともです」ホームズがさえぎった。「とにかく、ウィルズデンのダリア・ガーデンズ十八番地で見てきたことを教えてください」

「あそこは……わたしにはまったくなじみのない種類の、どちらかといえばみすぼらしい家でした。駅から四分の一マイルばかり行った小さな道沿いに、ぎっしり家が並んでいます。予想とはかけ離れた光景でした。十八番地は、ほかよりも一段とみすぼらしかった――全体的に見て貧相な場所なんです。はがれかけのペンキとか、草ぼうぼうの庭、ふくらんだままのゴミバケツ……ニューヨークのイーストサイドで見かけそうな光景で、ロンドンの郊外とは思えませんでした。

とはいえ、玄関扉に汚れたノッカーがあったので鳴らしてみると、はっとするほど魅力的な女性が出てきたんです。八分の一くらいは黒人の血が流れているような感じでした。大柄な人でもあり、すらりと長い、手入れの行き届いた手をしてましたね。いや、非のうちどころのない容貌で、まわりのみすぼらしいようすとは対照的です。わたしが来るのを待っていたようでした。ガリバスタ夫人という名前で、すぐに思い当たりましたよ。サー・ジェフリーの家政婦《ハウスキーパー》で、生前の彼から、忠誠を尽くす最後の仕事として今回のことを申し付けられたのでした。彼がそういう意味のことを書いた手紙を、信頼をこめて書いていたんです。サー・ジェフリーがよく、親愛の情と彼女はわたしに渡してくれました。これです、ホームズさん」

手紙を手渡されたホームズは、それを注意深く調べた。「筆跡に見覚えはおありなんですね、もちろん？」

マクルスワースに迷いはなかった。「流れるような、ちょっと不安定で男性的な筆跡で、まさに見覚えのあるものでした。読んでおわかりのとおり、ガリバスタ夫人から一族の家宝を内密に受け取り、アメリカへ運んで、『行方不明になっている』別のいとこが見つかるかどうかするまでは、わたしが預かっておいてほしい、とあります。サー・ジェフリーに男の相続人がいるならば、わたしの判断でそのうちのひとりに渡さなくてはならない。男の相続人が見つからなければ、わたしの娘のひとりに渡すことになる――マクルスワースの家名を次代につなぐ境遇にある息子は、わたしにはいないのです。ホームズさん、わたしがある程度まで信頼を裏切っているのは承知のうえです。でも、英国の社会や習慣のことはちっともわかりません。わたしには強い同族意識がありますが、サー・ジェフリーが手紙で教えてくれるまで、そんな高名な家系に連なっているとは知らなかったんです。わたしたちは手紙をやりとりしていただけでしたが、彼の最後の願いをかなえてやらなければならないと思います。それでも、自分が何をしているのか、しっかりわかっていると思い込むほど愚かではない。ご指導いただかなくてはなりません。犯罪がからんでいないという自信がほしいんです。わたしにわかっているのは、英国人の中でもあなただったら、わたしの秘密を洩らしたりはしないということです」

「そう言っていただけてうれしいですよ、マクルスワースさん。サー・ジェフリーから最後に受け取られた手紙の日付を教えてもらえませんか？」

「日付はありませんでしたが、消印を覚えています。今年の六月十五日でした」

「わかりました。では、サー・ジェフリーが亡くなった日付は？」

「同じ月の十三日です。亡くなる前に手紙を投函したけれども、集荷が遅れたんだと思います」

「そう想定するのが妥当でしょう。それに、サー・ジェフリーの筆跡は見慣れているわけですね」

「何年も手紙をやりとりしたんですよ、ホームズさん。同じ筆跡です。どんなに巧妙に偽造したって、あの癖はどうにもまねできないでしょう。予測のつかないような書き損じのせいで、かろうじて読める単語になるようなことがあるんです。ただ、たいていはりっぱな、線の太い癖字を書いていましたね。偽造ではありませんよ。家政婦に託した手紙も、間違いないものです」

「でも、サー・ジェフリーに会ったことはないんですね？」

「残念ながら、ありません。テキサスの農場へ出向いてくるという話もあったんですが、きっとほかの用事がいろいろあったんでしょう」

「実は、ぼくのほうは何年か前にちょっとした知り合いだったんですよ。クラブが一緒だったのでね。彼は芸術家肌で、日本の版画とスコットランドの家具が好みでした。愛想がいいものの、ほかのことに気をとられているような、やや引っ込み思案な人でした。とても温和なたちでね。いい人すぎると長生きできないとはよく言いますが」

「それはいつごろのことですか、ホームズさん?」マクルスワースは身を乗り出した。興味津々のようだ。

「二十年ほど前、ぼくが仕事を始めたばかりのころでした。彼の若い友人の身にやっかいなことが起きたとき、ぼくから証拠を提供してあげられたんです。ありがたいことに、ぼくなら善良な人間をまっとうな道に戻すことができると信じてくれたんですね。仲間の先行きにも、よく気を配る人でした。独身主義で通されたんだったと思いますが。強盗のことはお気の毒だった。それに、みずから命を絶たれたとはね。ちょっと驚きはしたものの、犯罪の疑いはもたれなかったし、そのころのぼくはいささか難しい事件を抱えていたので、そのままになりました。情の細やかな、古風なところのある紳士でしたね。大勢の貧しくて若い芸術家たちのパトロンでもあった。財産を気前よくくいつぶしたのは、芸術のためだったんでしょう」

「わたしにはあまり芸術の話をしませんでしたよ、ホームズさん。この何年かのあいだにずいぶん変わってしまったんじゃないでしょうか。わたしの知っている彼は、だんだん神経質になっていって、なんだか不合理に思えるような心配をしたがる男でした。わたしが頼みをきく気になったのも、そういう心配をなだめるためでしたから。なんといっても、わたしはマクルスワース一族の末裔で、ある程度責任を負わなくてはならないんです。わたしはその責任を名誉に思いました。しかし、頼まれたことの内容には当惑してしまって」

「あなたは名誉を重んずるだけでなく、しっかりした常識の持ち主でもある。あなたの置かれた状況には同情しますよ。ぼくらに相談されたのは正解でした。全力をあげて協力しましょう」

アメリカ人依頼客は、すっかり気が楽になったようだった。「ありがとうございます、ホームズさん。ありがとうございます、ワトスン博士。いくらか筋の通った行動ができそうな気がしてきましたよ」

「サー・ジェフリーは、その家政婦のことを以前から書いてきていたんですね?」

「ええ、熱心と言っていいほどの言葉づかいでした。五年ほど前にやって来て、彼の仕事をきちんとするべく一生懸命働いてくれているのだということでした。彼女がいなかったら、もっと早く破産手続きをするはめになっていただろう、とも言っていました。実は彼女のこととなるとあまりに熱心な口ぶりなので、ちらっと頭をよぎったことがあるんですよ——その、二人が……」

「おっしゃりたいことはわかります。サー・ジェフリーが結婚せずにいたのも、それで説明がつくかもしれません。きっと階級の壁を越えられなかったんでしょう、ぼくたちが勘ぐっているようなことだったとしたらですが」

「血縁の者の名を汚したいわけじゃないんですがね」

「しかし、この問題には現実的な目を向けなくてはならないでしょう」ホームズはほっそりした長い手を振ってみせた。「よろしければ、きょう受け取ってきた像を拝見できませんか?」

「どうぞ。包んでいた新聞紙がところどころはがれてしまったようで——」

「そのせいで、フェリーニの作品だとわかったんです」ペルセウス像のすばらしい姿が現われると、ホームズは明らかにうれしそうな顔つきになった。手を伸ばし、ミニチュアの血の通った肉体かと見まがう筋肉組織を指でなでた。非の打ちどころがない作品だ。銀の本体は内部のエネルギーで生気にあふれるように見え、金の打ち出し模様や貴石、すべてがこのうえなくすばらしい印象を生み出している。血まみれの剣を片手に、腕に盾を載せて、蛇が身をくねらせている頭を掲げるペルセウス。蛇がサファイアの目でこちらをにらみつけ、石にされてしまいそうだ。

「たいへん目の高いかただったサー・ジェフリーが、これを一族のものにしておきたいと望まれたのも、うなずけますね」とわたし。「際限なく気にするようになっていったわけがわかりました。それでも、こんなに苦労してまで残そうとするくらいなら、美術館に渡るようにすれば――遺贈するということですが――よかったのに、という気はします。たくさんの人に見てもらう価値があるものですよ」

「まったく同感です。そこで、ガルヴェストンに特別展示室を設けることにしました。しかし、それまではこれの存在を隠しておくようにと、サー・ジェフリーからもガリバスタ夫人からも警告されているんです。彫像の存在が知られたら大問題になりますからね。警察にとってだけでなく、おそらく世界で一番すばらしいフィレンツェ・ルネッサンスの銀の逸品をのどから手が出るほど欲しがる泥棒たちにとっても。おそらくこれは、何千ポンドという値打ちがあるでしょう。持ち帰るにあたっては、十万ドルの保険を掛けるつもりです！」

「この彫像ですが、今夜から明日の夕方までぼくらにお預けになりませんか？」とホームズ。

「うーん。ご承知のように、わたしはアルカディア号でニューヨークへ戻ることになっています。船は明日の夕方、ティルブリー（ロンドンの東方、エセックス州の港湾地区）から出航します。あのクラスの汽船で、ロンドンから発つ船は少ないんですよ。乗り遅れたら、リヴァプール経由で戻らなくてはならなくなります」

「でも、必要とあらば、喜んでそうしてくださいますね？」

「その像を持たずには帰れませんよ、ホームズさん。ということは、それがあなたのもとにあるあいだ、わたしはロンドンに留まるということになる」マクルスワースはわたしたちにちらっと笑みを見せ、片目をつぶってみせた。「おまけに、いとこの死の謎は、彼の最後の願いごとの謎よりもっと気になっていると言わざるをえないんですからね」

「すばらしい。意見が一致しましたね。ぼくとしても、持てるかぎりの才能をあなたのために使いましょう。ところで、ぼくの記憶によると、サー・ジェフリーはオックスフォードシャー（イングランド中南部の州）に住んでいましたね」

「オックスフォードからは十マイルばかりのところだと書いていました。ウィトニーという、活気のある小さな市場町の近くだとか。屋敷はコグズ・オールド・マナーといって、かつては耕作地もある大規模な地所の中核でした。しかし、土地は売却されて、今残っているのは家とそのまわりの庭だけです。それももちろん、サー・ジェフリーの債権者たちが売りに出しています。ガリバスタ夫人の言うには、誰かがあの場所を買うのもそう遠くない日ではないかと。一番近くにある村はハイ・コグズ、最寄りの鉄道駅は一マイルばかり離れたサウス・リーにあります。その場所のことなら、わたしは自分の庭のようによく知っているんですよ。サー・ジェフリーの描写があんまり生き生きしていたもので」

「ほう。ときに、そもそもはあなたから連絡をとられたんですか?」

「いいえ。サー・ジェフリーは紋章学と家系に興味をもっていました。それで、わたしたちに共通の祖父であるサー・ロバート・マクルスワースの子孫をつきとめようとして、わたしの名前に行き当たり、手紙をくれたんです。そのときまで、自分が英国貴族階級とそんなに近い血縁にあたるなんて、思いも寄りませんでした。一時期サー・ジェフリーは、わたしが称号を継承する話をしていました――でも、わたしはまったくの共和制主義者ですからね。称号やら何やらは、テキサスじゃあんまり足しにはなりません――働いて得たものでなくちゃ!」

「称号を継承することに興味がないと、伝えたんですか?」

「何であろうと継承したいとは思いません」ジェイムズ・マクルスワースは立ち上がった。「わたしは手紙のやりとりを楽しんでいただけです。彼からの手紙がだんだん不安そうに、とりとめがなくなっていき、自殺の話が出るようになって心配になりました」

「それでも、まだ殺人ではないかと思っていると?」

「ええ。真実を求める本能とでもお考えください——それとも、行き過ぎた想像力でしょうか。その点はあなたにおまかせしますよ」

「本能のほうではないかと思いますよ、マクルスワースさん。あしたの夕方、またここでお目にかかりましょう。では、おやすみなさい」

　わたしたちは握手をかわした。

「おやすみなさい、お二人とも。今夜はすんなり眠れそうですよ、何カ月ぶりかでね」そう言って、テキサスからの客は出ていった。


「どう思う、ワトスン?」ホームズは軸の長いクレイパイプに手を伸ばすと、ベイカー街から持ってきていたスリッパから煙草の葉を詰めた。「われらがマクルスワース氏は、彼の同国人たちが言うような〝嘘のないやつ《リアル・アーティクル》〟だろうか?」

「ぼくは実にいい印象を受けたね。ただ、自分自身のいつわりのない直感に従ったのだとしても、思いも寄らなかった一件に巻き込まれることになったんだとは思うが。サー・ジェフリーが何から何まで彼の言うとおりの人物だったとは思えない。きみが知り合ったころはそうだったのかもしれないが、その後、人が変わってしまったんじゃないかな。彼は家政婦を愛人にして、借金で首が回らなくなったあげく、秘蔵の一品を自分で盗んでおいて債権者から守ろうと計画した。あのまっとうなテキサス男を巻き込み、米国南部の人間がそういうものをどんなに大事にするかを知っていて一族の絆をちらつかせる。そして、家政婦と共謀してみずからの死を偽装する……そんなところかな」

「そこまでしておいて、秘蔵の品はいとこにくれてやるのかい？　どうしてそんなことをしなくちゃならないんだ、ワトスン？」

「マクルスワースを使ってアメリカへ移送しておいて、売りさばくつもりなんだろう」

「つまり、自分をそれと結びつけられたくない、あるいは捕まるわけにいかないからというわけか。マクルスワースなら罪のないことははっきりしているし、像をガルヴェストンまで運ぶにはうってつけだ。うん、ワトスン、悪くない説だ。ほとんどあてはまるんじゃないかな」

「だけど、ほかにもわかっていることがあるのかい？」

「感触だけなんだがね。サー・ジェフリーは死んでいると思う。検死官の報告を読んだんだが、脳みそを吹き飛ばされた状態だった。だから自殺の遺書が血まみれだったんだ。もし彼が犯罪を企んでいたんだとしても、生きてやり遂げることはなかったのさ」

「それで、家政婦が計画を引き継ぐことにしたのかな？」

「それにはひとつだけ弱点があるよ、ワトスン。サー・ジェフリーは自殺を思い立って、彼女への指示を残したわけじゃないか。マクルスワースがその筆跡を同定した。ぼく自身も読んだよ。マクルスワースはサー・ジェフリーと何年も手紙をやりとりしてきたんだ。その彼が、サー・ジェフリーの手紙に間違いないと確認したんだからね」

「ということは、家政婦にも罪はないということか。第三当事者を捜さなくちゃならないな」

「ぼくらがしなくちゃならないのは、田舎へ遠出することだよ、ワトスン」ホームズは早くもブラッドショー鉄道案内を調べていた。「パディントン駅を午前中に出て、オックスフォード乗り換えで昼前にサウス・リーまで行ける列車がある。きみの患者は、もうあと一日か二日は母となる誘惑に抵抗できるだろうかね、ワトスン」

「都合のいいことに、どう見ても彼女は、どっしり構えてお産の床を温めることにしたらしい」

「よし、じゃあ明日は田園地方の新鮮な空気と素朴な食事を試して、ハドスン夫人を喜ばせることにしよう」

やりがいのあることに頭を使えそうなせいで上機嫌のわが友は、椅子に深く腰かけてパイプを深々と吸い、目を閉じた。


翌日は、小旅行にうってつけの天気になった。まだなま暖かくはあっても、空気にはほっとするような香りのよさがあり、オックスフォードに着かないうちからもう、初秋の爽快なかぐわしさを味わうことができた。いたるところでトウモロコシが実り、低木の生垣もすっかり色づいている。草ぶきやスレートぶきの屋根が車窓をすべるように過ぎていき、列車からの眺めは、人々が大地本来の役割に沿って、実用性ばかりか美しさをも求める本能的な目で植物を育てている、英国のもっとも快い風景だった。これこそ、アフガニスタンでわたしが懐かしみ、高僧ダライ・ラマ本人のもとで数々のことを学んだころのホームズがチベットで懐かしんだものだ。わたしに言わせれば、典型的な英国の豊かで変化に富んだ田園風景には、何をもってしても代えがたいものがある。

やがて列車がサウス・リーに着くと、わたしたちはドッグカート（一頭立て二輪馬車）を借りてハイ・コグズへの道をたどった。道中はずっと両側を高い生垣にはさまれたくねくねの小道で、鳥のさえずりや、たまに牛の鳴き声が聞こえてくるだけの蒸し暑い穏やかさを享受した。

ノルマン様式の教会と、地元の郵便局にもなっている雑貨屋がある村落を通り抜けた。ハイ・コグズの村自体へ至る道は、通り過ぎる農場の通路とほとんど変わらないでこぼこの小道だった。この世が始まって以来そこにあるかのようにバラやスイカズラがこんもりと茂る、絵に描いたような草ぶき屋根の家々。持ち主が近ごろはやりの嗜好でごてごてと付け加えている、かなり俗っぽい現代風の家。温かい感じの地元産の石づくりの農家と離れ屋は、そのうしろの雑木林や果樹園と同じくらい自然に、この風景の中ではぐくまれてきたかのように見える。そしてたどりついたのが、見捨てられた雰囲気が漂うコグズ・オールド・マナーの、鍵がかかった門の前だった。わたしには、きちんと手入れがされなくなってから長い年月がたっているように見えた。

例によってホームズが調べを始めると、すぐに塀の隙間が見つかったので、わたしたちは庭を調べるためにそこからもぐり込んでいった。かなりの広さの芝生、何カ所かの低木の植え込み、荒れ果てた温室、見捨てられた厩舎、そのほかのさまざまな小屋を経て、驚くほどきちんと整頓された作業場に行き着いた。そこがサー・ジェフリーの死んだ場所だと、ホームズが教えてくれた。今は徹底的に掃除されている。サー・ジェフリーは万力に銃を固定して、口に銃口を当てて自分を撃ち抜いたのだった。検死審問では、明らかに献身的に彼に仕えていた家政婦が、彼の金銭面での心労や家名をおとしめてしまうという懸念を語った。走り書きの手紙は血にまみれ、部分的にしか判読できなかったが、確かに彼が書いたものだった。

「犯罪をうかがわせるようなことは何もなかったんだよ、ワトスン。ここに落ち着くまでのサー・ジェフリーが、芸術家に混じって自由奔放な生き方をしていたことは、誰もが知っていた。主として芸術家たちとその作品に、一家の財産を浪費してきた。彼が所有する数々の現代絵画の中には、これから価値が出るものもあるだろう。だが今のところ、彼が後援していた芸術家たちはまだ具体的価値を認められていない。ぼくの印象では、カフェ・ロワイヤルの常連たちの半数がマクルスワース家の財産に依存して、結局は干上がらせてしまったんだ。それに、サー・ジェフリーは最後の何年か、精神を病んでいたか、うつ病だったかの、どちらかだとも思っている。ひょっとしたらその両方かもしれない。ぼくらとしては、ガリバスタ夫人に面会する必要があるな。でも、まずは郵便局を訪ねることにしよう――こういう小さな世界じゃ、あらゆる知恵のよりどころだからね」

雑貨屋を兼業する郵便局は、草ぶきの田舎家を改装したものだった。白い杭垣をめぐらせ、ペンキ塗装に不釣り合いにならないような九月初旬の花が飾ってある。涼しげな陰になった店内には、本から飴玉まで、地元の人が買い求めそうなあらゆる品がそろっている。女性経営者の名前を入口の看板で知ったところに、その本人が声をかけてきた。

ベック夫人はふっくらしたピンクの肌の女性で、あっさりしたプリント地の服に糊のきいたエプロンをつけていた。おどけた感じの目と、ややすぼめた口もとが、気どりのない温かみと口やかましめの気性との葛藤を垣間見せている。彼女はサー・ジェフリーもガリバスタ夫人も知っていた。屋敷の大勢の使用人たちとも仲よくつきあってきたが、ひとり、またひとりといなくなっていき、代わりの人員は雇われなかったのだという。

「噂じゃ、あのお気の毒な紳士はほとんど文無しで、新しく使用人を雇う余裕はなかったんだそうです。だけど、お給金が滞ったことは一度もなくて、あそこで働いている人たちは文句なく誠実でしたね。あの家政婦さんは特にですよ。あの人には風変わりなよそよそしい雰囲気がありますけれど、ご主人をかいがいしくお世話していたことは間違いないし、先行きがとっくに知れてしまったからといって、お金目当てにつきまとっているってふうでもありませんでした」

「でも、その女性をお好きではないんですね？」タフィー（砂糖やバターを煮詰めたキャンディ）の広告をしげしげと見ながら、ホームズがぼそっと言った。

「まあ、正直言って、ちょっぴり変わってると思いましたね。よそから来た人で、たぶんスペイン系だと思います。流浪の民っていう感じの外見がいやだったわけじゃないんですけど、気が合うことは決してありませんでした。いつもすごくていねいで、おしゃべりしても愛想がいいんですけどね。ほとんど毎日のように会っていました——教会で会ったことはありません。この店にやってきては、何かしらちょっとした必需品をみつくろっていくんです。必ず現金払いで、つけにしておいてって頼むことはありませんでした。あの人のことは虫が好かなかったけれど、サー・ジェフリーを支えているってだけで、他意はないようでした。怒りっぽいとか、下働きの使用人に火かき棒を振り上げたことがあるとか言う人もいましたけど、証拠を見せてもらったわけじゃないし。

あの人はほんのちょっとわたしとおしゃべりして、ときどき新聞を買ったり、ここに届いてる郵便物を受け取ったりして、あの道を屋敷へ戻っていきました。雨が降っても日が照っても、ここには来るんです。大きな体をして、元気な人でしたよ。ご主人にしてもあのお屋敷にしても、やっかいなことばかりだって冗談めかしてましたけど、気にしていないふうでした。

ただ、ひとつだけおかしなことがありましたね。病気になったとき、どんなに具合が悪くたって、あの人はお医者さんに診てもらうのを断るんです。医者っていう職業をやみくもに怖がっていました。シャピロ先生を呼ぼうかって言っただけで、金切り声を上げて『医者なんかいらない！』って言い張ったんですよ。ほかの点じゃ、サー・ジェフリーになくてはならない人でした。すごくお優しくて変わり者で、ぼんやりしたあの方にとってはね。あの方は、幼いころからあんなふうでした」

「でも、わけのわからない怖がり方や、ばかげた考え方をする癖もあったのでは？」

「わたしが見たかぎりじゃ、そんなことはありませんでしたよ。ちっともお変わりにならないように思えました。愉快な方でね。あのお屋敷にいらしたのはここ七年で、たまにお見かけするだけではありましたけど。でも、そんなときには、いつもの明るいあの方でしたよ」

「たいへん興味深いお話です、ベックさん。ありがとうございます。よろしければ、この店お勧めのブルズ・アイ（ミント味の固い飴玉）を四分の一ポンドいただこうかな。ああ、うかがうのを忘れていた。サー・ジェフリーのところへアメリカから手紙が届くことがあったか、ご記憶でしょうか？」

「ああ、そうそう。しょっちゅうありましたよ。楽しみにしてらっしゃるんだと、家政婦が言ってました。封筒や消印を覚えています。あれくらいでしたねえ、あの方のところへ定期的に届く手紙っていえば」

「サー・ジェフリーは返事をこの店から出していらっしゃいましたか？」

「それはわかりませんねえ。郵便物は駅のそばの郵便ポストから回収されるんです。あちらへ戻っていかれれば、見えてきますよ」

「ガリバスタ夫人は、もうこのあたりにはいらっしゃらないんでしょうね」

「いなくなってまだ二週間とたっていませんわ。うちの息子が、駅まであの人の荷物を運んでさしあげたんです。持ち物は全部引き揚げていきましたよ。すごく重たい荷物だったそうです。息子は、セント・ジェイムズであったサー・ジェフリーのお葬式に出席してなかったら、トランクにあの方が入ってるんじゃないかと思ったかもなんて言ってました。不謹慎なことを申しあげてすみませんけど」

「いえ、ありがとうございました、ベックさん」ホームズは帽子を持ち上げてお辞儀をした。彼の小気味よく興奮した雰囲気が伝わってくる。獲物の姿をある程度嗅ぎつけ、追跡にかかったのだ。彼は店を出ていきながらつぶやいた。「帰ったらすぐ、二二一Bに寄って、昔のファイルに当たらなくちゃならないな」

ドッグカートで駅へ戻る道すがら、ホームズはもうほとんど口をきかなかった。ロンドンまでの帰路もずっと考えにふけるばかりだ。だが、彼の気分や習慣に慣れていたわたしは、すばらしい頭脳には勝手に働いてもらっていれば充分とばかりに、『テレグラフ』の朝刊に載っている世界の関心事に没頭した。

その日の午後、わたしたちはマクルスワースと一緒にお茶を飲んだ。アクロイド夫人が、スモークサーモンとキュウリのサンドイッチや、ちょっとした口直し、それにスコーンとパンケーキを用意してくれていた。お茶は、わたしの好みであるダージリン。その上品な香りは、午後のお茶として最高の味わいだ。ホームズまでもが、シンクレアやグロヴナーで客に出すお茶のようだと褒めていた。

わたしたちのお茶の儀式を、おそらく光線の加減を考慮してだろう、ホームズがわたしたちの居間の通りに面した窓際に置いた、すばらしいペルセウス像が見ている。まるで天使の面前でお茶を飲んでいるような雰囲気だった。マクルスワースは膝の上に皿をうまく載せて、うれしそうに顔を輝かせていた。「このしきたりのことを聞いたことはありましたが、まさかミスター・シャーロック・ホームズとワトスン博士とハイ・ティーをご一緒させていただけようとはね！」

「実は、そうではないんですよ」ホームズは穏やかに言った。「アメリカの人たちのあいだでは、ハイ・ティーとアフタヌーン・ティーが同じものだという誤解があるようですね。この二つはまるで別の、はっきりと違う時間にとる食事なんです。ぼくが若いころは、ハイ・ティーはある種の学問の中心地でだけ出されるもので、温かい食べものによる、早めの夕食でした。子供部屋で出される、同じような夕食が、最近はハイ・ティーと呼ばれるようになりました。伝統的な火を通さないサンドイッチのとりあわせに、スコーンやクロテッド・クリームやストロベリージャムがつくこともあるアフタヌーン・ティーは、おとなが、四時ごろに食べるものです。ハイ・ティーのほうはだいたいにおいて、子供が六時ごろ食べるものですね。ぼくの若いころは、そういう食事には必ずと言っていいほどソーセージがついたものです」ホームズはかすかに身震いしたように見えた。

「正しい教えをたまわりました」テキサスの男は愉快そうに言って、おいしいサンドイッチをひと切れ、強調するかのように振ってみせた。そこで三人ともが笑った――ホームズは自分が知識をひけらかしてしまったことを笑い飛ばし、マクルスワースは心の重荷から救われたようなつもりで笑ったのだろう。

「ハイ・コグズで、謎の手掛かりは見つかりましたか?」

「ええ、見つけましたとも、マクルスワースさん」とホームズ。「ひとつか二つ、立証すべきことはありますが、この件は解決したと思いますよ」今度はアメリカ人の顔にうれしそうな驚きの表情を見て、微笑んだ。

「解決ですって?」

「解決ですが、証明はまだです。ワトスン君が、いつもながらぼくの推理に多大な貢献をしてくれました。きみだよ、ワトスン。血も涙もない犯罪だとぼくが考えている今回の一件に、この紳士を巻き込む動機をほのめかしたのは」

「では、わたしの考えは当たっていたんですね、ホームズさん！　サー・ジェフリーは殺されたんだ！」

「殺されたか、または自殺に追い込まれたかです。実質的にはほとんど変わりませんが」

「犯人はおわかりですか？」

「わかっていると信じています」ホームズは内ポケットから黄色っぽい紙きれを取り出した。「これを見ていただけませんか？　ここへ戻ってくる途中でぼくのファイルから抜き出してきました。ちょっと埃っぽいのはごかんべんください」

テキサスの男はかすかに顔をしかめ、たたんだ紙を受け取ると、やや困惑の体で頭をかきながら声に出して読んだ。「拝啓、親愛なるホームズどの。先だってはわたしの友人の若い画家の件で寛大なご助力をいただき、まことにありがとうございます。……申しあげるまでもなく、このご恩は一生忘れません。敬具……サー・ジェフリー……」わけがわからないという表情で顔を上げた。「わたしには見覚えのない便箋ですが、ホームズさん。このアセニーアムと書かれているのは、ロンドンにあるクラブのことですね。でも、この署名はにせものですよ」

「そうおっしゃるだろうと思っていました」ホームズは手紙を返してもらいながら、客の言葉に困ったようなようすもなく、むしろ満足そうだった。この手掛かりはどのくらい過去までさかのぼったものなのだろう、とわたしは思った。「さて、詳しくご説明する前に、あることを実証してみせる必要があるように思います。よろしければ、ウィルズデンのガリバスタ夫人に手紙を書いていただけないでしょうか。合衆国へ戻るつもりだったが気が変わった、しばらく英国に住むことにする、と伝えていただきたいんです。合衆国に帰るまでのあいだ、ペルセウス像は銀行の金庫室に預けておいて、その処遇について法的なアドバイスを受けようと考えている、とね」

「そんなことをしたら、いとこに誓ったことが守れないではありませんか。しかも、女性に嘘をつくことになる」

「大丈夫ですよ、マクルスワースさん、ぼくが保証します。サー・ジェフリーとの約束を破ることにはなりませんし、女性に嘘をつくことにもなりません。それどころか、ぼくの指示に従っていただければ、サー・ジェフリー・マクルスワースと、願わくばぼくらの偉大な二つの国にも、重要な恩恵をほどこすことになるのです」

「わかりました、ホームズさん」マクルスワースはあごを引き締めて、真剣な顔つきになった。「そこまでおっしゃるのなら、どんなことでも喜んで引き受けましょう」

「ご立派です、マクルスワースさん」ホームズの唇の両端がうしろに引っぱられて、わずかに歯がのぞき、獲物がついに力尽きたことを知った狼のように見えた。「ところで、あなたのお国で〝リトル・ピーター〟とか、ときには〝フレンチ・ピート〟とも呼ばれる者のことを、耳になさったことはありませんか？」

「もちろんありますとも。きわもの好きな新聞の人気者でしたし、今でも人気は相変わらずですよ。十年ほど前、ニューオーリンズを振り出しに活躍した、ジャン・〝プティ・ピエール〟・フロメンタールですね。ある種のエンターテイナーと言ってもいい。古代ギリシャのアルカディア人の血をひいているとか、クリー族（北米先住民の一部族）だとか、いろいろに言われていました。力にも容姿にも恵まれた男です。ピカユーンにある高級住宅地の私室で政府高官を殺すという、凶悪な連続殺人事件で名をあげました。共犯者として、女もひとりいました。男たちを誘っておびき出す役だったとか。フロメンタールはとうとう捕まったが、女のほうは逮捕されたとも言われますし、その後あいつが逃亡したとき手を貸したのが、その女だったと考えている者もいます。だがわたしの記憶では、フロメンタールは捕まってないはずです。あいつが今度は女に殺されていたとかいう証拠があったわけじゃないでしょうね？　フロメンタールとサー・ジェフリーが二人とも同じ女の手にかかったとでも、考えていらっしゃるんですか？」

「ある意味ではね、マクルスワースさん。先ほども申しあげましたが、あることを実証してみるまでは、ぼくの仮説を全部お話しするわけにいかないのです。しかし、どれも女のしわざではありません。それは確かです。ぼくの言うとおりにしてくださいますね？」

「あてにしてくださってけっこうですよ。さっさと電文を書いてしまいましょう」

マクルスワースが帰ってしまうと、わたしはホームズに顔を向けた。ちょっとでも教えてもらえないものかと思ったのだが、彼はまるで秘蔵っ子か何かのように自分の答えを抱え込んでいるのだった。「なあホームズ、こんなのはないんじゃないかい？　ぼくが問題の解決を助けたって言いながら、その解決のヒントさえくれないなんて。ガリバスタ夫人は殺人者じゃないが、殺人はきっとあっただろうというのかい？　ぼくの説は――サー・ジェフリーが像を隠しておいて、破産していたんなら犯してしまいかねない犯罪に走らないようにと自殺したっていう説は――その条件に合うと思うけどな。筆跡から、彼がマクルスワースをいとこだと言っている手紙を書いた本人であることはわかっている――つまり、マクルスワースはそれには関係していない――そうしたらいきなり、リトル・ピエールとかいうルイジアナかどこかの殺人者の話だ。そいつがきみの第一容疑者かと思いきや、マクルスワースはその男が死んだんじゃないかと言い出すし」

「ごもっとも、ワトスン。この一件はかなり込み入っているように見える。だが、今夜にははっきりすると思うよ。きみは拳銃を持ってきてるかい?」

「銃を持ち歩く習慣はないよ」

わたしの言葉を聞くと、ホームズは部屋の向こうへ行き、これまたその日の午後に二二一Bから運んできていた大きな靴箱を出してきた。箱から取り出したのは、最新型のウェブリー・リヴォルヴァー二挺と、弾薬ひと箱だった。「身を守るのにこいつが必要になるかもしれないんだ、ワトスン。ぼくらはとんでもない知能犯を相手にしている。忍耐力と打算とを兼ね備えた頭のいいやつで、何年もかけてこの犯罪をたくらんできている。向こうも邪魔が入る可能性があると、予想しているはずだ」

「ガリバスタ夫人がそいつと結託していて、電報が届いたら警告するはずだって考えているのかい?」

「今夜、客があるはずだとだけ言っておこう。だからペルセウス像をこの部屋の窓のところに置いたのさ、あれをよく知っているやつが気づくようにね」

この歳と立場ではそんな猿芝居につきあっていられない、とわたしは言ってみたが、無駄だった。しぶしぶながら彼が指示する配置につくことに同意し、拳銃をしっかりと握り締めておとなしく夜を待った。


夜になっても日中とほとんど変わらない蒸し暑さで、もっと薄手の服と水の入ったグラスを用意しておけばよかったと思いはじめたころ、通りのどこかから、引っかくような怪しい音がした。わたしは、カーテンに隠れて立っているところから、思い切って下をうかがった。驚いたことに、人目をはばからないどころか、ランプの黄色い光にすっかり姿をさらけ出して、フジのつるを伝って登ってくる人影があるではないか！

その男は——かなりの大男だった——ベルトからナイフをさっと抜き、ペルセウス像が鎮座する窓の留め金を開けにかかった。だが、わたしには持ち場を守ることしかできない。男が彫像をつかんで持ち去るのではないかと思ったが、そのとき常識が頭をもたげた。彫像を窓から落としてしまうつもりでもないかぎり、入ってきて階段から出て行こうとするはずだと気づいたのだ。

大胆不敵な強盗は相変わらず見られることを意に介さず、まるで目的で頭がいっぱいなあまり、ほかに考慮すべきことをいっさい忘れてしまったかのようだった。ランプの明かりに、男の顔がちらりと見えた。波打つ豊かな髪の毛をうしろでバンダナに束ね、あごには数日分の無精ひげが生え、浅黒い、ほとんど黒色人種のような肌の色をしている。わたしはすぐに、ガリバスタ夫人の血縁ではないかと思った。

男は窓の留め金をパチンとはずし、唇のあいだから鋭く息を吐き出して窓枠を持ち上げると、するりと入ってきた。

次の瞬間、隠れていたホームズが姿を現わし、拳銃を男に向けた。罠にかかった獣のような燃える目で向き合う男は、ナイフを片手に、逃げる隙をうかがっている。

「弾をこめた拳銃が、おまえの頭を狙っているんだぞ」ホームズの平静な声。「ナイフを捨てて観念するのが賢明だろう」

男は言葉にならないうなり声をあげて彫像のほうへ身をおどらせると、自分とこちらの銃とのあいだにその彫像を置いた。「撃てるもんなら撃ってみろ！　おれの命よりはるかに貴重なものを台無しにすることになるぞ！　おまえがちょろまかそうとしてるものをな！　おまえのことは見くびってたぜ、マクルスワース。ちょろいカモだと思ってた。手紙をやりとりしてるうちに、英国貴族の血筋だっていう考えに目がくらんだんだからな！　おまえのことは何年もかけて調べあげたんだ。文句なしだと思ったね。一族の名誉にかかわる問題だって言われてるかぎり、どんなことだっていそいそとやってくれた。ああ、おれのもくろみだったんだよ！　自分を抑えるのに必死だった！　われながらたいした忍耐力だった。なんという偉業！　何もかも、間抜けなジェフリーの金ばかりじゃなく、あいつが一番大切にしていたお宝までも、いつの日かいただいちまうためだ！　あいつの好意はものにした――だけど、ほかのものまで全部手に入れたかったのさ！」

ホームズが話してくれていたことが、わたしには突然わかった。真の状況を理解したわたしは、あやうくあえぎ声を出すところだった。

そのときだった。銀色の光がひらめいたかと思うと、ドスッという鋼が肉に食い込むいやな音がした。ホームズがうしろざまに倒れ、その手から銃が落ちた。わたしは怒りの雄叫びとともに、フェリーニだろうか芸術だろうがおかまいなしに自分の銃を発射していた。わが友が今またわたしから奪われようとしている――今度はわたしの目の前で。

ジャンピエール・フロメンタール、別名リンダ・ガリバスタがうしろへ倒れた。両腕を上げ、入ってきた窓をぶち破った。ぞっとするような叫び声を上げてよろめき、腕を宙に振り回したかと思うと、外へ落ちていった。あとに残ったのは、恐ろしい沈黙だけだ。

同時に部屋のドアが勢いよく開き、ジェイムズ・マクルスワースが現われ、すぐに続いてレストレード警部とアクロイド夫人、それにドーセット街二番地の住人もひとり二人入ってきた。

「大丈夫だよ、ワトスン」ちょっと弱々しいホームズの声が聞こえた。「傷は浅い。だが、ぼくはばかだったよ。ボウイナイフを投げるかもしれないってことを考えてなかったとはね。あの下だ、レストレード。手のほどこしようがあるか見に行ってくれ。生かして取り押さえたかったんだがね。この数年来ずっと、あいつが後援者から巻き上げてきた金のありかをつきとめるには、それしかないだろう。やあ、マクルスワースさん。ぼくの解決を納得してもらいたいとは思ってましたが、余興にこんなひどいけがをするはめになるとは思いませんでしたね」ホームズは力のこもらない笑顔を向けた。両目には苦痛の色があふれている。

さいわいなことに、わたしが駆け寄ってからホームズが片腕に倒れ込んだので、そのまま椅子のところまで連れていくことができた。そこでわたしは傷をあらためた。ナイフは肩に刺さっていたが、ホームズの自覚のとおり、とりかえしのつかない傷をつけてはいなかった。だからといって、彼の味わっている苦痛をうらやましくは思わないが。

気の毒に、マクルスワースはすっかり面食らっていた。頭の中にあったものが全部ひっくり返されてしまって、すべてをまた頭に入れるのが難しいのだろう。ホームズの傷の手当てを済ませると、わたしはマクルスワースに座るように言っておいて、みんなにブランデーを取ってきた。アメリカ人もわたしも、ホームズの推理の中身がどっと頭に入ってきていたが、彼の具合がよくなるまではと我慢していた。ところが、最初のショックを乗り越えてみると、彼はすっかり上機嫌で、わたしたちの表情を見て面白がった。

「きみの解釈は独創的だったよ、ワトスン。真相に肉迫していたんだが、残念ながら正解ではなさそうに思えた。上着の内ポケットを捜してみてくれないかな、紙きれが二枚あるはずだ。すまないが、それを出して、みんなに見えるようにしてくれたまえ」

わたしは彼の指示どおりにした。一枚は、サー・ジェフリーがジェイムズ・マクルスワースに宛てて書いた最後の手紙で、表面上、ガリバスタ夫人に託されている。もう一枚は、はるかに古い、その日の午後にジェイムズ・マクルスワースが読み上げた手紙だ。筆跡にかすかに似たところがあるものの、書き手は明らかに別人だった。

「これはにせものだとおっしゃいましたね」ホームズは、古いほうの手紙を左手でかかげてみせた。「しかし、残念ながらそうじゃない。おそらくこれは、あなたが見たことのある唯一のサー・ジェフリーの筆跡見本です」

「つまり、サー・ジェフリーは全部口述筆記させていたと——あの極悪人に？」

「いや、彼はあなたの存在自体を知らなかったのではないかと思いますね」

「知りもしない人間に手紙を書いたりするわけはありませんよ」

「あなたが手紙をやりとりしていた相手は、サー・ジェフリーなどではなかった。外で舗道に横たわっているあの男だったんです。彼の名は、ワトスン博士がすでに推理しているとおり、ジャンピエール・フロメンタール。どうやら、ピカユーンの殺人事件のあと英国に逃げてきて、アルフレッド・ダグラス卿の取り巻きといった芸術家連中に混じり、そのうち、カモにしようと物色していたぴったりの人間を見つけたようです。その間、リンダ・ガリバスタという人物でずっと通していたのでしょう。そうすると確かに、医者にかかることをあんなに恐れるようになったわけもわかる——郵便局のおかみさんの話を覚えているだろう、ワトスン。

いつも女の格好をしていたのか——ルイジアナでも犠牲者たちをそうやっておびき寄せては殺していたんですね——それに、サー・ジェフリーがあいつのことをよく知っていたのかどうか、そこのところはわかりませんが、雇い主にとって貴重な存在になったのは確かです。そしてまんまと、残っているマクルスワースの財産を少しずつ隠していった。だが、本当に欲しくてしかたがなかったのは、フェリーニ・ペルセウスです。そこで、あなたをだますことになる計画を練ったんですよ、マクルスワースさん。必要なのは、ニューオーリンズからあまり遠くないところに住む、同名の人間だった。だめ押しとして、もうひとりのいとこもでっちあげた。サー・ジェフリーの書簡紙であなたに手紙を書くという単純な策略で、それぞれが別の嘘を裏づけるように見せかけて、ぬかりなく嘘を築きあげていった。リンダ・ガリバスタとしていつも彼が郵便物を回収していたから、サー・ジェフリーはただの一度もその詐欺に気づかなかったんでしょう」

今度は、理解しはじめたマクルスワースがいきなり座り込む番だった。「なんてことだ！　ホームズさん、やっとわかりましたよ」

「フロメンタールはフェリーニ・ペルセウスが欲しかった。それをわがものにするという考えにとりつかれた。しかし、盗んだとして、国外に持ち出せる見込みはなきに等しい。そこで、手先が必要だった。それがあなたです、マクルスワースさん。遺憾ながら、あなたはたぶん、殺されたあのかたのいとこではありません。また、サー・ジェフリーはペルセウス像のことを心配してもいなかった。貧乏にすっかり甘んじていたようで、フェリーニ・ペルセウスが自分の一族もしくは公共施設のものとして永久に委託されるよう、かなり前から保険をかけてあったんです。像については、議会との特別な誓約によってすべての借金から保護されていた。あの作品が債権者の手に渡る危険は絶対になかったんですよ。もちろん、そういう状況では、フロメンタールが像を手に入れることはどうしてもできません。まずは強盗事件を起こしておく——それから、その強盗事件の結果のように見える自殺に見せかけた殺人です。自殺の遺書はにせものでしたが、判読も難しかった。あいつの計画は、マクルスワースさんの誠実さと人のよさにつけこんで、像をアメリカまで運ぶというものでした。そうしておいて、必要とあらばどんな手を使ってでも、あなたから取り返すつもりだったんですよ」

マクルスワースは身震いした。「あなたがいてくださって本当によかった、ホームズさん。偶然にもドーセット街の部屋を選んでいなかったら、わたしは今でもあの悪漢の片棒をかつがされていたことでしょう！」

「いかにも。サー・ジェフリーのようにね。何年にもわたって、彼はフロメンタールを信頼していました。それどころか、溺愛していたふしもあります。残っている資産のうちから財産をはぎ取られていることにも、気づきませんでした。何もかも自分の判断がよくなかったせいにして、フロメンタールが助けてくれていることに感謝していたんですからね。当然、いざというときになってサー・ジェフリーを殺すのにも、フロメンタールは苦労しなかった。忌まわしいほど簡単だったに違いありません。この事件では、あの遺書だけが厳密な意味での偽造だったんですよ。もちろん、殺人者自身を数に入れなければですが」

またしても、わが友シャーロック・ホームズの驚嘆すべき推理力によって、この世界は前よりも安全で健全なところとなったのだった。

追記

こうして、ドーセット街事件は幕を下ろした。フェリーニ・ペルセウスはヴィクトリア・アンド・アルバート美術館の所蔵となり、数年のあいだ、特設の〈マクルスワース棟〉に保管されたのち、取り決めによってサー・ジョン・ソーン美術館に譲渡された。マクルスワースの名は、そこで生き続けている。ジェイムズ・マクルスワースは、以前よりは貧しくとも賢くなって、アメリカへ帰っていった。フロメンタールは病院で、盗んだ財産のありかを明かさないまま死んでいったが、さいわいにも預金通帳がウィルズデンの家で見つかった。その金がサー・ジェフリーの債権者たちのあいだで分配された結果、家を売却する必要はなくなった。今は本物のマクルスワースのいとこが所有している。わたしたちの生活はたちまち平穏な日常に戻り、ドーセット街を引き払ってふたたび二二一Bの住まいに戻るときには、一抹のなごり惜しさがあった。今でも、あの居心地のいい家を通りかかることがあると、ある種の郷愁とともに思い出す。そこがとんでもない冒険の中心だった何日かのことを。

The Mystery of the Addleton Curse

アドルトンの呪い

バリー・ロバーツ

Barrie Roberts（1939 - 2007）

公務員、レコード店員、フリー・ジャーナリスト、フォークシンガー、コンピュータ・プログラマーなどさまざまな仕事に手を出してきたが、最後の30年間は刑事専門弁護士として働いた。その間ずっとホームズ物語に対する熱意は衰えず、1995年の"Sherlock Holmes and the Devil's Grail"を始めとして2007年に亡くなるまでに9作の長篇パスティーシュを書いている。残念ながら長篇の邦訳はないが、短篇パスティーシュ「クリスマス毒殺事件」が『ミステリマガジン』2007年12月号に訳されている。

一八九四年十一月に起きた『金縁の鼻眼鏡』事件の冒頭で、ワトスンはその年のホームズの仕事を記録した、分厚い三冊のノートに言及している。そして、その年の前半に起きた六つの事件のほかに、五つの事件があったことを書いているが、そのうち四つは十月から十一月初めにかけて次々に起きたものだ。ここではまず、そのうちの「アドルトンの悲劇」と記載されていたものをご紹介しよう。事件の再構成を試みたのは、バリー・ロバーツ。飽くことなきホームズ研究者で、この事件に関する手掛かりを長いあいだ追ってきた人物である。

わが友シャーロック・ホームズが捜査を引き受けようとする意欲は、決して金銭的な見返りに動かされるものではない。そのことは、彼にとってひときわ大きな名誉となっている。現に、興味をかきたてない事件では多額の報酬が見込まれようとも受けつけようとしないのを、わたしはたびたびこの目で見てきた。一方、好奇心が刺激され、論理的な手順で複雑な様相の出来事に対処することが必要となる問題には、無報酬で関わるわけで、その場にもわたしは、たびたび立ち会ってきたのだった。

別の機会にも述べたことがあるが、一八九四年はホームズにとって多忙な年であり、事件に関するわたしの覚え書きは、分厚いノート三冊を埋め尽くすほどだった。そんな年でも彼は、何の報酬も期待できないような、ある調査依頼を引き受けていた。

その年の秋の、ある朝のことだ。朝食の席で、ホームズが購読しているたくさんの日刊紙をゆっくり読んでいるとき、彼がいきなり切り出した。

「きみの友人のスタンフォードが、サー・アンドルー・ルイスを治療しているって言わなかったかい？」

「ああ。スタンフォードの話では、サー・ウィリアム・グリードンを呼んで助けてもらわなくてはならなかったらしい。あの高名な先生ですら、目にした症状には困惑したらしい」

「ほう！」とホームズ。「どんな症状だったか覚えているかい？」

数週間前、ビリヤードに興じながらスタンフォードと交わした会話を、わたしは振り返ってみた。

「サー・アンドルーは、皮膚障害と頭痛、失神発作、脱毛、それに激しい嘔吐で、全身衰弱に陥っていたらしい。おまけに、気の毒なことに頭も病気にやられていたようだ――自分は呪いにかかったんだと思い込んでいた」

「スタンフォードの考えは？」

「自分にはまるきりわからなかったと白状したよ。グリードンの考えでは、サー・アンドルーが海外での研究中に、世に知られていない熱帯の病気をひろったのだろうということだ。息子も以前似たような症状になり、二十代の若さで命を落としたらしい。もっと進行が速かったそうだがね。親子ともに海外で感染して、病気にかかったときにまだ子供だった息子のほうが弱かったんじゃないかと、グリードンは考えていた。どうしてこんなことを訊くんだい？」

「スタンフォードとサー・ウィリアムのコンビが、ルイスの命を救えなかったからだよ。朝刊に死亡記事が出ている」彼は読んでいた新聞をわたしによこした。

その記事には、故人の学問の世界での業績や肩書きが並びたてられ、いくつか主だった考古学探査について記したうえで、彼の発掘したものが展示されている数々の博物館が列挙されていた。サー・アンドルーの経歴を汚し、この数年公の場からひきこもる原因となった論争にも触れていた。

「なんてことだ！」記事の終わりのほうへ読み進んだわたしは、思わず声を上げた。「ひょっとしたら、彼は本当に呪いの犠牲になったのかもしれないぞ」

「どうしてそう思うんだい?」ホームズは片方の眉を吊り上げた。
「ここに思わせぶりなことが書いてあるんだ。いいかい」わたしは関係する一節を読んで聞かせた。

……その告発がなされたのは、呪われているとされた古墳をアドルトンで発掘していたときの、彼の行状に対するものだった。それは彼の息子の死と重なって、サー・アンドルーにとってなおさら苦しいものとなったに違いない。サー・アンドルーは告発者に対して何の抗弁もせず、ただアドルトンで自分は恥ずることなく行動したと述べるにとどまった。同輩考古学者たちはその告発者を非難することで意見が一致していたのだが、サー・アンドルーは明らかにそれを深刻に受け止めたようで、それ以降はいっさい発掘調査に加わらず、とじこもって論文を執筆し、たまに講演をするくらいだった。みずからの経歴を汚したと考えていた暗い影が晴れぬまま、英国医学界最高の頭脳をも屈服させた病気により彼が死に至ったことにより、アドルトンの村人たちは、自分たちの村の古墳が本当に呪われていると考えるのではないだろうか。サー・アンドルーの遺族は、未婚の娘がひとりいるのみである。

「どう思う? 彼に対する告発とは何だったんだろう?」
「これはだね」ホームズはやや力を込めて言った。「ある種のジャーナリズムってやつさ。信頼するに足る新聞ではお目にかからないような書き方だ。ルイスに対する告発というのは、アドルトンで発掘をしていた彼の助手、エドガーが主張したことを指しているんだろう。古墳で見つかった封印された容器には、興味深い装飾がほどこされていたが、その中身のほうは貴重なものとはいえ珍しくもなんともなかったと、謎の落差と称するものを提起する手紙を発表したんだ。発見されたあと、発掘現場から持ち出されるまでの一夜にして、貴重な品が容器からなくなったと、言外にほのめかしたわけさ。

きみの読んだ記事にあるとおり、学識者たちは憤慨して、ひとり残らずルイスを支持した。エドガー自身の経歴ももちろん傷ついた。アドルトン事件までは将来を期待されていたんだが、今の彼は郊外にある研究所の講師にとどまっているんじゃなかったかな」

わたしたちはまた、それぞれに新聞を読みはじめた。ホームズは大衆紙に取りかかり、犯罪報道や警察裁判所での訴訟の記事をじっくり読んでいる。一紙読み終えて、彼がそれをわたしに回してくれた。競馬面を見ようとしたとき、ある見出しが目をとらえた。

著名な考古学者、アドルトンに呪われた死

なんとなく好奇心からその記事を読み出したのだが、読み進めるにつれてわたしは引き込まれていった。

「スタンフォードにもこれを読ませなくては」読み終えたわたしは言った。

「ほう」ホームズの声には、関心のかけらも混じっていない。

「何て書いてあるかわかるのかい?」

友人はため息をつくと、『ポリス・ガゼット』を下に置いた。「教えてくれるんだろう?」

「内容はこうだ」わたしは素直に説明を始めた。「アドルトンの古墳というのは、誰もが覚えているくらい昔から不吉な言い伝えのもとだった。古墳はアドルトン・ムアにいくつもある小さめの埋葬塚に囲まれて建っている。雪が古墳に降り積もることは決してないし、厳冬のさなかでもその古墳の雪が必ずまっ先に融けるようだ。そこには草が生えないので、土地の人たちは〝黒古墳《ブラック・バロウ》〟と呼んでいる」

「ワトスン」ホームズがさえぎった。「積もった雪がたちまち融けるだの、草が生えないだのという墓は、田舎じゃ掃いて捨てるほどある言い伝えだよ。英国の教会墓地の半分は、そんな墓があると主張してるさ」

「それはそうだが、そこじゃないんだよ、面白いのは。これによると、サー・アンドルー・ルイスが古墳をあばいたあと、アドルトンの村はおかしな病気に襲われたんだそうだ。症状はサー・アンドルーと似ているが、必ず死に至るというわけではない。それ以来、付近一帯で死産や奇形児出産の不幸がたび重なっている。村人たちは、ルイスが黒古墳に手を出したせいでそうなったと言っているんだ。どう思う？」

ホームズは一瞬、考え込むような表情を見せた。「あいにく、その新聞はわが国で最も信頼のおける公共印刷物というわけではないが、記事に嘘がないとしたら、不思議なことだ。医者としてのきみの意見はどうだい？」

「もしかするとグリードンが正しいのかもしれない。たぶん、サー・アンドルーはエジプトにいた何年かのあいだにおかしな病気にかかって、アドルトンの人たちにうつしてしまったんだろう。遺伝性の病気かもしれないな。息子もそのせいで死んでいるし。父親のほうは、息子が生まれる前に感染したということもありうる。ひょっとしたら、長い潜伏期間を経て発症することのある、不快な病気のひとつなのかもしれない」

「そうかもしれないな。ところでワトスン、すまないが、ぼくの筆記具入れを取ってくれないか？」

彼はその後、しきりに手紙をしたためていた。そんなわけで、アドルトンの一件は彼の頭を素通りしていったのだろうと思っていたら、数日後の朝食のとき、その話を蒸し返してきた。

「このあいだ、サー・アンドルー・ルイスの死のことを話したね。覚えているかい？」

「もちろんだ」

ホームズが皿のそばから手紙を持ち上げてみせた。「あの件についての新聞記事で好奇心をかきたてられてね。州の衛生局長にひとこと書き送ったんだ」

「そうだったのか。それで、何だって？」

ホームズは手紙を見やった。「呪いがはたらいているように思われては遺憾だとしながらも、サー・アンドルーの黒古墳発掘調査の翌年、アドルトンの村では、わけのわからない一種の貧血症のようなもので多くの死者が出たり、死産や奇形児出産が相次いだりしたことは認めている。だが、こういった不幸な出来事と考古学調査隊とのあいだにはなんのつながりもない、問題の出所はその地域に給水されている水の質にあるのかもしれない、と言っている」

「それで、きみの考えは？」

「呪いを信じないのと同じくらいぼくが信じていないものといえば、偶然の一致というやつでね。関係者のほとんどが——アドルトンの人たちだがね——自分たちの悲劇をサー・アンドルーの発掘と結びつけている。一方がもう一方の原因と思い込むのは間違っているかもしれないが、その二つの現象のあいだになんのつながりもないということにはならないはずだ。給水について言えば、アドルトンは石灰岩丘陵に囲まれた谷あいに位置している。そういう地域で水がきれいなことは、誰だって知っているさ。知ってるだろう？　ダービシャー南部にあるいくつかの村では、石灰岩から湧き出る流れがみんなをロンドン大悪疫（十七世紀半ばの腺ペスト大流行）から救ってくれたと信じて、毎年夏にはきれいな水をたたえる式典を催すんだ」

「それで、きみには別の解釈があるのかい？」

「それには時期尚早だよ。データがほとんどそろっていないのに解釈を試みるのは、重大な誤りだ。次にしなくてはならないのは、この興味深い出来事の全貌がはっきりするように、もっと情報をつかむことだね」

翌日の午後になって、彼が訊いてきた。「今晩、何か用事があるかい、ワトスン？」

別にないと答えると、こう言うのだった。「オルドリッジ研究所の夜間講義を聞きに行くのはどうだろう。アドルトンで有名になったミスター・エドガーが『石と星』という講義をすることになっている。どうやら、古代の宗教遺跡は天体の動きと関連づけて建造されたという、サー・ノーマン・ロッキャー（『ネイチャー』を創刊した天文学者）の説を論ずるようだな」

行ってみると、その研究所はロンドン南部の辺鄙なところにあって、エドガーの講義の出席率はあまりよくなかった。それでも、なかなか面白い夜になった。エドガーは四十歳前後で、学者らしい長髪をしていた。フクロウに似た丸眼鏡が顔つきにしかつめらしさを添えていたが、彼の講義には気転のきいたうまさがあった。自分が撮影した写真を使ったスライドは、有益な情報であるだけでなく、ときとしてはっとするほど魅力的でもあった。中でも、うしろから真冬の曙光が射すストーンヘンジの大トリリトン（二本の立石上にひとつの石を載せた巨石）の写真は記憶に残るものだ。ロッキャー説に賛成する彼の主張は、込み入ってはいたものの、専門家でない聴衆にもわかりやすく説明され、説得力があった。

講義が終わり、少数の聴講者がぽつぽつと退出していく中、ホームズは立ち上がって、映写技師に指示を与えているエドガーに近づいていった。

「とても面白いお話でしたよ」とホームズ。

「ありがとうございます」とエドガー。「ところで、あなたがたはジャーナリストではないでしょうね」

「なぜそんなことを?」

「サー・アンドルー・ルイスが亡くなって以来、その筋からえらく注目されているんですが、新聞に申し上げることは何もないからですよ」

「ご安心ください、ジャーナリストではありません。ぼくはシャーロック・ホームズ、こちらは同僚のドクター・ワトスンです」

講師の目が丸い眼鏡の奥で大きく見開かれた。「あの諮問探偵の! 考古学にどういうご興味がおありなんですか?」

「『地層からの論理的推理』や『ケルト諸国への道案内としての初期イングランド特許状』というぼくの論文を、あるいは読んだことがおありかもしれませんね」とホームズ。「ぼくの名前で発表されてはいませんが。でも、ここへうかがったのは、そのためではありません。サー・アンドルー・ルイスの死について、いくつかの質問にお答えいただけるとありがたいのですが」

「サー・アンドルー・ルイスの死!」エドガーはおうむ返しに言った。「まさか……」

ホームズは片手を上げた。「いいえ、エドガーさん。殺人事件ではありません。サー・アンドルーは、誰の目にもわかるかぎり、自然死です。しかし、彼の死に方は、黒古墳をあばいたあとにアドルトンを襲った死や病と、不思議に似ている」

「では、いわゆるアドルトンの呪いというものを信じていらっしゃるんですか?」

「とんでもない。ただ、発掘調査以来あの村は奇妙な病気に悩まされているという、信頼できる情報があるのです。その原因をつきとめれば、アドルトンの人たちのためになるでしょう」

「わたしは医学の知識は皆無ですよ、ホームズさん。どうご協力できるというんです?」

「ただアドルトン・ムアでの発掘のことを思い出して、話してくだされぱいいんです」

考古学者はスライドを細長い木製ケースにしまいながら、話を続けた。

「あの発掘調査は、サー・アンドルーにとって格別の思い入れがあるプロジェクトでした。学生だったころにアドルトン・ムアを訪れ、黒古墳には雪が積もらないし草も生えないのをごらんになっていたんです。もちろん、呪いなど信じていらっしゃらず、あの古墳には珍しいところがあるのだと確信なさっていました。

そういうわけで、十年前のあの夏、何が見つかるか調べに出向いたわけです。好天に恵まれましたし、アドルトンは美しい村なんですが、実はホームズさん、いくらも滞在しないうちに、わたしは呪いを信じてしまいそうになりましてね」

「それはどうして?」

エドガーはスライドを指さした。「わたしの役目のひとつは、サー・アンドルーのために写真を撮ることでした。ムアの風景や、そこにあるほかの塚の写真はなんの問題もなく撮れました。黒古墳以外はどれでもです。ですが、初日に古墳のそばで撮った調査隊全員の集合写真は、現像できませんでした。感光板に問題があっただけだろうと思いました。その日撮影したほかの写真はどれもうまく撮れていましたから。ところが、発掘が進むにつれ、その古墳の写真が一枚として撮れていないことに気づいたんです」

「撮れないとは、どんなふうに?」

「みんなぼやけてしまっていたんですよ。一枚残らずです。明るく晴れた日で、露光時間を秒単位で計ったのに、写真の出来はロンドンの黄色の濃霧の中で撮ったみたいなんですから」

「原因に心当たりは？」

「何ひとつありませんね。何日もそんなことが続いたあげく、始まりと同じく不思議なことに、終わりになりました」

「終わった⁉」

「ええ、そうなんです」とエドガー。「古墳の写真は撮れました。いきなり、写真がぼけることもなくなって、何も問題がなくなりましてね。原因はなんだったのかは、さっぱりわかりません」

「写真のほかにも問題があったような口ぶりですね」

「実はそうなんですよ」とエドガー。「初期の段階で、サー・アンドルーや調査隊のメンバーが何人か、具合が悪くなりました」

「なんの病気でですか？」わたしは思わず口をはさんだ。

「村の医者には病名がつけられませんでした。症状は吐き気とかゆみです。最初は宿のベッドか食事のせいじゃないかと思ったんですが、アドルトンの端と反対側の端に離れたパブの、それぞれから病人が出ましたからね。そのうち、地元の牛か羊の病気がとりざたされるようになりましたが、それもばかばかしい話で、体調を崩した連中がこじつけただけにすぎません。そうしているうちにいきなりおさまったんです、ちょうどわたしの写真の問題のように」

「ほかには何か？」とホームズ。

「サー・アンドルーの個人的な問題がありました。息子さんのアントニーがロンドンからやってこられたんです。軍隊にいらしたんですが、その、どうしようもない若者で、借金のために罷免されたのでした。この不面目で怒り心頭の父親に、息子が金を無心する。それはあさましい、つきまといっぷりでしたよ。父親が泊まっている宿のまわりをうろつくんです。サー・アンドルーが相手にしないでいると、発掘現場に現われて、父親のまわりでうろうろ邪魔をしました。サー・アンドルーには大きな悩みの種でした」

エドガーは小休止してから、話を続けた。「それからです、息子さんの具合が悪くなったのは。ほかの者たちとは違って、重篤な病状でした。わたしたちは発掘を終えていて、サー・アンドルーはロンドンに戻らなければなりませんでした。病気の息子さんをアドルトンに残してね。ロンドンから最高の医師団を送り込みましたが、結果ははかばかしくありませんでした。息子さんは二、三週間のうちに息をひきとったんです。これでも、わたしが呪いを信じそうになったということを不思議にお思いですか?」

「いいえ」とホームズ。「そして、あなたが戻られて、紙上の論争となった」

「わたしを非難しないでもらえるといいんですが」エドガーはやや強い口調で言った。「タイミングがよくなかったとは自分でも思いますよ。でも、手紙を書く何週間も前から考えていたことなんです。自分の考えていることが信じられませんでしたが、とうとう、どうしても言わずにはいられなくなった。それがちょうど、サー・アンドルーの息子さんが亡くなったときに重なったんです。みじめな気分になりましたよ。そんなときに、崇拝する目上の人を攻撃することになろうとはね。ですが、いずれにせよ無駄でしかありませんでした。彼への同情が波のごとく押し寄せ、同業者仲間は結束しましたし、わたしの言い分には誰ひとりまともにとりあってくれませんでしたから。わたしが彼の職業人生をつぶしたというんです」エドガーは陰気な笑い声をたて、片手を自分のまわりで振ってみせた。「あれがわたしの職業人生にとってよくなかったことは、明らかもいいところです」

「どういう意味なんですか？」わたしは思い切って訊いた。彼の主張についてホームズの言っていたことが、わたしにはまったく理解できていなかったのだ。

「アドルトンの棺をごらんになったことは?」とエドガー。「バーナード博物館にありますよ。あの論争が起きたときに、物見高い野次馬にたかられないよう、展示からひっこめられてしまいましたが」

わたしが首を振ると、彼は先を続けた。

「あの古墳の中心部、地面の高さにあったものです。通常は、遺骨を納めた小さな石室や、遺骨の入った壺、焼けた骨片、副葬品といったたぐいのものが見つかるところなんです。底に到達して棺の蓋の部分が見えたとき、わたしたちは大喜びしました。ほかにまったく例を見ないものを発見したようだとわかったんです。その前に、石の平板でできたありふれた箱に行き着いていたんですが、てっぺんの石板をはずしたところ、そのすばらしい棺がありました。楕円形の青銅製で、全面に銀とエナメルの装飾がほどこされていました。その種のものとしては見たこともない、みごとな細工です」

言葉を切った彼の視線が、わたしたちを通り越したところへ向けられた。「その晩そこにいたのは、サー・アンドルーとわたしの二人きりでした。例の病気がたけなわの時期で、ほかの者たちはお茶の時間にムアを引き揚げていたのですが、病気だろうがなんだろうが、サー・アンドルーを仕事から離しておくことはできません。わたしが残っていたのは、彼をムアにひとりっきりにしたくなかったからでした。気味の悪いところですからね。

さて、もう遅い時間でした。わたしたちが棺を見つけたころには、ほとんど日が暮れていたんです。持ち上げにかかりましたが、ひどく重くて、しまいにサー・アンドルーが、蓋をしてこのまま残していこうとおっしゃいました。翌朝みんなにも原位置《イン・シトゥ》で見せてやろう、と。石板の蓋をする前に、夕闇が迫る中でランタンを手にして、立坑の中にしゃがんだのを覚えています。すばらしい遺物の装飾をじっと見て、その意味を読み取ろうとしたんです。それがわかったとき、わたしは身震いしました」

当時を思い出した彼は、このときまたかすかに震えた。

「なぜです?」とホームズ。

「死です。そのすばらしい棺は、死の象徴に覆われていました。あんなもの見たこともありませんよ、ホームズさん。昔の人々もわたしたちと似たようなもので、復活を信じていました。埋葬につながりのある装飾なら、生命のしるし、太陽の輪、らせん、植物や動物と決まっている。ところが、あれはまるっきり違いました。頭蓋骨と骨だらけだったんです」

「それは、あなたにとってどういう意味をもつんです?」とホームズ。

「興奮しましたね。棺には何か驚くべきものが、棺のつくり手が非常に重要とみなしたものが納められているに違いないと思いました。二人では持ち上げることができないので、サー・アンドルーとわたしは蓋で覆いをしておいて、ムアから帰りました。日が暮れてからアドルトン・ムアに足を踏み入れようとする村人はいないとわかっていました。宿に戻るとすっかり暗くなっていて、ほかの仲間たちは休んでしまっていましたが、あの青銅の箱には何が入っているのだろうと考えると、わたしはまんじりともできませんでした。

翌朝、わたしたちは発掘現場に戻り、その入れ物を慎重に引き上げて開けてみました。棺の蓋をはずしたとたん、みんな、なるほど重たかったわけだと思いましたし、わたしにはその棺が非常に手厚く扱われていたとわかりました。非常に厚い青銅でつくられていたばかりでなく、棺の内側に鉛が重ね塗りされていたんです。ご存知かもしれませんが、鉛は腐食して粉末状の、灰のような形状になることがあります。塗りはところどころそうなっていました。引き上げるあいだに鉛がぼろぼろくずれて、箱の中に落ちていきました。ほかの者たちが中身をじっと見ているあいだに、わたしは気づいたんです、ほこりのような鉛片を人間の指がかき乱した跡が、はっきりとついていました。

わけがわかりませんでした。古墳の土中に安置されて以来、その棺の中をのぞいたのはわたしたちが最初です。あるいは、最初だと思われました。なのに、目にしたのがあの中身とは」

「どんなものだったんです?」わたしは訊ねた。

「それもバーナード博物館でごらんになったかもしれませんがね。青銅の鏡が一対、ブローチやビーズ、ナイフ、カップがいくつか、青銅のホルダーにはめ込んだ変わった石英礫、ナイフやありきたりの骨片と灰が納められた立派な陶器の壺が二つ。非常に満足のゆく発見だと仲間は考えていたけれども、そうじゃなかったんです」

「どうしてです?」ホームズが訊ねた。

「ほかの発掘で見たことがないものは、ひとつもなかったからです。その入れ物の外側の不吉な装飾を正当化するようなものが、まったく見当たらなかった。つまり、何かが持ち去られたのだということです」

エドガーは深く息を吸い込んだ。「サー・アンドルーとわたしだけが、ひと晩、その棺の存在を知っていました。そして、誰かそれを開けた者がいる。内側に塗られた鉛を乱して何かを持ち去った者がいる。……その誰かとは、サー・アンドルーでしかありえないでしょう」

彼はスライドの箱をパタンと閉じた。「さきほども申しあげたとおり、わたしたちは発掘現場から去りました。サー・アンドルーは息子さんの病気と、病人をアドルトンに残していかねばならないことに心を悩ませ、わたしは友人であり恩師であった人が発掘物を略奪したことに愕然としていました。あとはご存知のとおりです」

「もうひとつだけ質問があります」とホームズが言った。「サー・アンドルーが滞在していたのは、アドルトンのどの宿でしたか?」

エドガーは一瞬ぽかんとした顔でわたしたちを見ていたが、「〈ヤギとブーツ〉亭です」とだけ言うと、立ち去っていった。

翌朝、ホームズとわたしは故サー・アンドルー邸の戸口にいた。エドガーと同じで、その家の執事もわたしたちをジャーナリストと思い込み、追い払おうとした。だがホームズの名刺のおかげで、わたしたちはサー・アンドルーの娘のところへ案内してもらうことができた。

その娘、レディ・シンシアは、居間でわたしたちを迎えてくれた。すらりとした色白の若い女性で、喪服の黒がよく似合っている。

「ホームズさん、ワトスン先生。父が生きていれば、お二人にお目にかかる機会を喜んだことでしょう。父は先生のお書きになったホームズさんの事件記録を楽しみ、論理を応用なさるしかたに感心しておりましたから」

「ありがとうございます」とホームズ。「楽しい場でお目にかかれればよかったのにと思いますが、こうしてうかがったのはお父上のことでなのです」

「父のことで?」彼女は不審そうだった。「まさか、父の死に方に何か怪しいところがあるとお考えなのではないでしょうね? サー・ウィリアム・グリードンは、わたくしの亡き兄の場合と同じく、父がエジプト探検時代にかかった感染症が死因になったとお考えでしたけれど」

「ぼくが乗り出したからといって、犯罪がらみだとはお思いにならないでください。新聞では、サー・アンドルーが亡くなったことを、いわゆるアドルトンの呪いと結びつけて……」

「悪趣味な扇情主義にすぎません」と彼女は遮った。「アントニーが亡くなったときにも、同じようにばかばかしい騒がれ方をしましたけれど」

ホームズは同情するようにうなずいた。「それにしても、サー・アンドルーが黒古墳をあばいて以来、アドルトンは妙な伝染病に悩まされているという、信頼すべき情報があります」

「呪いなど信じていらっしゃるはずないわ、ホームズさん！」

「ええ、これっぽっちも信じていませんよ。ただし、迷信深い人や考えの足りない人が超自然だの偶然の一致だのと呼ぶことが、実は共通の原因をもつ、あるいは関係を共有する、印象的な出来事につながるということにも、たびたび出会ってきました。今回のことも、そういうケースではないかと思います」

「もしそれで兄や父のような死を防ぐことができるというのであれば、もちろんあなたの調査に協力させていただきますわ。どうすればよろしいでしょう？」

「最後の何日か、サー・アンドルーのお心を占めていたのはどんなことだったか、教えてくださいませんか」

彼女の顔を苦痛の影がよぎった。「病気になってまず、父はアドルトンについての論文をどうしても書き上げたがるようになりました。発表していなかったのですよ。ほら、エドガーとのあの騒ぎがありましたから。ですが、完成させることはできませんでした。妙な興奮状態と突然の強迫観念に陥ったせいです」

「どんなごようすでしたか？」

「兄の死で、自分を責めるようになっていました。自分の健康がもうそこなわれているというときに、ひとりでアドルトンに行くと言い張りました。トニーに許してもらわなければならないと申しまして。行かなければならないのなら、わたくしが同行すると説いたのですが、ひとりで行かなくてはならないのだと譲りませんでした」

彼女は、暖炉の上に掛かっている父親の立派な肖像画を見つめた。

「その後、病状がたちまち悪化しました。まだベッドに寝たきりになっていないあいだは、仕事場に座って、わけのわからないことを際限なく書き散らしていました」

「書いたものをとっておかれましたか？」

「いいえ、ホームズさん。父の死後に見てみましたら、筋の通らない無意味な言葉ばかりなので、捨ててしまいましたわ」

「父上の仕事場を見せていただけますか？」

「どうぞ」彼女は椅子から立ち上がった。家の奥のほうへついていくと、細長い部屋にわたしたちを案内してくれた。魅力的な庭を見晴らす、三つの背の高い窓から光が射し込んでいる。壁ぎわにはずらりと本棚が並び、部屋の真ん中を横切るどっしりした長い作業台に、道具類や種々雑多な小片が散らばっていた。かたすみにライティングデスクが置かれている。

「父はいつもここで仕事をしていました。どうぞ、どんなふうにでもご自由にお調べになってください。調べ終えられたら、さきほどの居間でまたお目にかかりましょう。お茶をめしあがってくださいな」そう言って彼女は引き下がった。

ホームズは部屋を眺め回した。「きみには本を受け持ってもらったほうがいいだろうな」

「どういうことだい？」

「本棚を調べてほしいんだ、ワトスン。普通じゃないと思えるものがないかどうか」

「著名な考古学者が普通どんな本を読むものなのか、ぼくにわかるかな」

ホームズはわたしの言葉を無視して、中央にある大型作業台のまわりを歩きはじめた。わたしは本棚に向かい、あてがわれた仕事をしようとした。考古学関係の学術誌が何段にもわたって棚に並び、中には外国語のものもあった。歴史や伝説や民間伝承についての著作もあったが、特に異様だと思える本は何もない。やがてわたしは、作業台の一画にあるものを物色しているホームズのところへ戻った。

「仕事関係の文献以外には何もないようだよ」

「それでいいのさ」とホームズ。「じゃあ、作業台を調べてみよう」と言うと、小さな黒っぽいパッドをこちらに渡した。

「モールスキン（ビロードに似た厚い綿織物）だな」指が触れるなり、わたしは言った。「折りたたんだモールスキンを縫い合わせてある……ピンクッションじゃないかな？」

「モールスキンだ」とホームズ。「でも、ピンクッションじゃないと思う。臭いを嗅いでみたまえ」

小さなパッドを持ち上げたわたしは、鼻にしわを寄せた。「うわっ！　獣脂みたいないやな臭いだ」

「そのとおり」とホームズ。「これはどうだい？」

彼は作業台からおかしな木製の物体を拾い上げてわたしに手渡した。長さは十八インチほど（約四十五センチ）で、片方の端が、よく道具に付いているような丸みのあるハンドルの形になっている。だが、そのハンドルの上部で幅が広がり、一方が平らになって、もう一方は曲がっている。そのハンドル部分の反対側の端は、すっぱり切られたようになっていた。いかにも手づくりふうで、汚れてはいたものの、曲がったところと平らなところの表面には使った跡がある。

「こんなものは見たことがないな。完成品だろうか?」

「ああ、まちがいなく完成品だ」とホームズ。「きっとあるはずだと思っていたものさ。さあ、残るはあのライティングデスクだけだ」

デスクに見るべきものはほとんどなかった。整理棚は空っぽになっていて、机の上に二冊あるはぎ取り式のメモ用紙には、何も書かれていない。

「ここには何もないよ、ホームズ」

「どうだろうな」ホームズはポケットからさっと拡大鏡を取り出すと、白紙のメモ用紙を調べはじめた。「煙草を持ってるかい、ワトスン?」

わたしはシガレットケースを取り出して、開けた。「へえ、馬たちはきみの期待にこたえてくれなかったんだな」とホームズ。「切り詰めて安いヴァージニア煙草にしたというわけか。まあ、これで充分だが」彼は一本抜き取って火をつけた。

何回かさかんにふかすと、デスクに身を乗り出して、メモ用紙の上に灰をたたき落とした。人さし指で紙にこすりつけていたと思うと、顔に笑みを浮かべた。

「ほら」と、その用紙を掲げてみせる。「灰で紙が黒ずんだよ、この上にあった一枚の、鉛筆書きの筆圧でつぶれた跡以外がね。さあ、何が出てきたか?」

ホームズは紙を明るいほうへかざした。「読める単語がいくつかあるな。『かわいそうなトニーの死』とあるようだ。さて、もうひとつのほうはどうだろう?」

もう一冊のメモ用紙にも、さっきの方法を適用して調べた。「『鉛? 鉛? 鉛?』とあるぞ。それぞれに疑問符がついている。この紙にあるのはそれだけのようだな」

灰で汚れた二枚の紙片を上着のポケットに無造作につっこむと、ホームズは背すじを伸ばした。

「そろそろレディ・シンシアにおいとまを告げるべきだろうな」

彼女とお茶を飲みながらホームズは、父親の死にまつわる謎を解明できそうだ、調査が完了したら連絡する、と請け合った。しかしわたしのほうは、彼の一挙手一投足ごとにますます謎が深まるばかりだ。ベイカー街に戻る辻馬車の中で、ついにそのことを吐露した。

「やれやれ、ワトスン」ホームズは首を振り振り言った。「このちょっとした謎にぼくの注意を引いたのは、きみなんだよ。あれ以来、ぼくはただ徹底して論理的にその謎を調査してきただけだ。そして、確かなデータを得ることができた今、それがうまく結論に導いてくれるはずだという自信がある。きみだってもう、ぼくのやり方はわかっているはずだよ。きっと手掛かりをつかんでいるんだろう?」

わたしは首を振った。

「じゃあ、今わかっている重要な事実を考えてみたまえ」彼は指を立てて数えながら、その事実というのを挙げていった。「ひとつ、アドルトンの人々は、草が生えないし雪が積もらないから、黒古墳は呪われていると考えている。二つ、州衛生局長は、古墳発掘のあとに村がおかしな病気に見舞われたと認めている。三つ、ミスター・エドガーは、もっともな理由があって、古墳から何かが不法に持ち去られたと考えている。これだけあって何もヒントにならないっていうのかい?」

それでもわからないと、認めるほかなかった。彼はあきれたようにまたもや首を振ったが、それ以上の説明はしてくれなかった。

「次はどうするんだい?」何かヒントになるものでもないかと、わたしは訊いてみた。

「それだって、きみにはわかりきっているだろうと思っていたんだが。アドルトンに行って、現位置《ローカス・イン・クウォ》を、いや、犯行現場を調べなくては」

「だけど、この件に犯罪はからんでないと考えてたんじゃなかったのか？」わたしは声を上げていた。

「ぼくだって、医学的な謎を解くつもりでいたさ」とホームズ。「だが、その途中でぼくらは犯罪を偶然発見してしまったんだ。犯罪があったんだよ、ワトスン。きわめて遠大な影響を及ぼす犯罪がね」

翌日の午後、わたしたちはアドルトンにいた。両端に一軒ずつ宿がある一本の長い通りでおおむね成り立っている石づくりの村は、大きな四角形に広がるアドルトン・ムアのふところ深くに詰め込まれた感じだ。〈ヤギとブーツ〉亭に荷物をおろすやいなや、ホームズは村にただひとりいる医者のもとへ出向いた。リアリという医師は、四十代の愛想のいいアイルランド人で、わたしたちを診療所に快く迎えてくれた。

「高名な諮問探偵がはるばるロンドンからアドルトンにお運びになるとは、どういうことでしょう？」わたしたちが自己紹介をすると、医師はそう訊ねた。「ここで殺人事件は起きていませんよ、ホームズさん。賃金支払い日の夜なんかに石切り工たちのあいだでこぜりあいがあるほかは、犯罪めいたことは何もないところなんです」

「しかし、謎はある」とホームズ。

「謎ですって？　ああ、あなたのように理性的で論理的なかたが、まさか黒古墳の呪いを調べようとはなさいませんよね？」

「もちろん」とホームズ。「でも、現に呪いが存在すると大衆紙が書きたてるもとになった出来事は調べています。つまり、アントニー・ルイスの死と、このあたりで起こった死や病気、死産や奇形児出産、さらには最近ロンドンで亡くなったサー・アンドルー・ルイスのこともです。これらが奇妙なパターンをなしていることを否定なさいますか？」

「確かにつながっているように思えますが、あなたと同様、わたしも超自然的解釈は受けつけませんので」リアリ医師はポケットを手さぐりしてパイプを取り出すと、火をつけた。火がパイプにまわったところで、話を継ぐ。

「わたしはこの村に来たのは、医学校を出たてのときでした。すてきな居場所が見つかったもんだと思いました。美しい村、すがすがしい気候、きれいな水、親切な人々。わたしや村の人たちが心配するようなことは、年をとることと石切り場での事故のほかにたいしてありません。最初の何年間かはそんな具合でした。そこへきて、あの人たちが黒古墳をあばいたのです。そのとき呪われていなかったとしても、今じゃ、あれが呪われていてもおかしくない」

「調査隊のメンバーがかかった病気をどう見立てましたか？」とホームズが訊いた。

「よくわかりませんでしたね。深刻なものではなく、原因はさまざまにありそうでした。彼らはムアに出て、夏の日射しのもとで汗をかいた。あの若者たちの中には、つるはしよりペンのほうを使い慣れている者もいた。そこで、暑気あたりのようなものだろうと思って、そのように処置しました」

「サー・アンドルーの息子は？」

「アントニーの場合はもちろん、話が違います。そのときは、発掘調査隊と結びつけませんでした。最初、彼は両手のやけどでここに来たんですよ。両手で熱いものをつかんでしまったのだと思いましたが、彼は、そんなことはしていない、何もしていないのに両手に赤斑が現われて、広がってやけどのようになったと言います。膏薬を処方しましたが、外来の皮膚病か何かではないかと思いました。子供のころ海外にいたことがあるということでしたから」

医師はパイプをふかしながら考え込んだ。「それから悪化していきました。失神発作、頭痛、吐き気——見る間に衰弱して、寝たきりになりました。父親がハーリー街の一流医をよこしましたが、その医者たちも力にはなりませんでした。わたしたちは、弱っていく彼を見守ることしかできなかったんです」

「その病気はどんなふうに広がっていきました？」

「たちまちのうちにです。ただ、アントニーほど激しい症状はありませんでした。次の犠牲者は、〈ヤギとブーツ〉亭の雑用係でした。あの若者の数週間後に息をひきとったんです。暇な時間にアントニーの部屋にもぐりこんでは軍隊生活の話を聞いていたようですから、彼からもらった病気で死ぬことになったに違いありません。それから、マクスウィーニーじいさんです。退職した警官で、ヤギ亭にいりびたっていました。酒浸りなうえに、いつぽっくりいってもおかしくない年でしたが、ずっと病気には無縁の人でした。嘔吐症状があって、やけどのようなものは見られませんでしたが、同じ病気に間違いありません。

その時点で、州の衛生局に連絡しました。わたしたちはあらゆるものを調べました。ヤギ亭の飲食物、水、寝具、何もかも。でも、何も見つかりませんでした。あそこはきれいさっぱりしたもんでしたよ」

「こちらの衛生局長は、病気は水のせいだと考えているようです」

「ばかな！　そんなことを言うのは、ほかに考えられることが何もないからだ。ここいらの水は地中深くの石灰岩層から湧いているんですよ。わたしはその水だって顕微鏡で調べてみたんです。極上の温泉場の売りになるような、塩分が少しばかりよけいにあるくらいのもので、あとは何もなしです」

「それで、どう考えておられるんですか、リアリ先生？」

「わたしは十年間ずっと頭を絞ってきました。当時と比べて、あの病気について新たにわかったことは何もありません。ただ、死者が出たのに加えて、比較的症状の軽い患者も何人かいました。死者や病人が出なくなって、災いは通り過ぎたのだと思えましたが、今度はあなたが耳にされたような奇形児出産という事態がやってきた。どういうふうにそれが同じでありうるのかはわかりませんが、今のわたしは同じ病気だと確信しています」

「どこからその確信が？」

「場所です」とリアリ。「アントニーが死んだのがヤギ亭、雑用係の少年が死んだのもヤギ亭。マクスウィーニーはヤギ亭で飲んでいた。具合が悪くなった者たちもみんなヤギ亭で飲んでいた。ただし、マクスウィーニーほどたいしたことにはならずにすみましたが。死産や奇形児出産があったときも、同じパターンでした。みんな村のあちらの端、ヤギ亭の近くだった。そうだ、もうひとつあります。該当する女性たちは、アントニーが死んだときにはもうみごもっていました」

リアリは暖炉の炉格子でパイプを叩いて灰を落とした。ホームズはちょっとのあいだ両手の指を顔の前で山型に突き合わせていたが、顔を上げてアイルランド人医師を見た。「そして、流行は終わった？」

「ええ。終わっています――今のところは。でも、正体も、どうやってここへやってきたのかもわからないのです。村のみんなに、もう二度とあんなことはないとは言えません」

「もうじき確信をもたせてさしあげられると思いますよ。ぼくの参考になりそうなことは、ほかにはもうありませんか？」

リアリは笑い声を上げた。「どんなことにも明るい面があると言います。それは新聞ではわからないでしょうね、悪いニュースしか扱われないんですから。しかし、あの同じ時期に病気が治った奇跡的な例も二つあったんですよ」

「それはどんな?」

「ひとりはメアリ・カミンズ。ヤギ亭の亭主の娘です。当時十七歳の、やさしい、かわいい娘でしたが、あるとき、目もくらむような頭痛やめまいや失神が始まりました。古墳があばかれる前の、新手の病気のことなど思いもつかなかったころです。わたしは手を尽くしましたが、いっこうによくなりませんでした。すぐに、頭がへんになっては発作を起こすようになりました。わたしは脳に腫瘍があるのではないかと思いはじめたんですが、なんと、あの病気がはやりはじめたころ、ほかの人たちが病気になる一方で、彼女は急によくなったんです。以前の症状がことごとくなくなり、今じゃすっかり元気です。

もうひとりは、パブの隣に住む、ご高齢のミセス・ヘンティです。義理の娘は奇形児を産んだ母親のひとりなんですが、彼女自身は前腕のしつこい湿疹に悩まされていました。子供のころからずっとだということでしたが、何日かのうちにそれが消えたんです」

「それは驚きですね」とホームズ。「さて、ドクター、すっかりお時間をとらせてしまいました。もう一度申し上げますが、この件でぼくはしっかりした手ごたえを感じていますから、結論が出たらお伝えしますよ」

その晩は宿で食事をしたが、幸運にも、リアリ医師が話題にしたあのメアリ・カミンズに給仕してもらうことになった。十年前の彼女がどんなに苦しんだにせよ、今では二十代なかばの、つやつやした黒髪の豊満な、いかにも田舎にいそうな女性となって、元気いっぱい、気転のきくところを見せていた。

夕食後、わたしたちが奥の間の暖炉のそばでくつろいでいると、メアリが酒を運んできてくれた。

「カミンズさん」と、ホームズが声をかける。「ワトスン君とぼくがアドルトンにいる理由を知っているかどうか、訊いてもかまわないかな?」

彼女はにっこりした。「わたしが詮索することじゃありませんけど、黒古墳のことでいらっしゃってるって噂です」

「よかったら、ちょっとだけ座らないかね。そのとおり、ぼくらはあの古墳があばかれたとき村を襲った、不思議な病気のことを調べているんだ」

彼女が椅子に腰掛けると、ホームズは話を続けた。「あのころきみは、病気になるどころか、逆に病気から回復したそうだね。さしつかえなければ、その話を聞かせてもらえないかな?」

「かまいませんとも」と彼女は応じた。「二年近く具合が悪くて、ずっと悪化する一方でした。めまいの発作から始まって、失神、次にはひどい頭痛、すっかり正気をなくしてしまった状態になることもありました。リアリ先生がありとあらゆることを試してくださいましたけど、ひどくなっていくばかりで。先生がおっしゃるには、頭の手術を受けたほうがいいって。わたし、珍しく怖くなりました。ところがそんなとき、かかったときと同じくらいの速さで、病気が消えてしまったんです。ここにこうして座っていることでおわかりのとおり、あれ以来は一日だって病気知らずなんですよ」

「それはすごい」とホームズ。「治ったのは何のおかげだろう?」

「そうですねえ、病気はみんなあの古墳から出てきたって話です。もしそうだとしたら、わたしを治してくれたものも出てきたんじゃないかしら」

ホームズは彼女をじっと見て、考え込んだ。「息子さんのほうのアントニー・ルイスを覚えているかね？」

「もちろんですとも。お若かったのに、お気の毒なかた。お父さまともめてばかりで、あんなふうに亡くなってしまわれて」

「あの人のことをよく知っていたのかな？」

彼女はかわいらしく頰を染めた。「ええ、お元気だったころ、わたしに言い寄ってこられたんですよ。ご挨拶程度のものでしかありませんでしたけど。わたしもまだ若かったってことでしょうね、そのせいでちょっぴり意識してしまって」

「持ち物を見せてくれたとか、その話をしてくれたことがなかったかい？」

「どうしてそれをご存知なんでしょう？　あのかた、自分がそれを持っていることは誰も知らないんだから、秘密を守ってくれなくちゃだめだって」

「ぼくになら教えてもだいじょうぶだよ、メアリ」とホームズ。「なんだったのか訊いてもいいかな？」

「その……お部屋にうかがったある日のことです。お掃除をしにですよ。あのかたが戻ってらっしゃいました。今でも父からは、お客さんがいらっしゃるときにお部屋に長居をしちゃいけないと、それは厳しく言われています。だから失礼しようとしたところ、ルイスさんが『いいものを見せてあげよう』っておっしゃったんです。ベッドの下からトランクを引っぱり出して、りっぱな古い壺を出してこられました。大きな丸い陶器の、蓋付きの壺です。『なんなんでしょう？』と言うと、あのかたはにっこりなさいました。『この世で一番珍しいものだよ。ぼくはこれでひと旗揚げられるはずなんだ』って。そしてわたしの手をとって、壺の上に載せたんです。外側が温かくて、かまどに入っていたレンガみたいでした。

わたしが手を引っ込めると、あのかたはランプの明かりを暗くして、『ごらんよ、メアリ』って、その壺の蓋を持ち上げてみせました。きれいな青い光が、水のようにゆらめき立ってきたんですよ。わたしはもう、息が止まりそうになりました。『いったい何が入ってるんですか?』って訊いたら、またにっこり、『ぼくの幸運だよ、メアリ。父がどんな手に出たって』とおっしゃって、また蓋を閉めてしまわれました」

「きみはなんだと思った?」

「ほんとのところ、魔法じゃないかと思いました。あとにも先にも、あんなものにお目にかかったことはありません」彼女は椅子から立ち上がった。「もうひとつ、ホームズさん、誰にも話していないことをお教えしましょうか――ときどき思うんですけど、わたしの頭を治してくれたのは、あのかたの持っていたあの不思議な古い壺の中身じゃないかって。まあ、そんなのばかみたいですよね?」

「きみの言うとおりかもしれないよ、メアリ。もうひとつお願いがあるんだが――昔アントニーが泊まった部屋は、ふさがっているかい?」

「いいえ。お部屋換えをご希望ですか?」

「いやいや。その部屋をちょっと見せてもらいたいんだ」

彼女は今すぐにどうぞと言って、主階段の踊り場のはしにつくられた部屋へ、わたしたちを案内してくれた。ホームズは、狭くて天井の低い寝室の真ん中に立ってみてから、開き窓へ歩み寄った。「ここからムアが見えるんだね。ここの隣にあるあの家は、誰のかな?」

「ミセス・ヘンティのお宅です」とメアリ。「あの人も病気が治ったんですよ。皮膚病がすっかりよくなって。お気の毒なルイスさんと、まだ子供だった雑用係のジョージー、それにマクスウィーニーのおじいさんは三人とも亡くなったし、ほかのみんなも具合が悪くなったというのに、ミセス・ヘンティとわたしにはいいことがあったみたいでした。おかしな話ですよね？」

「たしかに不思議だな」と言って、ホームズは部屋から出ていった。

朝になると、ホームズは早々と下の階に下りていき、わたしが合流したときには朝食のテーブルについていた。夜のうちにめっきり冷え込み、その寒さがアドルトンにちらほら雪を舞わせているというのに、すこぶる機嫌がよさそうだ。

「次は？」彼の調査を理解しようという気をなくしたも同然のわたしは、ぶっきらぼうに訊いた。

「言っただろう、ワトスン。ここへは〝ローカス・イン・クウォ〟を検分しにきているんだよ。地元の写真屋がやってきたらすぐに、悪名高き古墳を訪ねに行こう」

朝食を終えたとき、村の写真屋のスウェインが居間で待っているとメアリが知らせてくれた。写真屋は元気よく挨拶して、雪の日のムアはきれいなものですよ、と言った。

スウェインの機材を積んだ宿のトラップ馬車（二輪の軽装馬車）で、わたしたちはムアへ出かけた。アドルトン・ムアの頂上は海抜約千百フィートの高さであるにもかかわらず、まずまずの道が村のかたすみからくねくねと上っている。うっすらと雪が積もっていても、わたしたちは何の苦もなく頂上までたどりつけた。

ふきさらしの頂上部には雪がふもとよりも厚く積もり、朝日に輝く白一色だった。まわりの至るところで雪が埋葬塚のありかを示してこんもり盛り上がり、白色の中でそれぞれにライラック色の影を落としている。ホームズは馬車の中で立ち上がり、あたりを眺めまわした。

「あった！　あれだ！」

ホームズの指さした前方左寄りに、黒っぽいしみが白さを乱していた。そちらに向かって進んでいくと、それもまた塚だった。雪も草木もなく、むきだしの土が露出している。

「これまでにあの黒古墳の写真を撮ったことはありますか？」ホームズが写真屋に訊いた。

「いや、ありませんね。撮っても感光板の無駄になっただけでしょうよ。このへんじゃ誰も、あれの写真に金を出そうとはしないんで」いくぶん力んだ返事だった。

黒古墳のそばで馬車を止めると、スウェインはホームズの指示で写真機の準備をした。わたしは塚のまわりを歩いてみた。単調さをやわらげる葉っぱ一枚、草一本もない、ただの固めた土の小山だった。下部の縁が平らな石でぐるりと囲んであって、塚の表土をよく見ると、サー・アンドルーの調査隊員たちが中心部を通る溝を切ったところがわかった。むきだしだということを別にすれば、まわりに四十か五十あるどの塚とも違いはない。迷信深くなるまでもなく、そこだけ死んだような黒い土の一画には、どことなく不穏な気分にさせられた。

スウェインが感光板を五、六枚露光するあいだ、わたしは邪魔にならないように控えていた。

それから馬車に戻り、村へと帰っていった。

昼食のあいだも、ホームズは相変わらず上機嫌だったので、わたしはなぜそんなにうれしそうなのかと問いただしてみた。

「機嫌よくもなるさ、ワトスン。あの午前中の遠出で、最終的な証拠が手に入ったんだ。自然もぼくの調査に手を貸してくれた。それでも、念には念を入れて、スウェインに写真のことを訊いて確かめるがね」

コーヒーをつきあいにやってきたスウェインは、いくぶんそわそわと弁解がましい態度だった。

「何が起きたのかわかりませんよ、ホームズさん。ムアの全景写真は、けさのあの光線の具合だと当然ですが、実にくっきりしているというのに、あの古墳の写真だけ四枚ともだめなんです。ほら」そう言って、感光板のボックスをテーブルに置いた。

ホームズは一枚ずつ順番に感光板を手にとっては、窓のほうへかざし、見終わるたびにわたしに回した。二枚は雪をいただいたムアのみごとなパノラマ写真だったが、ほかはどれも、ただ霧が渦巻いているだけにしか見えない。

「こいつはエドガーが言ってたのと、まるっきり同じじゃないか!」わたしは声を上げていた。

「まさにそのとおり」とホームズ。「これでこの一件は完了なのさ。ありがとう、助かりました、スウェインさん」

当惑した写真屋は、ホームズが差し出した料金を受け取ると、相手の気が変わるのを恐れるかのように、そそくさと帰っていった。

コーヒーを飲み終えると、ホームズは懐中時計をひっぱり出した。「午後のロンドン行き急行に間に合うんじゃないかな。すまないが、きみ、給仕に荷物と勘定書きを頼んでくれないか?」

ロンドンへの帰途、ホームズは、アナーキストと毒殺者たちの話、悪の世界の隠語の話、その他さまざまな話題を当意即妙に語って聞かせた。しかし、わたしの頭は彼がどうやら上首尾に終わったとみているらしい調査の意味を考えるのに忙しく、彼の話を半分は聞き流していた。とうとう、それ以上は我慢ができなくなった。

「ホームズ! きみの調査を理解しようとして、こんなにも完全に途方に暮れたことはないよ。いったいぜんたい、どういうことになっているんだい?」

彼は笑った。「覚えているかい、ぼくらが知り合って間もないころ、論理的に推理すればたったひと粒の砂から海があることを推論することも可能だというぼくの主張に、きみは異議を唱えただろう？」

「ああ、覚えているよ。だけど、そのころのぼくは、きみの手法のことをよくわかっていなかったんだ」

「今でもまだ、よくわかっていないんじゃないかな。今回は、思い出せるかぎりで最大級に面白い調査のひとつだった。純粋に推理力だけで、見たこともないものの存在を推論し、その動きのパターンを組み立て、その影響を評価しなくてはならなかったから、面白かったんだ」

「ぼくは、すっかり置いてきぼりにされたみたいだな」

「パターンを考えてみたまえ」

「棺にほどこされたパターンのことかい？　それがどうしたって？」

「違うよ、ワトスン」彼がため息をつく。「証拠が見えてきたときのパターンだ」彼は身を乗り出した。

「そもそもの初めから考えよう。新聞各紙が、黒古墳には雪が積もらず草も生えないと書いていたね。最初ぼくも、それを民間伝承か誇張だと思ったんだがね。エドガーがそのとおりだったと言うのはきみも聞いただろう。それを聞いて何を思いついた？」

　わたしはしかたなく、何も思いつかないと答えた。

「なあワトスン」ホームズは説いて聞かせるような口調になった。「きみも鉱業地域に行ったことはあるだろう？　草も生えなければ雪も積もらない、ぼた山を見たことがあるはずだ」

「でもそれは、ぼた山の内部で火がくすぶっているせいだ。普通の土はくすぶったりはしないよ」

「もちろんしないさ。だが、そこからの類推で、あの古墳の内部にある何かが、表土を温めて草が生えるのを妨げるような、なんらかの影響力をもつか放射をしているのかもしれないと考えたんだ」

「たとえばどんな？」

「鉱石だ。あちこちで発見されているウラン鉱さ。何世紀も前から、ドイツの鉱山労働者たちには知られていて、やけどや病気の原因になりかねないというので恐れられていた。ぼくはフランスのモンペリエにある研究所でコールタールの派生物の実験をしたことがあると、話したね。今年の初めのことだ。覚えているかい？」

「もちろん」

「そこでの仲間のひとりに、ジャック・キュリーというフランス人科学者がいた。電磁気学の専門家だ。その彼が、問題の物質についていろいろな仮説を立てている、すばらしい人たちをぼくに紹介してくれたんだ。ひとりはムッシュー・ベクレル、もうひとりはキュリーの弟のピエール、そしてピエールの助手で婚約者の、聡明な若いポーランド女性、マリー・スクロドフスカ。彼らはみな、瀝青《ピッチブレンド》ウラン鉱が周辺環境に影響する力を放射していると確信していた」

「なんてことだ！　そんなのは科学というより魔法のように思えるな」

「念を押すがね、彼らはみな、非常に優れた科学者なんだよ、ワトスン。それでぼくは、彼らが正しいという前提で、ウラン鉱、あるいはそれに類するものが、最初の建造時にあの古墳に隠されていたと考えついたんだ」

彼はそこでひと息ついた。「それで最初のいくつかの事実にはきれいに説明がつくんだが、病気のことはどうだろう？　そう、エドガーがその答えをくれた。青銅の棺が夜のあいだに略奪されたという、はっきりした証明でね。エドガーの写真が写らなかった話も、古墳内部に彼の感光板をだめにした何かがあったということを証明していた。彼は気づいていなかったが、あとになって写真がちゃんと撮れたことも、その何かが塚から持ち出されていたという証明だったんだよ。不幸なことに、サー・アンドルーの罪については彼が間違っていた。持ち出したのは、もちろん、息子のほうだ。きっと、エドガーも話していたように、宿で父親の帰りを待っていたんだな。発見したばかりのサー・アンドルーは、そのことを息子に話したに違いない。そこでアントニー・ルイスは、その晩、黒古墳で略奪をはたらいて、自分の借金の返済を拒んだ父親に意趣返しを果たし、そうすることによって自分自身の死を招いてしまったんだ」

「なんてことだ！　わかってきたぞ。近づく者はみな、ある程度影響されたが、彼はそれをベッドの下に置いて寝ていた」わたしは身震いした。不運なあの若者が眠っているあいだに、ホームズが話してくれた有害な放射物が刻一刻と彼の体にしみ込んでいったのだ。

「そのとおりだよ、ワトスン。ぼくらは調査の途中で犯罪を偶然発見してしまったと言ったけれども、その犯罪自体が恐ろしい宣告をともなっていたんだね。〈ヤギとブーツ〉亭にあった害悪を及ぼす壺は、あの村で起きた死やその他の影響にも責任がある。ただし、ミセス・ヘンティと若いメアリの幸運は喜んでいいと思うがね。どうやら、あの物質の影響は全部悪いものというわけでもなさそうだ。大陸にいるぼくの友人たちがそれを精製して制御できるようになれば、ありがたいものにだってなるかもしれない」

「悪性腫瘍をやっつけることができるんなら、願ってもない天恵になるだろう。だが、サー・アンドルーはどうしてその影響で死ぬことになったんだろう？　黒古墳に今もって雪が積もらないのはなぜなんだ？　あの中にはもっとその物質があったってことだろうか？」

ホームズは首を振った。「サー・アンドルーは、死んだ息子のトランクの中にあるものを見て、彼の犯罪に気づいたんだろう。息子にとって恥の上塗りにならないように、壺を隠したんだ。どうやら安全なところに隠したらしいね、影響が出るまでに十年かかっているから。体に影響が出てから、彼は外側の棺にほどこされていた奇妙な装飾の意味を悟った。誰も気にとめなかったが、あれは警告だったんだ。ほかにも犠牲者を出すことになるその恐ろしい壺を、放っておくわけにはいかなかった。彼の残したメモが、それを息子の死に結びつけていたことを証明しているし、彼が考案した救済策を示唆してくれてもいた。あのボルスターがそれを裏づけてくれた」

「ボルスター（長枕）？　枕なんか、どこにあったっけ？」

「木製の道具だよ、ワトスン。ボルスターとかリード・ドレッサー（鉛の選鉱具）と言って、配管工が鉛板をたたいて形にするのに使う。同じように、獣脂をしみ込ませたモールスキン・パッドは、鉛管とコンテナの継ぎ目をぬぐうのに使われるんだ。きっとサー・アンドルーは、青銅の棺の内側に鉛が重ね塗りされていたことを思い出して、たぶん、その鉱石の放射物をある程度妨げる効果があると推論したに違いない。けさ現地を訪れたときのことと、スウェインの撮った写真が、ぼくの推理を裏づけてくれた。サー・アンドルーが最後にアドルトンを訪れたのは息子の墓参りのためだったんだろうが、盗まれた壺を黒古墳に戻すためでもあったんだ。彼の処置は申し分なかった。あの塚をふたたびあばこうとする者はいないだろう。地元の人たちは近づこうとしないし、あのムアに道路や鉄道が通ったり家が建ったりすることはないだろう。その有害な影響力も、あの場所にあれば、海の底に沈めたようなもので、害をなすことはないさ」

「なるほど、すっかり理にかなっていることは認めるよ。だがそれでも、空論のような気がしてならないなあ」

「空論だって！」彼はフンと鼻を鳴らした。「ぼくのパズルを埋めるピースは、嘘をつく理由などない証人たちの言葉なんだよ。ぼくが付け加えたのは、証明こそまだされていないものの全面的に筋の通った、大勢の著名な科学者たちによる仮説だけだ。データがない場合はね、ワトスン、実際に存在するようなデータと矛盾しない方向に仮説を立ててさしつかえないんだ。彼らの仮説をぼくが応用したことで、キュリーやその友人たちには、さらなるデータが得られることになると思える。それと関連するんだが、この事件をきみの発表する物語に加えないようにしてくれと頼まなくてはならない。発表すれば、ぼくのフランスにいる友人たちの理論を時期尚早に開示することになりかねない。しかるべき手順を踏んだ公明正大な功績を奪ってしまいかねないんだ。それにしても、この珍しい話は絶対、キュリーに手紙で知らせてやらなくちゃならないな」

わたしにしても、アドルトン事件の話を発表するつもりはなかった。ホームズの推理が間違っているとは言えないものの、論理一辺倒に過ぎて証明不可能なのではないかという疑いをぬぐいきれなかったのだ。

ホームズはレディ・シンシアとリアリ医師に手紙を書いて、アドルトンの病気がふたたび起こることはあるまいと請け合い、エドガーへの手紙では、無理もないことだが彼は間違っていたのだと説明した。エドガーは公正な人間で、すぐさま新聞各紙に、新たな情報にかんがみ、サー・アンドルー・ルイスに対する自分のいかなる推測も誠意をもって完全に撤回するという手紙を書いたのだった。

アドルトンの悲劇から二十五年がたち、科学は格段に進歩した。わたしは友人に疑いをもったことを彼に謝罪しなくてはならず、今ここで謝ることにしたい。写真の感光板に作用するウラン鉱からの放射線が存在することをベクレルが立証したのは、ホームズが自分の推理をわたしに説明してくれてから二年足らずのことだった。ミス・スクロドフスカ、つまり、今では広くその名を知られたキュリー夫人が、ピッチブレンドにはウラニウムよりも強く〝ベクレル線〟を放射する物質が含まれていることを知り、その結果、ラジウムを発見した。それが医学治療に用いられ、数え切れない命を救っている。キュリー夫妻とベクレルは、自然界の変わり種を人類の利益に変えた成果をもって、ノーベル賞受賞に充分値する。だがわが友シャーロック・ホームズが、きっと誰よりも早く彼らの仮説を実践に応用したに違いないことも、認められてしかるべきなのではないかと、わたしには思われる。

〝ベクレル線〟のきわめて有害な面については、今では科学者たちに充分理解されている。もうわれわれもその危険性を承知しており、原始時代の祖先たちとは違って、うかつにもこの世界にその危険が解放されるのではないかと恐れる必要はないのだ。

訳者あとがきと解説

本書は原題〝The Mammoth Book of New Sherlock Holmes Adventures〟が示すとおり、二十六篇ものホームズ・パスティーシュを収録した〝マンモス・ブック〟である。通常のアンソロジーは一冊に十数篇の収録だから、ほぼ二冊分の分量。できれば原書のまま一冊の本としたいところだが、さまざまな理由からやむなく二冊（十三篇ずつ）に分けることになった。本書はそのうちの一冊目（上巻）だ。

収録作は五篇を除くすべてが本書のための書き下ろしであり、その五篇も、うち三篇は初出時から改訂された作品となっている。編者アシュレイは、それらを事件発生の年代順に並べただけでなく、「初期（ホームズの学生時代）」、「一八八〇年代」、「一八九〇年代」、「最後の日々（一八九〇年代以降）」の四つに分け、それぞれの時代をつなげる解説を付けた。このつなぎの解説部分にこそ、序文でグリーンの言っている「研究書的要素」があるわけだ。

そしてすべての作品が、ワトスンが公開しなかった事件をそれぞれの書き手が発見した資料から再構成した、という設定で統一されている。つまり、シャーロッキアンのあいだで「正統派《オーソドックス》パスティーシュ」と呼ばれるものばかりなわけだ。ホームズの学生時代から隠退後までの〝語られざる事件〟を網羅して、六十篇の正典の隙間を埋め、さらには巻末（下巻）の事件年表でフォローする……これは一種の「高等な遊び」であるわけだが、シャーロッキアーナ（ホームズ研究）に縁のない読者でも、個々の作品の楽しさは十二分に味わってもらえることと思う。なにしろ、そうそうたる書き手たちなのだから。

ホームズ研究家たちに〝語られざる事件〟と呼ばれるものは、編者まえがきにもあるが、ほぼ百件存在する。「ほぼ」と書いたのは、研究家によって数え方が違うからで、たとえばバンソンの『シャーロック・ホームズ百科事典』（原書房）では、ちょうど百件の語られざる事件が冒頭で資料としてリストアップされているが、トレイシーの『シャーロック・ホームズ大百科事典』（河出書房新社）の「ホームズ」の項目で丹念に数えると、百十一件あるのだ（筆者の数え間違いの場合はご容赦を）。ちなみに、マンガ家のいしいひさいち氏は、正典六十篇にこの〝語られざる事件〟を加えたすべての事件を四コママンガにすることを目標にしているらしいが、すでにかなりの部分を終えたのではなかろうか。

今回の上巻で事件の中身が公開された〝語られざる事件〟には、以下のものがある。

「アバネッティ一家の恐ろしい事件」（ワトスンが『六つのナポレオン』の中で言及）
「サーカスの美女ヴィットーリア」（同、『サセックスの吸血鬼』）
「ダーリントンの替え玉事件」（同、『ボヘミアの醜聞』）
「セシル・フォレスター夫人のちょっとした家庭内の問題」（同、『四つの署名』）
「アマチュア物乞い団事件」（同、『五つのオレンジの種』）
「ウファ島におけるグライス・パタースン一家の奇妙な冒険」（同、『五つのオレンジの種』）
「トリンコマリーのアトキンスン兄弟の奇怪な悲劇」（同、『ボヘミアの醜聞』）
「アドルトンの悲劇」（同、『金縁の鼻めがね』）

なお、この〝語られざる事件〟をテーマにして書かれたパスティーシュは数多く、単発で翻訳されているものもけっこうあるが、邦訳された短篇集として代表的なのは、古くはアドリアン・コナン・ドイル&ジョン・ディクスン・カーの『シャーロック・ホームズの功績』(早川書房)、比較的新しいところではジューン・トムスンの『シャーロック・ホームズの秘密ファイル』(創元推理文庫)を始めとする短篇集(邦訳は四冊)だろう。

ご存知のように、原書房ではこれまでにも海外作家による書き下ろしホームズ・パスティーシュ短篇集を出してきた。『シャーロック・ホームズ クリスマスの依頼人』、『シャーロック・ホームズ 四人目の賢者』、『シャーロック・ホームズ ベイカー街の殺人』、『シャーロック・ホームズ ワトスンの災厄』、『シャーロック・ホームズ ベイカー街の幽霊』の五冊で、今年二〇〇九年には、同じ編者による六冊目〝Sherlock Holmes in America〟がアメリカで出ている。これらはいずれも、あるテーマのもとに書き下ろされた作品のアンソロジーだが、本書はこれとは別で、〝The Mammoth Book of～〟という大部のテーマ別アンソロジーの一冊である。このマンモス・ブック・シリーズは実に膨大なもので、ミステリやSF、ファンタジー、ホラーといった小説のアンソロジーだけでも二百冊近くが既刊としてあるほか、チェスとかタトゥーといった実用テーマのものも含めると、三百とも四百とも言われている。

本書自体は一九九七年に、当時アーサー・コナン・ドイルの遺産を管理していた故・デイム・ジーン・コナン・ドイル(アーサーの娘)のお墨付きを得て、イギリスの出版社ロビンソンから刊行された。それに二、三カ月遅れてアメリカ版を出したのは、当時サミュエル・ディレイニーやジョイス・キャロル・オーツのほか、特色あるミステリを出していた、キャロル&グラフ社。前述の五冊の原書房パスティーシュ集のうち、後半三冊を出した出版社だ。

これら英米二つの版はしばらく絶版状態だったのだが、奇しくもと言おうか、ちょうど今回の翻訳が企画されたところ、〝改訂版〟と称する新装版の近刊予告が出始めたのだった。その後二〇〇九年五月に英米版がほぼ同時に刊行された。英国版は同じロビンソン社。米国版はキャロル＆グラフ社がなくなってしまったので、その親会社のグループのメンバー会社、ランニング・プレスが版元になっている。英米でカバーデザインはまったく違うのだが、残念なことに、（筆者が確認したかぎり）テキスト部分の改訂はいっさいなされていない。文字を大きくして組み方をゆるくしているので、読みやすくはなったものの、ただでさえ多かったページ数（五四〇ほど）が六〇〇にもなってしまった。しかも、巻末の年表はボールドやイタリックで事件の種類を分けていると凡例で書きながら（旧版もそうだった）、肝心の書体がすべて同じという、困った〝改訂版〟なのだ。

余談ついでだが、一般的に誤植の多い英米の本の中でも、本書の原書は平均以上の誤植数を誇って（？）いる。それが十年以上たった今回の〝改訂版〟でもまったく直されていないのが、驚きだった。もちろん、明らかな間違いはこの日本語版では直してある。

ところで、書き下ろしでない五篇のうち三篇は初出時から改訂された作品、と冒頭に書いたが、特に大幅な改訂がほどこされている二篇について、補足しておこう。

ベタンコートの『アマチュア物乞い団事件』は、一九九六年に刊行されたマーヴィン・ケイ編のアンソロジー、〝Resurrection Holmes〟（蘇ったホームズ）のために書き下ろされた。このアンソロジーの設定もまたユニークで——ワトスンが亡くなったとき、ホームズ譚を執筆するためのメモが遺されていたのだが、それを買い上げたコレクターが、二十世紀の著名作家たちに一篇五千ドルの執筆料を払って小説にしてもらった――という趣向だ。つまり、この本で現実にパスティーシュを書いた作家たち（ヘンリー・スレッサーやエドワード・D・ホックを含む十五人）は、サマセット・モーム風とかエラリー・クイーン風のホームズ譚を書かされたわけだ。ベタンコートが担当した作家は、H・G・ウェルズ。文体というよりは、中身がウェルズ風なのかもしれない。なお十五篇のうち、スレッサーとホックのものを含む四篇は、『ミステリ・マガジン』に訳出されている。

一方、ムアコックの『ドーセット街の下宿人』は、一九九五年に同タイトルの私家版小冊子"The Adventure of the Dorset Street Lodger: A Further Adventure of Sherlock Holmes"として出版され、その後本書に収録された。また本書と同年、本人の作品集"Tales from the Texas Woods"（1997）にも、"The Further Adventures of Sherlock Holmes, I: The Adventure of the Texan's Honour"というタイトルで収録された。小冊子のほうは、ロンドンにある〈ドーセット街二番地〉という名のゲストハウス（高級下宿）が、宿泊客に配るために限定二百部で作ったのだが、ムアコックの名前が書かれていなかったため、その重要性に気づいた客はほとんどいなかったそうだ（そのため、現在はかなりのレアものとか）。

ここで、編者アシュレイによる解説文についてひとつだけ、細かな話ではあるが補足しておきたい。

第一部「初期」の冒頭解説の中で、ホームズの生まれ年を考察している箇所がある。『最後の挨拶』の記述をもとにしたものだ。三人称によるこの作品を、アシュレイはワトスンが書いたものとして扱っているわけで、その点も注目すべきなのだが、日本人読者にとってはもっと注意すべき部分がある。年齢算出の基になっている、「歳は六十の」(man of sixty) というくだりだ。この部分は、邦訳だとたいてい「六十がらみ」か、それと同様のあいまいな年齢表現になっている。だが、アシュレイが続く文章で「ワトスンは六十歳ちょうどという意味でこう言ったのだろうか? それともこれから六十になる――つまり正確には五十九歳だと言っているのだろうか」(did Watson mean precisely sixty, or was he in his sixtieth year – in other words fifty-nine?) と言っているからには、英語で読むかぎりあいまいな年齢表現ではないのだということがわかるだろう。そう、「六十がらみ」なら"man of around 60"といった表現になるはずなのだ。

とはいえ、日本では、よくわからない人物にいきなり「年は六十」とは言わない。「六十がらみ」「六十前後」「六十歳くらい」、「年のころは六十」、今なら「アラカン」などといった表現になるのが普通だろう。このあたりのギャップが、大げさに言うなら文化の違いによるものなのかもしれない。普通に小説として訳していれば「六十がらみ」でいいところを、ホームズ学の対象になったとたんに厳密さを要求され、それに応えようとすれば訳文がぎこちなくなってしまう。翻訳の難しいところだ。

序文を寄せたリチャード・ランスリン・グリーン(一九五三〜二〇〇四)についても、若干の補足をしておこう。彼はコナン・ドイルおよびシャーロック・ホームズに関する、世界でもトップクラスの英国人研究家だった。個人のものとしては世界一とも言われたそのコレクションは、死後、英国ポーツマス市に遺贈され、現在はシティ・ミュージアムの管理下にある。そのコレクションのごく一部は、二〇〇八年にポーツマスの姉妹都市舞鶴に運ばれ、展示公開された。残念ながらコレクションのコアとなるような貴重な品が来ることはなかったが、グリーンの生前にこうしたイベントが日本で開催できていたら、さぞかしすばらしかったろうと思うばかりである。

彼のすごさは、マイケル・ギブソンとの共著による膨大なドイル書誌〝A Bibliography of A. Conan Doyle by Richard Lancelyn Green and John Michael Gibson〟（1983, 2000）からも、うかがい知ることができる。この作品で、彼は一九八四年のMWA賞（エドガー賞）特別賞を受賞している。また、ドイル作品やホームズ・パスティーシュのアンソロジーも編纂しており、邦訳に『コナン・ドイル未紹介作品集』（中央公論社）と『シャーロック・ホームズ　知られざる事件』（勉誠社）がある。ただ、後者はグリーンが選んだ十一篇のうち三篇しか収録していず、しかもそれがすべて既訳作品だった。さらには、肝心のグリーンによる序文（解説を含む長いもの）を排して、訳者自身がまえがきを書いているうえ、巻末にも訳者が解説を書き、その中にはグリーンの序文の一部をそっくり使っている。残念な本だ。

ここまで上巻（本書）のことを書いてきたが、下巻の内容についても、ちょっと触れておこう。下巻で注目される書き手には、英SF界の大物スティーヴン・バクスター、英ミステリ界の重鎮H・R・F・キーティング、フランス人シェフ探偵のシリーズで知られるミステリ作家エイミー・マイヤーズ、オーガスト・ダーレスのホームズ・パスティーシュ、ソーラー・ポンズものを書き継いだベイジル・コッパーといった作家たちがいる。また、英国で二十年以上殺人事件の法医学的捜査に関わってきたトルコ系の昆虫学者という、ユニークな書き手もいる（その筋では非常に有名な学者だ）。扱われている〝語られざる事件〟には、「ブールヴァールの暗殺者ユレの事件」、「忌まわしい赤ヒルと銀行家クロスビーの惨死事件」、「トルコ皇帝からの依頼による事件」、「ジェイムズ・フィリモアの事件」などがある。

また、本書の編者まえがきにちらっと書かれているように、正典にある六十の事件に〝外典〟

（パスティーシュとして公表された事件）を加えたホームズとワトスンの事件年表（下巻巻末）も、これまでにないユニークなものと言えるだろう。

最後にひとつ。訳出するにあたり、正典の邦題は原書房の二冊、『ミステリ・ハンドブック　シャーロック・ホームズ』と『シャーロック・ホームズ百科事典』に準拠した。正典本文と〝語られざる事件〟の題名は、筆者のオリジナルである。

なお、翻訳にあたっては吉嶺英美、堤朝子、藤原多伽夫の三氏に協力を得た。記して感謝したい。

二〇〇九年七月

日暮雅通

[編者]

マイク・アシュレイ　Michael Ashley

1948年生まれ。英国のアンソロジスト、小説家。編集を手掛けた本は100冊を超える。特に、本書を含む“The Mammoth Book”のシリーズは50冊以上を編集した。みずからも短編小説を書くほか、ホラー作家アルジャーノン・ブラックウッドの伝記“Starlight Man”も執筆している。英国ケント州在住。

[訳者]

日暮雅通（ひぐらし・まさみち）

1954年生まれ。青山学院大学卒業。英米文芸、ノンフィクションの翻訳家。日本文藝家協会、日本推理作家協会会員。訳書はホックほか『シャーロック・ホームズの大冒険』、バンソン『シャーロック・ホームズ百科事典』（以上原書房）、ドイル『新訳シャーロック・ホームズ全集』（光文社文庫）、ミエヴィル『ペルディード・ストリート・ステーション』（早川書房）ほか多数。

シャーロック・ホームズの大冒険《だいぼうけん》（上）

●

2009年7月31日　第1刷

編者……………マイク・アシュレイ

著者……………エドワード・D・ホック他

訳者……………日暮雅通《ひぐらしまさみち》

装幀……………松木美紀

装画……………山田博之

発行者……………成瀬雅人

発行所……………株式会社原書房

〒160-0022 東京都新宿区新宿1-25-13

電話・代表03(3354)0685

http://www.harashobo.co.jp

振替・00150-6-151594

印刷……………新灯印刷株式会社

製本……………東京美術紙工協業組合

ISBN978-4-562-04503-7, Printed in Japan